欲乐园

〔日〕渡边淳一 著
竺家荣 马梦瑶 译

百花洲文艺出版社
BAIHUAZHOU LITERATURE AND ART PUBLISHING HOUSE

图书在版编目（CIP）数据

欲乐园 /（日）渡边淳一著；竺家荣，马梦瑶译．— 南昌：百花洲文艺出版社，2014.12（2017.11重印）

ISBN 978-7-5500-1053-6

Ⅰ．①欲… Ⅱ．①渡… ②竺… ③马… Ⅲ．①长篇小说—日本—现代 Ⅳ．① I313.45

中国版本图书馆 CIP 数据核字（2014）第 193417 号

江西省版权局著作权合同登记号：14-2014-237

出 版 者　百花洲文艺出版社
社　　址　南昌市红谷滩世贸路 898 号博能中心 I 期 A 座20楼　邮编：330038
电　　话　0791-86895108（发行热线）　0791-86894790（编辑热线）
网　　址　http://www.bhzwy.com
E-mail　bhzwy0791@163.com

书　　名　欲乐园
作　　者　〔日〕渡边淳一
译　　者　竺家荣　马梦瑶
责任编辑　张　越
经　　销　全国新华书店
印刷装订　河北鹏润印刷有限公司
开　　本　880mm × 1230mm　1/32
印　　张　14.75
字　　数　395 千字
版　　次　2014 年 12 月第 1 版
印　　次　2017 年 11 月第 9 次印刷
书　　号　ISBN 978-7-5500-1053-6
定　　价　45.00 元

/ 译者序
欲乐园的启示

《欲乐园》（1982 年）是渡边淳一前期文学的一部医学小说。虽然在渡边文学中并非广为人知，却是渡边文学转型期具有重要意义的作品。

众所周知，以情爱文学大师著称的渡边淳一，曾经做过外科医生，他的文学生涯起步于“医学小说”。尽管《失乐园》等后期情爱文学的光芒遮蔽了早期的医学作品，但是，任何一位作家的文学元素，实际上都可以在其早期文学中寻觅到端倪。

下面简要介绍一下渡边文学早期的医学小说。

渡边淳一 32 岁时（1965 年），以描写脑部手术的心理分析小说《死化妆》正式登上日本文坛。在创作初期，他是一边当医生，一边写作的，题材主要来自医生职业，描写熟悉的医院和病人、病痛中的人的生理和心理变化、医疗与人物命运的关联，以及揭露医疗界的黑暗面等。

成名作《光与影》（1970 年，获得直木文学奖）描写了两个军人因病历弄错而导致完全不同的命运。一位命运惨淡，一位成为政府要员，形成鲜明的对照，揭示医疗事故对患者造成的不可挽回的后果。这一年他因厌倦了医生职业以及探究人生的欲求，弃医从文。

《无影灯》（1972 年）是渡边医学小说的巅峰之作。作品刻画了一个患了骨癌的年轻医生不愿屈服于多舛的命运，只争朝夕地享受生活和爱情，每天记录自己的病情发展，让短暂的生命放射耀眼的光彩，最后自沉于池水，塑造了一个不甘受命运摆布，即便是死也要做自己命运的主宰的男人。

《雁来红》（1979 年，又名《红花》）描写了失去子宫的女性，经过不懈的努力，最终找回了激情，做回了女人的故事。

《美丽的白骨》（1981 年）描写了一些医生为了医学研究而在病人身上进行接动物骨头的试验，导致患者自杀的故事，直面医学研究与对患者负责这一敏感问题。

以上都是渡边前期医学小说的白眉。

渡边医学小说的可读性，除了那些精确的器官描写和医疗术语体现了专业功力外，还在于通过自己的所见所感，真实大胆地揭示了医疗制度的黑暗面，以及临床医学和医学伦理本身微妙而充满宿命感的对立。从医学的角度对人的生存状况、存在意义进行探究。主张面对无法把握的命运，面对死亡，人要成为命运的主人，要不甘平庸，不消极忍受，要活得有价值、有意义、有尊严。长达近 20 年的医学小说创作的这些主题，都为作者后来广泛而深入描写男女情爱奠定了坚实的基础。

经过多年的思考与积淀，渡边淳一自 1983 年出版的《一片雪》开始涉足爱与性、婚外情方面的题材，将剖析人物身体的手术刀转向了探索人的内心与情感，尤其是对男女情爱本质的探究，开启了渡边文学的新时代。因此，1982 年问世的《欲乐园》，便成为作者最后一篇具有压卷意义的医学小说。

《欲乐园》的描写重点是男主人公对命运的抗争，以及婚姻爱情对人物命运的影响。这些变化都体现了《欲乐园》承上启下的特点。

《欲乐园》的舞台是远离大都会的小岛。当地诊所医护力量薄弱，许多年来全靠年过半百的所长村木英次独自支撑，心力交瘁。因担心自己哪一天倒下导致诊所瘫痪，村木所长有意识地寻找接班人，最终锁定在诊所事务员相川三郎的身上。相川拥有外科医生般纤细的手指和沉稳的精准度，在所长的培养下，他终于能够走上手术台完成一些简单的小手术。但是由于他没有取得行医执照，受到了护士长等人的反对。在此期间，唯有对相川抱有好感的护士铃木明子坚定不移地支持着他。

相川虽然是一个单纯、诚实地度过每一天的本分男人，踏实地走着自己的人生之路，但内心深处并不甘心埋没在小岛上。有一天，他救活了一个患宫外孕的女人，她是东京某大医院院长的千金亚希子，她的出现无疑改变了相川和明子等人的人生……相川不由自主地做起了甜蜜的美梦。他不想从梦中醒来。为了维持和亚希子的爱情，他开始撒谎，并且编造了学历等虚假履历，终于和亚希子结了婚。进而凭借自己的医术，最终获得了亚希子全家的信任。当他飘升到高高的云端时，冒牌医生的身份终于即将被揭露，他面临着是入狱还是逃走的抉择，最后他选择了逃走。他拥有的东西瞬间变成了泡沫，从云端重新回到了地上。

通过冒牌医生相川的经历，作者揭示了在学历社会的日本，草根阶层要想进入主流社会非常困难的社会现实。由于内容跌宕起伏，引人入胜，主题与时代契合等因素，还被搬上了银幕。

相川为改变命运而奋斗是小说的主线，三角恋爱则是与主线密切相关的副线。

在护士明子与富家女亚希子之间，为了事业，相川最终选择了亚希子，这一选择也决定了他的滑稽命运。与明子的纯朴专一不同，亚希子是完全相反的风流女子，而这一点也是吸引相川的因素之一。也就是说，相川喜欢亚希子，不无肉体层面的原因。由此不难看出作者为日后创作情爱文学埋下的伏笔。

正如渡边淳一其他作品一样，《欲乐园》也再现了作者的亲身经历。1959年，渡边淳一26岁，作为一名刚刚跨出校门的年轻医生被派往雄别煤矿医院工作。在这段时期，他经受了许多磨炼。诸如做外科手术、主刀抢救宫外孕者等，这些经历以及一起工作的护士长、护士、药剂师等同事，都成了后来创作《母胎流转》和《风之峡》乃至《欲乐园》的素材。

与男主人公不同的是，渡边考取了医生执照，走的是正规的精英之路，因此，他并不需要靠婚姻来成就事业。不过，明子护士的原型却是渡边淳一年轻时经历的两段恋情构成的。

其一是，渡边从札幌医学院整形外科调到东京工作后，与分隔两地的女友智子护士分了手。

来到东京后，他在银座酒吧认识了酒吧小姐铜子，很快坠入爱河。但他渐渐地发现她太较真、太规矩，感觉很有压力，最终分了手。

这两个女人合在一起，便是《欲乐园》里的明子护士。因此可以说，在现实生活中，渡边与女友分手并非为了和富家女结婚，而是“见异思迁”。他曾经坦言“作为男人，若问我喜欢黑色还是白色，应该说都不喜欢，喜欢的是处于黑白之间的灰色！要问为什么喜欢，我一下子无从回答”“男人也许就是这么个怪怪的生灵吧”（《我伤感的人生旅程》）。

文学来自生活，高于生活。作者作为社会精英，却描写了想要飞上枝头当凤凰的草根主人公，看似有些令人费解，但只要看一看作者的其他作品，就顺理成章了。

对于现代社会造成的人的异化，作者甚为反感。他一贯主张，人应该回到原点，作为一个活生生的人，追求生命的意义。在变幻莫测的人生与残酷命运面前，应该永不屈服，活得多彩多姿、轰轰烈烈，来证明自己曾经努力奋斗过，真实地存在过。他通过笔下独具个性的人物，对抗现有社会伦理体制对人的压抑，弘扬人性。这是以《失乐园》为代表的渡边情爱文学与医学小说的共同本质。

情爱小说里的妻子出轨的原因，几乎都是社会精英的丈夫，要么简单粗暴，要么刻板无趣，要么软弱无力，总之缺少作为雄性应有的阳刚之气以及对于爱欲行为的驾驭能力。也就是说，现代社会的男人，作为男性的角色已经因生活的重压而退化，事业成功虽然光鲜亮丽，但作为自然人，往往满足不了女性的需求。因此，渡边中后期文学致力于探讨中年男女的不伦之恋，正是为了探索人性的多元复杂性，关注人之为人的真谛。

可以说，这是作者一以贯之的文学追求和主张。

从《欲乐园》的情节来看，是一个为了出人头地而抛弃爱情，最终自食恶果的男人的故事。因此，中国读者根据以往所受的教育，会自然而然地解读为主题是谴责主人公的背德，是不自量力，是不知天高地厚。

然而，综观渡边文学的一贯主题，却不难发现，这恐怕是一种误读。正如对于《失乐园》的情死结局，也有中国读者以为男女主人公是无路可走、以死谢罪等一样，对于渡边文学的本质，需要从日本文化特点等角度去理解。

正如小说题目的寓意那样，作者恐怕想要告诉人们，现代社会给予人才的只有这样海市蜃楼般不可靠的云梯,即便千辛万苦攀登到了高处，早晚也会坠落到地面。这样的由精英主宰的社会，不是更应该谴责吗?因此，应该说小说主题是对扼杀人才的日本学历社会的批判。

不过，尽管最终为逃离审判而出国，相川毕竟踏着白云阶梯登上过风光无限的高峰,展现了自己的能力,实现了人生的价值。即便是短暂的，却也是永恒的，可以无怨无悔地告慰自己的人生。

综上所述，《欲乐园》是否可以给我国读者提供这样的启示：在当今社会中，人应该怎样生活，才算是真正生存过。

竺家荣

2014.7

目录

CONTENTS

001 | 蔚蓝
041 | 风云
091 | 退潮
131 | 波涛
181 | 潮汐
213 | 南风

255 | 乱云
311 | 初秋
349 | 流星
373 | 冰雾
407 | 春雷
439 | 阳炎

蔚

chapter 01 / 蔚蓝

蓝

“肢肥！肢肥！”大嗓门响彻整个走廊。员工们一听就知道又是胡子在喊三郎呢。

所谓胡子，指的是这个诊所的村木所长。他鼻子底下留着个大大的恺撒胡，所以员工暗地里都这么叫他。

所长的胡须别具一格，嗓门也特别大。按理说人到了五十五岁，说话也多少沉稳些了，可他的大嗓门好像是与生俱来的。

走廊上那个被他叫住的男人，立刻转身走回站在诊室门口的所长跟前。

“下午要割阑尾，你来做吧。”听所长这么一说，被叫作“肢肥”的男人用力点了点头。

这个男人叫相川三郎。“肢肥”是所长擅自给他起的绰号。

这个外号源自于肢端肥大症这个词。不过三郎的身高只有一米七，作为一个男人并不算高大。

但是稍微仔细一瞧，就会发现他的手脚和身子比起来，显得比较大。

若是比手掌大小的话，诊所里还真没有人能与他匹敌。而且他的脚有二十六码，和身高比起来，也略微大了一点儿。再加上他的脸本来就长，下巴还有些兜齿，从侧面看犹如一轮弯月。

所长初次见到三郎的时候，仔细打量了他半天，然后问道：“你有糖尿病吗？”不用说，三郎从没得过这种病。他摇了摇头，所长就说“让我看看”，便观察起了三郎的手和脚。

所长之所以对三郎这么有兴趣，是因为所长年轻时曾经发表过有关肢端肥大症的论文。虽然所长对于学习没怎么上过心，却自负地认为对于肢端肥大症还是有着一知半解的。

病如其名，这是一种身体末梢增大的病。据说是由于脑垂体分泌了过多的生长激素。

这种情况如果发生在成长期之前，就会越长越大，变成所谓的巨人症。据说相扑和摔跤运动员里就有患这种病的。

若是成长期过后得这种病的话，那么只有手脚和脸部等末梢部位变大。这就是所长最擅长的肢端肥大症了。

再来看看三郎，他并没有被诊断为肢端肥大症。即便是正常人，手脚稍大，脸像马一样长的也不少见，但并不等于这些人都得了肢端肥大症。

如果不确定是不是得了这种病，查一查血液里所含的生长激素量就一目了然了。患有肥大症的人，激素量会增多，分泌过多的话，还会导致糖尿病或心脏病等并发症。

所长开口就问三郎是否患了糖尿病，正是这个缘故。

当然，三郎的生长激素量没有异常，也并非肢端肥大症。只不过与身体相比，手脚稍大了些而已。

一般来讲，人的身体上总会有那么一处是近乎畸形的。

按照这个逻辑，所长就可能是患了“下垂体性矮人症”吧。

反正“肢肥”也不算是个特别难听的绰号，况且还是肢端肥大症这个生僻外来语的简称，听上去还挺深奥的。

再说，手脚比别人大，也不能算是缺点。虽说有“傻大脚”一说，但对于男人也不是多大的事。有人还说脚大好呢，可以牢牢地站在地上。

手大则可以断言是有益无害的。手指细长的人大多心灵手巧，三郎就特别擅长组装模型和做手工，对机器和电器等也十分精通，诊所里有什么东西出毛病了，都是他给修好的。

而且由于手指长，让他当投手时相当地棒，就连打曲线球和下坠球也威力惊人。

还有小赌一把的时候也极为有利，尤其是打麻将码牌时，手指头长的人比较占便宜。

只可惜，三郎是个死心眼，不会做那种投机取巧的事。只有一次，他说只要自己想做就没问题，并且在码牌时露了一手役满[1]和牌的技巧。从那儿以后，再也没有人和他较劲了。

总之，他是个无所不能的人。而且好像还特别爱学习，具有遇事喜欢思考的天性。

三郎是三年前来到这家诊所工作的。他高中毕业后一直无所事事，得知诊所招聘员工，就来应聘了。

这座诊所位于伊豆群岛[2]南边的一个小岛上，因此很少有人愿意来这里工作。虽然属于东京都管辖，但是距离东京有两百多公里，即便是直航船也得花费七个小时。当地的年轻人中学毕业后几乎都去了东京。

与之相反，三郎却从东京来到了小岛。他的履历上写着，从东京郊区的高中毕业后，曾在新宿和涩谷做过一段时间的调酒师。麻将貌似就是在那个时候学会的。

1　指日本麻将中较难凑成的牌型。番数累计达一定番数以上或较难达成的和牌方式等情况都称为役满。

2　伊豆群岛是日本所拥有、位于太平洋中的一个群岛。群岛中 10 个主要岛屿均是火山岛，位于伊豆半岛以南，小笠原群岛以北，行政上属东京都管辖，面积 296.5 平方公里。

只是走个形式的笔试，他成绩超群，面试时，给人的感觉也是个很本分的人，完全看不出曾经在酒吧那种地方待过。

给他面试的干事长问道："你为什么想在离岛[1]工作呢？"他答道："只是特别想来这边。"

总的来说，这个男人似乎既没什么欲望，也没有多大抱负。即便是问他"如果聘用了你，你准备做什么"，他也只回答"我想轻松自在地工作"。

他来到岛上的时候自然还是单身。诊所的职员来码头迎接他时，他也只背着一个双肩包，里面塞着几本推理小说和内衣裤。

这座诊所里只有胡子所长一个医生。曾经有过一个内科医生，还有东京大学的妇产科医生每个月来这里出诊两次，但他们都是干了一年就辞职了。

从东京乘船七个小时的话，即便给出超高条件，医生们也都敬而远之。

胡子所长的专业虽然是外科，但作为诊所唯一的医生，不可能只看外科。在岛上，从内科到儿科都是他一个人，有时还得问诊妇产科。名为问诊，不过是做些简单的应急处理，实在治不了的，就送到东京或者两小时船程的临近岛屿去。

在这个所长之下，有一名干事长、两名办事员、一名药剂师以及五名护士，另外还有两名做饭的和两名勤杂工，这就是全体员工了。其中一名办事员还兼任 X 光技师。

诊所起初打算安排三郎当实习办事员，因为正好有个女办事员结婚了，出了个空缺。

但是，所长早就想聘用一个专门的检验师了。

就算是一家只有一位医生的小诊所，如果连验血和验尿都做不了可不好办。这些工作一直是让护士兼做的，但所长觉得她们不太让人放心。

1 离岛意指远离主体的岛屿。

护士不怎么用心且不说，还总是给脸色看，意思是说这又不是我们分内的事。

来诊所一年来，三郎一直在办公室实习，但是所长渐渐看出他知道得不少，还什么都拿得起来。不但聪明，还很有眼力见儿。

于是所长和干事长商量了一下，决定把三郎培养成检验师。

对此三郎也没有任何异议。

所长给了三郎一本《临床检查法纲要》，并进行了讲解，他领悟得也非常快。

由于他本来动手能力就强，无论是从耳垂采血，还是通过显微镜查血球数，他都能马上学会。

过了一年左右，三郎从事务工作改为专门做临床检验，顺便还接手了其他办事员兼任的 X 光拍片工作。

也就是说，他身兼临床检验师和 X 光拍片师两个工作。

这下子诊所变得有点像个医院的样子了，但准确地说，三郎做这些工作是违法的。

无论是检验师还是 X 光技师，都必须毕业于专业技术学校，还要通过国家考试才行。在大城市的医院里，都是由拥有资格证的人专门担任的。

但是，在离岛的诊所里不可能这么奢侈。即便聘请专门的技师，他们也不会过来，就算来了，这里患者少，整天也是无所事事。

对于离岛的诊所来说，像三郎这种层次的就足够了。

而且实践证明，三郎的水准和专门的技师没什么两样，甚至应该说手巧的三郎还技高一筹呢。

反正有什么事，都是所长负责任，这样的话就没有问题了。因为只要是医生，兼任检验师和 X 光片技师就不算违法。

所长渐渐器重起三郎来了，由于这是自己从检验的基础开始手把手教出来的，即所谓的直系弟子，而且他悟性好，人也实在。

一有什么事，所长就喊“肢肥，肢肥”，交给他去做。

两年后，不仅是验血和验尿，就连肝脏和肾脏的检查也交给他了。

“咱们医院的临床检验，绝不输给中央医院。”所长还说起了这种大话，甚至还让三郎给自己做了手术助手。

做手术时让员工帮忙，并非从三郎开始。以前所长还让护士缝合和打开创口过，有时还让她们用钳子夹住血管。

本来诊所就没什么大手术，充其量就是割阑尾或简单的骨折手术，即便如此，一个医生往往忙不过来，需要找个人当助手。

让护士做助手，在城里的私人医院很常见。只要不执刀，不是医生也可以凑合使用。

但护士都是女的，力气小，而且遇到什么突发状况时，她们总是动作迟缓。虽然她们是干这个的，对血也不发怵，却不能说适合做手术。

既然需要其他人来帮忙，还是男的比较合适。

胡子所长经过考虑，任命三郎当了助手。手术时，就让三郎穿上和自己一样的手术服，给自己打下手。

三郎的确做事麻利，悟性也好，而且男性的话，所长也好发脾气。即便是冲三郎嚷嚷“这样不行，再用点力”，他也马上照做，不会像护士那样闹别扭，或者撂挑子不干。

如今三郎在诊所里，已经是不可或缺的存在了。不但担任检查技师兼 X 光片技师，还兼任外科医生。

即便如此，三郎对外的职务仍然是实习办事员。因此，其工资也与高中毕业的地方公务员相等。

在诊所里，他的工资仅高于厨师和勤杂工。

即便如此，三郎也没有一句牢骚。事实上，这种事情靠发牢骚是改变不了的，他干的是违法的事，怎么还能要求涨工资呢？

比起这些来，三郎对于做检验和协助手术倒是乐在其中。事务工作不过是对着办公桌算算诊疗费用、数数现金收入而已，而协助手术则趣味无穷。

虽然工资很低，但三郎对现在的工作很满意。

“今天你要不要试试割阑尾？”突然被所长叫去，听到这句问话后，三郎眨了眨眼睛。

“是个初中男孩。”

今天的患者是一位十三岁的少年。

少年从昨天就开始腹痛不止，上午从学校直接过来的，所长立刻诊断为阑尾炎。马上让少年躺在病房里，并把孩子母亲叫来，告诉她决定实施手术。

“今天是第二天，适合做切除。”

急性阑尾炎在发病后第二天左右，会发炎而局部增大。这种状态就和那个一样，称为“勃起”。

阑尾位于盲肠顶部，在发炎时，就会鼓起来，从表皮上很容易发现。因此此时切除比较容易，术后恢复也比较快。

过了这段时期阑尾就会化脓，然后烂掉。那样一来，它就会和周围组织发生粘连，引发腹膜炎，那就麻烦了。

然而，太早做手术的话，阑尾太小，往往要费好大劲才能找到。

“可是，我行吗？”

“有什么行不行的？没事的。有我在你旁边呢。”所长说得很轻松。于是三郎也动了试试看的念头。以前他一直是给所长打下手的。

用手术刀切开腹膜，寻找盲肠，然后夹出阑尾，从根部切除，再将切面四周的组织收拢起来缝合。这一连串动作三郎已经看过无数遍，早就烂熟于心了。

以前看所长做这种手术的时候，三郎觉得自己也能做。但是，突然让他实际操作，三郎又不由得紧张起来。

“如果你连割阑尾都不会的话，我也不能在这岛上舒舒服服地安享晚年了。”

“为什么呢？”

“这个岛上的外科医生只有我一个。岛上的人要是想切阑尾找我就好。但是，如果我自己得了阑尾炎，就没人能给我切了。”

“……”

“这个岛上之所以没有医生愿意来，不光是因为太偏远，更重要的是，万一自己得了病，没有能救自己命的医生，是因为害怕这个才不来的。”

确实，一旦海上变天，这个岛就完完全全成了一座孤岛。

“可我不是医生啊。”

“所以要偷偷做啦。”胡子所长拍了一下三郎的肩膀，给他鼓劲。

少年的手术，是从下午两点开始。

手术组成员有所长和三郎，以及递器械的护士长。

所谓“递器械的”，就是负责递送手术器械的角色。根据手术执刀医生的要求，快速递出手术刀或血管钳。如果递得不及时，手术就不能顺利进行。

一般来说，执刀医生都紧盯着手术创口，不怎么看器械。即便嘴上说“手术刀”，也只是把自己的手伸向递器械的。递器械的要把手术刀刀背朝下，刀尖朝向自己，递到医生手里。万一递反了，就会割到执刀医生的手掌。也有外科医生因此而受伤的。

传递血管钳和皮氏钳等止血钳时，也要将止血钳把朝前递出。如果是经验丰富的护士，传递器械的时机就会把握得非常好。执刀医生说出手术刀的同时，手上就接到了手术刀。此时器械碰到执刀医生的橡胶手套，会发出“啪”的一声。这声音既能增强手术室里的紧张感，也很好听。

递器械时间长了，几乎能记住手术的整个流程，知道执刀医生下一步需要什么器械。不知道流程的话，就无法流畅地递出器械。

护士长已经在这家诊所工作了二十年。她原本就是岛上的居民，高中毕业后去了东京的高等护士培训学校学习，毕业后在东京的医院工作了两年多后，又回到了这座小岛。

她和岛上的一位小学老师结了婚，但是四年前丈夫因病去世后，一直没有再婚。虽已年过四十，但在诊所里是唯一拥有高护文凭的护士。

其他四个护士都是初、高中毕业的实习护士。

从这座岛走出去，在大城市里考取了护士资格证之后，几乎可以笃定这人是不会再回到这座岛上了。如果一直这样下去的话，岛上的护士不足问题就永远得不到解决。

再也按捺不住的干事长，建议设立一项以毕业后回岛工作为条件的奖学金，但是由于村里财政困难，他的建议八字还没有一撇。

护士长有正规护士的资格，还在东京的综合医院工作过，所以对这家诊所来说非常金贵。大家之所以背地里叫她“副院长”，也是因为她在这家诊所里，实力仅次于所长。

除了这名护士长担任器械递送以外，手术中还需要一位“打杂护士”。这个人不用穿手术衣，只穿着平时的白大褂，戴上口罩，干些打下手的活儿。

比如在手术中测量患者血压、查看输液情况、按照医生指示打针等。除此之外，还要担负在麻醉时按住患者、回收带血纱布等诸多工作，所以被冠以这个称谓。

今天的打杂护士由四名实习护士中经验最为丰富的铃木明子担任。今年是她在这家医院工作的第三年，是实习护士里工作时间最长的。

她觉得留在这家诊所没什么前途，曾经提出想去东京读非正式护士培训学校的请求，但是所里以再干最后一年为由，挽留了她。

剩下的村濑洋子和川合智惠子，手术时都留在门诊处。

从原则上来讲，诊所都是在上午接待门诊患者，下午比较空闲，所以手术和检验工作主要放在下午进行。即便如此，偶尔也会有患者来看病。虽说大多只是来换纱布和拿药的患者，但是没人接待也不行。

而且诊所里有四间病房，十位住院患者。虽说是住院，大部分是老年人，患有高血压、糖尿病、风湿病等慢性病。正值青壮年的，也只有住三号病房的右腿骨折的杂货店老板了。

加上照顾这些住院患者，至少需要两名护士。

如此一来，包括护士长在内的五名护士，就是维持诊所运行所必需的最低人数了，一个也不能再少了。

现如今，如何稳定并补充护士，成为干事长的主要工作之一。

少年袒露着下腹部，躺在无影灯照射下的手术台上。

由于事先进行了轻比重的腰椎麻醉，他的脑袋被放低了些，肚子稍稍挺了起来。

消毒之后，用硫代硫酸钠擦拭过的少年的腹部，显得又苍白又单薄。

所长在这洁白无瑕的腹部右下方用手术刀背划了一下，马上浮现出一道宛如指甲挠过的红印。

“就是这儿。”所长把手术刀递给三郎。三郎仍旧有些不知所措，所长将手术刀划过的红印指给他看。

“你就沿着这个印儿……”所长本想说切开的，但没有说出来。因为说得太清楚，被少年听到就不好办了。

三郎终于慢慢拿起了手术刀。

“要使劲拉平。”所长用手指将少年腹部的皮肤绷紧。

三郎慢慢将手术刀尖抵在那条红印上。

“等等。”所长松开绷紧皮肤的手，从三郎手中拿过手术刀来。

“要这样……”所长将食指按在刀背上，用拇指和其他三根手指握住手术刀两侧，给三郎示范了正确的握刀方法后，才把手术刀还给他。

“就这样，猛地一下子。”

三郎听了，就把手术刀插进了皮肤里。不用害怕，反正有所长呢，他现在已经想开了。他将手术刀插进了皮肤，一股脑地往下切。

他本以为自己切得够深了，但切口还是很浅，手术刀左右晃动着。即便这样，还是从一处切得比较深的地方冒出血来。

“再使点劲……”

听到指示后，三郎在浅浅的刀口上重新切了一道。

他没想到一直看着很简单的手术，实际操作起来竟然如此困难。

最令他意想不到的是，人的皮肤比想象中要柔软，很不好把握，不能像切菜板上的鱼肉那样切。这回，鲜血一下子从那条长五厘米左右的创口中冒了出来。

三郎急忙把手术刀搁在少年的腹部上，用纱布擦拭创口。以前一直是所长执刀，三郎打下手，所以养成了这个习惯。

所长苦笑着拿起手术刀，分开了皮下组织，腹膜立刻露了出来。由于患者很年轻，皮肤下面几乎没什么脂肪，只有些淡红色的肌肉。

“我给你夹着。”所长说完就用镊子夹起了腹膜，然后抬了抬下巴，示意三郎“切吧”。

三郎慌忙从护士长手中接过了尖刀。

“轻轻地。”

听到指示后，三郎把手术刀尖对着腹膜最上边，先轻轻地敲击了一两下，才插入了手术刀。这也是看着所长的做法学来的。

终于，“扑哧”一声，腹膜像断了线一般被切开了个口子。虽然切口很小，但已经能看到下面蠕动的肠子了。

“好了，剪刀。”

按照所长的指示，三郎接过剪刀，用它将小窗口一般的切口上下剪切，将腹膜开大。

三郎全身都被汗浸湿了，被无影灯直射的额头上已经渗出了几颗汗珠。

“请等一下。”三郎叫打杂护士给自己擦了擦额头上的汗。

等护士擦完汗，所长递给他两把大号镊子，让他用镊子夹着肠子寻找阑尾。

“顺着这条筋找。”所长把一条连在大肠侧面的白筋指给他看。只要顺着这条筋，一定能找到盲肠部位。这就是寻找阑尾的窍门。

三郎一边用长镊子往前倒着肠子，一边沿着那条白线寻找起来。

以往，所长倒两三次肠子就能找到阑尾，偶尔慢点也用不了一分钟。

但是，这也是看着容易做起来难。三郎刚要用镊子去夹肠子，肠子就滑落下去。肠子滑溜溜的，很难夹住。

“再用点力。”虽然所长这么说，但三郎总觉得太用力会把肠子弄断。其实肠子比三郎想象中要结实得多，如果用镊子使劲一夹就断的话，那还了得。

“还在前面吧。”听所长这么说，三郎继续往深处找。额头上又有汗珠渗出，快要滴落下来了。如果汗水滴进了腹膜里，那可不得了。他虽然想让护士擦一擦，但是五分钟前才刚刚擦过。他正寻思着这样说会不会受到嘲笑，只听打杂护士铃木明子说道：“我给您擦汗。”

“对不起。”三郎把脸转向后面。

明子对三郎很温和，空闲的时候，她有时还来检验室帮忙。

让明子擦完了汗，三郎重新夹起了肠子，再次找到了白线，开始往前寻找。

肠子依旧很滑溜。三郎感觉镊子的金属尖很不好使，真恨不得把手伸进去抓。

寻找了半天还是找不到阑尾，只有长长的蛇一般的肠子绵延不绝。

到底在哪儿呢？难道这个少年本来就没有阑尾？以前曾经听所长说过一个移动性盲肠导致阑尾移到左侧的病例。既然在右侧找好半天都没有找到，会不会和那个病例一样呢？

已经找两三分钟了，三郎额头上又开始冒汗了。

所长把手术都交给三郎做，自己在一旁悠闲地哼起歌来。虽然有些跑调，却是新近年轻歌手演唱的歌。最近所长总唱这些酒馆里放的歌。

突然，少年呻吟了一声。

“怎么了？”打杂护士明子跑了过来，“觉得难受吗？”

少年没有回答，扭曲着上身。肚子随之摇晃起来，肠子也从镊子上滑落了。

“放松，想吐就吐。”明子说。

所长还在哼歌。很多患者都在手术中恶心想吐，这点状况对于所长来说一点儿也不稀奇吧。

三郎可顾不上哼什么歌。他全身都被汗水湿透了，膝盖直打战，一紧张就更找不到了。

“您来吧。”三郎刚想开口请所长帮忙，只听护士长说：“先生……”

所长停止哼歌，看向护士长。

“请您快点来吧。”

“不是在做吗？”

护士长慢慢摇了摇头，口罩上边的大眼睛死死地瞪着所长。

少年又叫了一声，吐了些污物。

护士长锐利的目光直逼三郎，然后立刻移到所长身上，仿佛在说：“快把镊子从三郎手里拿过来，您自己找吧。”

“没关系的。”

“这样不行。”

所长也有点怕护士长。他叹了口气，无可奈何地从三郎手里拿过了镊子。

只用了不到三十秒的工夫，所长就找到了少年的阑尾。

从三郎找了很多次的地方稍稍靠里一点儿，所长像变魔术似的找到了红肿的阑尾。

“还是年轻人有精神啊。”所长一边说着，一边切掉了肿起的阑尾。

“马上就结束了哦。”明子对少年说道。

所长接刀以后，少年立刻安静了下来。

“好了，现在缝合。”

把阑尾切除后的创口缝好，缝上腹膜，最后缝合皮肤，手术就完成了。这个过程三郎做过很多遍，所以速度很快。

“OK，剩下的像平时一样就行了。”所长说完，很快摘下口罩和帽子，走出了手术室。

之后的包扎创口、卷腹带和用搬运车推患者回病房，都是三郎的活儿。

“已经没事了。”三郎安慰着自己。

把纱布包在创口上之后，护士长对他说：“你跟我来一下。”

三郎被叫到了手术室旁边的准备室里，护士长喝了口水后说道：“你不该干今天这样的事哦。”

“我也没干什么……”

并不是三郎自己要求做手术的。

“甭管所长怎么说，你都应该拒绝。你可不是医生哦，你干的事情是违法的哦。”

“这个我知道。”

“因为你，那孩子多受罪啊，你知道吗？”

“对不起。”三郎老老实实地低头认错。

“又不是医生，你好好想想该怎么做。”护士长说完转身走了出去。

一个人静下来想想，护士长说得也不无道理。一个没有医生资格的人做手术是违法的，而且，万一发生医疗事故就变成刑事案件了。

但这不是三郎主动要求的，只是听从所长的命令而已。

话虽如此，三郎确实也有心一试。协助所长做了几次手术以后，他也想过哪怕只是一次，要是能主刀就好了。

护士长说他“应该拒绝”。可能是自己脸皮有些厚吧，确实做了不合实习办事员身份的事。

可话又说回来，护士长这么说也过了点吧？对于始作俑者的所长，她什么也不敢说，只知道训斥三郎，实在有失公允。

护士长对三郎总是很冷淡，还动不动就挑毛病。有一次静脉抽血时，她从患者那里听说三郎抽了两次都失败了，就话里有话地说：“作为一个检验员，技术那么差，真是麻烦哪。”一次手术后，她说三郎缠的绷带“太松了”，自己重新缠了一次。

每件事情她都要找三郎的碴儿，护士们也都知道。明子安慰三郎说：“那个老太婆说的话不用放在心上。”

三郎也不想放在心上，但护士长一而再，再而三这样，他也变得抑郁起来，仿佛时时刻刻都被坏心眼的婆婆监视着一样。

可是护士长为什么只对三郎这么刻薄呢？

以前可不是这样的。三郎刚来这家诊所的时候，护士长对他很亲切。在写收费件数时，三郎不清楚手术内容的话，她都会耐心地给他讲解。三郎一个人在厨房吃晚饭的时候，她也会给他拿一些好菜来。三郎还去护士长家玩过两次。

可是过了两年后，自从三郎被委任负责临床检查之后，护士长的态度就逐渐变了。

即便如此，刚开始时她还是教给三郎验血和验尿方法等，有时还客气地说“你脑子好使，一教就会”。

但是，当三郎基本掌握了检验工作以后，护士长的态度突然变得严厉起来。

“连资格证都没有，也太自以为是了。”“才高中毕业，就这么狂妄。”三郎还听说护士长这么说过他。

没有正式资格证的确属实，但三郎也没觉得自己哪里狂妄了。他怀疑自己是不是给人这样的印象，但是其他护士都说没这回事。

明子说：“护士长是在嫉妒你学会了临床检验和拍 X 光片之类的。”

但这个理由找得很牵强。临床检验工作交给三郎之前，都是护士长主要负责，因为忙不过来，三郎才担起来的。虽说是三郎自己愿意的，但也没理由受到护士长的褒贬。

“可是，你都拿得起来了，她就觉得没意思了。”明子这话倒也有些道理。

可话又说回来，护士长的态度也变得太极端了。三郎是从两年前的夏天开始意识到这一改变的。在那之前，护士长曾以要多吃蔬菜为由，给单身的三郎拿来过蔬菜沙拉，还让三郎交出脏内裤给她洗，但突然之间就什么也不为三郎做了。

三郎能想到的，就是那个夏天，拒绝了护士长让他去家里玩的邀请。

来这个岛上后，三郎一直租住在距离诊所三百米远的自行车铺二层。虽然房屋有年头了，但是屋子有八叠[1]大，对于习惯了东京狭窄小房间的三郎来说，已经很宽敞了。

由此继续沿着山脚下的一片小苍兰花田往上走，半山上有一幢小楼，那就是护士长的家。那里风景极佳，隔着船坞能望见大海。

护士长经常在自家院子里召集护士们开烧烤派对。三郎参加过一次，还单独去玩过一次。第二天就尽人皆知了。

由于城镇很小，谁哪天去哪里，马上就会被人知晓。三郎之所以单独去，是因为向护士长请教有关检验标本的制作方法时，护士长说“来我家里吧”，他才去的。

护士长为他做了晚餐，还亲切地教给他怎么制作标本。之后他就回家了，没想到有人造起了谣，说“护士长和三郎关系暧昧”。

“死了老公，护士长太寂寞了嘛。”还有的男人这么说。

“你最好小心一点儿。”明子提醒他。

于是三郎拒绝了护士长的下一次邀约。

虽然三郎并不认为护士长对自己有什么想法，却总感觉这是护士长对自己冷淡的导火索。

火上浇油的是，从那时起，三郎和明子走得越来越近了。偶尔还一

1　叠，是日式房间面积的单位，一叠即一张榻榻米的大小，约有1.62平方米。

起去村里唯一的饭馆吃个饭，喝喝咖啡，可能是有些风言风语钻进了护士长的耳朵里。

并不是三郎自恋，但护士长没准就是因此才对他冷淡起来的。

不管什么原因，这样下去可不妙。

既然在诊所里工作，整天处在护士长的监视之下的话，干事太别扭了。虽然和那些护士不同，她并不是自己的顶头上司，但是工作上免不了经常接触。况且对方还是拥有副院长外号的实力人物，必须得找个机会改善一下和护士长的关系。

但是，事已至此，他实在不情愿以后点头哈腰地去拍护士长的马屁，再说自己也没做什么亏心事，没必要道歉。

三郎唯一的弱点就是没有资格证。别人要是说一句“你又不是检验技师”，或者“你又不是医生”，他就无言以对了。

只要被人捏住了七寸，三郎就只能俯首帖耳。护士长或许正是知道这一点，才这样虐待三郎的。

少年做了阑尾手术的第二天，少年的哥哥也患上了阑尾炎。

由于兄弟二人连续得阑尾炎，他们的母亲问医生：“是不是传染的呀？”

原则上来说阑尾炎不会传染。阑尾炎并不是因为细菌感染引起的那类病症。但是双胞胎或兄弟姐妹，经常会在同时得阑尾炎。虽然还不清楚是什么原因，但很可能和偶然在身体状况相同的时期吃同样的东西有些关联。

这样的例子也偶尔发生在夫妻之间。

“说不定是因为他们体质一样，所以连得的病都很像。不过两个人一起做手术的话，你也能轻松一点儿吧。”所长找了个牵强的理由安慰少年的母亲。

当天下午，马上进行了手术。

“肢肥，你再做一次吧？”三郎去报告白血球数的时候，所长一边享用着爱妻做的便当一边说。所长留着大胡子，看外表挺强悍，其实在家里是个超级妻管严。已经年过五十，还每天带便当上班，被职员们调侃为“爱妻便当”。

“不行，我不能这么做。”上次的执刀经历，令三郎不敢再尝试。

“难得我这么给你提供机会，栽培你，真是傻孩子。”

“您的好意我心领了，可是我不能再像上次那样给患者增加痛苦了。”

“那个程度没什么影响。我第一次割阑尾的时候，找了三十分钟呢。因为时间过长，中途麻醉都失效了，可不得了。”

“可我本来就不是医生……”

“是不是医生都一样。医学院那种地方只会教人空洞的理论，毕了业也只知道纸上谈兵。比起那些徒有其名的年轻医生，你要能干得多。”

“您过奖了。”

“真是这样。即便请年轻医生来，他们也是光拿钱，什么也指不上，所以我才不同意请他们的。”

所长曾经为了聘请医生，多次去东京的大学拜托人家，每次都因为岛太远而遭到回绝。

“现在的年轻医生，脑子里净想着怎么在大城市里夜夜笙歌。”每次去东京，所长都愤愤而归，所以这句话里也不乏泄愤的因素。

“我就是要让他们瞧瞧，即使不是科班出身，也能成为出色的医生。”

所长的愿望是好的，就是有些难为了做其试验品的三郎了。虽然从临床检验到手术，三郎都有幸得到所长亲自传授，但他缺少的正是最重要的资格证。所以越是跟着所长学，就越是犯法。

“像你这么聪明，过不了多久就掌握了，关键要多实践。”

“……”

“外科医生首先要有胆量，其次是经验，理论知识统统没用。”

莫非外科医生当长了，自然而然地都会变成这样？所长就是那种不管三七二十一，“先切开再说”的类型。手术刀优先于头脑。因此，所长看起来挺勇武，也令人稍感不安。

“怎么样，试试吧？”

“请等一下。”三郎急忙伸出手阻止他。

“当然，您什么都放手让我去尝试，这点我非常感激。但是，昨天我被护士长批评了。”

“那老太婆说什么了？”

所长在患者面前称她为护士长，但在其他场合都喊她“老太婆”。护士长也毫不示弱，叫他“糟老头”。

“她说，你又不是医生，怎么能做手术，甭管所长怎么说，都应该坚决拒绝……”

“那家伙这么说的？”所长突然哈哈大笑起来，笑得胡须和肥胖的上半身一起摇晃起来。

“她也开始变得歇斯底里了，看来得给她介绍个好男人了。”所长看着窗户陷入了思考。从所长办公室的窗户，能够望见午后风和日丽的大海。右手边的松树对面，连通伊豆七岛间的渡船正在航行。

“渡轮公司的冈本怎么样？那家伙五十二岁，年龄合适，但是只有初中文凭，那个老太婆对学历要求很高，估计不成啊。”

三郎无心听这些，他更担心下午的手术。他可不想再一次因为拿起了手术刀，被护士长当软柿子捏了。

“总之，由于这个原因，手术我就不……”

“简直是个傻瓜。”突然，所长一拳打在办公桌上。

“是男人就要敢想敢干。”

“可是……”

“什么可是不可是的，我让你做你就做。”

“是！”三郎不禁挺直了身子。

“无论什么事情，做了就没有亏吃。”所长确实说得有理，但是一想到护士长的脸，三郎又直冒冷汗。

“如果又挨护士长骂，我该怎么回答她呢？”

“就说是为了这个岛。”

“为了岛……”

“就说是为了保护岛上的居民，才做手术的。”

“但是我……”

“你确实不是医生，但是这座岛上没有医生，除了我以外没人会做手术。如果我病倒了怎么办？”

“……”

“可能过一段时间，会有新的医生过来，但短时间内是来不了的。这期间谁来诊病，谁来做手术啊？”

三郎眼眨也不眨地盯着所长的脸。

“不管是不是医生，总得有个人能顶替医生才行。你现在就要为了那一天，多多实践，做好准备，明白了吗？”

“我明白了。”

所长叹了一口气，突然换成了温和的语气说道：“说实话，我已经累了。这二十年来，我一直是独自在岛上咬牙挺过来的，现在想歇歇了。我真想让贤给年轻人，自己好好休息休息。但是年轻医生都赖在大城市不肯来。这样的话，我只能让你来做了。不管是不是违反规定，这也是没有办法的办法啊。”

这次手术也从下午一点半开始。

所谓的手术开始时间，实际上是以手术刀直接碰触患者皮肤的时刻为准，消毒和麻醉等工作都是在术前进行的。

不用说，助手和护士都早于执刀医生进入手术室做准备工作。

在大学医院和综合医院，当教授或主任医师进入手术室时，应该是万事俱备，只等下刀了。在诊所里，所长也是比大家晚进来一会儿。

刚过一点，三郎进入手术室时，明子已经在准备纱布和腹带了。她今天好像也担任打杂护士。

“护士长呢？”

“应该快来了。”

三郎在内衣外面围了一个塑料围裙，开始洗手。手消完毒后，护士会为他套一件已消毒的手术衣。

“又得被护士长批评，我真是不想做这个手术，可所长非让我做。”

“不用在意。所长都同意了，你就大大方方地做。”明子正说着，护士长进来了。微微发福的身上穿着白大褂，头上戴着白头巾，宛如一个白色雪人。

“早上好。”明明不是早上，三郎却鞠了个躬说道。但是护士长没有理他，站在旁边的水龙头处洗起手来。

她好像还在为昨天的事生气。

三郎很想和她搞好关系，但又不知该说些什么。

就这样，两人并排洗手的工夫，患者被搬运车送了进来。

到底是昨天那位患者的哥哥，两人长得非常相像。哥哥大两岁，今年十五岁，体格却健壮许多。也许在病房里已经打过镇痛剂了，他的眼神涣散无光。

“所长说他要晚来一会儿，让你们先打麻醉。”护送患者前来的护士走到三郎身旁说道。

“让我打吗？”

“是的。”

一瞬间，三郎感到护士长正直勾勾地盯着自己，不过她什么也没说。

三郎洗完了手，让护士给他穿上了手术衣。由于手已经消毒完毕，只能由明子为他穿。她拽了拽三郎穿上身的白衣后襟，把带子系上。

少年身上盖着毛巾被，不安地望着天花板。

来所里这么长时间，三郎只做过两次腰椎麻醉。让患者的腰部弓成虾状，在腰椎的缝隙间扎入穿刺针。虽然第一次没能成功，但是第二次就轻易地扎了进去。当然了，这两次都有所长陪在身边，告诉自己扎针的角度和推针的方法。对于大致的要领，三郎虽已了然于胸，却不敢说可以独自顺利完成。

不管怎么说，递器械的护士长不参加是不行的。但是今天护士长似乎比平时洗手要仔细，好半天不离开洗手池。这期间，三郎和明子一直默不作声地等待着。

护士长终于洗完了手，穿上手术衣来到了器械台前，然后整理起台子上的器械来，但还是一言不发。

“可以开始了吗？”看时间差不多了，三郎问道。

护士长还是没有回答，那态度仿佛在说：“随便你吧。”

“好了，现在要给你麻醉啊，你侧着躺，双手紧紧抱住双腿。”明子让少年侧身躺着，摆好了姿势。

少年恐惧地环视了一下周围，但马上听话地蜷缩起来。由于还是个孩子，少年的身体很软。他屈着膝，抱着两腿，将后背完全暴露在无影灯下。三郎用碘酒和硫代硫酸钠在突起部位消了毒之后，对护士长说道：“请给我腰椎穿刺针。”

“你进行局部麻醉了吗？”

在插入麻醉腰椎的麻醉针之前要先进行局部麻醉。三郎由于过度紧张，竟然忘了这个步骤。

“局部麻醉……”他重新说了一遍。

护士长马上问道：“药量用多少的？”

局部麻醉液好像分为0.5%、1%等各种浓度。现在应该用百分之几的，三郎并不知道。

但是所长在的时候，护士长从来不这么一一细问，都是直接将所需的麻醉液递过来。她平时不问，今天却故意问，肯定是在刁难自己。

“那个，请给我平时用的那种……”

“是 0.5% 的，这个还是要记住的。”

“对不起。”

三郎道了歉之后，护士长才把针筒递到三郎手里。动作合拍的执刀医生和器械护士在每次传递器械时，都会发出“啪”的一声脆响。这响声构成了手术的节奏。

但是，刚才的这声响远不是合拍之音，感觉更像是将所有不愉快一股脑拍在三郎的手掌上。

三郎接过针筒，先在准备插入腰椎麻醉针的地方进行局部麻醉。一日元硬币左右的范围就够了。

然后就到了往腰椎里扎针的时候了。

“请给我腰椎穿刺针。”三郎又一次对护士长说。护士长还是不说话，递给他一根约有十厘米长的腰椎穿刺针。

希望能顺利扎进去……看着针尖，三郎心里祈祷着。

后背皮肤表面和腰椎的脊髓膜之间的距离，成年男子有五六厘米长。患者还是个孩子，所以要短一厘米以上。针要沿着脊柱的骨骼排列，稍稍朝斜上方扎入。进入脊髓膜后，会遇到轻微阻碍，紧接着脊髓液就会通过针里面的孔流出来。

这些过程都写在临床检验的“腰椎穿刺”项目里，三郎曾经看过一次。

“来，身子再弓一些，要把现在医生按住的地方向后弓起来哦。”明子牢牢按住少年的身体。三郎听到自己被叫作“医生”，有点不好意思起来。

他调整好注意力，深深换了口气，然后确认了一下脊椎骨之间的缝隙，把针头抵在了皮肤上。他知道护士长和明子都在屏气凝神地看着他。

位置和方向都没问题，三郎再次确认后开始用力推针管。

由于事先在皮肤表面进行了麻醉，少年几乎感觉不到疼痛。但可能是心里害怕吧，他的肩膀在轻微颤抖。

“就这么躺着，不要动哦。”明子对少年说。

三郎把针管推了进去，已经进去了四厘米，再一推，四点五的刻度也消失了，但是针管尾部还是没有脊髓液流出来。他又插进去一厘米，还是没有流出液体。

三郎把针稍稍抽回一些，有可能是中途扎偏了。他把针抽回，再次试着插了进去，针头又到了四厘米处，但还是没有液体出来。

“奇怪……”他想起所长曾经教导过他：扎不进去的时候，最好退后一段距离，重新观察一下，于是他从手术台向后退了一步，查看起来。

针头果然稍稍往右偏了一些。插入位置虽然没错，但是针头貌似从中途开始偏离了方向。三郎再次把针头全部拔出，准备再扎一次试试。

他小心翼翼地把针头插进去五厘米，但是这次还是没有液体流出来。

体内不可能没有脊髓液。他正准备重新扎一次，少年的后背动了一下。

“不要动，医生不好操作了。”明子训斥了那个少年。恐惧和紧张令少年的后背上全是汗。

不能半途而废，三郎再一次进行尝试，又扎进了四厘米，快到五厘米了，还是没有流出任何液体。

“为什么进不去呢？”三郎又一次审视针头走向。

刹那间，他听见了护士长的咂嘴声，还听见了她用脚上的拖鞋啪啪踩瓷砖地的声音。

在腰椎穿刺上耗费时间过多的话，不仅会令患者疲劳，护士们也会焦躁不安起来。越是菜鸟医生，花费的时间就越长。但是护士长这么咂嘴和踩地面又是什么意思？

若不是在这个手术室里，三郎真想冲她嚷嚷了。

我也是拼尽全力在做的，但针就是进不去，我也没法子。

“要冷静”，三郎对自己说，然后他又一次退后看了看，确认好地方之后，把针扎了进去。

缓慢地，稍稍朝上笔直地扎了进去，四厘米的刻度消失了，到达四点五厘米。刹那间，他遇到了轻微阻碍。与此同时，从针管根部流出了透明的脊髓液。

“好了。”三郎点点头，按住了针管，大大地吐了口气。

“进去了，瞧见没有？”他真想冲护士长说一句，但是护士长好像什么也没发生一样看着别处。

“针扎进去了，请给我注射液。”

“用哪个呢？”护士长问。

“啊？”

“低比重的还是高比重的？”

三郎不解其意。如果是所长的话，说句“注射”就行了。只要这么一说，护士长就会把麻醉液灌进注射器递给他，把这个注射器接在腰椎麻醉针后面就行了。

“您不知道吗？”护士长突然用起了敬语。

“在这里要使用的是低比重。由于液体很轻，会浮在上面，要在麻醉后把腿抬高。”

“……”

“连这个也不知道吧。”

三郎哑口无言。自己只会一些技术的皮毛，基础知识完全是零，不知道这些也无可厚非。

即便是护士长也不是无所不知的，但人家可是护士学校出来的。

“对不起。”三郎又一次低头认错，然后接过麻醉液。

麻醉程序终于完成，三郎让患者平躺，为他消完毒以后，所长走了进来。

所长照旧是匆匆忙忙的，好像忙得不可开交似的。

“怎么搞的？我以为都已经开始了呢。”

“腰椎麻醉浪费了很多时间。”护士长在旁边回答。

“不过还是扎进去了吧。”

“是的。”

“那就开始吧。肢肥，你再来试一试。”所长把手术刀递给了三郎。三郎瞥了一眼护士长，接过了手术刀。

三郎像昨天所长教过的那样切开皮肤，打开腹膜。一回生二回熟，切腹膜的时候，刚开始有些犹豫，不过后来就一切顺利了。

“请给我肠钳。”可能是因为所长在场，护士长不再故意刁难了，她顺从地递来了器械。

这回，三郎夹肠子的时候比昨天大胆了些，他顺着大肠旁边的白线找了起来。可能是麻醉打得足，少年很老实。

顺着肠子找了快一米，宛如袜子头一般的盲肠部位露了出来，把它夹起后，在其顶头便出现了一个食指大小的阑尾。

“是这个吧？”

“对，还挺红的啊。”正如所长所说，这阑尾确实又红又肿，鼓鼓的。

“终于找到了啊。”

“非常感谢您。”三郎高兴得不由得鞠躬道谢。

“用皮氏钳夹住前端。”

既然找到了就不能再让它溜走。切割过程三郎已经看了多次，早就记住了。

“皮氏钳。”三郎就连对护士长下的指示都增添了几分威严。

“血管钳。”三郎再次下令，话音刚落，护士长就说：“用过的器械要还回来。”

她这么一说三郎才意识到，镊子、皮氏钳和血管钳等用过的器械都堆在创口周围。由于他太专注于手术，以至于忘记还器械了。

“肚子可不是器械台，请你下次注意。”护士长说的每句话都令人嫌恶，但是三郎现在并不生气。

我终于靠自己的努力找到了企盼已久的阑尾，还割掉了它。腰椎麻醉也是我一个人做的。如此看来，我也可以独立完成这种手术了。

“非常感谢你们！”手术结束后，三郎冲着所长和护士长深深地鞠了个躬。

“是不是有点自信了？”所长问道。但是护士长背对着他，不发一言。

“所长，今天摘掉的阑尾我能留下吗？”

“要它做什么？”

“我想把它作为手术纪念，放在福尔马林液里保存。”

把手术时摘除的器官随意据为己有是不行的。话虽如此，但是貌似还没有法律明文禁止。《医师法》里也没有相关条文。

看起来，这只是医生之间一条不成文的道德约定，恐怕还不到那么夸张的高度。

实际上也没有人想要手术中被切除的胃肠等器官吧！再说，即便拿回家也没有地方可放。

不过，听说偶尔会有人工流产的妇女想要堕下的胎儿。

为什么想要保留被自己杀死的孩子呢，是打算放在盒子里每天瞻仰它赎罪吗？虽然不知道那个人的真实用意，但是这种时候医生也不能把胎儿交给她。

“这是我的东西，为什么不能给我？”据说还有人这样叫嚷，但这只不过是一时激动所致。

无论如何舍不得，把害死的婴儿保存起来也太怪异了，而且，胎儿和器官会马上腐败。这可不是非专业人士能轻易保管得了的。

从这点来看，像结石和牙齿等东西就比较干净，保管也简单得多。

在胆结石和肾结石手术后，常常有人会把摘出的结石带走，这也许是出于作为手术纪念或提醒今后注意之意。或许还有些想显摆一下的意思：“瞧，从我身体里取出了这么大一块石头。”

如果单是牙齿和结石，医生会轻易地给你，但若是身体器官，就不能这么做了。

原则上来说，这些东西都是在医生确认后进行废弃处理的。当然不是随便扔掉就完了，而是尽快在适当的地方烧掉，以便不让他人看到。

但是，偶尔会有罕见病症，或者用于医学研究的珍贵器官等，会浸在福尔马林液或碳酸液里保管。这种情况一般医生不会特意告诉病人。因为即使告诉患者，想必患者对于自己的器官正被人保管在某处，也不会感到高兴吧。

这样看来，手术中所切除器官的流向全凭医生有没有良知，这就是现状。

而三郎想保留这阑尾，只不过是想把自己第一次成功切除的器官留作纪念而已。

虽然不少医生都有这种想法，但是特意张口要的几乎没有。最多也就是注视良久，独自感动一番罢了。

但是三郎得到了所长的允许，拿到了少年的阑尾，并把它浸泡在了福尔马林液里，用的是装过试剂的空玻璃瓶。当然，这件事他没有告诉少年。

少年的阑尾约有小指大小，顶端红肿。它的顶端稍稍歪斜着，漂在福尔马林液里。三郎把它摆在了自己房间的书架一角。

“喂，阑尾君，把你摘掉的可是我哦。”有时候三郎还会和阑尾说说话。当然阑尾不可能回答什么，但是三郎却欣喜若狂。正因为自己并非医生，却凭着一己之力把它切除了，这份感动可是一般医生感受不到的。

三郎虽然在手术中顺利切除了一个阑尾，也不过是学了些操作技能。要真正掌握手术技能，还需要掌握更基础的医学知识。

如果还像现在一样不学习医学知识的话，就算会做手术，肯定还是会被护士长轻视的。

从什么开始学起好呢……

为了成为一名合格的医生，据说在医学院的最初两年里，要学习解剖、生理、药理以及生物、化学等基础医学课程。可是，自己这个年龄，再从头学起的话，是很难赶得上他们的，而且连课本都没有，靠自学太困难了。

“你的目的是掌握临床技术，所以看看临床方面的书就行了。”听所长这么说，三郎就看起了医务室书柜里的《外科全书》。

他看了看卷尾，得知这本书发行于三十年前，有相当的年头了，但是所长说，基础的东西不会有多少改变。

他先翻开了第一卷总论，第一章损伤、第二章外科传染病，以下是皮肤外科、血管外科、神经外科等科目。

三郎决定从第一章开始读。光读一遍容易忘，他还专门准备了笔记本，用来记录重点。

第一页首先是关于损伤的定义。

“损伤，指人体受到外界的各种物理或化学刺激所造成的身体伤害。创伤属于损伤的一种，特指由于外力的机械作用给皮肤及其他部位造成的伤害。损伤不仅包括创伤，还包括扭伤、烧伤、冻伤、腐蚀、放射线损伤等，总之，损伤比创伤的范围更广。”

三郎看得似懂非懂。这段话里不但有一些不熟悉的词语，还有种把简单事情说得很复杂的感觉。总之，损伤的范围比创伤更广，只有这句话他看懂了。

“创伤是指由于外力带来的身体伤害，造成皮肤或其他组织同时发生联系剥离，或造成此类组织的部分缺失。”

这里也用了“联系剥离”等生僻词汇，这意思可能是指皮肤破了的伤。同样叫作“伤”，皮肤破还是没破，不是一码事。

三郎半是佩服，半是吃惊地继续往下读。

原来创伤也是一样，根据其原因有许多种称呼。

书里写了十多种，有割伤（schnitt wunde）、刺伤 (stich wunde)、咬伤 (riss wunde) 等。

三郎在记翻译过来的日语的同时，也顺便学了德语。这些横文字一定得尽量多背些，好在护士长面前说给她听。

即便如同看天书，三郎也只能硬着头皮一页页读下去。

既然跳过大学课程和医学基础，直接接触临床，就要有这样的精神准备。对于自己能走到哪一步，他心里完全没有底，现在只有走一步看一步了。

可能是知晓三郎正在学习，所长越来越多地让他参与临床治疗了。

阑尾炎手术后，诊所里来了位脚腕骨折的患者和一位胃溃疡患者。

只需要给骨折患者缠上石膏绷带即可。所长缠了一半说道："你缠缠试试。"

三郎虽然看过好几次缠绷带，可轮到自己上阵，绷带差点从手中滑落。用力过大的话，石膏粉会和气泡一起冒出来，缠松了又会脱落，而且把石膏绷带从热水中拿出来时也需要技巧。什么事情都是看着简单做起来难。

"要好好爱抚，爱抚一下就会好很多，女人和石膏绷带是一样的。"所长一边说一边悠闲地在一旁观看。但是三郎总也缠不好。

缠石膏绷带时，护士长不怎么过来。她可能觉得这个比手术简单多了，自己不在也没关系吧。

抬着患者腿的是明子，所以三郎感觉轻松多了。他按照所长说的那样，抚摸了一下石膏绷带的表面，果然容易抻开了，也能够和下面贴合得更紧密，凝固速度也快。

患者平躺着，只有腿被人抬高，所以他好像没注意到是谁在缠。即便是发现了，所长就站在旁边，他也没什么可说。

"好了，把这部分切掉。"缠完之后，所长在石膏绷带的顶端用红铅笔画了道印。如果不把这部分去掉，露出脚尖的话，石膏绷带里面就是出现血液流通不畅也发现不了。

"今天不能把腿放下来哦。"所长对患者说完就走出了石膏室。三郎对着所长的后背鞠了个躬，心里琢磨起来，之所以所长让患者这么做，肯定是如果把腿放下的话，血液就会下行，脚尖一肿胀，石膏就会变紧。

从前，所长说什么，三郎只管听着就是了，但是今后得一一究其原因。通过多多思考为什么会这样，不断增加知识。

为胃溃疡患者做手术时，所长也心情极佳。

由于这座诊所是岛上唯一的医疗机构，患者还是挺多的。按说每一千个患者就应该配备一位医生，但这座岛的总人口是 2800 人。尽管岛上的人得了病不像城里人那样马上去医院，许多人仍然是靠常备的家庭小药箱之类的，自己对付一下，虽然这个习惯减少了不少工作量，但只靠上岁数的所长一个人，还是非常辛苦的。

患者多自然手术也多。就连阑尾炎手术，平均一周也会有一次。再算上开刀摘除肿瘤和缝合伤口等，就远远不止这个数字了。

只不过和大城市相比，重伤比较少。用所长的话说，“全是小毛病”。这也许是因为岛上车少，比较悠闲自在，而且老人居多吧。总之岛上没有高中，初中一毕业，年轻人就都移居伊豆或静冈那边了。剩下的都是些老人，很少会受严重的伤。

当然了，胃溃疡或是癌症患者还是挺多的，但大部分人得知病症后，就转去本土医院了。这也是令所长扼腕叹息的事，他总是遗憾地说：“其实我做的手术，比那些本土医生强多了……”

岛上居民虽然对所长的话举双手赞同，但一遇到大手术还是会离开这座岛。虽然他们知道这位长胡子医生医术高明，但是觉得诊所的设备还是……

这也难怪，所里既没有全身麻醉的器械，也没有其他医生专门负责这项工作。所长曾经考虑过购买这个机器，再招聘年轻医生专门负责，却被村政府告知没有预算，只能作罢。

“如果一直窝在这地方，我的高超医术也就没有用武之地了。”所长总是如此叹息。就在这时，出现了要求做胃溃疡手术的人。患者是长年在町政府当办事员的五十五岁男性。五年前，所长帮他医好了腿部骨折，之后他就成了所长忠诚的崇拜者。所长刚一建议他做手术，他就当场表态："那就拜托您了。"

一听这话，所长比患者还要感激涕零。

"你愿意让我做吗？"所长不禁握住了患者的手。

这座诊所已有一年没做胃部手术了。这期间，虽然有过四五名应该做手术的患者，但是都转到本土医院去了。

即便是冲着他们，所长也得炫耀一下自己的精湛医术。

所长铆足了劲。

一般来说，时间长的手术最好采用全身麻醉，但是没有麻醉器械也没法子。其实给腰椎麻醉稍稍加量的话，也是能做手术的。实际上，全身麻醉在如今这般普及之前，都是靠腰椎麻醉进行的，所以并没有做不了的道理。

不用说，手术肯定是所长执刀，护士长传递器械，三郎是第一助手。别小看这家小岛诊所，手术器械还是一应俱全的。同样是打开腹腔，胃部手术和阑尾手术完全不一样。阑尾手术时，只在右下腹切开三四厘米的小口，但胃部手术就要从心窝一直切到肚脐以下。

打开腹膜后，从胃部到小肠一览无余。正如诊断结果所示，胃部弯曲成钩形，并且转移到了小肠的这部分有溃疡。约有拳头那么大范围的黏膜溃烂，中央仿佛被剜去一块似的凹陷下去。

所长用长手术钳夹住胃两边，开始切除。胃被切掉了三分之一，再把其顶端和肠子重新缝合。

"这里必须缝牢靠了，不然食物会从缝隙间漏出来，那可就玩完了。"所长心情颇佳地告诉三郎。

一边协助所长做手术，三郎又一次激动不已。第一次看到胃肠，自然很惊讶，但更多的是自己能全程参与这么大的一台手术，还作为第一助手夹胃、缝合，这些事实让他更加感动。

"我也是有用的……"三郎第一次实实在在体会到了自己正在参与

一项重大工作的感觉。

说起来，所长的技术的确非常高。难怪他自诩“不输给本土医生”呢。

尽管三郎没看过其他医生的手术，不能立判高下，但所长一边给三郎说明要领，一边从容悠然地做手术，而且只用了不到一小时，医术不可能不高超。一看就是满怀自信。

“怎么样，觉得有意思吗？”术后所长问道。

三郎使劲点点头：“我太感动了。”

“你很快也可以变成这样的。”

“真的吗？”三郎欣喜地问道，随后马上想起自己没有医生执照。

虽说没有医生执照，也不能总是这么忧心忡忡的。先不管去其他地方会怎么样，只要身在这座岛，就用不着在意执照的事。虽然违法，但我这么做是为了这座岛，我是在拯救岛上的居民。

三郎经常这样告诉自己。如果不这样自我暗示的话，他就会感到不安。

“不会被谁告密吧？”胃溃疡手术后，三郎有些担心地问，但所长泰然自若。

“别战战兢兢的，有我呢。”一听所长这话，三郎立刻坦然多了。

“大胆地干，继续努力吧。”

在实际工作中，所长也不断地让三郎承担各种各样的手术。

从早春到初夏的这三个月里，三郎为六名患者做了阑尾炎手术，给十个人缠了石膏绷带。

这期间，共有十一位阑尾炎患者，就是说三郎独自完成了其中的半数，而且石膏绷带也几乎全都由三郎来缠。

这一来，手术时倒是没人说什么了，但是三郎一缠石膏，有两个患者不乐意了。

一个是小学老师，另一个是种植小苍兰的农家主妇。那位老师有些不满地说：“不是所长给我缠呀？”

“现在所长很忙。”明子这一句话，那人就闭上了嘴。

另一位农家主妇则说：“不好意思，我想让所长为我缠。”

三郎只得去叫所长，所长走进石膏室，对她说道：“我说大妈，比起我这老头子，这位年轻医生缠得更好。没事的，放心吧。”还拍了拍主妇的肩膀。

“是吗？你是年轻医生啊，真是对不起。”主妇还缠着石膏，却低头给三郎道了个歉。

“我又不是医生，您那么说可以吗？”事后三郎问道。

所长却满不在乎：“没关系！将错就错吧。”

实际上，有些患者还常常称呼三郎为“医生”。他走在走廊上的时候，有人会跟他打招呼：“你好，医生。”三郎一瞬间不知道对方在跟谁说话，但马上就反应过来是自己，急忙低下了头。

老病号都知道三郎不是医生，但是伴随着新病人的增加，关于这个问题渐渐变得含糊起来了。

在三郎执刀的六例阑尾炎手术中，占一半都是十五分钟左右就结束了。阑尾找得很顺利，切除后的伤口也缝得漂亮。

外科医生中总有人喜欢在手术时间和伤口大小上争长短。就阑尾炎手术来讲，五分钟结束战斗、伤口只有三厘米等，这些都是他们引以为荣的战绩。

但是，即便伤口再小、时间再短，手术如果失败就都抵消了。无论是从五分钟延长到十分钟，是三厘米还是四厘米，其实区别并不大。最重要的是要扎扎实实、认认真真地做。

这一点三郎表现优异。他本来动手能力就强，性格也很谨慎。切除阑尾时他也是反复确认位置，缝合后也要细细确认是否缝得太松。

刚开始时，他觉得难于登天，习惯了以后竟然变得易如反掌。我也能行，一旦有了这样的自信，他与生俱来的灵巧就发挥出来了。

话虽如此，由于手术还是做得太少，半数虽然顺利结束，但另一半手术就做得有些磕磕绊绊。

其中有两例手术，光找阑尾就花了二十多分钟。三郎把肠子夹起来，翻来覆去地找，才好不容易找到。其中一个是因为盲肠扭曲在肠道内侧；还有一例是移动性盲肠，已经转移到相当靠左的地方了。虽然费了不少劲，但三郎也借此机会，摸清了盲肠部位的各种情况。

另外一例是阑尾已经破裂，一部分粘连在周围的肠子上。这例手术虽然由所长执刀，但是三郎学会了如何剥离粘连和插管。

虽说一共才做了六例，但由于这些经验，一般的阑尾炎手术差不多都能做了。三郎觉得无论去哪里，自己都有信心单独应对了。

除了阑尾炎手术以外，所长还让三郎做了些门诊部的小手术。

缝合伤口、切除脓肿、为治疗瘭疽而拔指甲等，这些手术技能都非常实用。

在缝合或切除之前要先进行局部麻醉。

一开始，所长命令三郎进行麻醉。因为要在伤口处进行注射，患者会感到疼痛。医生就要一边不断安抚患者情绪，一边注射，之后再进行切除或缝合。看了几次以后，所长说了句“你来试试”，便把手术刀递给了三郎。

三郎第一次进行切除手术时，害怕总是不能一次切开。但是做过多次这种手术后，他发现自己如果畏畏缩缩、犹豫不决的话，反而使患者更疼痛，更加不安，还不如果断地一刀下去，这样既快速，又缩短了患者的痛苦。

缝合皮肤时的窍门是，要仔细对齐皮肤接缝后再缝。如果某一部分没有对齐，或者出现卷边，愈合时间就长，愈合后的伤疤也比较难看。为了防止这种情况发生，每缝一针，他都要仔细用镊子对齐伤口。

在做指尖手术时，要在手指根部进行麻醉。先让这部分神经麻痹，由此阻断通往指尖的神经。这时要用浓度为 1% 或 2% 的麻醉液。

对这些要点，三郎都一一仔细观察，记在本子上。之后若所长让他试试，他才初次实地尝试。无论学习什么，第一步都是观察，为此，他必须无时无刻不跟在所长身边。

幸好，手术和患部处理大多安排在下午。三郎每天早上都比别人早来医院一个小时，完成头天送来的住院患者的化验单，然后再做门诊病人的化验，尽量把下午空出来，好去观摩学习所长做手术。

只要有时间，他都会跟在所长旁边，便于观察和打下手，结果有的病人误以为他是来实习的医学院学生。

有的患者还对他说："学生哥，能不能再给我点绷带？"

不消说，三郎一拿起手术刀或注射器，就有人明显地露出不高兴的神色。

"如果不是所长给我做的话，我就走了。"还有人这么说完，就要拿包回家。

"那就我来吧，其实也没什么区别。"所长边说边不情愿地拿起手术刀。

"外科医生一过五十岁就不行了，体力跟不上，精力也不足了。如果让那些大学里的老教授做手术，可就傻到家了。其实还是交给年轻有活力的副教授或者讲师比较好。礼金也用不着给那么多，而且这个阶段的医生是最肥美的。越老越值钱的只有古董和青苔之类的。"所长边开玩笑边开了刀。

然后，他再说"相川君，下面你来吧"的时候，大部分患者就不吭声了。

多亏了所长，患者这边倒是糊弄过去了，问题还是在护士方面。

护士长还是老样子，整天绷着个脸，三郎一来门诊处，她就满脸不悦地背过身去。诊病时，三郎要是站在患者身后，她就露出厌烦的神色，仿佛三郎挡了她的道似的。

有时候，她就像算好了似的，三郎一来，就扔给他一堆检验单。和护士长一头的护士们，也对他有些冷淡。

即便如此，护士长不像前一段时间那样当面找碴儿了。不知道是不是所长对她说了“别对三郎那么苛刻”，不过，她好像也逐渐承认了三郎的存在价值。

实际上，三郎来不来门诊帮忙，会关系到治疗结束的快慢。即便只是切除手术，所长会和患者唠叨个没完，缝合速度也很慢。在这点上，三郎话不多，做事也利索。

所以年轻护士们更倾向于和三郎共事。

在进行临床实践的同时，三郎学习医书也有了不小进展。虽说有进展，也只读完了第一册的总论，但自我感觉对于外科学的轮廓有点朦朦胧胧的认识了。

刚开始时，即便是一页，他也要边查字典边看，得花上一两个小时，但现在就好多了。渐渐地，阅读速度快起来，一晚上能读五六页了。不但记住了好多医学用语，所长写在病历上的字也能看懂一半了。

随着知识增加，三郎发现病历上写的并不是什么特别难的内容，与其说是文章，倒不如说是单词的罗列。

每读一页，都会有无数新的疑问冒出来。在临床治疗中，也有许多怎么想也搞不懂的问题。

幸好所长好像并不讨厌三郎问他问题。

他还说让三郎“从最常见的不懂的地方开始问”，于是三郎每天都从实际碰到的问题开始问起。

医学院的学生和年轻医生往往担心自己提的问题会被人笑话，但是三郎就用不着想那么多。原本就不是科班出身，就算一无所知也没什么可耻。

门诊时他也会提些问题，但主要还是趁着门诊比较清闲的下午，直接去所长室问问题。敲了门进来后，所长点点头说：“哦，来啦。”只要不是忙得不可开交，他都会悉心为三郎解释疑问。

“今天什么问题？”

“测血压的时候，有最高和最低，那是什么意思呢？”

所长思考了一会儿，答道：“一般来讲血压指的是动脉压。这个动脉压肯定会在心脏收缩和舒张时有所变化。所谓最高血压，就是心脏在收缩度最大时送出血液的压力。健康男性平均在 120mmHg 左右。这个数字的意思是该能量相当于把水银柱顶上 120 毫米的压力。”

所长中途起身，在后面的黑板上讲解起来。三郎拿出随身携带的笔记本记了下来。

“与此相对，最低血压就是心脏在舒张时送血的压力，平均在 90mmHg 左右。这个最高压和最低压之间的差值就叫作脉压。这个脉压一般在 40mmHg 前后，但因人而异。如果这个差值变小，最低和最高接近的话，说明心脏在收缩和舒张时送血的力没有太大差别，也就是说收缩力不够，意味着心脏的功率低。”所长的语气自然而然地变成了讲课的腔调。

说不定所长在回答三郎的提问时，找到了一种给学生上课的感觉。

“我的学习成绩优异，只是因为和教授吵了一架，才来到这座岛上的。如果没吵架的话，现在我就是大学教授了。”正如平常总是这样挂在嘴头上那样，所长或许是把自己未能实现的梦想，通过给三郎上课来获得满足。

“还有吗？”

“阑尾炎手术后，如果病人排气了，您就会说‘没事了’，这是为什么呢？”

“这个问题问得好。”所长重重地点点头，接着讲了起来，“肠道即便没人去碰它，也会自己蠕动，拥有一种所谓自动能力。开腹之后，你也能看到肠道在缓缓地蠕动吧。正因为有这种功能，食物才能从胃部运送到肛门，这五六米长的肠道从来不会变成一团乱麻，全都顺溜地收拢在腹腔里。”

三郎一边点头，一边回想开腹时看到的肠道模样。确实，肠道宛如一条盘着的蛇，看似静止，其实是在轻微蠕动。这和本人意志无关，完全是肠道的自发行为。

“但是一旦打开腹腔，把肠道折腾一番后，这一能力就会减弱。如果手术时间过长，肠道就恢复得比较慢。如果肠道静止不动，过不了几天就会出现中毒现象，威胁人的生命。排了气，就意味着这个自动能力已经恢复，肠道开始正常运行了。”

三郎第一次知道了人体构造竟然如此精密，佩服不已，也发现很多民间流传的俗语还是有一定道理的。

“你提的问题也逐渐专业起来了。”所长满意地点点头，半开玩笑地说，“下次我让他们都叫你‘医生’吧。”

风

chapter 02 / 风 云

云

从五月末开始，小岛比本土早一步进入了梅雨季节。从现在起直到六月末这段时期是一年里降雨量最多的。

不过，由于这座小岛漂浮在大海上，就算雨季来临也是凉风拂面，并不会感觉像本土那般闷热。

即便如此，连绵数日的降雨还是影响人的心情。看到那被雨水浇湿的道路、住家屋檐以及海枣树叶，就会令人陷入某种通往本土的归路被封堵的不安里。

三郎来了这座岛以后，最感觉孤单的就是第一次雨季来临的时候。可能是四月份刚来，时日尚浅的缘故吧，他好几次冒出了回东京的念头，已经失去了能在这种人烟稀少的地方生活下去的信心。

后来，随着工作日渐熟悉，认识的人也多了，三郎才算是安定了下来，但是每到梅雨季节，还是会备感孤单。

若是在本土，枯叶纷飞的秋冬季节最为凄凉，但岛上并没有明显的四季之分。隆冬季节也是满眼绿树，还盛开着山茶花，相比之下还是梅雨季节更觉凄凉。

无论在这里待多少年，岛上的雨都会令人深感寂寞吧。

不过，没有比今年的梅雨季节更令三郎忧郁的了。理由之一当然是这连绵不断的雨，另一个原因就是诊所里剪不断理还乱的人际关系。

刚来岛上时，医院的人对他都很亲切。可能是听说三郎是特意从东京过来的，大家都非常关心他会不会觉得孤单、缺什么东西不缺，对他嘘寒问暖。

但是，这段时间情况一点点发生了改变。

自从三郎受到所长器重，做起医生以后，职员们都开始对三郎冷眼相向了。

他们虽然不会当面说什么，公开指责三郎的也只有护士长一人，但是从职员们的态度可以看出，他们心里其实很不爽。

例如药剂师高冈，一见到三郎身着白衣去手术室，就故意大声说："真不容易啊，真够忙的。"三郎明白这话听起来像是同情，其实是挖苦。

高冈的年龄比三郎大一轮，仗着有药剂师执照，看到三郎像个真正的医生似的给病人开刀，大概心里不痛快吧。

尽管不像高冈那么过分，办事员们说话的口气也好不到哪儿去。因为前几天还和他们一起，手持算盘计算诊疗报酬的人，现在竟然当上了医生，还被患者称为"医生"。

其实三郎现在的职务还是办事员。三郎在形式上地位低于他们，工资也不多，居然冒充医生，深受所长宠爱。这一点让他们心怀不满。

最近，三郎即便来事务室，也没人搭理他。三郎只好主动和他们说话，可他们的回答也只是三言两语，说完就不理不睬了。

像胜田股长之流，即便三郎对他说话，他也是装没听见。

这样一来，三郎就不怎么去事务室了，结果和他们越来越疏远了。

实际上，这一个月来他们都没叫他打麻将了。就算叫他去，也总是一口一个"医生"地叫他，还说什么"不愧是医生，手气就是壮"之类令人不快的话，令三郎心情愈加恶劣。

诊所里的男性除了所长以外，只有办事员们和药剂师了，如果遭到他们的冷遇，就等于被孤立了。

而护士们对他也好不到哪儿去，护士长仍然是一脸厌恶。在护士长庇佑下的年轻护士们有时也顶撞三郎，还在背地里说什么“我们护士没有必要服从不是医生的人的命令”。

但是三郎从不以医生自居。既然干的是医生的活儿，自然要做一些指示，但她们把这些统统看作三郎自以为是。

总之，现在能放心说话的只有明子了。但是就连这个明子，也建议他这段时期最好少参与医生的工作。

理由就是，再这样下去会更加惹人嫌的。

在这种小岛上，没有比被大家孤立更难受的事情了。两年前有个在制冰厂工作的职员，就因为盗窃嫌疑被大家孤立了。

由于该职员坚持自己是冤枉的，最终警察也没抓他，但他还是承受不了被孤立的滋味，离开了岛。如果自己步其后尘就麻烦了。

“趁着还没到那地步，见好就收吧。”听明子这么一说，三郎的心中反而涌起一股不服输的劲头。

“不是我想这么做的，是所长要求的，我也没有办法啊。”

“你自己这么想，周围人可不这么看啊，认为是你巴结所长，才干得这么风生水起呢。”

“别开玩笑了，我什么时候巴结过所长了？”

“你是没有。我虽然知道，但是岛上的人可不这么想。所长原本也不是岛上的人，他们认定所长在偏袒同样是本土过来的你。这不是我在争辩，是事实啊。”

她已经说了不是争辩，那么反驳也没有意义。可是，被扣上莫须有的罪名，还是让三郎忍受不了。

“我是为了这座岛上的居民才这么做的，就连所长也这么说，还经常鼓励我。”

“可能这是原因之一，但所长这么说也是自己想偷懒吧。”

“怎么会……”

“因为你手术的时候，所长要么和患者闲聊，要么干脆回家去睡大觉。”

确实，上次阑尾炎手术的时候，所长好像也是在家午睡。

“但是，只有一个医生还是很危险。万一发生什么紧急情况，连个代替的人都没有，倒霉的还是岛上的人啊。”

“就算是这样，也用不着你来背这个黑锅。即使你拼命做手术，也拿不到医生的工资……”

确实如明子所说。现在三郎干着和年轻医生一样的活儿，工资却和非正式护士明子没什么差别，加上奖金什么的，还不如明子呢。

如果是正式医生的话，据说能拿到将近现在工资的四倍，至少也三倍有余。一想到这个，三郎就气不打一处来。

但是自己没有正式的医生执照，说什么都没用。干的是犯法的活儿，挣得少点也理所当然。或许应该这么想，明明没有执照，却有幸从事医生的工作，烧高香还来不及呢。

退一步想，从得以逃离日复一日地坐在办公桌前，整理单调资料这样无聊的工作角度来看自己也赚了。

而且现在自己做的工作，说破大天去，也是岛上居民所不可或缺的。虽然明子觉得是所长想偷懒,但三郎知道所长绝不单纯是为了这个目的。不怕一万就怕万一，就像所长所说的，是绝对有必要的。

“不过，不会被人告密吧。”

“何出此言？”

“我不知道，因为我听到有人说，要是这样，事情就闹大了。”

“谁这么说的？”

“医院里的人，你也不必太在意。”明子支支吾吾地说。

“如果有人想告密的话，就让他告去吧。”三郎尽管嘴上不服输，心里还是有点怕的。

《医师法》中确实明令禁止除医生以外的人进行医疗活动。三郎有些担心，于是翻开《六法全书》查了查，在《医师法》第四章“业务”里面有如下条目：

“禁止非医生行医”

第十七条 非医生者不可行医。

“名称的使用限制”

第十八条 非医生者不可使用医生或容易混淆的名称。

而且在第六章的“责罚”中明文规定：“违反第十七条规定者处以两年以下有期徒刑，或两万日元以下罚款。”从这条来看，三郎不仅完全违反了《医师法》，如果被警察知道了，还要面临有期徒刑。难怪明子这么担心。

不过，若问在现实中，这条法律得到严格遵守了没有，似乎又令人生疑。比如说，在大城市的医院里，经常会看到护士给患者更换纱布或注射等，还要求患者限制饮食和静养等。

这些都属于行医范围，所以严格来讲，由护士做这些就是违反了《医师法》。同时，命令、指使护士这么做的医生也属于违法。总之，这些确实都不是法律承认的行为。

而且在“业务”的第十九条中写着：“从事诊疗的医生在患者提出诊疗要求时，若无正当理由不得拒绝。”

但是，在休息日和夜间找医生看病被拒的例子数不胜数。他还听说过急救病人被推来推去，最后不幸死亡的案例。

医院总是以“现在是深夜”或者“没有床位”等为借口不接收病人，

但是这些能算是正当理由吗？在人命关天的问题上，这些似乎都很难被称为正当理由。

特别是在《疗养方法等指导义务》的第二十三条里写着："医生在诊疗时，须对病人或其家属进行疗养方法，及其他增进健康所必须事项的指导。"

但是迄今为止，三郎去医院看病，从来没有得到过令自己满意的病情说明。

就算患者问"是不是感冒"，医生也只是不耐烦地点点头。问医生"这是什么药"，医生也只说一句"按时服用就行了"。

能够就病情进行适当说明和指导，直到患者理解为止的医生根本就不存在。

由此可知，几乎所有医生都违反了《医师法》。

但是在现实中，却没有一位医生因为这些事情被问罪。

法律虽然这么规定，实行起来却完全不同。大概是因为如果严格按照法律规定实行的话，根本无法操作。

实际上，如果每拒绝一次深夜诊疗都要判刑的话，也许就没人愿意当医生了。

这方面，恐怕就需要灵活机动地来解释法律了。

如果以此逻辑来解释的话，三郎的诊疗行为也算不上违法了。

医生确实缺人手。只有一个医生的话，就连一台手术都应付不了。这种情况下，让一些没有医生执照的人帮帮忙，进行一下简单手术不是很正常吗？如果这样确实有助于解决问题的话，就应该得到允许。读完法律书籍后，三郎这么想。

"我虽然还不太懂，但是，大城市里的医生深夜拒诊和你做阑尾炎手术，好像不太一样吧？"明子质疑道。

也是，听她这么一说，三郎又有点心里没底了。好像一边是稍有违规，一边是重大违法的感觉。要说具体有多大的不同，他又说不出来，但根据常识来判断，的确不大一样。

“但是，又不是我愿意这么干的……”虽然有点怯懦，但是三郎最终总是以此来为自己辩解。

不过是听从所长命令而已，并不是自己愿意的。

事实上，即便三郎问所长：“我干的事情不是违法的吗？”所长也是每次都告诉他：“这个你不用在意。”

也许是所长因为那些年轻医生不来岛上，才赌气这么说的，但归根结底，三郎的诊疗行为是所长本人认可的。只要所长认可，纵然被人告了密，三郎也用不着担心。

被问罪的话也不只是三郎一个人，所长作为责任人，也同样有罪。

“就算被人告了也没什么大不了的。”

岛上除了本町以外，还有两处派出所。不过署长和警员全都是所长的患者兼朋友。

他们都知道所长一个人忙不过来，三郎有时候会帮忙做做手术。也就是说，大家都是同谋。

即使有人告到派出所，署长也不可能逮捕所长。

到头来，肯定会说一句“唉，那也没办法啊”，就算完事了。

比起这个来，更让人担心的，倒是那些通过明子的嘴，来威胁自己，“我要告发你”的诊所职员的态度。

岛上的雨淅淅沥沥地下个不停。

连巨大的海枣树叶、圆石堆砌的石墙、通往国道的小路都被雨浇透了。

三郎借宿的屋子位于自行车店的二层。从朝南的窗户，透过茂密的棕榈叶，能看见入海口。

那天的海上也是大雨如注。

虽说今天是周日的下午，雨中的小镇却一片静寂。三郎一个人望着雨中的海面，不知怎的，想起了《城岛之雨》这首歌：

雨下个不停
在城岛的海边
下着利休鼠色的雨

利休鼠色是指那种略带绿色的鼠灰色，但雨本身是无色的。三郎推测，利休鼠色应该是透过蒙蒙雨雾所看到的景色。

确实，这个郁郁葱葱的小岛被雨水打湿后的颜色，或许就是利休鼠色。

绿色蒙上一层灰色，这景象更令人心生寂寞。三郎发现自己现在变得相当伤感了。

他唱着唱着竟忍不住想哭。

自己竟然来到这么一座遥远的小岛。他不由得思考起自己为什么要来这么一个鸟不拉屎的地方呢，但同时他又觉得在这里生活也挺好的。

令三郎变得如此感伤的，不光是这利休鼠色的雨。

这阵子自己虽然越来越像一个真正的医生，却让大家对自己更疏远了。也许正是这份孤寂让自己变得异常多愁善感。

第一次和明子结合就是在那样一个阴郁的午后。

在那之前，三郎和明子接过两次吻。第一次是在诊所下班后，他们在本町的餐馆里吃完饭，在夜晚的海边漫步时。第二次也是一个周日，她来三郎住处玩的时候。

第一次姑且不论，第二次时，明子顺从地接受了他。如果他进一步要求的话，想必她也会以身相许的。

但是，三郎在关键时刻还是控制住了自己。一个人生活在岛上，想要和女人亲热也是正常的。何况三郎一直生活在东京的闹市区，只要他愿意，女伴是从来不缺的。

可是岛上连风俗店都没有。虽然建有旅馆的本町有十来个艺伎，但是她们与其说是卖艺的，不如说都是卖身的。

三郎一开始时并不知道这些，后来有人告诉了他，他便去玩了玩。

出人意料的是，她们大部分都不是岛上的人，而是从本土或附近岛屿上过来的。

她们得知三郎住在岛上后，对他十分热情，还以比游客便宜的价格接待他。

但是，她们大多都已年过三十，有的已年近五十。因为年轻美貌的艺伎都去本土了。

就算对自己再热情，这些半老徐娘也让三郎不堪忍受。而且这个岛也就巴掌大这么点地方，走在街上也总能遇见。“哎呀，是医生啊”，每当她们这么打招呼时，三郎都会面红耳赤。

总之，这个岛没有地方可以消遣。年轻人离开岛的理由之一，恐怕就是因为岛上没什么城里那样的灯红酒绿之所。因此只要是住在这个岛上，还是得有个固定的女伴，要么就得正经结婚。

从这点来看，选明子做女友再合适不过了。虽然她还是实习护士，但也是高中毕业，性格也稳重。

岛上的女性与东京的女性相比虽然比较内敛，但很要强。明子也是如此，她不跟着诊所同事跑，一直支持着三郎。她的长相虽然称不上美女，也说得过去，身材也还不错。

而且三郎本身也没什么可挑剔人家的本钱。个子虽说还不算矮，但是正如他的绰号“肢肥”那样，手脚稍大，显得不太协调。虽然整天干着医生的活儿，其实不过是高中毕业。从这个角度说，明子配三郎还有富余呢。

但是，三郎犹豫是否和明子交往，其实另有原因。

说心里话，他觉得如果和明子在一起了，就无法逃离这座岛了。

当然了，如果三郎想离开岛，随时可以辞掉诊所工作回东京去。虽说和岛上的女性结合了，也不意味着一辈子被拴在这里。

但是不知为何，三郎总是觉得自己逃不掉了。与其说有什么缘由，不如说只是一种直觉。

明子虽然看上去非常老实，其实个性很强。她一旦认准的人，就会一生追随，不离不弃。

三郎虽然很欣赏明子这一点，同时也觉得是个负担。可以说正是这种不安，让三郎在开始时畏缩不前。

但是现在情况有所不同，三郎正处于四面楚歌的境地。站在自己这边的除了所长以外，只有明子了。能掏心掏肺地说话的只有对明子一个，再加上这利休鼠色的雨，使得三郎更加沮丧了。

在第三次接吻后，三郎明确地表示想跟明子做爱。

明子稍微抗拒了一下，最后还是委身于他了。可能明子也被这连日梅雨搞得身心寂寥了吧。

事后，明子嘤嘤哭泣着，紧紧地抱住了三郎。

搂着明子那还残存着少女般僵硬感的身体，三郎觉得自己再也无法逃离这座岛了。

梅雨季节结束于一周后的七月初。

伴随着雨季的完结，岛上迎来了旅游旺季。从七月到八月，岛上的人口一下子猛增了两三倍，而且全都集中在乘船码头所在的本町，使得那一带热闹得宛如一个大城市。

总共只有六家的餐馆和咖啡厅人满为患，从码头通向酒店的大道两旁，临时搭建的特产店鳞次栉比。对于从事旅游业的人来说，这两个月正是赚个盆满钵盈的好时候。

不过，岛上也有反对招揽游客的人。

町里确实是热闹了不少，但八成游客都是学生，并没有看上去那样出手阔绰。他们大部分都住在民宿，或者干脆搭个帐篷过夜。由于年轻人的大量涌入，造成了严重的公害。白天，大街上充斥着身着艳丽泳衣的年轻人，深更半夜还有人在街上喝酒。海岸边男男女女搂搂抱抱，吵架声也不绝于耳。

无论是从风纪还是城镇市容角度来看，都带来了恶性影响。有人建议不如把学生都轰走，但这也行不通。岛上近六成的家庭都在经营民宿，所以很多人认为只能如此，而且最近游客在逐渐减少。究其原因，除了经济不景气让人们把钱包捂得更紧以外，还有到关岛或小笠原诸岛那边去的人越来越多的缘故，既然同样感受南国风情，不如索性多走两步。结果，一时红火的离岛游热也进入瓶颈期了。

听说了这种状况，一般的人都会感到不安，也有人说应该加强宣传。

今年也是雨季一结束，第一波游客就上岛了，几乎都是大学生。

一进入旅游旺季，最忙碌的就是警察和诊所了。

岛上只有两名警察，但只有在夏季，本土才会派来一支五六人的机动队。

即便如此，海岸巡逻和调解打架，忙得他们焦头烂额。来诊所的患者也骤然增多了。一般来讲，夏天是容易腹泻、着凉和中暑的季节，再加上在海里溺水或受伤的病人也比别的季节要多些。

游客虽然大多是身体健壮的年轻人，可也许是不注意休息，瞎折腾的关系，得病的人还是挺多的。七月份第一周，门诊患者已经增加了三成，到了第二周就变成了五成。

三郎和所长一道忙于接待患者，忙起来就无暇顾及有没有执照的事情了。

三郎一大早就来到门诊处，和所长隔着一张桌子，坐在旁边诊病。

所长身边有护士长，三郎旁边则跟着明子。三郎身着白衣坐在转椅上，无论谁看了都会认为他是个医生。

特别是从本土来的人好像丝毫也不怀疑，一口一个“医生”，还说“能不能给我诊断书”什么的。

由于三郎没有执照，需要诊断书的患者就转给所长。初诊和难以判断病症的也都交给了所长。

三郎接待的只有复诊、更换纱布以及可以和上次开出同样药方的患者。即便如此，其中也有人絮絮叨叨地诉说昨晚的症状，还有的问他“再过几天能好”。

大致心里有数的，三郎会具体相告，不太清楚的，他就会说“快好了”或“别着急，按时来就行”等，对付过去。如果症状发生了改变，或者超出自己能力范围的话，就当场交给所长。

这种诊病方法不会出什么问题，甚至可以说是新老医生搭配得当。

虽然患者增多让大家忙得不可开交，但也让人们重新认识了三郎的存在价值。

周日夜里送来了一个在海边打架受伤的人。

值班护士马上联系了所长，但所长说自己喝了酒，已经睡下了，就不过来了。平时所长对岛上的人非常亲切，但对那些来这儿玩乐的城里人很冷淡。给发烧的病人只开感冒药，腹痛的就给点止疼药，不好好诊病。

本土的人反正也只来一次诊所，没几天就回去了。加上他们从一开始就有些瞧不起这家乡下诊所。对这样的患者所长提不起精神诊病，三郎也能够理解。

得知所长不过来，护士就联络了三郎。

凌晨一点多，三郎到诊所一看，一位二十岁左右的年轻人，头部和右手血迹斑斑地蜷缩着。听说是被啤酒瓶砸破了脑袋，伤口处的玻璃碴儿还反射着亮光。可能是因为看见了血，伤者和陪同人员全都面色惨白。

旁边站着派出所的警员。

在他们的注视下，三郎让伤者仰面躺下，擦拭了伤口周围之后，给他打了一针麻醉剂。

头部和面部由于血管分布较多，即使流了好些血，也不用太担心。三郎心里有数，所以镇定自若。

他先把玻璃碴子从伤口处取出，仔细消毒后进行了缝合。

“疼疼疼……”伤者每叫唤一下，跟着来的同伴们就不安地站起来瞧。

在众目睽睽之下，三郎边说着“镊子”“止血钳”，边缝合，感到有种痛快的感觉，仿佛自己成了舞台上的主角一般，心情畅快。

缝好再缠上绷带后，伤者已经完全安静下来了。

“我们明天回去，他这样没事吧？”一位陪同男性这么问，三郎缓缓点点头。

“伤在头部嘛，多少会有点疼，但只要卧床休息就不要紧的。我给他开点消炎药和止疼药，按时服用就行了。”

“几天能好呢？”

“到伤口愈合至少要十天吧。明天回去之前，再来换一次纱布比较好。”

“太谢谢您了。”打架时的精神头不知都跑到哪里去了，小年轻们向三郎郑重地低头道谢，然后离开了。

好像没有一个人觉得三郎是个冒牌医生，都以为他是个刚刚大学毕业的年轻医生。

“哎呀，医生，你真是太了不起了。我听说所长不来，担心了一路呢。”警员说着，拍了拍三郎的肩膀，“干脆利落，很棒啊！”

“您过奖了……”

“今儿晚上多亏了你。谢谢啊。”警员握着三郎的手，敬了个礼，然后离开了诊所。看着他的背影，三郎有种奇怪的感觉。

“真是怪事……”三郎感到既吃惊，又可笑，一个人苦笑起来。

七八月份充斥在岛上各处的游客，到了九月，就如退潮一般不见了。

那段时期，因喧闹的年轻人而烦恼的岛上居民，由于终于恢复了平静而放松了心情，同时也感到一种落寞。以至于对于那些一直视为讨人嫌的年轻人，有些依依不舍了。

仿佛觉察到了居民的这种心情，也有八月末九月初到访的年轻人。全是些暑假前就结束考试，学校一直停课到九月中旬的大学生。

“盛夏时节人多，待遇不好，九月份以后比较好哦。”他们好像是听人这么说了才来的。

确实，进入九月后，以同样的钱，能够租到更好的房间，饭菜的质量也提高了些。由于客人少，服务相应提高也是理所应当的。

不过九月后风浪更大，不太适合下海游泳了。每日往返的轮渡也颠簸起来，晕船的人也增多了。

这个九月的第一个周二，胡子所长突然去本土了。

因为所长从学生时代起就交情颇深的好朋友，一位在东京开业行医的医生突发脑溢血去世了。

接到消息是周一夜里，所长立刻决定去东京，并坐上了翌日早班的船。虽说是早班，直航船十一点出发，抵达东京的竹芝栈桥时已经是晚上六点半了。所长打算在前一站的下田下车，乘坐伊豆特快前往东京，这样就能提前两个小时到达。即便如此，也只能将将赶上守灵仪式。

总之，从岛上去往东京是一次长途跋涉。出发前，所长把三郎叫到家中，告诉他“所里就交给你了”。

“如果是其他人就算了，那家伙的葬礼我必须去。因为我从学生时代起就受了他不少照顾。”胡子所长说着说着眼眶红了。别看所长平时嘴上没有把门的，其实很可能是个特别重视友情的男人呢。

“今天是守灵前夜，明后天好像是葬礼。结束后我马上就回来。”

“那么您是三天都不在吗？”

“三号病床的藤田没什么异常，村山明天拔管就行了，剩下的患者应该不会有什么大问题。总之，有你在我放心。”

三郎很想说，您好不容易去趟东京，好好玩玩吧，但这话实在说不出口。一想到所长不在这段时间，所有患者都要交给自己，就让他深感不安。

“我可以吗？”

“哪有人问别人，我可以不可以的？当然没问题了，全权交给你了，我会这么告诉护士长的，你就好好干吧。”所长说完，拍了拍三郎的肩膀。

说实话，最近三郎有些小看了所长的存在。他觉得所长确实是位有经验的医生，但也没什么大不了的。姑且不说那些疑难杂症和重伤，单是普通感冒和割伤处理的话，自己也能胜任。懂得了一点儿医生工作的皮毛之后，三郎变得有些自信过了头。

但是所长真的不在岛上，情况就不同了。

“什么时候能好？”“还得继续吃药吗？”“抹点外用药比较好吧。”所有这些问题都得自己答复人家。以前自己一直是鹦鹉学舌地回答，所以没出过什么大错。

但是，那时候身边总有所长在。即便不在身边，万一有不懂的也可以直接问。就算不问，到了关键时刻只要把病人转给所长就万事大吉了。

这回可不行了。即便是哭天喊地，三郎也是孤身奋战。

原来如此，一直自认为无所不能，是因为有所长这堵墙在保护自己。所长一旦离开，保护自己的墙被拆除，自己就会暴露在凛冽的寒风中。

“必须拿出十二分的精神来。”三郎无数次对自己说。

第一天没来什么太棘手的患者。住院患者很稳定，定期来院复诊的患者还像上次那样处理就可以。无论开药还是注射几乎都遵照上次的处方。

让人担心的十个新病人也都是小毛病。十个人里三人是感冒，两人是轻微腹痛，剩下的五个是腰部或胳膊神经痛的患者，或者来测血压的人。

大体上说，比起外科来，三郎更发怵内科。外科若遇到复杂病症虽然也很难办，但如果都是割伤、摔伤、脓肿或阑尾炎之类的话，自己还能将就处理。

如果是跌打损伤，冷敷患处休息即可；骨头出现裂缝就绑上石膏绷带；割伤就缝合，脓肿就开刀切除，再注射抗生素或开药；阑尾炎的话就冷敷右下腹，并服用抗生素，如疼痛不见减轻就做手术。

外科范围内的疾病诊断比较清晰，所以治疗方法也可以自行决定。

与此相比，内科疾病在初诊时很难诊断具体病症。同样是头疼脑热、全身无力，就包含从感冒到癌症等多种可能性。

必须通过诊查和检验逐一进行甄别才行。

没学过诊断学基础知识的三郎最发怵这个了。如果只是单纯感冒，只要开些退烧药就行，但如果是肺炎，光吃这类药是治不好的。如果不进行治疗，患者就会呼吸困难，甚至死亡。为了鉴别病症，除了听诊以外，还要能够看懂 X 光片，另外还得看得出血沉和白血球的动向。只要能够确诊，治疗主要靠注射或服药，并不需要特别高的医术。

从这点来看，比起诊断来，外科更重视手术技术和时机。无论诊断得多么准确，如果不掌握手术方法的话也无济于事。

现在的三郎所掌握的技术远远高于学问。即便不清楚阑尾炎的病理和原因，手术也是能做的。临床上虽然不输给年轻医生，理论方面就稍显薄弱了。

说实话，面对那些因为腰疼第一次来看病的，或来测血压的病人，三郎就会感到有些心里没底。

虽然给腰疼患者注射了止疼剂，还开了相同的药，但是看起来不像是单纯的神经痛。从患者脚尖麻痹、走路摇晃这点来看，很可能是骨骼或脊髓受损的病。

一位怀疑自己血压高的病人经过测量后果然血压偏高，但他身形瘦削、无精打采。手脚稍有浮肿，从这点来看可能是肾脏不好。

即便是高血压，也分为单纯高血压和肾脏不好引起的高血压，各有其相应的疗法。如果肾脏不好，不先治疗肾脏，血压也降不下来。今天三郎只给他开了些轻度降压药，但是管不管用还得另说。

如果所长在的话，三郎可以把患者转给他，让他决定治疗方针，但今天只能靠自己。

“别太累了……”三郎先这么敷衍一下患者。然后验尿验血，出结果要等到两三天以后。

“三天后请再来一次。”这样就可以暂时躲过去。

但是护士长还是照旧给三郎出难题，能明显感觉到她在刁难自己的就有两次。

第一次是一位慢性肺结核患者来看病的时候，患者是位六十岁的老人，年轻时得过肺结核，最近有些感冒咳嗽，老人担心会不会是结核病复发。三郎打算只给他拍张胸部 X 光片，让他三天后再来，但是患者坚持要马上知道结果。

三郎正不知如何是好，护士长却站在患者一边帮腔：“还是早点知道比较好是吧。”她明明知道三郎不会看 X 光片，所以才故意让他为难的。

三郎给那位心脏病人测完心电图后，她也是如此。三郎这边刚一说：“三天后出结果。”病人就问：“明天不行吗？”于是旁边的护士长就用能让后面等候的病人也能听见的嗓门说：“因为所长医生三天后才回来，只能请您再等等了。”

她说得虽然没错，但是也用不着那么大声啊。

不过外科那边总算都对付过来了。头两天三郎做了一个阑尾炎手术，缝合了两个割伤的，以及脓肿开刀和拔指甲的各有一人，全顺利完成。对于这些三郎还是自信满满的。

总之，一边遭受着护士长的欺负，一边较为顺利地度过了前两天。再熬一天，所长就回来了。

没想到第三天的午后，送来了一位急诊病人。

患者是位二十二岁的女学生，两天前和五位朋友来到这座岛，住在民宿里。据说是他们一大早租了个车正在绕岛兜风的时候，她突然觉得腰疼起来。三郎看了看她，手捂着肚子，脸色苍白，娇小的身体弯曲得像一只虾，不住地呻吟。

三郎马上给她测脉，但脉象微弱，血压也若有若无。他判断这并不是普通的胃痉挛或胃炎引起的腹痛，当然也不是腹泻。大概某个内脏器官，不是胃部就是肠道，突然出现了问题，也就是所谓的休克状态吧……

三郎的诊断也就到了这步，再往下就说不好了。

但是，必须先采取一些必要措施。

“补斯可胖。”三郎不假思索地说了一种止痛剂的名称，但马上觉得这点药量不够，于是换成了麻药，“杜冷丁。”说完他偷瞄了一眼护士长，还是那张厌烦的脸。

看着她的脸，三郎猛然想起书上写过休克状态时不能打麻药。虽然记不清是哪本书了，但是确实读过。

“不，还是先打点滴吧。”他立刻改变方针。患者面色苍白，血压极低，说明是部分内脏或主要血管爆裂而大出血导致的。

这样的话就要先打点滴，首先向血管里输送营养。不对，说不定应该直接输血。

“先输生理盐水和葡萄糖各二百，然后输血。”说完，他又看了一眼护士长，这次她倒是温顺地点了点头。

“我们想马上输血，她的血型是什么？”

“好像是A型血。”一起来的女孩子答道。她后面站着三个男孩，也都面无血色地杵在那儿。如果从他们身上抽血，没准还能来得及。

“那么，可以请你们为她献血吧。”三郎马上让护士去拿血型检测剂。

这期间，患者一直满头大汗，痛苦地呻吟着。

“这样下去她也许会死……”三郎这样一想，吓得膝盖突然哆嗦起来。

“冷静。现在这座岛上只有我一个医生。”三郎告诉自己。

“总之先送到病房去……”

刚一挂上吊瓶就往病房转移。男生们也都不安地一个跟着一个去了。

“她没事吧？”其中一个人问三郎。

“不知道。”三郎态度生硬地回答。

这下子，他也没工夫看门诊病人了。

门诊交给了一位实习护士，其他人都过来参与救治这位急诊患者。在情况这么危急的病人面前，护士长好像也没工夫为难三郎了，正和年轻护士们一起准备输血呢。

“所长什么时候回来？”三郎趁这个空当问护士长。

“今天晚上他会离开竹芝栈桥，明早九点到。”

“他住东京什么地方？”

“K 酒店，估计已经出发了吧。”

现在是下午两点，不知所长还在不在，除了打电话确认外别无他法。

从东京回岛的船，只有夜里十一点从竹芝栈桥出发的这一班。从本土回岛的人几乎都要坐这艘船。

除此以外，每天有两班可乘坐十八人的螺旋桨式飞机，从羽田机场起飞，然后从其他岛屿乘飞往位于本岛五十公里以北的亲岛的航班，再从亲岛坐渡船回来也是一种方法。

但若是这个办法，从亲岛出发的最后一班船是下午两点出发，因此必须在羽田机场坐上上午起飞的飞机。现在已经过了下午两点，除了坐夜里的船以外，没有其他能早回来的办法。

也就是说，直到明天早上东京的船靠岸为止，岛上能担任医生的只有三郎一个人。

“给东京的酒店打电话问问吧。”护士长紧张地说道。即便现在给酒店打电话，所长也肯定不在了。就算还在，也不可能明天早上之前回来，但是只要所长能接电话，还是能根据患者情况给予一些指示的。

“试试吧。”三郎一说完，护士长就跑向了事务室。这次她可不是为了欺负三郎而去喊所长了。面对着如此病情危笃的病人，她怎么可能还有心情斗气呢？

三郎留在病房里准备输血。患者的情况还是不容乐观，摸不到脉搏，卷在胳膊上的血压计也测不出数值来。

病人看上去是一位娇小而肤色很白的女性，此时却惨白得像白蜡，形状好看的嘴唇也没有血色。可以想象她的身体里发生了大出血。

但是从外表却看不出哪里在出血。如此看来，身体内部，特别是腹部最为可疑。实际上，患者也是一直捂着肚子，像虾米似的弓着。

三郎让她忍着痛，看了看她的肚子，下腹部异样隆起，不停起伏着。

不用说，肯定是腹腔内产生了重大异变。不知是不是连呻吟的力气都没有了，有时还摇晃脑袋，甚至打起了哈欠。

他曾听过：“危重病人如果打哈欠就很危险了。”不是在医术书上看到的，是儿时听奶奶讲的。

这是不是意味着她快不行了……

到现在为止，三郎还没有接触过不幸死亡的患者。诊所里有几位瘫痪在床的老人，都是脑溢血或风湿等慢性病，这次是头一回目睹健康人的身体急剧恶化，而且还是位年轻女孩。

这个人真的救不活了吗……三郎突然感到了恐惧。光是看着患者低声呻吟，皱眉痛苦的表情，他的膝盖就止不住地发抖。

无论怎样，我绝不能畏缩。

“现在，这座岛上懂医的只有我，能救这个女孩的也只有我。”三郎对自己说。

点滴顺利输入了体内。含有止血剂的淡红液体被纤细的血管吸去一般逐渐消失不见了。

三郎问那些跟来的学生，患者是否曾经得过腹痛或内脏疾病。

但是大家都面面相觑。他们说，患者虽然身材娇小，但身体很好，顶多是患过感冒休息两三天。这样一来，就更搞不清到底是什么原因了。

明子前来报告血型检测结果了。患者是 A 型，一位姓藤本的男性和一位姓小畑的女性也是 A 型，其他人都是 O 型或 B 型。

于是三郎决定先从两个 A 型血的人身上各抽 200mL。和输液交替着，给病人输进体内。

由于是出血引起的休克状态，只要输血就可以控制住。虽然道理听起来很简单，但是应该没有错。总之现在只能把所长教的那套现学现用了，再多的，三郎也不知道了。

刚要开始输血，护士长回来了："东京的酒店说所长一早就出发了，已经不在那里了。"

所长好容易去趟东京，不可能一直在酒店房间里待到下午。

"不知道他上哪儿去了，为了以防万一，我正让人查他那位故友家里的电话。"可能是因为在患者面前，护士长对三郎用了敬语。从前她用的是平级，甚至还不如平级的口吻，现在截然不同。

"我来打输血针。"护士长从护士手中拿过注射器，亲自为患者输血。

患者一行人好像住在码头附近的民宿。据说三个女孩都是S大学的，男孩都是K大学的。每个人都穿着鲜艳的沙滩服，拿着外国制造的太阳镜，看起来像是富二代。

患者名叫田坂亚希子，二十二岁。虽然病着，但在三个女孩里身材最为匀称，长得也最漂亮。

三男三女结伴出游，估计是情侣关系，但实际情况不太清楚。只有其中一人，那个姓藤本的高个子，一直陪在她身旁，时而握着她的手，时而为她擦脸上的汗。

因为他的血型是A型，决定抽取200mL的血时，他主动要求"抽300mL"。患者怎么想的姑且不论，他肯定是喜欢这个女孩的。

从开始打点滴已经过了三十分钟，患者还在痛苦地呻吟，但已不像刚才那样打哈欠了，还摇着头说："给我水。"

在这种时候，到底能不能给她水喝呢？好像一般都是把纱布浸满水贴在嘴唇上面。

三郎想到这儿，就照着样这么做。

也许是由于大出血，病人体内缺乏水分，才会不停地吸吮纱布。不知是不是打了点滴的效果，她的嘴唇慢慢浮现出了血色。

三郎提心吊胆地摸了摸脉。

虽然很微弱，但指尖确实有了敲击的感触。接着测量了一下血压，到了 50mmHg 时有了微弱的声音，从 40mmHg 开始听得就更清晰了。

“好了……”三郎一点头，所有人都一齐抬起头来：“她没事了吗？”

“还不清楚……”然后三郎环视了一下学生们，“这里地方小，你们一次只能进来两个人。”

双人病房现在只住进了一个人，虽然有点地方，但是一下子进来五个人就有点挤得喘不过气了。三个人出去了，一个稍胖的女孩问道：“亚希子的睡衣和内衣都在民宿里，是不是拿过来比较好啊？”

“有的话就拿来吧。”

“是不是直接住院了呀？”

岂止是住院，连生死都难预料呢，搞不好恐怕都坚持不到傍晚呢。

“当然，在她稳定下来之前还不能挪动。”

“那到底是什么病呢？”

三郎被问住了。不，不只是三郎，就连真正的医生没准都不知道。

“估计是由于腹部大出血，而陷入了休克状态，但是原因还不清楚。”

“那是不是要住好多天的院啊？”

“只要症状减轻，回去也未尝不可，但是她现在情况比较危急。”

“救不活了吗？”高个子学生急得快要哭出来了。

“总之，得再观察一下。”现在三郎要做的，就是无论如何也得扛到所长回来。

护士长再次回到病房是在十分钟之后。

“刚才终于联系上了，所长来接电话了。”

“他在哪儿？”

“果然在朋友家。所长去跟朋友最后告别，正准备离开呢。”

三郎一路小跑着进了事务所，拿起放在桌上的听筒：“喂。”

“肢肥吗，听说有急诊病人？”一听到所长的声音，三郎高度紧绷的神经一下子松弛了下来，无力地瘫坐在椅子上。

“说话呀？什么情况？”

三郎咽了口吐沫，说道：“脸色苍白、血压为零、呻吟着……”

“你再冷静点。”

“对不起。”

三郎重新把患者的情况和采取的处置方法向所长进行了汇报。

“那位患者以前得过什么病吗？有没有过异常情况？”

“说是没得过什么特别的病。”

“你直接问的本人吗？”

“不是，是她的朋友。”

“为什么不问本人？”

“因为她痛苦得说不出话来。”

“她那些朋友里没有看着像恋人的吗？”

“这个不太清楚，但是有一个男孩一直在照顾她，不知道是不是恋人。”

这种事情和病有什么关系，三郎百思不解。所长隔了一会儿说道:“疼起来之前一直特别精神，是吧？”

“他们好像还租了个车，绕岛游玩呢。”

“现在血压有 50mmHg 吧？”

“刚才测的，是 50mmHg。”

“好，那就不要停点滴，血也尽量多输些。药房里应该存有一瓶 A 型血，就用那个。等血压上升到了 100mmHg，就开腹。”

“要开腹……吗？”

“可能的话，越早越好。她是宫外孕。”

“宫外孕？”

“估计是宫外孕导致的输卵管破裂。”

“但是，她还是个单身的学生啊……”

“不管是单身还是学生，只要是女人就会怀孕。必须马上开刀。”

“但是，我……”

“没关系的。开腹时就像做胃部手术一样，在下腹部中央划条直线就行。打开后马上就能看见浸泡在血液里的胎儿，先把它取出来，然后结扎输卵管就行了。你见过输卵管吗？”

“没有。”

“前面有个颜色发黄的膀胱，子宫就在它后面，子宫两侧有两条绳子一样的东西伸出来，很好找。把手伸进去拿出胎盘。鲜红的、滑不出溜的，只要把它摘掉，出血自然就停了。”

“……”

“手术时，点滴和输血都不能停。一开腹，血压马上会下降，所以动作一定要快。”

“但是……”

“如果有什么不懂的，看哪里出血就缝哪里好了。胡乱缝上就行，横七竖八的也无所谓，总之要缝上止住血。只要做到这点，她就能得救，明白了吧？”

“……”

“明白了就回话。”

“以我的能力……”

“别磨磨叽叽的，照做就行了。不马上开刀的话，那个学生会死的。与其什么也不做，让她等死，还是做了好。”

“那个，不能用直升机什么的把她运送到本土去吗？”

“如果坐上那种东西，人中途就会死的。”

“那，您不能马上坐飞机回来吗？”

“现在来不及了，你必须得做了。我本来想现在去栈桥的，但还是待到发船时间再走。如果中途有什么不懂的，再往这儿打电话。”

“手术中打电话吗？”

“对。肚子里进点细菌也没关系，最重要的是止血。明白没有？”

“明白了。”

放下听筒时，三郎的手心里全是汗，两腿不停地颤抖。

和所长通完电话，三郎没有马上回病房，而是先去了检验室。这里是三郎的房间，不用担心别人进来。在检验室里，他问自己：“你真的能行吗……”所长让他马上动手术。由于是宫外孕，要开刀把胎儿和胎盘一块儿拿出来。

“开腹还没问题，可是……”

对于下面即将开始的手术三郎全然没有自信。胃和肠倒是见过，子宫他还没有见过。

“万一，失败了……”

那个女孩会死掉。现在虽然她受到病痛折磨，却是个美女，身材也好，多半是个富家千金，还是个平时自己很难接触到的女大学生。所长说，与其让她等死，不如干脆开刀。

“但是，要是死在手术台上的话……”一想到这儿，他的膝盖就不住地颤抖，因为他还没有经历过这样的手术。

“我没有医生执照……”如果她死了，就变成无照医生杀人了。一旦被传出去，事情可就大了。

“所长想到这一步了吗？这件事还是不该做吧。”但是，如果放置不管，那个女孩肯定会死的。

“是不是冒着天大的危险也得上啊……”脑海中各种想法此起彼伏，各种想法和烦恼，都在脑子里盘旋不止。

“我该怎么办……”必须尽快做出决定。要做的话，就得马上告知患者，做好手术准备。

“到底怎么办？喂，怎么办啊？”三郎不住地催促自己。

“我不知道。妈妈，我该怎么办……”陷入困境时他习惯这样喊妈妈，当然不会听到任何答复。窗户对面有个花坛，极乐鸟花和扶桑花竞相盛开。不知为何，一张白纸被风吹到了花坛里。

“现在开始数十秒，如果十秒内白纸移动了的话，就做吧。”突然三郎脑海里划过这个念头。

“一、二、三……”刚数到五的时候，他听到门开了。

“我还以为你去哪儿了呢，一直在这儿吗？”回头一看，是明子。

“你怎么了？这么悠闲地看风景。”

“刚才打电话问所长了，他说是宫外孕，要我马上动手术。”

“宫外孕？”

“但是我做不了，别说做了，看都没看过。”

“可是，不做不行吧。”

“所长说，如果不做手术的话，她就会死的。”

“那，就应该做哦。应该做手术，救她一命。”

“但是，我不行啊。”

“即便不行，也比见死不救强多了吧。这个岛上除了你，没有别人能救她了。”

“万一失败了……”

“到时候再说嘛。总之，现在有个年轻学生正处在生死边缘，能救她的只有你呀。”

“那就做吧……”

“就是啊，就得这样，我马上去准备。”明子跑走了。看看窗外，花坛上的纸片早已不知所终。

患者的血压还是很低。除了补液，也开始了输血，但脉搏微弱，血压也在 30mmHg 左右，勉强可以听见一点儿。她面无血色，唇色青得如同死人。呻吟声虽然低了些，但与其说是因为疼痛减轻，更像是没有呻吟的力气了。

三郎先把护士长叫到病房外，告诉她做手术的事情。

“我觉得应该这样。”护士长出乎意料痛快地点头同意了。

“宫外孕手术什么的，我连见都没见过，护士长了解吗？”

“很早之前见过一次，当然我只是协助手术的护士。”

“我一点儿自信也没有，请多帮忙了。”在这个节骨眼儿上，三郎终于能够真诚地拜托护士长了。然后，三郎把学生们叫到走廊，把情况告诉了他们，“可能是怀孕了……”

一直照顾女孩的高个子男生突然声嘶力竭地叫嚷起来：“不可能，她怎么会做出那种傻事来……”

“当然我们只是从外观来判断的，并不能百分之百地确定是怀孕。不过，从现在的状态来看，这是最有可能的。”

“那是绝对不可能的。”高个子学生又叫嚷道，旁边的女学生责备似的拽了一下他的袖子。

看起来，这个高个子学生自认为是患者的男朋友，但突然间听到宫外孕这个消息，受到很大刺激。他还在不停地嘟哝着，眼看就要哭出来了。

“这么说，马上就要做手术吗？”圆脸的女学生问道。看来这种时候还是女人比较冷静，包括高个子男孩在内，其他两个男学生全都脸色惨白。

“现在血压还太低，不能做，要等升到 100mmHg，或者至少到了 80mmHg 左右，再开始。”

“能升上去吗？”

“现在正在输液和输血……”

学生面面相觑，圆脸女孩又问道：“那个，做了手术，就没事了吧？”

“这个还不知道，也可能不行。不过，如果不马上做手术的话，她肯定活不了。”

“那个，亚希子会死吗？”

“总之必须尽早做手术。”

对于这突如其来的不测，学生们全都傻了眼。

“情况就是这样，请赶快联系她的家人。”

“对不起，不能用直升机送到东京去吗？”微胖的学生问道。

“这个我也想过，但是现在找直升机，已经来不及了，而且这里距离本土有两百公里以上，普通的直升机实在飞不了。”

“自卫队的直升机行吗？”

“我不清楚，以前有急诊病人的时候，也没能送过去。”

站在三郎的角度来看，自己虽然害怕手术，不想做，但是他们如果老是要求运回本土医治的话，他还是略有不爽。

“岛上也有不错的医疗条件。”他很想冲他们说这么一句，遗憾的是，现在只有三郎一个医生。

“怎么办？”

“我还是先打个电话吧。”

学生们又商量起来。三郎径直来到门诊处。

由于有急诊，门诊暂停。一位实习护士正在熟练处理着定期来换纱布和注射的患者。三郎从门诊的书柜上寻找妇产科的书。

所长的专业虽然是外科，但因为自己是岛上唯一的医生，所以要给内科、妇产科、皮肤科、耳鼻喉科等所有的病人看病。因此，各科书籍都应有尽有。三郎从里面抽出一本妇产科的书来，回了检验室。

到血压恢复应该还得二三十分钟，这段时间能学点是点。虽然这样一来，就成了临阵磨枪，但现在也只能这么做了。

跳过总论和基础，直接翻找“宫外孕”项目。开头就写着“宫外孕是在子宫腔外部位妊娠的总称”。

想一想也确实如此。

但实际上，子宫腔以外的各个部位都有妊娠的可能。

最多发的是输卵管，这是卵子从卵巢被运往子宫的通道。如果在这里妊娠的话，由于地方很窄，到了三四个月的时候，就会由于胎儿的发育变大而撑破。

这位女大学生可能已怀孕四个月了。一旦破裂，胎儿就会进入腹腔，从破裂部位发生大出血。

女大学生之所以陷入休克状态，可能就是这个原因。

原因大致明白了，问题是怎样治疗。

这位女大学生意识到自己是宫外孕了吗？估计是不知道吧。正因为全然不知，才逍遥自在地来岛上游玩吧。

即便没有破裂，都必须做手术，已经破裂了的话，更要马上动手术了。

教科书上写着“立刻开腹”。

但是书里写着，虽然是子宫，却和膀胱等脏器一起位于腹膜之外。因此一切开皮肤，它马上就会出现在皮下。这一点好像和胃肠稍有不同。其形状貌似上宽下窄的倒三角形，位于膀胱后面。

重要的输卵管是从子宫两侧像手臂一样伸出的。在最前端还有一个手掌一般的卵巢。

宫外孕好像就是由于胎儿在这个手臂部位变大，从而导致破裂的状态。

“这样的话，切开皮肤后先看见的是膀胱，后面就是子宫，顺着子宫的两端就能找到输卵管……”三郎一边念叨，一边画成了图。对于女性性器官的构造，曾在高中时偷看过成人杂志。由于有那时候的记忆，很容易就记住了。

不过，这次可不是出于好奇心或游戏了，而是为了拯救美女大学生，所谓出于崇高的人道主义。但是，仅凭这么一知半解的知识，真的能行吗？一想到迫在眉睫的手术，他不禁再次感到了恐惧。

“从输卵管出来的胎儿一般都位于中央……”读到这儿时，明子进来了。

“学生们献的血刚刚用完了，现在开始要用存血了。”

“血压呢？”

“已经升到 60mmHg 了。”

手术时间终于要到了。

三郎一兴奋，就习惯两只手在脸上搓来搓去。

“学生们好像有话想跟你说。他们就在门外，让他们进来行吗？”

“等会儿。”三郎慌忙把书合上。如果在手术前被人看到自己在读教科书的话，定会威严尽失，而且这里是检验室。明明是个医生却把自己关在检验室里，未免太奇怪。

“我现在就过去。”三郎对着镜子，把头发弄乱了些之后来到走廊。他不想让人感觉自己年轻，头发乱一点儿显老。

检验室前的走廊里，圆脸女大学生和一位纤瘦的男生并排站在那儿。

“我们想拜托医生一件事。”这次也是女孩先开口。他们同样认为三郎是个医生，“对不起，能不能请您接个电话？是亚希子的父亲，他有话想和医生说。”

“她的父亲？”

“现在，打到事务所的电话了……”

如果是患者的父亲出于担心打来的电话，那就不能不接。三郎和他们并肩朝事务所走去。

“是姓田坂吧，她的父亲什么职业？”三郎问道。

女学生回答：“是医生。在东京经营一家医院。”

三郎吓了一跳，看着女学生。女学生接着说：“他好像并不知道亚希子怀孕了，而且因为自己就是医生，所以特别担心，想问问您具体情况。”

“她父亲的医院在哪儿？”

“在青山，是一家大医院，有两百来张病床，应该还担任着医师会的理事。”

和那么大医院的理事说话，会被问些什么呢？三郎的双腿又颤抖起来。

走进事务室，三郎战战兢兢地拿起听筒。

“喂，您是医生吗？”突然被人称为医生，三郎不禁倒吸一口冷气。

到底是医师会理事，听声音就是一位长者。

“我是田坂亚希子的父亲……这次我女儿出了这么大的事，给您添麻烦了……”听到这么客气的口吻，三郎拿着听筒低了一下头。

“实际上，我刚刚从冈部君他们那里听说女儿要做手术……我在东京经营着一家医院，想知道一些详细情况，所以打来电话。”然后，亚希子的父亲压低声音说，“那个，听说是宫外孕？”

“照现在的情况来看，很有可能是……”

“不好意思，请问她是什么症状？”

“是三十分钟前送来医院的，痛苦地捂着肚子，脸色铁青，脉搏微弱，血压也几乎测不到。”

“是休克状态吗？”

“我想是的……”

“那，现在怎么样？”

“马上打了点滴，从学生们那里抽了血给她输进去了，现在正在用存血。”

一边说明，三郎觉得可能话里带点英语比较好，但是单词却无法顺口说出。记得“血压”在德语里是 Blutdruck，但不知道“点滴”和“输血”怎么说，如果不小心说错了就会露出马脚。

“那孩子的血型应该是 A 型。”

“这个我知道。因为有两名学生也是 A 型，我就让他们献了血……”

“现在血压多少？”

“已经恢复到 60mmHg 左右了，等恢复到 100mmHg 就准备给她做手术。”

这方面刚听所长说过，所以三郎相当有自信。

“现在才 60mmHg 啊。”一声叹息之后，亚希子的父亲仿佛自言自语似的说道，“真是无论如何也想不到我女儿会怀孕……”

“……”

“是那孩子自己说的怀孕吗？”

“因为她看样子非常痛苦，所以并没有跟她确认，但是所长……”三郎说了一半急忙改口道，“不……总之，我认为宫外孕是最有可能的……”

“是有可能。”

从大医院院长也点头同意这点来看，估计所长的第六感是对的。

“如果事实如此，真是令我无地自容，要是知道，我怎么能让她去旅游什么的……”父亲埋怨起了女儿，“如果能过去的话，我现在就想包机飞过去。但是即便现在过去，最早也是今晚从竹芝栈桥出发的船吧。”

如果亚希子的父亲坐那艘船来的话，就和所长同船了。

“我和 wife 先预订好了船票，应该明早才能到。”正因为本身是医生，父亲显得更加焦躁不安，再一次轻声叹了口气后，他说道，“不好意思，您的专业是妇产科吗？”

“不是……”

“是外科？”

“是，算是……”三郎一边擦去额上冒的汗，一边模棱两可地回答。

“医生只有您一位吗？”

“嗯，现在只有我一个……”

“是这样啊……”父亲略显不安，但是孤岛远隔两百公里，担心也无济于事，“冒昧地问一句，存血还够吗？”

“学生们每人献了 200mL，另外还有一瓶存血。”

“您也知道，一开刀血压会猛然下降，所以希望您能事先备好充足的存血。”

“我们准备从岛上居民那里采集一些血液。”

“那就拜托您多采集一些，钱不是问题，只要输血能保证，即便手术时间延长了一些，也不要紧的。”

不知何时变成亚希子的父亲发号施令了。

“总之，明天早上我们就到，还望多多关照。”

“我知道了。”

刚要撂下听筒，就听父亲说道：“那个，不好意思，医生贵姓？”

“我是……”能不能说真名呢？三郎犹豫不决，“我姓相川。”

“相川医生……”

千万别再问毕业院校之类的，三郎举着听筒祈祷着，只听那边说道：“如果能坐飞机的话，我们真想尽早过去，但还是得坐船去，明天才能到，那就一切拜托您了！”虽然看不到，但是三郎知道电话那头的父亲正在朝他鞠躬。

“那我就挂了……”

“请您一定要救救我的女儿。”父亲最后以宛如哀求般的声音说完，挂断了电话。

放下听筒时，三郎的额头和掌心都被汗水浸湿了。

“怎么了？”他后面站着的女大学生马上问道，“亚希子的父亲会来吗？”

“他说想尽快坐飞机来，不过好像还是坐明天的船来。”

“那就赶不上做手术了是吧？”一直很坚强的女大学生现在也泫然欲泣。事务室的职员们也都不安地望着三郎和女学生们。

无视职员们的视线，三郎径直走出事务室，学生们也都跟了过来。

“那就这样吧。”三郎在检验室门口站住说道。

女学生又问：“不好意思，能不能等到明早，让亚希子的父亲亲自做手术呢？”

三郎不禁瞪了一眼那个女学生。这个学生的话对医生也太失敬了。如果是普通的医生，没准要对她嚷嚷“你不相信我吗”。但是，现在的三郎还没有那样的勇气和自信。

“虽说明天到，到诊所也快中午了。以患者目前的状态，根本不能耽搁到那时候。”

学生点了点头，但是眼神里还是有些不信服："那个，亚希子，有可能会死的，是吗？"

"……"

"真的救不活了吗？"

"不做手术怎么知道。"说实话，现在的三郎对于下面要做的事，一点儿也没有把握。

明子走后，三郎独自站在检验室的窗前。左手边的桌子上还放着刚才读的妇产科书籍，但是，他此刻完全没有心情拿起来读。

看看外面，中庭的花坛里辉映着午后的日光。虽然阳光明媚，但似乎起了微风，扶桑花被吹得摇晃着。

"你还是要做吗？"三郎问自己。

电话虽说是蒙混过去了，但接下来才是最要命的。虽说是位患者，却是大医院院长的千金小姐。她的院长父亲完全把三郎当作医生了。

"万一失败了……"想到这儿三郎就浑身颤抖。只是说一句"我已经尽力了"是过不了关的。对方很可能会刨根问底地追究为什么没成功、怎么施行的手术等。若是被追究到手术内容，自己是冒牌医生这事就会被拆穿。如果是对医学一窍不通的普通人还好说，偏偏对方是医生，那自己就无路可逃了。

"还是说实话吧。"我不是医生，只是所长的助手。所长现在不在，没办法才让我上的。可能这么说比较痛快。

就算后来万一失败了，或许也能够得到人家的谅解。

岛上没有医生，谁都没有责任。要说应该负责任的话，那么就是没能聘请到医生来岛上的町长、不放医生过来的东京的大学或者是即便是有急事，也不该擅自离开岛的所长等人的责任了。

不，更不应该的，就是身怀有孕，还跑来这么远的离岛上玩的女孩自己。反正不是三郎的责任。

"要不然再给她父亲打个电话，实话实说吧。"

但是，就算是说了，自己也还是得上手术台。与其坦白自己不是医生而加重他的担忧，还不如就这样悄悄地做手术。

“再给所长打一次电话吧。”三郎刚想到这儿，明子进来了：“你怎么还在这儿呢？血压已经升到 70mmHg 了。”

“我这就过去……”三郎振作起精神，走出了检验室。

病房里的亚希子看起来比刚送来时恢复了些生气。虽然腹痛还在持续，但脸上已略带红润，嘴唇也有了血色。

估计是点滴起了作用。三郎测了测血压，确实在 72.3mmHg 左右。脉搏在 80 上下，虽然稍快，心音正常。

刚才那几个男女学生都守在旁边，但貌似亚希子男友的学生却不见了。

“疼吗？”三郎刚一问道，亚希子就回答“是的”。刚才一直在呻吟，说不出来话，现在虽然断断续续，能说出话就意味着情况有了好转。

“你怀了孕，是吧？”

“是……”亚希子顺从地点点头。清秀的脸庞两边，柔软的青丝覆盖在枕头两边。可能是因为大出血，从耳朵到脖子周围都白得透明。鼻梁虽然不太高，但鼻头微微上翘，甚是可爱。

既然是青山的大医院院长千金，肯定日日在赤坂、六本木等地纸醉金迷吧。只看她那天真无邪的面容，无论如何也想不到她竟然怀孕了。

“医生……孩子……能保住吗？”亚希子喘息着问道。

“孩子是保不住了……”

瞬间亚希子的眼睛闭上了。从她那纤长的睫毛中间，缓缓溢出了泪珠。

“现在不要想那些了，你要坚强啊。”护士长安慰道。

她轻轻咬着嘴唇，哀求道：“快点……救救我。”

“等血压再上升一点儿，就给你做手术啊。”

听护士长这么说，她点了点头。且不说朋友们，她本人似乎非常信任三郎。说到底，大概是想尽早手术，让自己不再痛苦吧。

“啊啊……”不知是不是又感到了剧痛，她小声呻吟起来。三郎走出病房，让护士长去采集些A型血。

“我需要1000mL，最好是2000mL新鲜血液。因为一开刀血压就会立刻下降。”这也是刚才听亚希子的父亲说过的。

“让町公所的宣传车，帮忙出去宣传一下吧。”

町公所的车上有喇叭，可以用那个呼吁大家前来献血。

“她父亲是个有钱人，说钱不是问题。”

“我马上去要车。”

“啊，还有，能不能再帮我给所长打一次电话？”

护士长看了三郎一眼，点点头出了屋子。

从岛上到东京没有直拨电话。通过转接，等两三分钟就能接通。

“肢肥吗，怎么样了？”电话刚接通，就听到了所长的声音。

“现在血压是70mmHg，脸色也好了不少。”

“好。做好手术准备了吗？”

“准备好了，但是患者的父亲好像是位医生。”

“他姓什么？”

“说是姓田坂，据说是东京青山地区的大医院。”

“田坂？倒是听说过。”

“我还是要做手术吗？”

“当然。”

“但是，患者是院长的千金……”

“不管她是千金还是什么，该做的就得做。不做的话，她就会死。”

“……”

“你就做吧！”电话里所长再次吼道。

三郎慢腾腾地回到病房。

终于要上战场了。所长已经说了，不管患者是不是院长千金，该做的手术就必须做，所以不用担心。

“你真的能做吗？”三郎再次问自己。

“不行……”三郎慢慢摇了摇头，“做不了。”

但是从一开始就知道自己做不了。明明知道，所长还让我“去做”，而现在已经无法回头，患者和护士们都严阵以待。如果现在说不做了，更显得不正常。

会不会突发地震啊？三郎异想天开起来。如果地震的话，大家都会乱作一团，那就不用做手术了。

“喂，你不是决定要做了吗？打起精神来啊！”另一个三郎冲着优柔寡断的三郎骂道。

三郎这么自问自答的工夫，已经走到了病房。一见三郎来了，陪护着的学生们都一齐从床边退后了。

三郎默默地测脉搏和血压。血压有 78mmHg，脉搏也能明显触摸到。

“好了，推到手术室去吧。”

等三郎说了这句话，护士长点了点头。有的学生发出了叹息。

终于射出了弦上的箭，下面就看自己的了。三郎把听诊器团成一团拿在手上，有点做作地端着架子沿着走廊，朝着手术室走去。

从花道[1]走向舞台的演员，大概就是这种心情吧。如果是名角的话，等待他的肯定是鲜花和掌声，但是现在，等待自己的只有不安而已。

走着走着，三郎还想再去趟检验室翻书看看，子宫周围的大致图形虽然已经记住了，但最好还是再去确认一下。

三郎进了检验室。因为刚刚看过，他一下子翻到了最想看的那一页。先是一个圆形的膀胱，它下面是子宫，左右有两条输卵管。虽是临时抱佛脚，但能够再次确认一下图像，心里踏实了不少。

“好了……”三郎宛如祈祷一般闭上了眼睛。

---

1 演员上下场的通道或者相扑力士出场的通道。

三郎进入手术室时，嵌在墙上的钟表已经指向了两点半。

手术台上已经铺了一块黑皮革，辉映着正上方的无影灯。器械台上摆着刚刚消过毒的手术器械。

环视了一圈手术室后，三郎就去更衣室换衣服了。手术时只穿一条内裤，外面套一件类似白内衣的贴身衣服，再戴上帽子和口罩，光脚穿上拖鞋。

“行了吧……”三郎再次审视镜中的自己，帽子戴了，口罩也很正。

第一次进手术室时，三郎因为没戴帽子挨了训。他一慌乱就爱忘。确认没有问题以后，他站到水龙头前。

先用肥皂洗一遍，再用逆性石碱液洗一遍。第一助手护士长和递器械护士明子都已经开始洗手了。主刀者要比她们晚一点儿洗，正如主角都会晚些亮相一样。三郎轻声咳嗽两下，拿起刷子，打开水龙头刚要洗，忽然歪了下脑袋。

“欸？”他感到了一点点尿意。

“擤鼻子、排尿、排便”是准备进入手术室的人必须事先完成的三大要事。不用说，意思就是要擤干净鼻涕，要排空小便，若有便意要去大便。如果手术开始以后又想大小便就不好办了。患鼻窦炎或伤风感冒的人，手术中总是流鼻涕的话，不但自己难受，而且吸溜吸溜的，周围人听着也烦。

第一次进手术室时，所长严厉告诫过这三项一定要做到。因为不知道手术何时会由于突发事件而延长。

刚才进检验室前，三郎已经去过一趟厕所了，现在又想去了。

这种感觉和蓄满尿液的感觉有点不同，就像在考试之前总想上厕所一样，一定是神经过敏导致的紧张性尿意。

但是，这种感觉一上来就压不下去，要去就得趁现在。三郎放下刷子，穿着衬衫，进了厕所。

三郎回来后又洗了一遍手，消完毒时已经两点四十五分了。他马上让人帮忙穿上手术衣，戴上手套。

患者已经躺在手术台上了。仰面朝天，左右两手仿佛被钉在十字架上一般伸开。打杂护士给她的左臂绑上血压带，往右手静脉处插入点滴针头。为了在手术中不脱落，还用创可贴贴了两层来固定。

“现在已经有三个人前来献血了，每人 200mL。还在继续找。”门诊护士前来报告。门诊部现在为了这位患者，也临时休诊，严阵以待。

“好的，再找三四个人来。消毒吧。”听到三郎的指示，打杂护士将覆盖在患者身上的睡衣褪去了。

内裤之前已经被脱掉，患者现在是一丝不挂。

一瞬间，三郎吞了口吐沫。

患者原本就肌如凝脂，现在因失血过多，看起来简直是苍白无比。胯间的茂丛也被剃掉，唯独这里还残留着些许暗影。

三郎还是第一次见到这么美丽的裸体，有着一种远远超越孕妇的神圣之美。

三郎在这样一具裸体上涂抹碘酒，然后又涂了一层硫代硫酸钠。

亚希子的身体上毫无瑕疵。一想到自己即将在这完美肌肤上留下伤疤，三郎的手腕就不由得颤抖起来。

冰凉的消毒液，让亚希子轻轻蹙了下眉。自从躺上手术台，她就一直闭着眼睛。与其说因为痛苦，不如说是由于害羞，她轻咬着双唇。

三郎没有顾及这些，从心口到胯下部位全部仔仔细细消了毒。

最后用酒精液擦拭时，亚希子闭着眼睛说道：“医生，拜托你了。”声音虽低，却异常坚定。

刹那间，三郎心中涌起一股想要紧紧抱住这雪白肉体的冲动。

这位女性如此信赖着自己这样的人。虽说现在是紧急情况，她还是把这个身体交给了自己。三郎默默地点了点头。

“打麻醉。”

控制点滴的护士向里面注射了准备好的静脉麻醉液。

“一、二……”按照护士的指示，亚希子开始慢慢数数。

“七、八……”数到这里没有声音了。亚希子进入睡眠，只能听见轻微的呼吸声。

麻醉看来很顺利。三郎确认后，盖上消毒布，上下左右各盖两张。之后，三郎就只能看见即将承受手术刀的下腹部了。

“血压多少？”

“72mmHg。”

“呼吸还好吧。”

他眼前能看到一块呈长方形的白色肌肤，它下面便是膀胱和子宫，子宫两侧的输卵管朝着斜上方伸出。

三郎又把书中见过的画面在脑海里描绘了一番。撑破输卵管的胎儿被胎膜包裹着，往往会掉进子宫后面的缝隙中。

首先要把手伸向那里。大部分情况下，胎儿被覆盖在血泊里，所以只能看到一堆血块而已。如果是四个多月的话，应该比拳头要大。

先把它摘除，再寻找破裂处……

三郎把书里读的程序在脑中再次复习了一遍。

三郎看着手术室的表，正好三点。

“手术刀。”

话音未落，明子就把手术刀递到了三郎手上。

拿着刀，三郎再次闭上了眼睛：“希望手术顺利，神啊，帮帮我吧。”

三郎从来没有拜过神龛什么的，现在却发自内心想得到神明的护佑。三郎终于睁开眼，向着站在对面的护士长鞠了一躬：“拜托了。”护士长也同样鞠了一躬。这是开刀前的礼节。

“回不去了，只能往前走。”三郎又一次对自己说，随后将手术刀抵在了皮肤上。

“好的。”就像为自己鼓劲一般，三郎一鼓作气划下了手术刀。

皮肤只需要按一条直线切开，不用思考什么。从下腹部的肚脐下方开始一直切到耻骨正上方。但是切口好像不够深，三郎在同一伤口上又划了一遍。

腹部皮肤下面是一层薄薄的肌肉层。肥胖人肌肉上有一层脂肪，但是亚希子还年轻，几乎没有脂肪。

马上就看到了粉色的肌肉层，三郎再将肌肉层切开。

下面就是子宫了。他再次划下手术刀，突然从切口处溢出了鲜血。雪白的肌肤立刻被鲜血染红了，血液顺着腹壁流了下来。

三郎不由得停下了手术刀。

一直被压迫在这里的鲜血似乎一下子涌了出来，很像水量猛增的河水，好不容易找到一个决堤处，一股脑全都奔涌而出一样。

鲜血犹如从地底下冒出，卷着旋涡，汹涌而来。

这样一来，无论是子宫还是输卵管全都看不见了，三郎眼前只有鲜红的血海。

“血压下降了。”

“脉搏不清晰。”

护士们纷纷报告。

“医生……”护士长喊道，但三郎只是举着手术刀，呆呆地看着那溢出来的血。

“完了……”刹那间，三郎感到一阵轻微的眩晕。

差不多有几秒的时间。

“医生。”护士长又喊了他一声，三郎这才从轻微眩晕中清醒过来。貌似是由于过度紧张导致的暂时性贫血。

但是重新睁开眼的三郎，眼前依旧是那片不断扩张的血海。该怎么办？正当他不知所措时，护士长递来一个装注射器的不锈钢杯子：“用这个……”

她的意思好像是用这个舀血。

确实，用纱布擦血根本来不及。现在当务之急，是尽快把血除去，确认子宫的位置。

三郎顺从地接过杯子，沉入血海中。杯子立刻就满了，他取出杯子把血倒在地板上。

手术书上写着，这些血液可以经过纱布过滤后再用于输血，但是现在根本没那个工夫。

三郎用杯子舀出来就倒，倒掉再舀。

“血压多少？”

“50。”护士回答。

开腹后没过几分钟，血压就从 80mmHg 一下子降到了 50mmHg。流这么多血，也在预料之中，但血压降得也太快了。

“输血不要停。”

“在输呢。”护士生气似的回答。

从手术前开始，点滴瓶的流量调节器就开到了最大，一直在以最大速度输血。三郎明知这点，还喊道：“赶紧的……”这话与其说是冲着护士，不如说是对自己的训斥。

患者又开始呻吟了，是一种低沉的，宛如遥远的犬吠一般凄惨的声音。正处于麻醉之中，按说应该没有意识，估计是血压下降带来的痛苦，让她自然而然地呻吟起来。

但是眼前的血丝毫没有减少的迹象，只是刚刚舀出一杯之后，能看见一部分子宫，但马上又有新的血涌上来，遮住了子宫。

到底这些血是从哪儿出来的呢？看起来就像水管破裂般汩汩涌出。

现在护士长也拼了命。为了除去血，她正一片片往里填纱布，但是几乎没有效果，纱布立刻被血染红缩小。她扔掉那纱布，继续往里放新的纱布。

每次填纱布时，小个子护士长都要挺直腰杆，使劲探头朝创口里面看。

三郎无意中一瞧，护士长的额头和口罩上都被飞溅的血染上了一片红点。三郎看得出了神，护士长喊道：“医生，请先把孩子取出来。”

她的意思是，由于这样根本无法止住出血，所以要先把肚子里的胎儿取出来。

“快点……”

说得容易，眼前一片血海，完全看不见胎儿到底在哪儿。

“在肚子最里面呀。”听到这话，三郎想起了术前读的那本书。

“胎儿多在子宫后部的道格拉斯窝的空隙里……”甭说道格拉斯窝了，就连子宫的位置他都搞不清楚，怎么取出来呀。

但是，现在没有时间磨磨蹭蹭了。

三郎鼓起勇气，把手伸进了那片血海。

刹那间，血的温热通过橡胶手套传递过来。到底在哪儿呢？三郎的指尖在血泊里摸索着。

他马上就碰到了一个柔软的东西，但其前端似乎连接着什么。如果不小心摘错了可就麻烦大了。

“再往里一点儿有没有？”听护士长这么一说，三郎又往深处伸去。

于是，又很快碰到了一个软绵绵的东西。这次他刚想握住，那个物体表面就碎成了一块一块的。从输卵管出来的胎儿应该是被血块包围着，像浮萍一样漂浮着。

“大概是这个吧……”三郎再次伸长手指。指尖应该已经到达了腹部内侧。

这次确实碰到了些有质感的东西。刚才拿不住也许就是包裹的那层血块吧？他触摸到了那里面有个宛如胎儿的柔软物体。

用手指再次确认后，三郎一下子把它拿了出来。

虽说是猛地一下子拽出，其实没用多少力气。

一个很大的橘红色肉块，滴着血被取了出来。

虽然外侧被血覆盖，鲜红的一团，但里面露出了乳白色的肉块。在斑斑血迹里，能看见已经成型的脑袋和蜷着的手脚，拖着的一条细尾巴可能就是脐带。

“脓盆……”听到护士长的指示，护士拿来了脓盆。三郎把血肉模糊的胎儿放到了里面。

取出胎儿后，剩下的就是找到输卵管的破裂处，止住血就行了。

但是，三郎眼前依然是一片血海。

“血压多少？”

“30。”

患者的呻吟声已经十分微弱了。

“输血还在继续吗？”

“是的。”

无论输了多少血，都赶不上流出来的量。三郎又开始舀血。

他想尽快确认子宫的位置，可是出血量一直不见少，仿佛地下水喷涌一般向外冒。

到底流了多少血呢……一般情况下都是通过测量浸满血液的纱布的方法来推测出血量，但是用杯子舀出来又倒在地板上的话，就无法测量了。

肚子周围就不用说了，就连白瓷砖地面都已被血染红，再加上渗进被单和三郎他们所穿手术衣上的血，就相当可观了。由于从没经历过这种大出血手术，三郎也搞不清到底有多少，不过估摸着有 2000mL 了。

“快一点儿……”

三郎心里着急，可能是由于紧张，杯子碰到了被布，差点掉到地上。

不过，拼命舀血还是逐渐有了效果，终于有东西露了出来，是一个偏黄的圆形物体。

“是这个吗？”

“这个是膀胱吧。”

听护士长这么一说，三郎赶紧松开手。

确实，膀胱位于子宫前面。

这也是手术前在书里看来的。三郎认为自己记得挺牢，但一到关键时刻就全忘到了脑后。

三郎又在膀胱后面找起来。

果然在血泊里看到一个粉色的肉块。护士长急忙擦去血，于是看到从子宫的斜上方猛然喷出了血柱，这里似乎就是破裂处。

“快点止血。”护士长喊道，三郎看着破裂处，双手就像被鬼压床了一般动弹不得。

记得所长说，要把手伸进破裂处取出胎盘。胎盘是血液最为丰富的部位，只要拿出来就能止血。虽然道理明白，但他害怕得下不去手。

“快点……”护士长又催了一次，三郎才慢慢把手伸进去。不知是不是受到了刺激，鲜血又疯狂地喷了出来。

三郎急忙抽回手。

手术书里简单写着结扎输卵管根部后切除即可，但看书和实际操作有着天壤之别。书上的图没有血，实际上却溢满了血。子宫和输卵管看起来也完全不像图上的样子。

“血压多少？”三郎再次把手伸进去问道。明知道问了也无济于事，但还是问了。

但是护士不回答。

“怎么了？”

“不清楚。”

“测不到吗？”

“是……”

一瞬间，三郎感到脊背一阵发冷。

血压是零吗……这样的话只能等死了。

“脉搏呢？”

“也不清楚。”

“一点儿也摸不到吗？”

“不……”

护士的回答不得要领。血压测不出，脉搏也摸不到。她们虽然想这么说，但又怕说得太清楚挨骂，所以吞吞吐吐的。

“田坂小姐！田坂小姐！”护士喊着患者的名字，但不可能听到患者的答复。

“输血呢？”

“正在输。”

“快点……”

“已经很快了。”护士终于带着哭腔说道。被问到就不得不回答，但都是令人绝望的回答。

完了，这个人会死的……

想到这里，三郎又感到眼前一片黑暗。

但是这时，护士长突然用胳膊肘戳了戳三郎：“算了，先缝上再说吧。”

“缝上吗？”

“缝吧。”

三郎犹如武士出战一般晃了晃脑袋，然后紧紧咬着唇点了下头，嘴唇都要被咬出血来了。

“好的，针线。”

到了这地步，只有把出血口胡乱缝上了。不管输卵管里是不是还残留着胎盘，也不管会不会和其他脏器粘连了，现在顾不了那些了。首先要止血，然后闭合创口。

这么美丽的女人若是肚子大开着死去实在太可悲了。

“给我粗线。”

明子马上递来了穿上了线的针。三郎把针扎到了出血的输卵管附近。

已经救不活了……一旦冒出了这个想法，三郎反而胆子变大了。

他将破裂部位外面缝了好几层，某些地方好像还和子宫、腹膜缝到了一起，但是现在都顾不上了。

反正自己尽力了。虽然对不起这位患者，但自己已经竭尽所能了，希望她能明白这一点。三郎一边在心里说着，一边缝下去。

可能是缝合有了效果，大出血竟然渐渐止住了。

虽然还在出血，但只是少量的了。与其说是止血带来的效果，不如说是血压为零，血管已经没有了输送血液的压力。不，更糟糕的是，或许根本就没有可流出的血了。

三郎缝合好的部位周边，护士长迅速用纱布擦拭。

终于看到了子宫和膀胱的形状。这么一瞧，确实和手术书上看到的差不多。

但是，现在明白也于事无补了。如果患者死了的话，就算止了血也毫无意义。

现在护士长也不说话了。她默默地用纱布擦拭血迹，给正在缝合的三郎打下手。她也一定知道患者救不活了。

终于完成了破裂部位的缝合，已经没有出血的地方了。

由于缝合时没有遵循章法，输卵管缩小了，子宫也扭曲了，变得惨不忍睹。

如果不进行修复的话，子宫会畸形的，不过反正也救不活，无所谓了。

缝完了子宫，缝合肌肉以及皮肤，这就不难了。

把所有皮肤缝合完毕后，手术室的钟指向了三点二十分。手术是三点开始的，正好二十分钟。

三郎感觉非常漫长，其实并没有多久。

“血压多少？”缝合完毕后，三郎又问了一次。

“测不到。”

“脉搏呢？”

“摸不到。”

三郎点点头，看了一眼患者的脸。

在那张苍白的脸上，只有美丽的鼻子直挺挺地向上翘着。三郎把耳朵贴近她的脸，能听见微弱的呼吸声，但呼吸停止只是时间问题。

“结束了……”三郎在心里说道，眼中不禁溢出了眼泪。

退
chapter 03 / 退潮
潮

手术结束后，三郎总会泡个澡。手术顺利的话，舒舒服服地坐进浴缸确实是一大乐事。

三郎坐在浴缸里让热水浸到脖子，一个人暗自得意“我也长进了不少啊”。每次都泡澡的所长总爱在浴室里哼歌，三郎现在切身体会到了这种心情。

之后再来一杯啤酒，那就快活似神仙了。

但是唯独今天，三郎没有心情泡澡。尽管浑身是汗，满脸是血。做手术时虽然戴着橡胶手套，手上依然残留着血液黏糊糊的感觉。

三郎很想快点洗掉，但他觉得即便泡进浴缸也平静不下来。面对着徘徊在鬼门关的患者，连泡个澡好像都是一种罪过。

三郎只是简单冲了个淋浴。

在更衣室脱下手术衣后，三郎发现从贴身衬衫到内裤都被染红了。原来亚希子的血已经渗透进来了。

不知她流了多少血，这么一想，三郎就浑身发抖。反正是流了大量的血。真想不到，从那么娇小的身躯里，居然能流出那么多血。

“全身的血几乎都流光了，那位女性会死掉的。如果是真正的医生给她做这个手术，没准会得救，可是我技术这么差，所以……”

真是不走运。不，对于她本人来说，光用不走运这个词是表达不了的。因为宫外孕而丢了性命的话，她就是死也不能瞑目的吧。

内裤上的血仿佛是亚希子怨恨的明证。看着那些血迹，三郎深切感受到了把一个活人推向死亡的沉重压力。

三郎脱掉内裤，开始冲澡。

刚拧开水龙头时出来的是冷水，但三郎照样站到了下面。

最好有一大盆冷水当头泼下来，他渴望能让自己浑身被冷水浇透，让一切付之流水。三郎恍惚觉得自己是一个伫立在瀑布下的修行者。

“请让我受尽惩罚吧……”三郎站在哗哗流水的喷头下，嘴里念叨着。

亚希子还横躺在手术台上。无影灯已关掉，她直挺挺地躺着，上面盖着被单。

麻醉应该已经失效了，但她仍然一动不动，一直持续到缝合出血处时的呻吟声现在也听不到了。伸开的两条手臂被固定着，左臂还缠着血压计，右手背还插着点滴针。

快到下午四点了，斜阳给寂静的手术室洒进了些许光亮。

亚希子还活着。血压和脉搏依旧听不清晰，看上去仿佛连呼吸都停止了。不过，如果把线头放在那优美的鼻子附近，线头会微微晃动，这样才勉强能知道她在呼吸。

三郎再次把听诊器按在她的左胸上。由于按得太轻，什么也听不到。用力一按，才终于听见了心跳声。

但是她的心音并没有健康人那种扑通扑通的节奏感。点滴还在继续，采集来的新鲜血液早已全部输入，现在输的只是无色的生理盐水。

明子在洗手台那里清洗手术用过的器械，另一位打杂护士正在冲刷被血染红的地面。

护士长一边诊脉，一边观察着亚希子的脸。

每个人都沉默不语。伴随着黄昏的临近，死神正走近手术室。

“这个，怎么办？”打杂护士拿着放有胎儿的脓盆走过来。

“扔了吧……”但三郎立刻摇了摇头，改口道，“不，还是泡在福尔马林液里吧。”

明天所长他们就要回来了，到时候给他们看看比较好。虽然手术失败了，但胎儿还是取出来了，三郎只想让他们知道这一点。

“打电话了吗？”护士端着脓盆离开后，护士长问道。

“所长是不是还等着这边的消息呢？”所长说他会在开船前一直待在东京的朋友家，他还说如果有不懂的地方，在手术途中也无所谓，给他打电话。

可是，根本没有工夫打电话。那样严重的大出血，打个电话的工夫，人就没了。

“就告诉他，手术结束了吧。”

事到如今，三郎更不想打这个电话了。就算打了，也只能告诉他手术失败这个坏消息。虽说切开了腹部，但一看到血泊，自己便慌了神，能做的只是把血全舀出来而已。最后虽然止住了血，也只是把出血处胡乱缝上了。三郎正沉默着，病房的护士进来了：“患者的朋友们想知道手术结果，都在等着呢。”

三郎朝护士长使了个眼色，走出了手术室。

五位学生都站在手术室外面的走廊里。三郎一出来，他们马上围了过来。

“怎么样了？”微胖的女学生第一个问道。

这种时候应该怎么回答好呢？由于三郎没遇到过患者手术中死亡的情况，所以没有听到过所长是如何向家属进行解释的。

“我已经尽力了……”

“她死了吗？”女学生紧紧盯着三郎。

“不，她还没有去世……”

“已经不行了吗？”

“估计是……”

五位学生一齐看向三郎。三郎在他们的注视下双脚并拢，鞠了一躬：“对不起……”

五个人什么也没说，仍然愣愣地看着三郎。短暂的沉默过后，突然，微胖的女学生双手捂着眼睛嗷嗷大哭起来。

“亚希子……”另一个学生也哭起来，男生们全都垂下了眼皮。

只有一个学生，那个高个子的，看着像亚希子男友的男孩，直视着三郎。他握紧拳头在颤抖：“是你把她杀死的吧。”

“……”

“把亚希子还给我！”

“别这样。”周围的学生把这个男生按住了。

“可是这医生居然瞎说什么亚希子怀孕了……”这个男孩好像还无法相信亚希子怀孕的事情。

“她确实是怀孕了。”如果是对这件事有所怀疑，三郎还是很有自信的。

“要不然给你看一下胎儿吧。”

“不要……”看样子，高个子学生还是没有勇气看胎儿，“没有那个必要。为什么没能救活她？”

“出血太多……”

“真的不行了吗？”另一个学生问。

“因为血压是零……”

“请让我们见见亚希子，趁她还活着的时候。”这回是一个女学生在喊。

“但是，她已经没有意识了。”

“亚希子，千万不要死啊……”

五位学生一齐哭了起来。

三郎从几个学生中穿过去，去了检验室。虽然他想回手术室，但是眼睁睁看着自己执刀的患者一步步走向死亡，实在无法忍受。

反正她一咽气，护士就会来告诉自己的。在那之前，还是想一个人待一会儿。在检验室里，三郎点燃了香烟。

风好像比刚才更大了似的。花坛上的花，花坛前面的平台上晾的衣服都随风飘舞着。

三郎想起了手术前飘到花坛上的纸片。当时决定赌一把，如果纸片在几秒内被风吹走的话就做手术。不过，现在看来那样选择好像是错了。

还是不该做啊……

虽说自己能做一些手术，但到现在为止，自己只做过阑尾炎和简单的骨折手术，其他的连见都没见过。明知如此，这次还敢逞能，真是太欠考虑了。

那台手术恐怕连真正的妇产科医生都很难完成的。哪怕是所长，碰到那样的大出血，肯定也会头疼的。何况是连医生执照都没有的人，更是勉为其难了。

到底谁应该负这个责任呢？如果做手术的是个冒牌货的事传出去，学生们会怎么说？不，更不好对付的是亚希子的父亲，他一定不会善罢甘休的。据说他是东京医师会的掌门人，可能会马上把自己告上法庭。

无医生执照的行医者，会被处以两年以下有期徒刑，或两万日元以下的罚款。但是，这次把患者都治死了，可就不是这个程度了。如果是这样，自己是不是还得承担过失致死的罪责啊？那样的话，会判多少年呢？

但是，手术又不是自己想要做的，是所长让自己做，没办法才做的。如果根据这一点给予酌情判罚的话，又会是什么结果呢？即便如此，还是会被判刑吧。

那可不行，不是闹着玩的。因为做手术失败，就让我吃牢饭可受不了。

恐怕还不只是吃官司，如果登上报纸，广而告之了，可怎么办啊？身在东京的母亲会担心死的。母亲很软弱，没准会自杀的。

外面的风依旧呼呼作响。这么大的风，船能起航吗……

如果一直这样刮大风，所长和亚希子的父亲都来不了岛上的话……我不如趁着他们还没来，逃出岛吧。

正胡思乱想着，三郎听到有人喊“医生”，是实习护士川合的声音。只有护士们才管三郎叫医生。

三郎来到走廊里，看见川合跑了过来：“所长打来的电话，请马上去接一下。”

三郎一边点头一边咬住嘴唇。由于自己没有打电话，所长等不及，亲自打来了电话。现在必须如实相告了。

三郎一走进事务室，职员们一齐回过头来。他们是不是都知道手术失败了呢？看他们的神情，一半像是在说“辛苦了”，一半像是在看笑话。

三郎在他们的视线中拿起了听筒。

“喂……”立刻传来所长的声音，“完了吗？”

“是的。”

“为什么不给我打电话？”

“那个……大出血，孩子虽然拿出来了，但是胎盘没取出来，只把创口缝上了……”

“那个没关系的。总之血止住了，是吧？”

“是的。”

“现在患者怎么样了？”

“还在手术室，血压是零，脉搏也很微弱……”

“但是还活着，对不对？”

“呼吸很微弱……”

“马上打点滴，戴氧气罩。”

“都弄上了。”

“还要输血。继续去大家那里采集，输进去。”

“但是，血压已经为零了……”

“不用管，总之要往身体里输血，再打强心剂，往点滴里混入两管止血剂。手术室还暖和吧？”

“是的。”

“至少一定要保证输血。”

“……”

“听好，一定不能放弃，要拼到最后。”

“可能已经不行了……”

“傻瓜，女人可不会因为这点事就死掉的。”

“……”

“女人可是很强的，你懂了吗？”

“是。”三郎就像挨长官训斥那样，站得笔直地对听筒回答。

和所长通完电话，三郎又回到手术室。护士长还和刚才一样，守在亚希子身旁。

“怎么样了……”三郎战战兢兢地看着亚希子的脸。虽然还有微弱的呼吸，但脉搏依旧微弱。

“所长说一定要继续输血，让我们不要轻易放弃……”

“……”

“怎么办？”

“当然应该尽力而为。”护士长怒吼般答道。

“但是，已经没人来献血了……”

“从刚才的学生那里每人抽 100mL 怎么样？同时再去找一些 A 型血的人来。”

“如果输了那么多血，最后还是死了的话……”

“走一步看一步吧。”

到了关键时刻可能还是女人比较有胆识。

护士长马上命令正在身后收拾手术室的护士去叫学生们。

两名A型血的学生再次被叫来抽了血，随后立刻被输进了亚希子的手臂。他们俩由于术前已经抽了200mL的血，加上这次就是300mL了，所以脸色很苍白。

诊所外面，办事员拿着麦克，向过往行人呼吁献血。听着这喊声，三郎逃出手术室，回了检验室。

以后的事情就与自己无关了，有护士们就够了。接下来就是输血，等待奇迹出现了。

刚才还照射着中庭的夕阳已经落到山巅，花坛的西侧已陷入阴影里。风势依然很强，被忘在平台上的围裙正随风起伏着。

隔着门，三郎能听见人们跑过走廊的脚步声和说话声。可能是找到了新的献血者。

但是，亚希子到底能不能得救呢？

所长说“别放弃”，还说“女人很强”。

但是，所长并不知道亚希子的真实状态，不知道她到底流了多少血，脸色有多苍白。不，那绝非用苍白之类的词语可以形容的，而是惨白而透明的，已然不像是人类的皮肤了。虽说“女人很强”，可那么瘦弱的女人怎么可能苏醒过来呢？即便她再年轻，让她挺过来也是做不到的。所长是为了鼓励自己，才那么说的。

斜阳把东楼一带照射得很亮，每块玻璃窗都沐浴在耀眼的光芒下，散发着金黄色的光辉。那是夕阳西下前最后的回光返照。

亚希子现在的状态没准就和那回光返照一样，是在停止呼吸前做最后的挣扎。

三郎实在不想现在去手术室，不忍心看着亚希子一步步走向死亡。

如果看着她一点点咽气，会让自己更感到后悔，他不愿再去回想这次失败，现在只想在这里静待她死亡的消息。

最终护士会前来告知“刚才病人去世了”的，那时候自己再平静地颔首，走出这个屋子吧。

一定要不慌不忙，保持自然冷静的神态，这是作为一名医生的最后一点儿尊严。

落日艳丽的光波逐渐减弱，最后终于被挤压成一条线，穿透了玻璃照进来。三郎从白衣口袋里拿出香烟，点着了火。现在他什么也不想做，什么也不愿想。

他只是茫然地看着斜阳慢慢落山。世人终有一死，但每个人死时都能有这么华丽的夕阳做伴吗……

三郎觉得，至少在人即将离开这个世界时，应该赶上个再稍微温柔些的落日。

就在这时候，那光照仿佛哀叫一般骤然一亮。刺眼的夕阳随之在空中迅速萎缩，与此同时，四周瞬间暗了下来。

血色残阳已经消失在了山后，只有那群山上面的天空还恋恋不舍地燃烧着一片红霞。

中庭已经完全沉入黑暗，病房四周逐渐昏暗下来，黑夜到来了。三郎摁灭了烟头，回头环顾室内。

在这昏暗之中，只能看到冰箱和书架上的研钵等器物反射着白色。远处又传来了脚步声和说话声，好像是个女人在说话。

亚希子是不是已经死了？

也许是因为刚刚看了落日，现在的三郎异常平静。有生命的东西终究逃不开死亡，这是自然规律。亚希子只是早了些而已。

亚希子才二十二岁，也许她就是这个命，早早结束在二十二岁的青春年华里。

她在宫外孕的情况下来到岛上，又碰到自己这么个无照医生，于是丧了命，可以说运气差到了极点，或许她从一降生就注定了这样的命运吧。

仔细想想，她的死是一个个偶然促成的。她在无数岛屿中选择了这座岛，并且选择在这个季节的这个时候来玩，恰好是所长不在的日子，诊所里只有三郎。这无数的偶然重叠在一起，就给她带来了死亡。

神明也许是为了赋予她二十二岁便香消玉殒的命运，才把这么多偶然聚到一起的。想到这儿，三郎不禁叹了口气。

如果真是这样，自己就会感到如释重负了，自己只不过是成就她这一命运的一个配角而已，只是一个由神所支配的仆人。

但是，真的可以这么简单地去思考吗？把人的生命逝去简单归结为命运使然，肯定是不合适的。

突然，三郎感到一阵发冷。不知是因为日落后天气寒冷起来了，还是对亚希子死亡的思考让自己恐惧呢？三郎站起身来到窗边。

天已经黑了，只有夕阳西下的那座山头，还隐隐约约闪耀着亮色。对面的厨房和病房窗户都亮着灯。远处有人在弹奏吉他，可能是住六号房的那位腿部骨折的青年弹的吧。

那个青年一定什么也不害怕吧……

三郎正这么想着，听见走廊里有人在喊他：“医——生——”

嗓音又细又尖，是实习护士川合的声音。

“来了……”三郎不觉身子僵直了。

“该来的终于来了，要冷静。”三郎对自己说着，抓住了白衣里的听诊器。

护士的脚步声越来越近了，就好像早知道三郎在检验室里似的。

她进来之前最好打开灯，并且装作正在平静地看书。三郎走到门口打开了灯，闪了闪之后荧光灯亮了，在这同时护士走了进来：“您果然在这儿啊，护士长叫您呢。”

“刚刚，死了吗？”

“没有……”

“还活着吗？”

“血压好像稍微上升了一些。”

“你说什么……”三郎撇下护士，朝着手术室跑去。

晚上手术室也开着灯，亮如工厂，说是工厂却毫无噪声。手术台上，亚希子依然盖着白布躺在那里。

护士长站在亚希子身边，明子在她身后更换点滴瓶，实习护士正在左手边的水龙头下面清洗输血用过的针筒。

“听说血压上来了？”

看着慌慌张张的三郎，护士长笑着点点头。

三郎把听诊器抵在亚希子的手腕上握紧血压计。水银柱上到80mmHg的刻度上，他松开了手，于是缓缓下降。60、50，在刚过40的时候听到了轻微的响声。

“扑通、扑通——”这确实是显示血压的声音。伴随着声音，水银柱也在40mmHg刻度上来回跳动。

“能听见吧？”

三郎点点头，但还是半信半疑。取下听诊器，他又摸了摸脉搏。

“怎么样？”护士长很自豪地说。

摸着脉，三郎看着亚希子的脸。刚才那张白得像蜡一样的脸，现在稍稍有了些血色，干燥的嘴唇也恢复了生气。

自从手术中途呻吟声消失后，她就一直像死了似的沉沉地睡着，现在却开始轻轻蹙眉，发出轻微的呻吟声了，看来她终于对疼痛有所反应了。

“为什么？”

“什么为什么？”

“没什么……”三郎也不知道想问什么。

亚希子流了那么多的血，怎么可能从血压为零的状态，复活过来呢？亚希子真能得救吗？这是不是回光返照，还会不会突然恶化呢？

“我没想到她还能活下来。”

“求生的意志吧。”

也许是无意识流出来的，亚希子的眼角渗出了泪水，护士长为她轻轻擦去。

“输血呢？”

“之后又输了 800mL，还剩 200mL。”

“她没事了吧？”

“都恢复到这程度了，如果还救不活的话，那就说不过去了。”

三郎又看了一眼亚希子，面色还是那么苍白，尽管是同样苍白，却和之前完全不同，这是活人的苍白。在明亮的灯光下，亚希子五官标致的脸朝着天花板，胸部随着呼吸微微起伏。

这副娇小的身躯是如何活过来的？纤细的脖子、柔软的肩膀、与孕妇不相当的小乳房，看着这些，三郎不禁感叹，她那顽强的生命力究竟藏在何处？

三郎突然觉得亚希子是个白色的怪物。

她真的活过来了吗？三郎又一次紧握血压计。水银柱上到 60mmHg 后，确实在 40mmHg 的刻度上跳动起来。

“没错吧。”

“谢谢。”三郎现在可以发自内心地向护士长低头道谢了，“多亏了您。”

“这个回头再说，还是赶快向所长报告一下吧。还有那些学生，也都在担心呢。”

三郎摘下听诊器，去了事务所。时间已过五点，但干事长和职员们都还留在事务所里。

“病人好像还有救。”

“真的吗？”干事长伸出了手握住三郎的手。

“但是，还不能最后断定……”

“你真了不起啊，干得好！”

所有人都拍着三郎的后背称赞他，就连一直充满敌意的药剂师也主动和他握手。

“非常感谢！”三郎不停地低头道谢。

这并不是自己的功劳。护士长和护士们都比我更加拼命。还有所长，更是运筹帷幄。不，最应该感谢的是，流了那么多血还能挺过来的亚希子顽强的生命力。

“与所长接通电话了。”

刚一接过办事员相泽递来的听筒，三郎就听见了所长的声音：“怎么样了？”

“血压刚才回到了 40mmHg。”

“好啊，干得不错。就这样，只要点滴不停，就没什么问题。发烧吗？”

“还没有测……”

“马上测，然后马上导尿。创口没有出血吧？”

“没有。”

“好的，她会得救的。再加把劲。”

“是。”

“我马上就得从饭店出发去竹芝栈桥了，所以你们联系不到我了，不过到了栈桥，我会再打一次电话的。”

“拜托了。”

“怎么样，女人很强吧，知道了吧？”

“是的。”手握着话筒，三郎再次鞠了个躬。

和所长通完电话，三郎还是不敢相信。

亚希子真的会恢复如常吗？即便血压上升了，会不会也只是暂时的，不久还会下降呢？所长虽然说得很乐观，可那不过是在安慰我吧……由于三郎一直不抱什么希望，突然听说没准能救活，脑子一下子转不过弯来。

三郎再次回到手术室时，学生们正围在门口。自从亚希子的手术开始后，他们就一直等在那里。

“怎么样了？”还是那个圆脸女学生率先问道。她脸上还挂着泪痕，看样子是三十分钟前，听说好朋友救不活了而哭过。

“是不是死了？”

“没有……没准，她能活下来。”

“真的吗？”

“还不是很确定。”三郎连忙否定。万一不小心向他们保证能得救，而后又死了就麻烦了。没有自信的时候，一定要把状况说得糟糕一些，所长曾经这么告诫过自己。因为如果说了情况不乐观后，结果救活了的话，人家会感谢你；但是说了没问题，人却死了的话，就只会招来怨恨。

“血压开始上升了，但是还要观察一段时间。”

“不过，有可能得救对不对？”

“有可能……”

一个男生拔腿就要跑。

“你要去哪儿？”

“去告诉亚希子的老爸，刚才他打过好几次电话，特别担心。我可以告诉他亚希子有可能得救吧？”

“这个嘛……”三郎不知该说什么。对亚希子的医生父亲说错了哪句话，可就不好收拾了。虽然所长说没事了，但是他并没有亲眼看到患者的情况，所以不能算数。

“只是血压稍微上升了一些而已。”

“反正我先去告诉他。”高个子学生走向事务所。

“医生，求求你了，救救亚希子吧。”女学生再次抓住三郎的胳膊。

“我会尽最大努力的。”三郎丢下这一句话，便逃离了那几个学生。

手术室里，护士长在测血压，实习护士川合正在输血。

“把点滴的速度放慢一些”“再准备一个氧气瓶”，护士长不停地发出指示。护士们听从指挥，动作麻利地忙活着。患者有了得救的希望，整个手术室仿佛都恢复了生机。

“血压多少？”

“现在是 45。”护士长好像早就料到三郎会问这个。

“所长说要导尿和测体温。”

“我知道了。”

“他还说病人有可能得救。”

“那当然了。”到了这个地步，说什么也不能让她死掉。护士长想说的大概是这句话，她还穿着那件布满血迹的手术衣坚持工作着。

“我在这儿看着，您先去换件衣服吧。”

“没关系。”

护士长开始准备导尿了。看着周围忙活不停的护士，三郎觉得非常惭愧。

手术后一听说血压是零，自己就吓得连手术室都不敢待下去了。后来听说有可能得救，又厚着脸皮回到了手术室。最需要自己的时候，却不在这里，这样还算是医生吗？

但是，自己刚才真的很害怕。一想到患者会死，那一瞬间，就仿佛坐电梯从最顶层一下子坠落下来似的。如果再紧张些的话，可能还会引发贫血。

三郎总觉得自己有点贫血，这个病治不好就不能当个好医生。看着那些积极工作的护士，三郎再一次反省起自己来。

亚希子继续奇迹般地恢复着。和所长通完电话一个小时后，血压上升到了 60mmHg，心音也恢复了节奏，变得更有力了。

又过了一小时，血压升到了 70mmHg，手脚也温热了起来。

原来只能发出呻吟，现在能够清晰地说出“好疼”了，看起来意识终于恢复了。

截至此时，一共通过点滴输进去了葡萄糖和生理盐水 2000mL，输血

1200mL。

虽然不知道出了多少血，靠着 3200mL 的输液和输血，她体内的液体终于得到了平衡。

今天的值班护士是明子和川合，但护士长和村濑也留下来了。

年轻的办事员吉田和药剂师高冈也没有回家，再加上三郎，几乎是所有诊所员工都在看护亚希子。也许正是这种热情得到了回报，亚希子在一步步地恢复着。

从手术结束到八点，四个小时后，亚希子的血压升到了 80mmHg，脉搏也几乎恢复了正常。

醒来的亚希子第一次睁大了眼睛，看着三郎:“医生,手术结束了吗？”

“顺利结束了……”

“我得救了，是吗？”亚希子惊讶地看着周围。她确实一只脚踏进了鬼门关又平安回来了。

“你已经没事了，你很坚强。”

“医生，谢谢你！”亚希子的大眼珠直勾勾地望着三郎，因为贫血而透明的白眼球中央的瞳孔黑得吓人。

“疼吗？”

“有点……”

“你的朋友都在这儿，明天早上你父亲也会来。”

“爸爸要来吗？”

“手术的时候他一直特别担心，不断打来电话询问。”

“……”

“好了，好好休息休息吧。”三郎说完，亚希子静静地点点头，闭上了眼睛。

三十分钟后，亚希子转移到了病房里。虽然点滴和氧气罩还没去掉，但血压已达到 82mmHg，脉搏情况也良好。

回到病房后，学生们都喊着亚希子的名字，她只是微微点头。怕她太激动，影响休息，病房里只留下两个人陪同，其他人都在相邻的空病房里过夜。

九点测体温时是37.2摄氏度，有些发低烧，但是呼吸和脉搏都正常。

“大家辛苦了！”把亚希子转移到病房去的时候，三郎再次向护士长和护士行了个礼。

如果没有她们，三郎什么也做不成。首先手术就做不了，即便做了也百分百会失败。

“她已经没事了吧？”

“只要缝好的地方不开线就行啊。”护士长的回答惹来了一阵笑声。

“应该缝得挺结实的。”

“缝成那样了，肯定没问题啦。”

“那时候，说真的，我浑身直抖。”三郎现在可以毫无遮掩地说出口了。

“肚子饿了吧？”

“你这么一说，还真是饿了呢。”

大家都还没吃晚饭，一直奋战到现在。由于精神一直高度紧张，没有时间感觉肚子饿。

“厨房里还给大家留着饭菜呢。”

“不用，今天晚上我请客，寿司怎么样？”

“哇，够大方的嘛。”

“今天都别跟我客气啊，想吃什么随便点。”

今天晚上哪怕是花光这个月的工资，三郎也在所不惜。

加上值班办事员和药剂师，事务所里的豪华晚宴开始时已经九点半了。

岛上的人都爱喝酒。那些办事员和药剂师就不用说了，护士长也是海量。

今年的新年会上，护士长就喝醉了，结果在所长家里睡了一夜。明子和川合护士也挺能喝，川合喝多了就闹腾，明子则是一喝醉就哭。一开始三郎不知情，频频给她俩劝酒，结果吃了大苦头。

今天三郎请大家喝的是啤酒和威士忌，但护士们都克制着没有开怀畅饮。有亚希子这样的重病人，说不好什么时候病情就会急转直下。喝威士忌的只有值班办事员吉田和药剂师两人。

“不过，还真是了不起啊，相川君。”微醺的高冈突然说道，“只要有执照，你肯定是一位名副其实的名医啊。”

以前他这么说的时候，总带些嘲讽，现在这句话听起来却是发自肺腑的。

“我的 wife，以后如果宫外孕了，也拜托您了。”

“还是饶了我吧。”三郎虽然拒绝了，但一点儿也不觉得不快。由于今天的手术，高冈对三郎的态度转好，令他很高兴。

就在大家又吃又喝，热热闹闹的晚餐会即将结束的时候，电话铃响了。值班办事员吉田去接的电话，原来是亚希子的父亲。

“他说想和相川医生说两句。”

三郎不由得紧张起来。

对方应该已经从学生们那里得知了女儿情况有了好转的消息。

三郎轻咳一声，拿过听筒。

“啊，是相川医生吗？”有可能是在外面打来的，亚希子父亲的声音里还混杂着街道上的噪声。

“刚才我听亚希子的朋友们说，手术后亚希子醒过来了。”

“是的，好不容易。”

“现在情况怎么样？”

三郎向他说明了血压回升，人也清醒过来等情况。

“这样看来已经没什么问题了。真的非常感谢！我不知道该说些什么，我们从心底感谢您。”

“我只是……”他差点没说出是按照所长和护士长的指示做的，但是不能这么说。他只好对着听筒低头回礼。

“那么，胎盘取出后，输卵管切除了吗？”

“没有，那个还……”

“那么，就是说只把创口结扎了？”

“是……”

“那就是说，子宫还保留着吧。”

“嗯……”

“是吗？真是太感谢您了。宫外孕手术时，有时会把输卵管和子宫一并摘除的，所以我以为会是这样。不过，如果子宫还保留着的话，那孩子今后还是有可能怀孕的。”

“但是，那个……”

“哎呀，真是太好了，太谢谢您了。”亚希子的父亲频频道谢，而三郎无言以对，一直低着头。

大出血确实是止住了，亚希子也捡回了一条命，不过创面只是胡乱缝上了。输卵管、子宫、腹膜，甚至连膀胱可能都缝到一起去了。缝完以后，子宫已经被重重缝死，缩小到宛如囚笼了。

那样的子宫今后会怎么样呢？缝得像五花大绑似的子宫，还能恢复得像以前一样，生出孩子来吗……

“能遇到先生这样的名医，是亚希子的幸运。真的是太好了。”

“那个……”

“哎呀，这下我就放心了。其实我已经到竹芝栈桥了，但说不定今夜不能按时开船。”

“为什么呢？”

“傍晚开始刮大风。东京还没什么，听说小笠原那边有小型台风靠近，你那边天气怎么样？”

“风好像挺大的。”

“果然是这样啊。由于这个原因，船可能会停航。”

“这样的话，明天就不能到达这里了吧。”

“如果船不能开的话，估计飞机肯定也飞不了。我现在再和气象台联系一下，确认一下到底是不是停航。”

如果停航的话，所长也回不来了。到明天早上之前，亚希子应该不会有什么事，但再往后的话，三郎就没自信了。

最让他担心的就是入夜以后，病人发起烧来了，不知道是不是把子宫胡乱缝上的缘故。

“我会尽快赶过去，万一没按时过去，就拜托你了。”

“请您一定要按时过来。”三郎冲着听筒大声喊道，想让所长也能听见。

风好像逐渐增强了，不久前还只是刮风，现在好像又下起了雨，槟榔树的大叶子不时打到夜晚的玻璃窗上。

电视上确实说原本在小笠原那边的台风改变了方向，冲这边过来了。

预报说，由于还是初秋，估计台风没那么猛烈，不过倘若台风整个登陆也很可怕。从现在的情况来看，虽然小岛不在台风的线路上，但也会进入暴风圈。

“这样一来，船还真可能走不了了。”护士长看着被风吹得呼呼直响的窗户嘀咕道。

如果明天所长也回不来的话，我该怎么办？亚希子这样下去能行吗？如果烧得更厉害了怎么办？

三郎担心的不只是亚希子，哮喘住院的老太太这几天突然衰弱下来，两天前住院的少年，腹泻也不见好。

而且，明天门诊患者要来听诊断结果。三天可以扛过来，可时间再长他就没有自信了。

“请快点回来吧……”三郎很想向神明祈祷。

所长打来电话是在三十分钟后。

“明天回不去了，今天不开船。”所长一开口就这么说道，“明天，要是天晴了，打算坐飞往亲岛的飞机回去，不行的话就得后天了。”

“请快点回来。”

“我当然也想尽快回去，但是船不开，我也没法子。手术患者怎么样了？”

“现在正在睡觉，血压 90mmHg，呼吸也很正常，只是……”

“只是，怎么了？”

“好像开始发烧了。”

“多少度？”

“十分钟前量的，37.3 摄氏度。”

所长可能在思考，沉默了一会儿，问：“创口没有出血吧？”

“应该是没有。”

“下面呢？”

“下面？”

“患者是女性，这方面也要注意观察。”

这么说来，亚希子确实是妇产科的病人。三郎不觉脸红了。

“要注射抗生素，醒了以后吃点药就行。虽然手术以后，难免会烧到 38 摄氏度左右，但如果超过 38 摄氏度就不太妙了。”

“如果烧上去了怎么办？”

“也只能打抗生素和退烧针了，总之要多观察。明天把尿检和肝检都做了。其他患者没什么变化吧？”

“桥本家的老太太精神状态不太好，那个小孩的腹泻总是止不住。”

“这些情况一时半会儿也不至于怎么样的。打点止泻针，观察观察吧。”

“还有来听诊断结果的患者。”

“让他们回头再来就行了。如果有人非要知道结果，你就大致敷衍一下，口才也属于医疗范畴嘛。”

“……”

“我今天住新桥的酒店，有事情就往那儿打电话。”所长说完酒店名和电话号码后，叹了口气，“真是远啊……”

“什么远啊？”

“岛啊。”

又沉默了一阵。

“比起城市里的医生，你更了不起。拿出自信来。”

“但是……”

“好好地干。”

然后就挂了电话。

你更了不起。听到所长这么夸自己，三郎很高兴，但还是打消不了干违法事情的罪恶感。

随着夜深，风也渐强了，但亚希子的情况却没有变化。本以为会烧得更高，但体温只在 37.5 摄氏度上下徘徊。

三郎马上隔着腹带检查了一下创口，只渗出了一点儿血，看样子没怎么出血。他实在没有检查下面的勇气，让护士长帮忙看了看，报告没有出血。

这样的话，亚希子暂时应该没什么问题。

十一点过后，护士长回去了，三郎睡在值班室里。真是累坏了，他洗了澡钻进被窝，马上就睡着了。

但是他做了个梦。不知怎么回事，这回是三郎自己身在血泊中，他拼命想逃出去，可脚下直打滑，怎么也跑不动。

完了，他刚要放弃挣扎，却看到亚希子呆呆地站在面前。她什么话也不说，只是目不转睛地看着三郎。仔细一瞧，她的眼睛里充满了泪水。他想跑到亚希子身边，可是热乎乎的血逐渐缠绕住了全身，动弹不得。

不知道梦境持续了多久，睁开眼睛时，三郎全身大汗淋漓。可能是穿着衬衫睡的，太热了的缘故。

看看枕头旁边的表，才五点。外面依然风力强劲，但是雨好像小了很多。

亚希子的情况有没有改变呢？

三郎突然不安起来，就去了病房。

昏暗的走廊尽头，只有值班室亮着灯，但是看不到护士的身影，大家可能都在里面的卧室里睡觉。

从值班室往前数第三个房间，就是亚希子的病房。三郎悄悄打开门，有两位女学生挤着睡在旁边的床上。她们可能也累坏了，睡得很香甜。

三郎走过她们脚下，站在亚希子的病床前。

台灯隐隐照出了亚希子的脸。睡觉前看她时，还是脸朝上躺着，现在稍稍朝右侧着，呼吸声很小，频率倒是正常。

点滴已经摘掉，只有氧气管还缓缓输送着氧气。

由于她头部稍稍动了一下，呼吸管的罩子有些偏离。

虽然自己刚刚梦见了血海，但亚希子好像并没有什么异常。三郎轻轻地把呼吸管罩子弄回原位。

突然，亚希子好像不愿意似的晃了晃脑袋。

三郎急忙停住手，轻轻眨了下眼睛后，亚希子睁开了眼睛。可能是吓了一跳，她盯着三郎看了好一会儿，才轻轻点了点头："是医生吗？"

"是啊，刚才呼吸管有点歪了……"三郎辩解似的说道，"把你吵醒了，不好意思。"

"没事……"

"你的朋友在那张床上休息呢。"

亚希子只是眼珠朝旁边的床转动了一下，就马上收回目光，看着三郎："医生，请你握住我的手。"

"……"

亚希子从被子里慢慢伸出手来，三郎轻轻握住了她的手，稍微有些热，却是纤细而柔软的手。三郎刚一握住，亚希子也握紧了他的手。

“医生，谢谢您！”

就这么握着手，三郎移开了目光。

这时候应该回答什么呢？能获得亚希子的感谢，令他很高兴，但更令他惭愧。幸好灯光昏暗看不清楚，自己的脸肯定是红红的。如果被旁边睡着的学生们看见的话，就太丢人了，而亚希子完全不在意。

“我一辈子都不会忘记您的恩情。”

“没什么……”不管她说什么，三郎只会回答这个。

“但是，您肯定在笑话我吧？”

“为什么？”

“因为我怀孕了。”

“……”

“我对您坦白，我是个坏孩子，背着爸爸和妈妈放纵自己，虽然知道自己怀孕了，却没当回事。”

“……”

“但是，这次我是真的接受了教训。今后我要做个好孩子。”

仔细一看，亚希子的大眼睛里渗出了泪珠。

“所以，这件事情请不要告诉别人。”

“当然……”

如果把患者的医疗秘密告诉他人，就是违反《医师法》的。

“但是，我已经完了。朋友们也都知道了，会被人说三道四的……”说到这儿，亚希子喊道，“好疼……”

可能是由于越说越激动，扭到了下半身。三郎连忙把握住的手放回被子里：“安静休息一下吧。”

亚希子听话地点了点头，闭上了眼睛：“爸爸是明天来吗？”

“由于风太大，船不能出海，可能要晚一天到。”

亚希子点点头，又看向三郎：“医生，能不能让我看看孩子？”

“这个可……”

“看一眼就好，我想看。”

“已经都过去了，还是忘记这一切，好好休息吧。”

“我的孩子，是男孩还是女孩？”

“……”

“还是还看不出来？”

快四个月的胎儿，能不能区分出性别来呢？三郎还没有确认。实际上，那时候根本没有确认性别的工夫。

“求求您了。”

“今天先休息吧。”

“那，明天会给我看吧？”

也许是由于经历了大出血，亚希子的精神状态好像还不十分稳定。三郎把被子拉到她的肩上，摘掉了有些歪斜的氧气管。

看她现在的状态，已经不需要吸氧了。

“医生，你能听我说说我的事吗？”

“说太多话会累的，快睡觉吧。”

亚希子沉默了，也许是放弃了。

三郎用放在枕头边上的毛巾为她擦了擦泪珠。也许是对三郎万分信赖，亚希子非常温顺。

擦完以后，三郎把手轻轻放在亚希子的额头上：“晚安。”

“谢谢。”

在微弱的灯光下，亚希子的脸上浮现出一丝微笑。三郎点点头，关上门出去了。

风还是那么强，木造诊所里到处都发出咔嚓咔嚓的响声。东方的天空快要泛白了，但由于乌云的遮挡，依旧昏暗无光。

走到护士室时，看见了明子和川合护士的身影，她们好像刚起床。三郎一站住脚，明子就回过头来：“医生，出什么事情了吗？”

“没有……”三郎一下子结巴起来，然后急忙解释道，“我有点担心，就去病房看了看。患者没什么变化，不过我把氧气管摘掉了。”

“对不起，我睡得太死了。”

“不，没关系的。”三郎把手插进白衣兜里，离开了护士室门前。

再次回到值班室后，三郎钻进了被窝，但心情总也平静不下来。不知为何，心脏怦怦作响，脉搏也跳得飞快。

医生担心患者，夜里去探视并没有什么不好意思的，但是三郎却感觉就像做了坏事似的。

“还早呢，睡会儿吧。”他这么对自己说，依然辗转难寐。

一闭上眼睛，就浮现出亚希子那苍白的面容，握过的手心里还残留着她微热的体温。

“我这是怎么了……”失眠的三郎问自己。

那天也持续刮着暴风雨，台风的前进路线如预测的那样朝东去了，但伴随而来的大雨使得诊所所在的本町有十来户进了水，部分道路还发生了滑坡。

飞机也从一早就停飞了，所长没能按时回来。

幸好亚希子的状态还不错。

虽然脸色还不是太好，但是早上喝了杯橘汁，下午还吃了葡萄柚和一块蛋糕。

可能是由于大量出血和疲劳，身体需要水分和甜品吧，晚上又喝了一碗粥和一碗酱汤。

血压是100mmHg，虽然还有些低，但脉搏和心脏全无异常。只有一点儿令人担心，那就是发烧，白天量的是37.6摄氏度，暂时还不会烧上去。

到底是年轻！如果大个十岁，可能就没这么幸运了。三郎再次感受到了正值二十二岁的亚希子那美好的青春年华。

总之，到了这一步，是不会死了。三郎放下心中的一块大石头，去接待门诊患者了。

但是，这里也净是难缠的患者。前几天做过检查，诊断结果拖延到现在的患者们一下子涌来了。

虽然所长说“口才也属于治疗的一环”，但这也需要经验的积累。没有经验，光用嘴皮子是敷衍不过去的。

三郎反复说着“别太劳累了”“再观察观察吧”等。但这些老生常谈的话，并不能糊弄所有的人。

对于那些疑难患者，三郎就让他们等所长回来以后再来一次，把他们打发回去了。

即便如此，自己解释得了的，三郎还是尽力解释，只能用诚意弥补知识的不足了。

傍晚，雨停了，西面的山边架起了一道彩虹，台风的余波貌似终于离去。三郎看着彩虹深深地嘘了口气。

看来，这四天是平安地熬过去了。虽然有很多失误，但自己真的尽力了。

三郎感到自己整个人仿佛都大了一圈。

所长是第二天早上回来的。和预想中的一样，整整晚了一天，在十点前到达栈桥。从那里走到诊所只有十分钟左右的路程，但三郎还是事先让诊所的车去接所长回来。

“怎么样，没事吧？”刚到诊所，所长就劈头问道。

“是的，还算正常。”

“好的，我马上去看看。”所长直接把包往门诊的更衣室里一放，就换上了白衣。

“血压多少？”

“今天早上九点测的时候是 105mmHg。”

“体温呢？”

“37.8 摄氏度。”

“有食欲吗？”

“今天早上喝了一碗粥和一杯酸奶。”两人并排走在走廊里时，三郎答道。

“船不开，急死我了。第一次深深体会到这座岛的遥远。”

“我也是。”

这段时间，三郎比所长更焦急。一想到当时的情景，三郎现在还直冒冷汗呢。

“船上有没有 50 岁左右的东京人啊？”

“这么说来，好像是有一个。”

在岛上住时间长了，东京来的人，岛上的人马上就能看出来。

“患者的父亲说要来。”

“据说是在东京开医院的？”

“是的。”

“估计是那个人吧。”所长点点头。

亚希子的病房里，有一男一女两个学生陪着她。他们也迎来了照顾病人的第三天，显得有些疲惫。本来是来岛上玩的，却一天到晚守在诊所，说起来他们也够倒霉的。

亚希子好像似睡非睡的，所长进来以后，她懒懒地睁开眼睛。

“这位是这里的所长。”三郎这么一介绍，亚希子缓缓点点头。今天早上她情况稍好，好像还让朋友涂了淡淡的口红，使得手术后的憔悴面容显得异常娇媚。

但是，所长无所顾忌地盯着亚希子的脸看，还翻了翻她的眼皮，这是在检查贫血程度。然后摸了摸脑门，又诊了诊脉。

“打退烧针了吧？”

“打了。”

所长还检查了她的胸部。护士长把她胸前装饰着皱边的睡袍打开后，露出了浑圆好看的乳房。她肌肤白皙，只有乳头是粉红的。所长把听诊器抵在乳头下面。

亚希子轻轻地快速呼吸着，不安地看着三郎。那表情仿佛在说：“这个怪老头在看我的胸，没事吧？”

“不用担心。”三郎用目光回答她。

检查完心脏和肺部的呼吸音，所长拿开了听诊器。

“创口呢？”

“今早换了纱布。”三郎答道。但是护士长不管那套，直接解开了腹带。腹带是由几块毛巾从左右两侧拉过来缠上的，不用挪动身体也能解开。拿掉最后一块腹带，并移开纱布后，就露出了创口。

创口从肚脐下面一直延伸到阴阜。亚希子的阴毛原本就浅，备皮之后却泛着青色。

所长用夹子夹着棉球，在创口上面轻轻擦拭。

“好像有点瘀血啊。”

所长突然用镊子一按，就从创口中央渗出了血。

“打开一点儿看看吧。”所长接过护士长递来的剪子，剪开了一个小口，把夹着棉球的镊子伸了进去。

“疼……”亚希子轻叫了一声。同时从创口中间冒出了黑色的血，这是手术后残留在皮肤下面的瘀血。

“这些不清除掉，烧是退不了的。”

做这个手术已经拼尽全力了，手术之后的事情三郎从未想过。虽然总觉得里面在出血，但实在不敢打开检查。

所长把纱布塞进了打开的小口子里。

“小便怎么样？”

“正在导尿。”护士长答道。

所长看向患者下半身，掀起了被子。三郎连忙移开了目光。

“好像有些出血。”所长把尿壶举到阳光下说道，“是不是颜色越来越正常了？”

“是的。”

“验一下尿。”

护士长把患者下半身的被子盖好后，三郎终于移回了视线。

可能是由于害羞，亚希子也闭上了眼睛，面色微微泛红。

三郎不敢正视亚希子的导尿情况和小便等，这次也全交给护士长了。但如果连这些都羞于去做的话，就无法胜任医生这份职业。无论是多么倾城的美人，病人就是病人，医治病人就是医生的职责。在这点上，三郎还是不够专业。

“好的，我知道了。”

所长从护士长手里接过毛巾，擦了擦手：“做得不错，已经没什么事了。”砰的一声，所长宽厚的手掌拍了拍三郎的胳膊肘，“不简单啊。”

“是。”

所长伸手和他握手。不知为何，握着所长的手时，三郎差点没有哭出来。

亚希子的查房结束后，走出病房时，他们看见走廊里站着一位五十岁上下的绅士。虽然满头白发，但是个子很高，穿着一身看起来颇为昂贵的西服，一看就知道是从东京来的。

“您是这里的医生吗？”绅士开口问道。

“我是所长村木，刚才在船上好像见过您。”

“是吗？真是不好意思。”绅士郑重地低下头，然后从上衣口袋里拿出一张名片，“我是在这里住院的田坂亚希子的父亲。”

名片中央写着医学博士、田坂雄一郎，旁边写着田坂医院院长、东京都医师会理事。

“这次，我女儿真是给你们添了不少麻烦……”

“没有。其实我也去了趟东京，不在这儿，给您女儿做手术的是这位相川君。”

“是吗，你就是那位医生啊？”田坂院长重新看向三郎，点头致谢，“上次在电话里真是失礼了。”

田坂院长说的好像是手术前的那通电话里，他对三郎说的话。医生给医生下达指令可能是有些失礼，但是，那时候院长的指示也的确起了很大的作用。

“谢谢你救了我女儿。先生竭尽全力救治，非常感谢！”

一听到这些赞誉，三郎只觉得自己愈加渺小了。

“那么，情况怎么样？”

“我刚刚看过，创口附近有少量血肿，因此有些发烧，刚才往里放了纱布引流，应该不用担心了。”

“真是非常感谢。这座岛这么远，我一度都认为她没救了。”田坂院长刚说完，急忙改口道，“不，因为当时并不知道这里还有您这么出色的医生……”

“哪里，如果我在岛上的话，宫外孕这点病确实不算什么，只是相川君比较年轻，专业还是外科。”

“电话里没想到是这么年轻的医生，却能够处理得这么冷静……”

“是呀，他这次做得不错。”三郎只觉得无地自容，但是所长非常坦然地接着说，“岛上连血液中心也没有，一碰到大点的手术，都找不到血，非常伤脑筋。”

“这点我很理解。我也在电话里拜托医生了，钱不是问题，多采集一些血液来，但没想到这座岛这么小。”

“那真是困难重重啊！没有血，也没有设备。就是在这种恶劣条件下做的手术，相比之下，还是大城市的医生财大气粗啊。”

“您说得对。”

“您好像也是东京医师会的理事，我希望您也能为改善我们这样的岛上的医疗条件做贡献啊。”

“借此机会，我会好好考虑的。”面对着发泄平时积愤的所长，田坂院长一直是低姿态。

“别看条件这么差，这岛还算是东京都的呢。”

“您说得对。那么，我可以探望病人了吗？”看来田坂院长迫不及待地想见到女儿。

“可以。虽然有些发烧，说说话还是可以的。见到父亲以后，精神肯定会更好。”

“因为这事见面，真是不知该说什么……”作为一个连女儿怀孕都没发觉的父亲，田坂院长显得十分尴尬。

“那么，过一会儿我再去向您道谢。”田坂院长鞠了一躬，走进病房里去了。目送他进去后，所长和三郎返回了门诊处。

“您对他那么说，没关系吗？”

“对于医师会的理事之类的，就得态度严厉些。”

“不是说那个，您说我的专业是外科那些话。”

“没关系，你这次做得不错。”

“但是……”

“不要怕，大大方方的。把自己当成天下一流名医好了，这样就自然而然地找到天下名医的感觉了。”

即便听所长这么说，没有执照的三郎还是平静不下来。

那天来看门诊的病人很多，差不多是平时的一倍。因为所长不在的这段时间里，一拖再拖的患者们全都来了。

所长连家都没回，直接开始诊疗。好久没见到所长的患者们，这下都安了心，病情没什么变化的患者也非得让所长看看才算放心。三郎看过的患者，由所长再做一次诊断。

发烧病人给开退烧药，腹痛病人给开止疼药，腹泻病人给开止泻药，三郎大致进行了这样中规中矩的治疗，即所谓的对症疗法。因此之故，好像也没有出现什么大的误诊。

“原来的针剂和药都挺好的。”所长这样一说，便等于是认可自己的诊断，三郎也就松了口气。

多少有点问题的话，所长会说：“那么，再换个药试试看吧。”巧妙地为三郎遮掩过去。

由于几乎所有的患者都交给了所长，三郎就比较清闲了。到底有所长在，就是轻松踏实。当然，不可否认，一直绷紧的精神一下子松懈了，三郎也觉得有些失落。

虽然患者很多，但是，十二点刚过，所长就三下五除二地看完了门诊的病人。这时，亚希子的父亲到门诊来了。

“托您的福，刚才去看了看女儿。”田坂先生客气地朝所长鞠了个躬，“气色比我想象要好，我彻底放心了。”

“请坐下说吧。”所长亲自把患者坐的圆凳子递给他。

“没想到，这里这么清静，真是个好地方啊。”田坂先生坐在凳子上，望着阳光明媚的窗户。

“清静是清静，不过总觉得是在睡梦中似的。”

“可是，对于我们这些住在城市噪声里的人来说，这样的地方简直就是天堂了。一到这里，就仿佛生命受到了洗礼。”

“那么，您要不要移居到这里来呀？”

“啊……”

“哎呀，开个玩笑啦。城里人都说岛上这好那好的，可一旦问他要不要来住，就都跑掉了，没有一个人真心地说想住在这儿的。”

“不会吧。”

“我知道的。对于城里人来说，这个岛不过是个散心的地方。”

对于城里人只是看到岛上的表面，而发出赞美，所长一向心怀不满。于是，遇到像田坂先生这样城市来的成功人士，便不客气地有话直说了。

“也就是说，偶尔来游玩的人和这里的居民，对于安静的感受是不一样的。”

“对于这一点，我们也应该加以注意。”田坂先生有些不悦地附和着所长，“不过，我打算坐今天晚上的船回去。小女还是不能动吗？”

“今天晚上吗……”所长抱起胳膊思考起来。所长虽然只比田坂先生大两三岁，可在旁观者看来，所长相当强势。一方面是因为即便在这偏僻之地，自己也是响当当的名医；另一方面，女儿作为患者，等于是对方手里的人质，因此田坂院长也只能甘拜下风。

“刚刚第三天，而且有些出血，所以差不多一周后，拆了线再走，怎么样啊？”

亚希子腹部的刀口有十五六寸长，带着缝合的线，一路上舟车劳顿的，的确太受罪了。

“我想，你们回去东京之后，早晚还得在那边重新做一下子宫的手术。”

“您的意思是？”

“止血手术虽然是做了，但子宫只是原样缝上了。”

“是这样啊……”

“本打算去除胎盘，无奈出血太多，不得不中止。”

田坂院长好像还没有完全理解的样子。三郎紧张得垂着头，所长坦然地看着三郎，说：“他不是妇产科大夫，所以没有胆量摘除胎盘。再加上大出血，能够捡回一条命已经是奇迹了。”

“对此深表感谢！”田坂先生勉强低头致谢。

“妇产科医生的话，东京就不愁找不到了，当然，不用我说，先生也是知道的。”

田坂院长点点头，然后看着三郎说：“这就是说，胎盘仍然留在输卵管里，就缝合了？”

“是的……”

“那么输卵管和子宫还都留在里面吗？”

三郎也说不清楚，能够说清楚的只是取出了胎儿，止住了血。

“是这样啊……”田坂院长又把目光投向了窗户，然后再次看着三郎，问道，“出血是左边还是右边？”

三郎慌忙回答：“记得是左边。”

“是靠近子宫的输卵管吗？”

三郎点点头。

“那么，胎盘还整个在里面了？”

三郎完全答不上来了。见三郎不知所措，所长替他回答：“当然想要摘除也不是做不到，但是摘除它的话，即使是妇产科医生，也不会太乐意做吧。”

“那倒也是。”

二人夹杂着外文说起话来。三郎一边听，一边差点没有脱口说出“我不是真正的医生”的话来。

要是不管不顾地一股脑都说出来，那该有多痛快啊。

可是，现在说出来的话，田坂院长会吓坏吧？而且所长劳神费力地袒护自己的苦心也就白费了。三郎拼命克制着自己想要坦白的冲动。

这时，田坂院长又对三郎问道：“先生也和所长先生一样，是东都大学毕业的吗？”

“不，我是……”

刚说到这儿，所长又插嘴道：“是的。他去年刚毕业，就到这儿来了。年纪轻轻，能够到这样偏远的地方来，这年头还真是难得啊。”

“是吗？那么，你认识相泽这个人吗？”

“……”

即使问三郎认识不认识，他也回答不出来。三郎越来越紧张了，又是所长替他解围：“你毕业是不是两年前啊？”

“是……”

“一般来说，医学部也是对上届的同学比较了解，但是对下届的往往记不住的。”

“相泽是我的外甥，的确有这样的情况。”田坂院长点点头。

“据说，先生在东京的医院开得很红火啊。”所长巧妙地转换了话题。然而，吓得几度冒冷汗的三郎仍然心神不宁。

继续聊了一会儿东京医院之后，田坂院长说：“也许有些强求，但今天晚上还是打算带小女回去。”

“是吗？”

“小女承蒙你们的照料，非常感谢。不过，我今天必须回去，继续让那几个学生陪护她，又不合适。”

看样子，田坂院长对于胎盘被缝在子宫里面，感到有些不安。

“坐车可能会比较难受，但船里有榻榻米[1]，可以躺着回去。再说也不能总是麻烦你们照顾她。”

“你说呢？”所长看着三郎。三郎当然还想让亚希子多住些日子，可是，与其说这是出于医疗上的考虑，不如说亚希子走了，他会感到寂寞。

“可能的话，最好还是拆了线……”所长说完，田坂院长点点头，说：“不过，再继续给你们添麻烦，实在过意不去，她本人也想早一点儿回去。”

这么一说，就不好再挽留了。

“有医生护送的话，倒是可以放心的。”所长说完，不无嘲讽地笑了。

回本土的船晚上九点出发，中途停靠两个岛屿，明天早上六点到达竹芝栈桥。

亚希子提前一个小时离开了诊所。她躺在救护床上，从病房被送到玄关，然后送上诊所的急救车前往码头。学生们也和他们同船回去。

离开诊所之前，三郎很想再见亚希子一面。

是三郎给她做的手术，按理说想去看她的话，直接去病房就行了，但是，田坂院长一直在病房里，傍晚，所长又去巡诊。这种时候，自然

1　榻榻米，长度：1.7-2 米。宽度：80-98 厘米。

轮不到没有医生执照的三郎了。

“怎么办？”三郎犹豫不决，转眼间就到了八点。看这样子，他只能在大门口，跟亚希子说一声“再见”了。

“亚希子终于要走了。”这么一想，三郎顿时感到空虚无比。

到底我是为了什么那么拼命呢？当然是为了救活亚希子，但其中也包含了自己对她的好感，还有就是和这样的大家闺秀成为朋友的梦寐以求的憧憬。

可是，事到如今，这些憧憬全都变成了虚空。亚希子根本没有把自己当回事，只不过把他看作遥远的离岛上的一个男人吧。

这也是没有办法的事。就在三郎觉得无望的时候，那个胖乎乎的女学生跑到门诊来了。

“先生，对不起，可以到病房来一下吗？亚希子说想要见见你。”

“见我？”

“现在，她父亲不在，快一点儿吧。”女学生淘气地做了个飞眼。

这是怎么回事？三郎不明就里，跟着她去了病房，果然看见亚希子一个人躺在床上。

“我给你带来了。”女学生意味深长地笑着退了出去，房间里只剩下了三郎和亚希子两个人。

“一会儿你就要回去了。”三郎站在床边说道。

“是啊。爸爸说早点回去好。”

“可是，你父亲说是你想要早点回去。”

“我当然也想回去，但是等拆线之后再走，也没关系呀。”

三郎没有说话，犹如贫血般脸色苍白的亚希子，面对着三郎说：“先生，真的给您添麻烦了。”

“哪里……”

“先生的救命之恩，我一辈子也不会忘记。”突然听到亚希子这么郑重其事地道谢，三郎不知如何回答，他低头不语。躺着的亚希子直视着三郎的眼睛问道，“您不会忘记我吧？”

“当然……”

“可是，先生有很多患者呀。”

“你跟其他人不一样。”

“我太高兴了。”亚希子忽然从枕头底下，拿出了一只小小的浣熊毛绒玩具，“这个，是我的吉祥物，不管去哪儿，我都带着它，可以送给你作为留念吗？”

三郎接过了毛绒玩具。虽说是只小熊，但有着一双天真无邪的眼睛，非常可爱。

“不要扔掉啊，我想要你一直留着它。”

“我一定好好留着。”

“先生，非常感谢！”亚希子从被子里伸出手来，三郎握住了她的手，就在这时，听见了敲门声，回头一看，是亚希子的父亲。三郎慌忙把浣熊塞进兜里，鞠了一躬，走出了病房。

波涛

chapter 04 / 波涛

从九月到十月，三郎一直是在焦躁不安中度过的。

不安的原因，自然是为了田坂亚希子的事。还没有拆线，她就被父亲带回去了，不知现在情况怎么样，一想到这个，三郎就心烦意乱。

后来没有再出血吧？胡乱缝合的输卵管和子宫不知怎么样了？亚希子说，回东京后还要去妇产科医院复查一下，不知医生会说什么。三郎越想越担心。

他甚至想到，万一根据术后情况，判断出是没有医生执照的人做的，如何是好？于是越发坐立不安起来。

他也想过，干脆自己主动给亚希子写封信吧，可十天来，亚希子只来过一封信。信里除了表示感谢外，只说了两天前拆了线，一切都好。

亚希子的父亲寄来了感谢信，随信还寄来了高级火腿礼盒，对所长和三郎以及诊所的职员们表示感谢之意。

信里也写了，女儿两天前拆了线，一切都好。关于后遗症或再次手术等均没有涉及。

既然没有什么特别不好的反馈，似乎可以放心了，可是，即便如此，三郎还是放心不下。

人家不详细写，大概是觉得写了，自己也不明白吧。也许把自己看作乡下医生，只不过是在礼节上表示一下感谢罢了。这就叫作疑心生暗鬼。

“真的没有问题吗？”三郎总是不放心，就去问了所长。胡子所长一向乐天，对三郎说：“你就放宽心吧，对方得到救治已经很满意了。正因为感谢，才寄火腿来的，你也吃点吧。”说完，继续大吃火腿。

但是，比起火腿来，三郎更想看到亚希子的来信，而且想看到有血有肉的话，而不是那种“你好吗”“谢谢”之类的套话。想要听到她把那个浣熊玩具送给自己时，诉说“不要忘了我啊”那样的真实的声音。

可是，到了十月份，亚希子也没有来信。

分别时那么紧紧握手，一回东京，就把他给忘了吗？东京的有钱人家的小姐，难道都是这样的人吗？

她只是在濒临死亡的时候，才说出那样的绵绵情话，一旦得救了，就转脸不认人了。一恢复了健康，就又去六本木或赤坂那样的地方，跟那些男孩子玩乐了吧。

如此看来，亚希子身上，原本有着恶女的天性吧。只在自己需要对方时，才会对你好，不需要了，就弃你而去。城市里的女人差不多都是这种势利眼。

随便你吧！忘恩负义的人……那种破烂不堪、不知羞耻的女人，去死吧！

不过，冷静下来一想，说她“忘恩负义”还是太武断了。

出院之后，亚希子和她母亲一起写来感谢信，还寄来贵重的东西，礼数很周全，怎么能说是忘恩负义呢？后来她没有写信告知术后情况等，也是怕自己担心，这么一想，就能够理解了。

自己却说她是“忘恩负义”，完全是自己的主观看法。首先，这样生气本身就很可笑。

换作是男的大学生或老太太，自己肯定不会生气，不但不生气，还会感慨患者这么客气呢。唯独对亚希子这么苛求，实在不太正常。

看起来自己对亚希子怀有特殊的感情，似乎超过了医生和患者关系，抱有好感了。

以前听所长说过，医生是不会对患者产生感情的。理由是，医生对于患者的羞耻样子，以及哭泣声都亲眼目睹了。倘若对每个患者都产生感情的话，就不可能采取冷静的处置措施了。好感先行的话，该做的手术也不会做，从而导致延误病情。

“患者会喜欢上医生，但医生绝对不可能喜欢上患者。即便喜欢上了也是不可以的。”

对方只不过是萍水相逢的女人，三郎对自己这样说，可是，却总是放不下。越是想要忘记，就越是想见到她。

十月中旬，三郎鼓起勇气给亚希子写了一封信。

“后来，你的情况怎么样……”这样开了头，接下来写了对她大病初愈的身体的种种担忧。

一边写，三郎意识到，医生对患者的身体感到担心是理所应当的，不禁有些羞愧起来。

只是在最后一行，他写了“你送给我的浣熊，我还珍藏着呢”。该不该写这一句，他犹豫了一个小时之后，最终还是决定写上。

从小岛寄往东京的信，最快三天，多则五天。回信的话，差不多要一个星期或十天的样子。

寄出一个星期之后，三郎每天下班一回来，都会问楼下的房东大婶，来信了没有。

可是，每次大婶都说“没有”。

会不会寄到所里去了呢？他在所里的邮件里找了半天，也没有找到。

半个月过去了，转眼到了十一月。

看来还是把我忘在脑后，游山玩水去了，索性把和她有关的一切都彻底忘掉吧。

三郎又重新感受到了明子的好。

和城市里的女孩子比起来，还是明子实惠得多。

当三郎思念亚希子的这段时间，明子照常来给三郎打扫房间，洗衣服。有时候还自己买菜给他做沙拉，告诉他“偶尔也要吃点蔬菜”。

不但如此，三郎想要她的时候，她从不推拒。

和明子亲热的时候，三郎会一边觉得很内疚，一边思念起亚希子来。

但是，明子从来没有抱怨过一句。

她在诊所里工作时一如既往地干脆利落，一有空就来照料三郎的生活起居。

对于没有结婚，就老往男人住的地方跑的明子，岛上的人说了不少闲话，但明子根本不理睬，依然我行我素。她还有着这么固执的一面。

仔细看的话，明子虽然肤色黑点，但肌肉紧实，身材也不错。

比起那种都市的大小姐来，还是乡下的纯洁女子更好。

三郎发誓再也不去想亚希子了。

虽说这么想，可“亚希子”和“明子”这两位女性，都叫作“akiko”，名字的发音完全一样，让他觉得很有趣。

嘴里念叨“akiko”时，也搞不清是哪个“akiko”了。

也许我和名叫“akiko”的女人有缘吧，这么一想，三郎更觉得不可思议了。

三郎对亚希子不再抱希望的半个月后，一个星期日的中午，他正在住处睡觉，明子来了。

因为昨夜开始下雨刮风，所以快到中午了，他还赖在床上。

明子依旧是敲了两下门，如果是楼下的大婶或她儿子的话，敲门要重得多，门都会跟着晃动，所以肯定是明子。

“请进。”

只有一个房间，躺在被子里答应，就能够听到。三郎自己一个人的时候，从来不锁门，明子推门进来，站在门口把伞收起。

“还下雨吗？”

“好像越下越大了。”明子说完，把右手提着的塑料袋放在木地板上，用手帕擦拭头发上的雨水。明子今天穿着藏蓝色毛衣，下面是同色的裙子，虽朴实无华，但紧裹腰身的裙子，看着很性感。

“你先过来一下吧。”三郎叫她。

明子好像没听见似的问：“还没吃饭吧？我现在就做。”

“不着急，先过来一下吧。”三郎又重复了一遍。

这时，明子突然想起来似的说：“这个，寄来了。”

三郎接过来一看，是一张风景明信片。

以前在外国影集里看到过的白色大理石神殿，辉映在夜晚的灯光下。他赶紧翻过背面一看，是柔和的女人字体：

你好吗？我现在到希腊的雅典了。收到你的来信后，本想回信，但是在日本总是觉得定不下心，就没有写。关于我的身体情况，后来只去了四五次医院，已经完全康复了。但是心情还没有复原，所以出去旅行散心了，正所谓伤心之旅。你要是和我一起就好了，明天去意大利。

亚希子

三郎看完，问明子：“这个，怎么会……”

明子围着自己带来的围裙，站在水槽前，正从塑料袋往外拿蔬菜：“我上来的时候，楼下的大婶给我的。”

“可能是昨天寄来的，大婶忘了给我。愚蠢的家伙。”三郎心想，可是抱怨也没有用。

又看了一遍明信片，三郎不知该怎么办了。

看完什么也不说，当然也可以，但他又觉得这样对明子不太好，还是跟她说两句什么比较合适吧。

“这个，就是那个东京来的患者的信。说她现在去了希腊。”

“是吗？”

“有钱人的女孩，就是这样，还自己美其名曰是什么伤心之旅。”

“我看你也别太勉强了。”突然明子说了这么一句。三郎回头一看，明子仍然背对着他，站在水槽前，好像在切什么东西，发出咔嚓咔嚓的声音，肩膀也在微微晃悠着。

从楼下上来的时候，她应该已经看过内容了。如果看了的话，就会知道三郎给亚希子写过信，还对她有好感，等等。

“我给她写信，只是想问问手术后情况怎么样。”

“还真是够热情的啊。”

“因为担心啊，医生了解患者的情况也是应该的呀。”

“其实，我什么都知道的。”

“知道什么？”

“知道你喜欢她，还知道，书架上的浣熊就是她送给你的……”

三郎赶忙从床上爬起来。

“那个女人很漂亮，没法子。”

“不是的，我对那样的女人，根本就……”他想说真的没有什么想法，却没能顺利地说出来。

到现在为止，三郎的确是没有想什么，但是，一看到这张明信片，决心就动摇了。哪里是没有什么想法，又开始想要见到她了。

“这点事，别太在意了好不好？”改变了想法的三郎用哀求的口吻说道，“不过是旅途中的心血来潮罢了。”

“她或许是心血来潮，你可不是心血来潮。”说完，明子更加用力地切起菜来。

和明子之间虽然发生了小风波，但三郎在诊所里的工作还比较顺利。

从东京回来以后，所长对三郎越来越倚重了。以前，三郎只看复诊病患或容易医治的住院患者，而现在即便是新患者，所长也很随意地交给三郎了。查房所长也是一周只去两三次，其他日子让三郎去。

自从亚希子的手术以来，所长似乎更加信任三郎了，而且不仅仅表现在这些方面。

所长近来好像突然间意识到了自己的年龄，按说还不到六十岁，没到衰老的年龄呢，或许是失去了好友，受到打击的缘故吧。尤其是所长原本血压有点高，而好友正是由于血压高引发脑溢血去世的。也许是同病相怜吧，自然更加感同身受了。

他常常一边说些“我可能也没有多少日子了”的丧气话，一边让三郎给他量血压。

尽管他给无数的患者量过血压，可到了自己这儿，还是很不安。

三郎戴着听诊器，捏着血压泵的时候，所长一直盯着血压计看。

所长的血压是170mmHg左右，以五十五岁的年龄来说，的确高了些，而且有时候达到将近200mmHg。如果照直告诉他，会惹他不快，所以，三郎总是少说一点儿。即便如此，他还是会瞪着三郎问：“有那么高吗？再测一遍。”

测几遍都是一样的，三郎又减少了一些。他这才点点头，说：“对吧，我觉得这个差不多。”

“不过，您还是要多休息。”

“我知道。”

没有比对医生说明病情更难的了，尤其是对方是老医生，自己是没有执照的医生。虽说如此，但所长也会征求三郎的意见：“你看吃什么药好啊？”

“一般的药，您觉得不行吗？”

给一般的患者，所长可以轻松开药，给自己开药好像就没有自信了。

以前所长从来没有这样过，凡事都是自己决断。两年前，他扭了腰的时候，也是自己准备注射液，命令护士长“把这个打进这里”的。可是，现在连开药都要和别人商量，可见精神头大不如前了。

事实上，这半年来，所长显得一下子衰老了。也说不定是由于以前太有精神头了吧，反正最近手术时间稍微长一点儿，就直喘气。

以前他经常带着护士和职员们去海水浴或开车兜风，最近一次也没有去过。除了在家里以外，也不怎么喝酒了。

据说，说“嗨哟嗬”的次数越多，就越说明人上岁数了，最近所长就比较多。门诊时，每看完一个人，就会说一声“嗨哟嗬”。

从今年春天开始，他把更多的工作交给三郎去做，恐怕不光是为了让三郎学习技术，最主要的还是他自己的身体越来越不听使唤了。

当然，正是由于这个机会，三郎也学到了许多医疗知识。这么说可能不大合适，但所长身体日渐衰弱，反而让三郎得到了更多的学习机会。如今，在这个岛上，三郎已经成了不可或缺的代理医生。

十二月初，三郎收到了一个小包裹。一看寄出者，写的是田坂亚希子。

他赶紧打开一看，里面有个小盒子。打开小盒子，是一个镶银的登喜路打火机。

小盒子里还放着一张折叠着的印花信纸。

你好吗？

我三天前从欧洲回来了。虽然很愉快，但也感觉很疲劳，不过身体没有出现异常。

寄给你一个礼物。本来打算直接去岛上当面送给你的……也不知道你喜欢不喜欢，请使用它。

先生什么时候可以来东京？如果来的话，请跟我联系。我家的电话号码是481-5142。不过，这是家里，有时候妈妈和女佣会来接电话。我房间里的电话是481-4120，只要我在家，肯定会接的。

学校晚去了一些日子，好在学分已经差不多了，没有什么影响。现在开始写论文了。我的论文题目是《欧洲中世纪的医疗制度》，但现在真后悔，要是选择离岛的医疗现状就好了。这样就可以经常去先生所在的岛上了。

有时间的话，请给我回信，当然打电话也可以。

多保重！

写给我的救命恩人——相川先生。

亚希子

三郎拿起打火机把玩起来。这是最新款的S型，在日本怎么也得七八万，轻轻一打，就“啪”的一声打着了。虽说是同样的火苗，可一想到是亚希子送给自己的，就觉得连火苗都是那么灿烂。

一直以来，三郎使用的都是一百日元的一次性打火机，手感完全不一样。拿着它去所里的话，不知大家会怎么说。这样的高级打火机在岛上绝对没有卖的。

明子会不会起疑心……

还有把信放在哪里好呢？明子经常来打扫房间，她做事认真，犄角旮旯都收拾得整整齐齐。抽屉里应该不会整理的吧，万一被她看到，就麻烦了。

上次那张明信片，就放在橱柜抽屉的最下面了，这次也放在那里比较好吧。

不管怎么说，这个打火机证明了亚希子上次说的都是真的。即使去外国旅行散心，也没有忘记自己。

三郎突然渴望见到亚希子了，可能的话，真想坐今天晚上的船去东京。

可是，眼下诊所很忙，一年前姑且不说，如今患者众多，以至于三郎不在就玩不转了。如果跟所长请假，也会允许的，但要把周末都加进去才行，毕竟东京太远了。

不过，想去的话随时可以，问题是以后怎么办？亚希子在信里一口一个先生，最后甚至还称呼他“我的救命恩人”，她这样写三郎当然高兴，但每次看到先生两个字，三郎就仿佛被泼了一盆冷水似的。

亚希子仍然把他当作是真的医生了。认为自己是医生，才送给自己这样的礼物，还写信。

如果知道自己是冒牌医生的话……一想到这个问题，三郎就哆嗦了一下，仿佛自己犯下了滔天大罪。

第二天，三郎带着亚希子送给他的打火机去了诊所。使用它抽烟时，三郎的心情很复杂，又想显摆，又觉得难为情。最先发现的是门诊的川合护士。

“先生，你的打火机真好看啊，让我看看。”

三郎递给了她，川合翻来覆去细细地端详起来：“这不是登喜路的吗？哪儿来的？”

“什么哪儿来的……”

“是别人送的吗？明子小姐送的？”

三郎吓了一跳。由于发音一样，他误以为川合说的是亚希子。

“怎么会……”

“真漂亮啊！很贵吧？”

川合护士一会儿打开，一会儿关上，啪啪地玩着。

“喂，给我吧。”

恰好这时，明子进来了。

“哎，这个真不错啊，是明子小姐送的礼物吧？”

明子只是盯着打火机看，并没有伸手拿的意思，然后什么也没说就走了。

“先生，是谁送的呀？太可疑了。”

“朋友去外国，给我买的。”

“哪个朋友，不会是女的吧？”

“那怎么可能呢？”

川合护士突然凑近三郎的耳朵说：“这可不行啊，不能欺负明子小姐噢。”

说心里话，最近，三郎对于明子的存在感到有些烦。

当然明子不是个坏女人。工作上经常帮助他，生活上也很关心他。而且对于亚希子，自明信片以来，什么也没有说过，对三郎依旧是那样亲切而忠实。不过，她的忠实反而让三郎感到有些压力。

其实对于亚希子的事，三郎倒希望明子发泄一通，或是痛骂他一顿，这样的话，三郎也会感觉痛快些。可是她这样一味隐忍，反倒更让他难受。

岛上的女性是不是都是这样呢？也并非如此。川合护士或村濑护士，都比较阳光，而护士长也很爽快。如此看来，只有明子比较内向一些。

虽说内向，但不等于明子就是个老实人，表面上很稳重，但实际上很要强，从她那对固执的单眼皮就能看出来。即便受到护士长的刁难，她也坚定地站在三郎一边，也可以说明。

只要是她认定的事，十头牛都拉不回来。由于知道她的这种个性，三郎才会感到有压力。因为一旦惹怒了她，还不知道她会干出什么来，这令他害怕。

三郎被所长叫去，是三天后的一个傍晚。五点多，他正琢磨去找药剂师下围棋时，所长让他去他的办公室。

三郎去的时候，看见所长正在吃药，嘴边沾了很多白末子，所长随手抹去了白末后，说道：“我想问问你，你对铃木小姐到底怎么想的？”

突然被问到这个，三郎一时答不上来。铃木是明子的姓，所长一向这么称呼她。

“什么怎么想的……”

“直说吧，是喜欢还是不喜欢？”

“当然不讨厌了。”

“嗯。”所长喝干了玻璃杯里剩下的水，又问，“那么，有没有和她结婚的打算呢？”

即使这么单刀直入地问及，三郎也回答不了。他不明白，所长到底是出于什么目的问起这个的。

“看来是马上回答不了啊。可是，以后打算怎么办呢？”

“……”

“不喜欢的话就说不喜欢，没有关系，这是你的自由。”

“也不是不喜欢，但是结婚的话……”

“明白了。也就是说，没有结婚的打算了？”

“是……”

“我也不喜欢打听这方面的事，但老婆子让我问一问你。”

“所长夫人吗？”

“前几天，铃木小姐来我家，说是喜欢你。老婆子也很同情她，不过，你还挺受欢迎的嘛。”

“没有的事。”

“男人嘛，当然有女人喜欢，总比没有人喜欢的好啊。不过，太招人喜欢了，往往找不到好老婆，我就是个好例子。”

三郎忍不住想笑。

“选择老婆，还是越慎重越好。”

这时所长突然问道：“你和铃木小姐上床了吗？”

“什么？”

“就是男女关系的事。”

三郎慌忙低下头。

“看你表情是有关系啦。年轻人嘛，不让做也不可能的，不过，这就有些棘手啦。”

“您指的什么？”

“这个岛很小，无论逃到哪儿，都会马上找到的。”说到这儿，所长张开胡须环绕的嘴，哈哈大笑起来。

岛的确很小，人们虽然很悠闲，但彼此之间也非常敏感。所长虽然半开玩笑地说在岛上无处可逃，但自己和明子的关系，确实不能一直这么拖下去。要结婚的话就结婚，不结婚的话，就要对她说清楚。

这些不用所长提醒，三郎也知道。他一直想要找机会对她说，可是，一见到明子，三郎实在说不出口。

现在跟她说这些话，她可能会哭起来的，也可能会歇斯底里大闹一场。平时虽然很老实，但她的个性很较真儿，认死理，一旦发怒，不知会干出什么来，而且，三郎也觉得这么说，于心不忍。

原本三郎对明子并不讨厌。虽说也并非特别喜欢，但觉得她是个诚实而热情的女性，脑子聪明，又爱干净，一直以来对他都特别好。

明子的好处，三郎自认为充分认识到了，尽管这样，却并不打算跟她结婚。

他预感到如果跟她结了婚，自己就得在这个小岛上永远住下去了。岛上生活虽然宁静而悠闲，但他不想把一生都埋没在这里。

虽说即便和明子结了婚，将来也可以回东京去，但眼下他还是打算一个人生活。

三郎才二十八岁，至少到三十岁以后再说。现在结婚的话，感觉就像背负了沉重的负担似的。

如果是在东京的话，根本不是个问题。像三郎和明子那样的情侣很多，彼此不合了就分手，再去找别的恋人。

可是，在岛上就不能这么轻易换恋人了，而且即便想换，也很难找到年轻女性。岛上为数不多的女子被外来的男人独占，而且不结婚，岛上的男人们对于三郎的这种做法恐怕也抱有反感。

岛上的确和平而稳定，但也因此难以居住。

也许自己在岛上住的时间已经太久了……

三郎突然萌生了这个念头，可是，又不知该去哪里。

首先浮现在他脑海里的是东京，但即便回去，一个二十八岁的高中毕业的男人，根本找不到像样的工作。也就是干干老本行，去干酒吧调酒师或是餐厅服务生。

与其那样，还不如在这儿当医生呢。三郎思来想去，最后还是决定维持现状。

随着冬季的到来，海上风浪更大了。岛屿北面的千叠敷，夏天的时候，可以往海里走一百米远，但现在浪大，走二三十米都危险。

浪高风也大，渡船摇晃得很厉害。有的客人晕船，一到码头就被送到诊所来，有时候也会停止摆渡。此时的岛屿就如同在白浪里漂浮的小船一样。

诊所由于是町立，年底和公务员一样，二十九日结束工作，三十日开始放假，一直到三日都休诊。从四日到七日，只是上午有门诊。虽说是休诊，但岛上的人如果得了急病，也不能拒之门外。在城市里的话，还可以推一推，在这里想推也没有其他医院可推。

以前，正月假期，都是所长守在岛上。说是休诊，实际上，跟值班差不多。从今年开始，因为三郎也能够看病了，所以分担了一些值班。

前一半，即三十日到三十一日，是三郎值班，从一日到七日是所长。

所以，三郎从一日到七日可以休假一周。

元旦一早，三郎离开小岛，先去了亲岛，在那里换乘飞机去东京。在羽田机场下了飞机后，回到小岩的家时已经是下午三点多了。

家里有母亲和妹妹，元旦之夜，母子三人难得一起吃了年夜饭。

“你也该娶个媳妇啦。”吃完晚饭，母亲突然说道，“有没有喜欢的人啊？”

“没有……”三郎摇摇头，脑子里浮现出了明子的脸，“再说岛上也没有太合适的女人。”

母亲虽然已经五十二岁了，但身体很好，每天都去炼油厂工作。三郎觉得母亲与其在脏乱的街道干活，不如到安静的岛上住更好，可是怎么叫她去，她也不去。母亲土生土长在东京，而且三郎的父亲去世后，出去工作后认识了一些人，也许是这个缘故，母亲死也不肯离开这里。

“我可不想去那种鸟都不拉屎的地方。”

在母亲的印象里，三郎住的小岛，就和被流放的罪犯住的孤岛一样。

“差不多就行了，赶紧找一个媳妇，回东京来。”嘴里说无所谓，但母亲好像还是想跟三郎一起住。

“我还要在那边待一段时间。”

“那个小岛有什么好的？”

“在那儿，我可以当医生。”

“你怎么可能干医生的工作啊？”

“是真的。所长教给我的，我还做了宫外孕手术呢。”

“太可怕了。把那个人治好了吗？”

“当然了，还活蹦乱跳地去外国旅行了呢。”

“你疯了吧。要是干这个，马上就会被警察抓去坐牢的。求你了，不要再干那种事了。”

“那个所长，也是脑子有毛病吧。”妹妹也吃惊地瞧着三郎。

“不要紧的，不用担心。”三郎笑着回答，却说不清楚不用担心的理由。

正月二日、三日，三郎是和过去的朋友一起度过的，但他的脑子里总是想着亚希子。

要不给她打个电话吧，他这么想着，好几次走到电话旁边，可是一旦到了打电话的时候，又害怕得不行。她既然告诉了自己电话号码，应该可以给她打，可又觉得会听到冷淡的声音。

第三天的傍晚，三郎下决心拿起了电话——当然是给亚希子说的肯定会接的那个电话号码打。

他把话筒紧贴在耳朵上等着，没有人接。铃声响了五次后，三郎挂断了电话。

正月假期里，她可能是和朋友去旅行了吧。早知这样，从岛上出发之前，就应该事先打个电话，现在后悔也来不及了。

三郎这次回东京，名义上是看母亲和妹妹，和朋友喝酒，但真正的目的是见亚希子。想见到的人不在的话，回来的意义就减少了一半。

心神不定的三郎，熬到晚上，再次拨通了电话。虽然已经十一点多了，但已经打过一次，胆子多少大了一点儿。

铃声响了两次，有个女人接了电话："喂喂。"

三郎以为亚希子不在，突然对方接了电话，三郎吓了一跳。

"那个……是田坂亚希子小姐吗？"

"是的。您是哪位？"

"我是，那个岛上的……"

"哎呀，是先生啊。"亚希子听出来了，声音突然变得兴奋起来，"现在，您在哪里？"

"来东京了。一日到的，住在母亲家。"

"是吗？我一点儿也不知道。你好吗？"

三郎的额头和手心都冒出了汗，使劲让自己呼吸平稳下来。

"好想跟你见个面啊。你待到几日？"

"七日回去。"

"那之前有时间吗？"

"有的是时间。"

"那就明天晚上，一起吃饭吧。"

"好的，谢谢！"尽管觉得这么回答有些怪怪的，三郎还是对着话筒低头致谢。

次日晚上，六点之前，三郎就如约来到六本木街角的咖啡店。不用说，指定这个见面地点的是亚希子。

三郎等了一会儿，六点整亚希子来了。她穿着红色短外衣，酒红色的长筒靴，一头长长的卷发披在肩头，苗条的身材，白皙标致的脸蛋，与红色外衣非常协调。

漂亮的女孩子一出现，咖啡店里的客人都一齐朝入口望去。亚希子朝三郎微微招招手，在客人们的注视中，走到三郎身边。

“等了半天吗？”

“没有，一小会儿。”三郎慌忙站起来，合拢西服的前襟。

“那时候给您添麻烦了。”

一见到亚希子，三郎连想好的感谢打火机的话也忘说了，只是深深鞠了个躬。

“肚子饿了吧？可以的话，咱们出去吃饭吧。”

三郎顺从地跟着亚希子走出了咖啡店。

出来后，三郎被亚希子领到了一座朝向六本木主路的一个大厦的地下餐厅。亚希子好像是这里的常客，一进门，服务生就说了句“好久没见了”，帮她脱去外衣，请入店内。

餐厅主打好像是牛排，有三张配备着铁板的台子，他们被带到靠中央的一个餐桌。店内所有摆设都是一水的茶色，一看就知道档次不低。

“您想吃什么？”亚希子翻开菜单，边看边问。三郎没有来过这么高级的餐厅，也不知道点什么菜好。

“我觉得鱼翅还不错，还有虾和鲍鱼。”

“那就要鱼翅吧。”

“先生，喝葡萄酒吗？”

“什么都行……”

“梅德克怎么样？”亚希子马上喊来服务生，点了菜。

三郎身穿廉价西服，打着领带，而亚希子大衣里面穿的是白色丝绸连衣裙，胸前戴着一串金项链。看她的打扮，根本不像是大学生。

“谢谢你送给我打火机。”三郎再次表示感谢，从口袋里掏出打火机给她看。

“有很多患者会给先生送礼物，我还觉得您可能不需要呢……”

“哪里，第一次有人送我这么好的。”

服务生给他们斟满红酒，两人拿起酒杯。

“那么，就庆祝咱们久别重逢吧。”

在亚希子的注视下，三郎的脸一直红到耳朵根。

“干杯！”

碰了杯后，三郎喝了一小口。

“有四个月没见了吧？”

“是啊。”

“先生还是那么忙吗？”

好容易见到亚希子的欢喜，以及初到一个不熟悉的地方的紧张感，使三郎只是一味地点头。

“难得回来一次，和朋友聚会什么的，一定很忙吧？”

“也没有多忙。”

“大学的先生们也去拜见了吧？”

“是的……”

每当亚希子叫他先生，或是提到大学的时候，三郎都格外紧张。但亚希子继续问着：“先生还打算在那个岛上待下去吗？”

“暂时是这么打算……”

“我前几天对在医学部工作的堂哥说起了先生的事，那么年轻，就去了离东京十个小时远的小岛，为偏远地区的医疗做贡献。现在的年轻医生们不是都愿意在大城市工作吗？我回到东京以后，才感到先生真是了不起。”

“哪里。”

“不过，恕我冒昧，我还是希望先生能够回到东京的大学这边来。因为这样的话，咱们就能经常见面了。对吧？”

“……”

三郎不知道该怎么回答，只好低头不语。

吃完牛排，喝了红酒，他们走出六本木的餐厅已经八点了。三郎要结账，“我来吧。”亚希子拿出了信用卡说。

“今天是我邀请你的呀。”亚希子这么一说，三郎便收回了钱包。不知道这顿饭多少钱，但一定很贵。

虽说是正月的四日，主路上霓虹灯闪烁，到处都是人。三天假日过后，好像不少人今天上班。

“去喝一杯吧。”三郎一发出邀请，亚希子马上就答应了。

“这一带我不太熟悉。新宿的话，以前经常去喝酒。”刚说到这儿，三郎立刻打住了。

去岛上之前，三郎曾经一度在涩谷和新宿干过调酒师。所以知道几处新宿的歌舞伎町一带的酒吧或歌厅，但是带亚希子去的话，就会暴露自己的过去。

“是上学的时候吗？”

“是啊，去得不多……不过，已经好久没去了。”

“我总觉得新宿太杂乱，不太喜欢。”

的确，新宿的土气不适合亚希子，还是原宿或六本木比较对路。

“我哪里都可以的。”

“那就去个有特色的地方吧，就在这儿附近。”

亚希子在前面领路，两人朝着十字路口方向走去。

由于是正月，穿和服的人很多。也许是去了明治神宫吧，有人还拿着神箭或不倒翁。

擦肩而过的行人都会看亚希子，即便在城市的闹市区，亚希子的美貌和身材也很惹人注意。三郎越来越感到自己特别寒酸，藏蓝色的西服，驼色外套，作为上班族的打扮还过得去，可是走在亚希子身边，就显得特别土气了。

过了六本木的十字路口，朝饭仓方向走了大约一百米，有一座白色的建筑物，在其地下的一层就是亚希子要带三郎去的那个店。店面不算太大，铺着紫色的地毯，墙壁和桌子都是大理石的。照明也都是蓝色的，有种诡异的氛围。

“这个店名叫‘蓝色的毒’。”

店刚刚开门，只有几个女客。两个人在包厢里一坐下，就立刻有一位长发披肩、身材高挑、戴着长耳环的女性送来了湿巾。

“想要点什么？”

“我要人头马白兰地。”等亚希子说完，三郎要了啤酒。

女子走后，又过来一位浓妆艳抹的女人，裹着一袭和她那厚实的身材不大协调的闪闪发光的长裙。

“哎哟，欢迎亚希子小姐大驾光临！新年快乐！今年也请多关照啦！”

亚希子站起来，一边和女人握手，一边给她介绍三郎：“妈妈桑，这位是医生相川先生，在岛上救过我的命。”

“原来是医生啊，哎呀，好可爱哟。”妈妈桑说完，快速地在三郎的额头亲了一口，“我说，先生，下次可得自己一个人来哟。”

“妈妈桑，这位先生不行。”

“说什么哪。是吧，先生？比起亚希子小姐来，我更有魅力呢，勾引我吧……”

“妈妈桑，今天就不用陪着我们了。”

“好的好的。不过，马上就会来打扰的。”妈妈桑说完，夸张地使了个飞眼，扭转腰身走了。

“是男人吧？”

“你看出来了？”亚希子笑着点点头，“这里的女招待都是男人。一开始会觉得不习惯，但这些人都特别爽快，而且很体贴，也不会纠缠女孩子，所以感觉很舒服。不过，那个妈妈桑好像对先生很有意思呢。”

“我对这方面没有兴趣，让我来我也不会来的。”

做调酒师的时候，三郎就遇到过几个这样的男人，但他不感兴趣。

“艺人和时尚圈的人经常光顾这里。十二点以后最热闹，现在刚刚开门。”

六本木和赤坂一带，最热闹的时间是夜里一两点。难道亚希子会喝到那么晚吗？三郎倒是更担心这一点。

“你常常来这里吗？”

“偶尔来。带爸爸来过一次，没待十分钟就逃掉了。”

在蓝色灯光下，拿着白兰地酒杯的亚希子的纤纤玉指十分撩人。

“先生，明天来我家吧。”

“你家……”

“当然是我的家。医院也可以，但爸爸说也想见见你。”

“你今天晚上跟我见面，告诉你父亲了？”

“是啊。上次的事要感谢你，而且爸爸好像很喜欢先生，还赞赏地说，如今在岛上工作，真是难得的年轻人。明天到底行不行啊？”

可以的话，他希望和亚希子一起去医院，在那儿拜见她的父亲。一想到冒牌医生的事被揭穿，三郎就恐惧得不得了。

“明天有点事……”

“那后天呢？”

“后天也不行……”

“难得来东京，一个小时也抽不出来吗？”

“对不起！”

“您可真忙啊。”

“其实明天没有什么安排，只是打算带母亲去热海玩玩，但并没有定下来。”

“下次什么时候回东京？”

“可能是春天或是夏天了。”

“我去岛上找你好吗？”

“当然可以，随时都欢迎。”

在岛上的话，假医生的身份不会暴露，三郎觉得轻松一些。

“可是，去岛上还是夏天最好吧？”

“不是的，夏天人多反而不好。二三月份开始就已经暖和了。”

“那也没有多久啦。毕业论文一完成，我就去吧。”

“请一定来。”

一瞬间，三郎的脑海里闪过明子的面孔，现在他要把她忘掉。

过了一个小时左右，来了三拨客人，店里热闹起来。对面包厢里的两个客人，紧紧靠在一起，女人主动去吻男人。开始时的紧张感松弛下来，三郎感觉有些醉意了，亚希子却很能喝，现在已经在喝第四杯白兰地了。

“先生，先生喜欢过患者吗？”

“……”

“都说医生不会喜欢上患者的，是真的吗？”

“我觉得也不一定。”

“哇，太高兴了。”

“先生想不想看看疤痕？”

“疤痕？”

“先生切开的刀口啊。”

三郎没有回答，亚希子直视着三郎说道：“先生想看的话，我可以给您看啊。”

两人走出店外是三十分钟之后。已经快十点了，街上的行人一点儿也不见少。

“喂，带我去个地方吧。”亚希子好像有些醉了，脚步蹒跚。她在餐厅喝了葡萄酒，刚才又喝了白兰地，两种酒一掺，还能不醉？

“你想去哪儿？”

“哪儿都行。我想休息一下。”

女性既然这么说了，带到旅馆去也可以的，可是亚希子真是这么想的吗？把正经人家的女儿带到旅馆去合适吗？

“快点啊，你磨蹭什么呢。”在亚希子又一次催促下，三郎下了决心。他从马路边探出身子，叫了一辆出租车。

他自己先迅速上了车，对司机说：“随便去个旅馆。”

司机一看两个人的样子就大致明白了：“千驮谷可以吗？”

“哪儿都行……”

车穿过六本木的十字路口，朝乃木坂方向开去，亚希子根本不问去哪里。

带她去旅馆真的没问题吗？到了门口，她会不会发火，扭头就走了呢？三郎自然是想跟她上床。和这样的时尚女性共度销魂时刻，是他梦寐以求的。

可是，他万万没有想到，今天刚见面就能够得到这样的机会。他以为要过个一年半载的，说不定要花几年的工夫才能够接吻，那就不错了。可是，这么快就得到她，也太顺利了。这是不是在做梦啊？三郎使劲拍了拍自己的脸。

然而，亚希子千真万确坐在自己的身边。她稍稍歪着身子，头靠在自己的肩头，对自己完全信赖的感觉。

她也许是觉得对方是医生，就可以信赖吧。因为对方是曾经看到自己全裸地躺在手术台上，包括肚子里的东西的人，而不加设防吧。可是，刚见面马上就上床，未免也太快了。女性不是应该稍微反抗一下，或表现得矜持一些吗？

说不定亚希子一向是这样和其他男人交往的吧……

从大学生怀孕这件事来看，她就不像一般女孩子。亚希子漂亮，所以追求者众多，可是也太放浪了。无论是六本木的餐厅，还是同性恋酒吧，都不是大学生的零花钱能够去得起的地方。美女加上有钱，亚希子从学生时代起，想必就是个风流女郎吧。

现在，她和自己去旅馆，恐怕也不过是玩一玩吧……

可是，她说的“给你看看疤痕”是什么意思呢？

虽然三郎觉得这可能是表示愿意以身相许，但也可能只是单纯想让做手术的医生看看疤痕的意思。如果是这样，就和自己的猜想相去甚远了。

无论怎样，能够看看美丽的亚希子的肌肤也不是坏事。

三郎再次朝身边的亚希子看去，她依然头靠在三郎的肩上，闭着眼睛。

不久，车开进了千驮谷僻静的住宅街里，在一个闪烁着“流水旅馆”霓虹灯的地方停下来。

“到了，下车吧。”三郎说道。亚希子慢慢坐直了身体，三郎轻轻拉着她的手下了车。

“这是哪儿啊？”

“我也不知道是哪儿，你累了吧？”

亚希子没有回答，紧紧靠在三郎身上：“好冷……”

三郎搂着亚希子的肩膀走进了大门。经过一些低矮的植物，一走到前面的入口，门自动打开了。

一个女招待立刻出来迎接：“住厢房还是上房？”

“安静些的就行……”

女招待心领神会，立刻带着他们沿着踏脚石去了厢房。

一进门有个起居室，里面是一间八叠的日式房间，床好像在那里面，刚才已经开启了暖气，房间里很暖和。

“要不要准备洗澡水？”

“不用了。”

“那么，请休息吧。”

女招待离开后，只剩下两人后，三郎干咳了一声，坐直了身子："就在这里休息一下吧。"

"真是个奇怪的先生。"亚希子说完，突然咯咯地笑起来。

三郎感到不知所措。在情人旅馆的房间里，一男一女相对而坐。从进旅馆的时候开始，女人就没打算反抗，岂止是如此，还高兴地在笑。正常情况下，双方应该情不自禁地相互拥抱，然后上床。

可是，现在三郎是隔着桌子，恭敬地坐着，尽管他心里恨不得立刻就搂抱她上床去。

像亚希子这样的女性真的会跟自己做爱吗？她这么美丽，又是名门闺秀，反而令三郎不敢轻举妄动。

而且他感觉亚希子对于来这种地方，似乎是很习惯的。

和亚希子交往的男人不是纨绔子弟，就是开着外国车四处招摇的花花公子，自己有能力跟那些男人叫板吗？

越这么想三郎越是拘谨起来。

特别是二人之间的这个桌子很碍事。为了接近对方，必须站起来到对方身边去才行。此时此刻，二人之间的气氛显得有些尴尬。

美女就在眼前，却不能出手，这就好比口渴难耐的时候，眼前有水却不能喝一样。虽说夸张了些，但和"坦塔罗斯的痛苦[1]"有相似之处。

不过，打破这一尴尬局面的是亚希子："你看看有没有啤酒吧？"说完，亚希子就伸开腿，侧身而坐。三郎立刻站起来打开冰箱，拿出啤酒，要往玻璃杯里倒。

"等一下，好好洗一洗那个杯子。"

三郎去了走廊，在浴室外面的洗手池洗了杯子。

1　希腊神话中主神宙斯之子，甚得众神的宠爱，坦塔罗斯因此变得骄傲自大，侮辱众神，于是被打入地狱，永远受着痛苦的折磨。以"坦塔罗斯的痛苦"喻指能够看到目标却永远达不到目标的痛苦。

“没有东西擦干。”

“洗洗就行了。”

三郎重新往洗干净的玻璃杯里倒了啤酒，亚希子胳膊肘支在桌子上接了过来，简直就如同在伺候女王的男仆。

看来亚希子对男人已经颐指气使惯了。虽说被女人命令，不是什么愉快的事，但现在可以例外。对方是亚希子的话，三郎觉得也无可奈何。

“啊，真好喝啊。”

大概是口渴了，亚希子一口气喝光了。

“可以抽支烟吗？”

“可以。”

三郎正想把自己的七星烟递给她，她打开自己的包，拿出一盒外国烟，是个蓝色的细长烟盒，上面写着百乐门[1]。

“打火机。”

三郎赶紧用亚希子给他的打火机给她点上火。

“我没有让我爸妈知道抽烟的事，一天抽十根左右。”

由于有些醉意，亚希子懒懒地吸着烟。她拿着烟的红色手指甲特别好看。

“你讨厌抽烟的女人吗？”

“不讨厌。”

说实话，三郎并不喜欢女人抽烟，尤其是年轻女人抽烟，但亚希子是例外。看着她吸烟时优美的姿态，就是一种享受。

“为什么这么看我啊？”

“没有，只是……”三郎慌忙移开了眼睛。

抽了三分之一左右，亚希子把烟摁灭了：“我有点喝醉了。”

1　Parliament，由瑞士菲利普·莫里斯烟草公司制造，属于菲利普·莫里斯烟草公司的高档品牌烟。

她把披在肩头的长发拢了拢，就伏在了桌子上。三郎急忙把桌子上的玻璃杯和烟灰缸拿走："不能在这儿睡觉啊。"

"没关系……"

三郎轻轻拉开和卧室之间的隔扇，八叠大的房间被宽大的双人被褥占据了。枕头边放着一盏红色灯伞的台灯。

"还是在卧室休息比较好。"

"那就劳驾扶我过去。"亚希子一副完全放松的样子，仍旧伏在桌子上不起来。

"可以吗？"

"快一点儿……"

三郎只好搂住了亚希子的后背，她的脖子上散发出柔和的香水味儿。

"请站起来。"

把胳膊伸进她的腋下，她也不站起来，三郎索性一只手伸进亚希子的腿下面，抱起了她。

"不要……"她嘴里这么说，但没有抵抗。被三郎抱着时，仍旧醉意蒙胧似的闭着眼睛。

就这样把她抱到被褥上之后，三郎俯下身亲吻了她的嘴唇。

亚希子不愿意似的，摇晃了两三下脑袋后，马上就顺从了。

马上就要和梦寐以求的女人渐入佳境了，三郎兴奋得膝盖不停地发抖。当三郎解开连衣裙的扣子，打开胸衣，正要抚摸她的乳房时，亚希子说道："不要乱来，我脱了衣服。"

亚希子的声音格外冷静。被她的气势压倒，三郎松开了手。亚希子起来自己脱去连衣裙，叠成两折，放在床铺旁边。三郎也赶忙脱去了衬衫和裤子。

在被子里，亚希子身上只剩下胸罩和内裤。

到了这个地步，就什么都好办了，剩下的只需要勇武挺进了。

亚希子身体虽然纤细，胸部却很丰满，浑圆而有弹性。

她几乎没有抵抗，三郎去拉她的内裤时，也只是摇了两三下脑袋，三郎没有理睬，继续拉拽，便脱下来了。

现在亚希子身上已经一丝不挂了，三郎的手指能够触到那茂密之所了。

三郎再度紧紧拥抱她，然后压在她的身上，进入亚希子的身体里。

就在这一瞬间，三郎的眼前浮现出了四个月前的手术。

这样冲进去，不会有问题吧……

于是，血海、从中取出的胎儿、被五花大绑一般缝合的子宫，就像走马灯似的一一闪过。那个子宫怎么样了？在这柔软的皮肤下面就是那个子宫，它就在自己即将冲进去的地方前面。一想到这些，三郎感到自己突然间萎缩了。

怎么搞的？刚才还那样斗志昂扬的东西，转眼间就没了精神，缩成一团了。尽管心里明白机会难得，无奈一旦打蔫的东西，一时很难恢复。自己摸了摸，果然已经难以置信地软下来了。

三郎以前曾经有过这样的经历。那次虽说不是因为第一次接触女人，却是第一次买春的时候。

在即将进入的时候还是意气风发的，可是就在那个女的说了句“好了，来吧”的瞬间，突然就不行了，临阵败退了。

究其原因，完全是精神上的问题。好像是过于亢奋，自我意识过剩导致的失败。

“你太年轻了，还是以后再来吧。”女人说着呵呵笑起来。

对于她来说，不过是一件可笑的事，但是对于三郎来说却是天大的屈辱，仿佛作为男人的存在被否定了一般。

不过，与其说是勃起有问题，不如说是由于刚刚尝到性爱滋味的幼稚。事实上，从那以后，这样的情况就再也没有发生过，和明子之间也一直顺风顺水。

可是，现在怎么突然不行了呢？

虽说是好容易才和心仪的女人上了床，可也不至于还像年轻人似的，因为控制不住自己或是太幼稚而溃败吧。这个阶段早就应该说拜拜了。

也可能是内心在跟亚希子过去的男友们较劲的缘故吧，但这也不算什么问题。自己根本不认识那些男人，从一开始就没有把他们放在心上。

看起来还是手术中看到的子宫在作祟。那个在血海中，被五花大绑的子宫，自己即将进入它的里面，这么一想象，欲求便烟消云散了。

虽然反应在身体上，其实是心理的原因。残留在三郎脑子里的对于手术的悔过、恐怖、血淋淋的子宫等重合起来，一下子把三郎的精神击溃了。

“你怎么了？”亚希子闭着眼睛躺着问道。

“没事……”三郎摇摇头，慢慢地离开了亚希子的身体。

“已经完了吗？”

“……”

三郎不知道该怎么回答，因为他不愿意让亚希子觉得自己是因为年轻，控制不住，才这么快的。可是又不能说是脑子里浮现出了那个子宫的缘故。三郎焦急万分，只好在被子里道了声“对不起”。

“没事，我没关系的。”亚希子说完，把腿缠绕在三郎的腿上说，“因为我喜欢先生……”

三郎一直紧紧搂抱着亚希子。虽然放跑了难得的机会，有些悻悻然，但并非不快。

尽管性行为本身没有成功，但三郎清楚地体会到了亚希子的温柔。她看似任性骄纵，也不无热情的一面。既大胆泼辣，又心细如发。他很庆幸今天能够和亚希子见面。

“以后称呼先生为三郎，可以吗？”二人耳鬓厮磨着的时候，亚希子问道。

“当然可以了，这样叫我更高兴。”三郎这样答道。

于是亚希子淘气地瞅着三郎问:“那么,三郎,请看看我的疤痕吧?”

“现在吗?”

“开灯也行。”亚希子说着,重新戴上文胸,穿上了内裤。

“刚才你摸过了吧?”

在交欢之前,三郎触摸过亚希子的小腹,但当时由于太兴奋了,没有怎么注意。

“虽然很难为情,但是三郎什么都清楚的,没有办法。”

打开天花板上的灯之后,亚希子平躺在被褥上。雪白的腹肌上面,有一道近二十厘米的疤痕,那疤痕是又红又鼓、凹凸不平的。

“难看吧?”

“是啊……”

手术以来,三郎还是第一次看到它。

他回忆不起来当时是怎样缝合刀口的了。其实,那个时候处于生死攸关的紧急时刻,根本没有余力顾及皮肤会不会留下疤痕。

“这个样子的话,没法穿游泳衣了吧?”

“对不起,我缝合得很不好看。”

“我不是那个意思。爸爸说,可能因为我是疤痕体质。涂抹了祛除疤痕的药膏,也没有多少效果。”

“把有疤痕的地方切除后,再缝合一次的话,可能会更好看一些……”

“爸爸也这么说。可是,我不想让爸爸给我做手术。”

“为什么呢?”

“因为父亲给女儿做手术多别扭呀。我也不愿意啊。”

“那么请其他医生……”

“我想请你给我做,可以吗?”

“可是,我……”

“没关系的。我相信你,爸爸也同意。可以吧?”

“可是……”亚希子一边抚摸着疤痕一边说,“只不过,这是你给弄出来的疤痕，去掉也挺可惜的。”

在明亮的灯光下，亚希子雪白的裸体如同瓷器一般熠熠生辉。亚希子袒露着小腹上的红色疤痕，闭着眼睛，一动不动地躺着。看着看着，三郎感觉自己的自信又回来了。

刚才由于眼前浮现出手术时子宫的惨状，使得三郎委顿了，但现在，他甚至产生了想要接近它的欲望。

三郎重新躺在床上，从容地和亚希子接吻。

现在已经不像刚才那样紧张不安了。

亚希子也顺从地迎合他。

他就这样不紧不慢地让彼此的嘴唇亲密接触着，可见现在他的心情已经非常放松了。

经过反复多次的接吻之后，三郎确认自己的局部已经完全恢复了精神头的时候，便压在了亚希子的身上。

三郎的脑海里，子宫的影像再次出现了，然而现在的三郎，不但不惧怕，反而想要踊跃地冲进那血海里面去。

和刚才不一样，三郎现在变得有些虐待狂了。子宫破烂就破烂好了，现在我只需要勇往直前。三郎仿佛格外珍惜那最高涨的瞬间一般，一气贯入。

亚希子的表情突然绷紧了。三郎看着她的脸，继续向前。

当他感到自己已经全部进入了亚希子身体里之后，才松了口气。

现在已经没有问题了，三郎这么一想，顿时勇气倍增。刚才还皱眉头的亚希子，也慢慢舒展开眉头，还主动揽住了三郎的肩头。

三郎的脑子里已经没有了疤痕，也没有了子宫，纵然出现了，也会赶走它们。现在他忘却一切地在亚希子娇小柔韧的身体里纵横驰骋着。

经过一番激烈的动作，尽情释放了之后，三郎趴在了床上。

他从来没有这样亢奋过，和明子做爱时所没有的激情和战栗穿透了他的身体。

“真棒啊！”亚希子轻轻发声。

“对不起！”

“什么呀，挺好的。”

三郎虽然已经筋疲力尽，亚希子倒是还很精神。

“先生，真是不赖啊。”亚希子重新打量起了三郎，仿佛要确认一下似的。

不用问，亚希子已经不是处女了，既然已经怀了孕，怎么可能是处女？可以肯定她已经和不止一个男人有过性经验了。

不过，现在这算不了什么，重要的是亚希子的身体充满魅力。听人说阅人无数的女人往往性冷淡，但亚希子毫无这种情况。非但没有，看她那般纵情投入、放浪不羁的样子，绝对想不到是个女大学生。

更让三郎吃惊的是，刚才还沉浸在快感当中，转眼间，她便若无其事地谈起另外的话题来。

“好不好啊？刚才说的做手术的事，真的拜托你啦。”

做爱之前的疤痕手术的话题，她还没有忘呢。

“我真的可以吗？”

“要住几天的院啊？”

“拆线为止，大概一个星期吧。不过，还是住上半个月比较好。”

“我去冲个澡。”亚希子又突然想起来似的说，“今天，我可是很危险的日子。万一怀孕了，可怎么办？”

“……”

“不过，不要紧的，先生堕胎也是很拿手的啦。”亚希子恶作剧似的留下一串笑声，进了浴室。

三郎休假到七日。从八日开始去诊所上班，所以如果坐七日晚上的船回去的话，上午就会迟到。晚到这么一会儿，所长应该会通融的，问题是，船会不会按时出发。

冬天由于海浪太大，经常停航，考虑到这一点，还是坐七日早晨的飞机回去比较保险。

总之，离回去还有两天时间。

和亚希子只见一次面，就发生了肉体关系，实在是预料之外的收获。但三郎也因此感到，如果不再见她一次，就这么回去的话，会更加不放心了。

亚希子的确是以身相许，还夸他很棒，可一旦天各一方的话，会不会马上把他忘了，又和其他男人交往呢？亚希子这一点的确让男人不放心。虽说是个不让人省心的女人，但正是因为难以把握，才更吸引男人。

可能的话，三郎还是想在回去之前再见她一面。

可是，自己已经说了五日、六日两天有安排，不能见面了。

其实，那都是因为亚希子邀请三郎去她家，三郎为了推辞而随口编出来的借口。虽然他心里很想去她家，可是，总觉得一见到她父母的话，自己这个假医生就可能会暴露，因此害怕得不敢去。

不过，和亚希子两个人的话，见多少次都愿意。

次日下午，他又给亚希子打了电话。如果她接了电话，他打算这么解释，虽然昨天说今天有事，但临时有了空闲。

可是亚希子的房间，一直没有人接电话。

亚希子不在家，更让三郎担心了。从傍晚到夜里，每隔一个小时，他就打一次电话，还是不在。最后一次打电话是夜里两点半，还是无人接听。

第二天三郎也打了无数次电话，亚希子仍然没有在家。到了晚上十二点，他打算最后打一次，结果，刚响了一声，亚希子就接了。

“我从昨天一直在给你打电话。”

“可是先生不是说昨天和今天很忙吗？所以我就去朋友家住了。要是早说你没事的话，就能见面了。”

她这么一说，三郎也无话可说了。

“朋友家在哪儿？”

“在叶山，朋友的别墅在那里。”

“我明天回去。”

“几点啊？”

“十点的飞机。”

“我现在是暂扣驾照，所以明天九点必须得去驾校，真是遗憾。”

“如果明天晚上可以见面的话，我晚一点儿走也可以，坐船回去的话，十点之前有时间。”

“可是，明天晚上要给朋友庆生，不行啊。”

这种时候，要是明子的话，肯定会不顾一切地来赴约的。看来亚希子不会这样。

“那么，见不了面了？”

“是啊，遗憾哪。”

亚希子简直潇洒得令人伤心，只是听声音的话，简直让他怀疑对方是不是曾经睡过觉的那个女人。

“你真的要去岛上做腹部那个手术吗？”

“是的，拜托了！什么时候合适呢？”

“当然越早越好了。”

“可是，我要写毕业论文，之后还要参加毕业典礼，所以，可能要到五月份才有时间。”

“那么晚吗？”

“只要赶在去海水浴之前，就来得及。”

前天夜里，她急切得恨不得明天就做手术似的，该不会又改主意了吧？

“时间太久的话，会不好做的。”

事已至此，只能这么说，来吓唬吓唬她了。

次日，三郎按照原定计划，十点在羽田机场坐上了飞机。先在亲岛下飞机，然后换乘渡船，到达小岛已经是傍晚了。

风很凉，但天气晴朗，一路顺风。

早知是这样，坐今天晚上的船应该也没有问题了。无论在飞机上，还是在船里，三郎一直在考虑亚希子的事。

说心里话，最后没有能够见亚希子一面，他感到很遗憾。

以目前的状态，三郎还是没有真切感受到亚希子完全属于自己了，好像一半在自己的掌握里，一半还在外面。这种不上不下的肉体结合，反而让人感觉不踏实。

话说回来，女人的身体还真是不可思议。那时候，子宫和输卵管都已经被胡乱缝得分不出来了，却没有留下任何后遗症，甚至还说有可能怀孕。

她说的是真的吗……

如果妊娠的话，首先要排卵，而且月经也要正常才行。可是，她那个子宫是不可能恢复原状的，而且输卵管也应该切断了。总之，有子宫也跟没有差不多。

可是她却说什么“万一怀孕了”，是怎么一回事呢？

三郎实在是没有勇气问她还来不来月经，莫非真的还来？这不会是亚希子的恶作剧吧？

说不定一听说自己的子宫已经不能怀孕了，她故意那么说的吧，还是为了让做手术的三郎不会太担心，才有意那样说的呢？

不过，亚希子可不像是个体贴他人的人。

如果那个子宫真的有可能再次怀孕的话，那么只能说女人的身体太有生命力，太强大了。

三郎忽然想象起自己的精子在亚希子的子宫里逐渐长大的样子。这已经不仅是奇异，而是可怕了。

这是绝对不可能发生的。

子宫先放下不谈，做爱的时候，亚希子的确是非常奔放的。一开始还比较拘谨，后来她反而变成了主导。

虽说手术部位是子宫，和性行为没有直接关系，但途中三郎感到不安起来。

然而亚希子没有一点儿疼痛的样子，疤痕且不说，肚子里面也彻底痊愈了。这是三郎亲身感受到的，绝对没有错。

即便是这样，她真的喜欢我吗……

连身体都给我了，应该不讨厌的，可是他还是不能确定。

那样轻易以身相许的女人到底是怎么想的呢？这样浮想联翩的时候，亚希子雪白的肉体又浮现在眼前，她的身体虽然很纤细，但非常柔韧，富有弹性，可能的话，三郎真想再抱抱她。

“说不定那就是最后一次吧。”三郎这样胡思乱想着的时候船到达了小岛。

冬日的五点，船坞已经沉入了暮色里。

到底是南边的岛屿，尽管是一月，已经不用穿大衣了，三郎只穿着西服下了船，工作人员都跟他打招呼：“先生，回来啦。”

接着又有检票员以及小卖店的人跟他问好，大家都互相认识。

还是小岛好啊。三郎轻松地取行李时，一个工作人员说：“先生，是不是因为所长得病了赶紧回来的？”

“所长病了？”

“您不知道吗？听说所长昨天，要不就是前天病倒了。”

“真的吗？”

“听说是喝酒以后，昏倒了。是吧？”

负责取行李的人问旁边的人，一个取行李的人点点头说：“好像是轻微脑溢血……”

三郎立刻朝码头前面的公用电话跑去。

所长家里只有老夫妻俩和一个三十岁左右的女儿。这个女儿结婚不久就离了婚，一年前，回到娘家来住了，刚才接电话的就是她。

“昨天晚上，看电视的时候，爸爸突然说不舒服，然后就昏倒了，五六个小时后才醒过来。他说是静养比较好，所以今天没有去诊所。”

所长好像才休息了一天，但消息已经传遍了小岛。

“我现在就去看望所长。”

所长家位于诊所所在高台的最边上。因为途经三郎的住处，所以三郎先把背包放回家，只拿了送给所长的礼物蛋糕卷，去了所长家。

走进里面的八叠卧室，看见所长躺在大大的床铺上，也许是三郎的心理作用吧，感觉他的白发好像突然增多了。枕边摆了一排体温计、茶碗、毛巾等。

“你回来啦……”所长只是看着三郎眨了眨眼睛，算是打招呼。

“刚刚下船，就赶来了……”

“我终于不行啦。”

“哪里，别这么说，所长。”

“别糊弄我了。”

三郎赶紧闭上嘴。的确，在老前辈面前，即便说宽慰的话，也没有意义。

“我这个病，我自己最清楚。”

“对不起。”

“早晚会有这么一天，果不其然。”

“不过，只是轻微的呀。”

“轻微是轻微，但是右半边动不了了。大概是中脑动脉分叉部分出问题了。”

不愧是医生，所长根据自己的症状，推断出脑内血管破裂之处。

“出血已经止住了，但麻痹不是那么简单可以治好的。幸好语言中枢没有受损，所以还能说话，只是右手不听使唤了，叫人痛心啊。”所长也许是想要抬起麻痹了的右手，在被子里轻轻摇晃着上身，“说不定是前几天死的那个家伙，觉得太孤单了，叫我去那边呢。”

“所长，请不要说这些伤感的话吧。”

虽说所长平时吆五喝六的，可现在变得这样心灰意懒，也太让人难过了。三郎垂着头，这时，夫人端着水杯和药走进来：“你该吃药了。”

“又吃没用的药啊。”所长厌恶地瞪着那些药。

“这个药是所长开的吗？”

“看我病倒了，药剂师拿来的。这玩意儿吃了也没有用。”

“可这也是给患者开的药呀。”

“反正像脑溢血这种病，根本就没有什么特效药。”所长一边叨叨着，一边吃了夫人递给他的药。

“从东京请个医生来好不好？”

“不用请。就算是东京的医生，治不好的还是治不好。”

“可是……”

“我自己的病，自己最清楚。”即使得了病，所长依然是威风八面。不过，他马上又说，“肢肥，帮我量量血压。”

然后，让夫人去拿血压计和听诊器。

现在的所长心里，天生的不服输和因病而倒下的怯懦纠结在了一起。

三郎将血压计缠在所长的右臂上，把听诊器按在肘动脉上。开始的时候，所长还闭着眼睛，中途便睁开眼睛一眼不眨地盯着血压计的刻度看。达到 200mmHg 后，三郎缓慢地松开手，直到了 150mmHg 多一点儿开始听到了脉动声音。

“是 150。”

“果然是。”

“让别人测过吗？”

“昨天开始，每天让护士长来量三次血压呢。这不已经低多了吗？”夫人说。

所长呵斥道："血管破裂，血流出来了，当然会低下来。"

夫人没有说话，端着水杯出去了。也许是因为卧床不起，所长心情很烦躁。

"那么，从明天开始您别去所里了吧？"

"脑溢血最好是静养。实际上，像我现在这样，想动也动不了。"

"那么，诊所怎么办？"

"当然是你来管啦。"

"可是，我……"

"我现在这样子，至少得半年呀。就算好了，恐怕也当不了医生了。右手不顶事，一瘸一拐地走路，就不配当外科医生了。"

"请不要说这么泄气的话。"

"我也不想说啊。"所长轻轻闭上了眼睛。三郎难过地低下头，这时所长的眼角微微渗出了泪水。

"请快点好起来吧。"三郎现在只能说出这句话。

"孩子他妈。"突然所长叫夫人过来，"给我纸。"

夫人从袖筒里拿出纸巾，给所长擦了擦眼睛。

"相川君从东京带来点心了，你吃吗？"

"是吗？东京怎么样？"所长的声音立刻变得柔和了。

"还是那样，到处是人和车，太乱。"

"你不想回东京吗？"

"不想……"

"不是特别勉强的吧？"

"当然不是。"

"我病倒了，以后岛上就剩下你一个医生了。"

"可是，所长，我又不是正式的医生……"

"我知道。不过，你不要担心。现在，大家越来越明白你对于咱们这个岛是多么重要的人了。"

“可是,所长如果长期休病假的话,他们就会考虑请别的医生来吧?”

“就算是想请,谁愿意来这个小岛呀。既然没有人来,就只有靠你了。”

“可是,早晚……”

“只要我还活着,就让你干。比起东京那些奔钱来的医生,你要优秀得多。”

听所长这么一说,三郎觉得以前所有的付出都值得了。

“总之,以后就你一个医生了。我已经跟町长说了,给你涨工资,好好干。”

“谢谢您!”三郎低下头。

夫人担心地说:“你今天话说得太多了吧。”

“没关系,我是医生。”

“老是这么逞能,结果还不是变成这样。”

“……”

尽管嘴上厉害,其实所长对夫人还是惧怕三分的。

次日开始,三郎突然间忙碌起来。

从住院患者到新患者,以及复诊患者,都由三郎一个人来承担了。

以前,所长不在的时候,他也一个人承担过,但两三天所长就会回来。这回可不只是几天的事了,最快三个月,弄不好得个一年半载的。即便所长康复了,也不可能像以前那样做手术了,最多也就是看看内科。从今往后,医疗方面的责任都落到了三郎肩上。

诊所的员工自不必说,患者们也几乎都知道所长病倒的事了。大家都很同情三郎,对他说:“以后你可受累了。”“越来越忙了啊。”但也有人讥讽道:“这回该当所长了吧。”

员工里也有人怪声怪气地叫他“小所长”。在他们眼里,迄今为止三郎即便是参与治疗,也是所长助手的身份,还说得过去。但是像现在这样,三郎实际上承担了所长的工作,心里就不是滋味了。

所长病倒半个月后，三郎的工资提高了两成，三郎自然很高兴，但这件事被员工们知道后，惹来了麻烦。

“不就是个在东京混不下去的人吗，居然腆着脸以所长自居。”有人暗地里说怪话。即便没有人这么说，所长长时间休病假的话，情况也会发生变化。

首先，三郎的身份被东京那边知道了的话，町公所会因为明知他没有执照，还作为医生使用而招致麻烦。弄不好的话，警察署长也要被追究责任。

关于这个问题，他们和诊所的干事长好像一直在磋商。

眼下虽然可以让三郎干着，但必须尽快补充新医生。

迄今为止，由于所长身体好，他们不好提出这个想法，但现在机会到了，就盘算着聘请一位比较年轻的医生来，同时辞退三郎。

只是，即便他们这么打算，也不是那么容易找到年轻医生的。

他们好像是一致决定，先通过大学医院或医学杂志来寻找医生。

三郎从护士长和药剂师那里听说了这件事，但他没有表态。

他已经想好了，如果来了新医生，自己还是回去干办事员或检验员。

与其当医生被人说三道四，还是不当更踏实。

不过，亚希子手术时一直跟自己站在一边的药剂师高冈他们，绝对会有意见的。“要是新医生来了，就把你赶走的话，那你干脆从现在开始，什么也别干了。”

可是，原本错在三郎。现在如果他任性胡来的话，对谁都没有好处。

“到时候再说吧。”三郎很坦然。

亚希子说，五月份比较合适。可是，如果在那之前来了新医生的话，三郎就不能给她做手术了，甚至还会让亚希子知道自己的假医生身份。

可以的话，三郎希望坚持到亚希子做手术的时候。只要这个事了结了，其他的都无所谓了。

不过，与町里的负责人和干事长的担忧不同，一般的患者对三郎的评价很不错。

从一年前开始，岛上就有很多人开始称呼三郎“小医生”了，正因为年轻，干劲也大。

所长一个人很难有时间出诊，但三郎就可以轻易出诊了。即便是深夜，或大清早，他也是随叫随到。

当然了，即便是他们，初诊或大手术，还是让所长看，其他的情况都很信任三郎。

从患者角度，或许是觉得年轻医生比较容易问东问西，也可以提些要求。

三郎自己倒没觉得，但大家都说他对患者“热情和蔼”。

所长也不是不热情，只是经常嚷嚷，或者生气。对于不听话的患者，还说什么“干脆一头撞在豆腐上死了得了”。

而三郎由于年纪轻，不会说这些话，无论对于哪位患者都很热情，很认真。

三郎脑子里时刻不忘自己不是医生。无论手术做得再好，也是做了不应该的事，是非常幸运的事。这样的心态自然会使他表现得很谦虚，成为亲切的医生了。

本以为会很快康复的所长的病，意外地越来越不好了。虽说是轻度的，但毕竟是脑溢血，而且从二月初开始，他又得了流行性感冒。

再加上，从二月底开始，出现了轻微浮肿，经过验尿，查出了尿蛋白。就是说，脑溢血还没好，又得了肾炎。

这期间，三郎每天都去给所长看病。说是看病，其实全都是听所长的指示。

“有点发烧，给我开一针斯尔比林，还有退烧药和抗生素 120 克。”

三郎按照所长的吩咐开出药方，送过去。

如此一来，到底谁是病人谁是医生也不知道了。由于只需要根据所长的指示治疗即可，护士去也是一样的，可如果三郎不去的话，所长就会发脾气。

有一次，三郎由于手术延长而没有去，所长就问："肢肥干什么呢？"

然而，三郎一去，所长就冷淡地说："又不是什么危重病号，不用每天都来。"

不过，他心里还是希望见到三郎，不然就觉得寂寞。

三郎自然是只要所长愿意，每天去都可以。离诊所又不远，况且所长有恩于自己。

因为，三郎学会了这么多医疗技术，被岛上的人称呼为"医生"，全都拜所长所赐。

每次三郎一去，所长就会问所里的情况。

从今天做的手术，到住院患者的情况，以及干事长或护士们的事情。三郎也是一边汇报，一边听取所长的意见。

比如对于哮喘病人，用多少副肾皮质荷尔蒙合适，手指骨折每天用夹板固定是否可以，有时候他甚至把病历或 X 光片拿去。

就是说，即便是躺在床上，所长也仍然在坐镇指挥。

不过，发现尿蛋白的时候，所长似乎也受到了打击。

"是吗？"他只说了这么一句，好半天没有说话。

"看这架势，四月份是不行啦……"所长嘴上虽然说些泄气话，但似乎是打算四月份去上班的。可是，肾炎并发的话，就做不到了。

"我已经老了，不中用啦……"所长凄凉地闭上眼睛。

卧床以后，所长的喜怒哀乐表现得比以前更加激烈了。高兴的时候一个劲地说笑，伤心的时候，便消沉到极点。上了年纪，加上动脉硬化，使得所长变得头脑简单，而肾炎更是雪上加霜。

不管怎么说，也不是马上就会要命的病，而是拖拖拉拉的慢性病。不可能像外科疾病那样，一做手术就会很快复原。

只能好好休养，耐心等候康复了。这样一天天熬着，对于多年从事外科的所长来说，实在难以忍受。

半个月后的三月中旬，所长说出了“去东京的医院看看”的话来。

“我是不想去的，老太婆老是叨叨个没完。”尽管嘴上这么说，他心里还是因为同时得了两个病，有些不自信了。

“只要肾脏情况稳定了，一两个月我就回来。如果町长弄来莫名其妙的医生，你也不要顾虑什么，该怎么干还怎么干。”

三郎点点头，只是这个事不是三郎自己能够做主的。

“有什么事，就给这儿打电话。”所长把自己住院的东京国立医院的地址和电话写给三郎。

“这里的内科部长是我的老同学，所以比较放心。”

“早一点儿去，就好了吧？”

“也不一定。在岛上悠闲地休养，才恢复到了这个程度。”所长说着，伸出没有麻痹的左手，握住了三郎的手。

所长离开小岛后，三郎陷入了萎靡不振的状态之中。

这两个多月来都是自己独当一面的，所以他觉得应该不会有什么变化，虽说时常去所长那里请示，但那只不过是很少一部分。

即便所长不在，三郎对自己的能力也有一定的自信。谁知道，所长一离开，情况就大不一样了。

以前即使是卧床不起，只要所长在岛上，三郎就感到安心。因为一旦有什么事，也可以去找所长。

可是，现在就是哭天喊地，岛上也只有自己这个会点医术的人。说得夸张一点儿，此时的三郎，真正体会到了高处不胜寒的滋味。

位于最高点，什么事都无法和别人商量。虽说可以听取别人的意见，但最后还是要自己做决定。自己要承担所有的决断，这令他既欣喜又害怕。不，应该说害怕远远大于欣喜。

特别是自己面对的是活生生的患者，搞不好就会事关生死，所有责任都要自己来扛。

三郎重新认识到所长的不可或缺。

说实话，一直以来，他都认为，所长凡事自己拍板，太滋润了。在诊所里拿着最高的薪水，是最舒服自在的人。

可是，在所长的薪水里，恐怕也包含了作为最高职位者需要负责任的辛苦费。

一旦有事，所长就要负责任，这样的心理负担，下面的人是体会不到的。所长不在了，现在所有的担子都压在了自己肩上。

以前有所长帮着一起扛，现在要独自承担，权力虽然增多了，但责任也更重了。

而且，三郎没有医生执照，做的是违法的事，一旦发生医疗事故，就是大事。考虑到这一层，他也要更加谨慎小心才行。

所长走了以后，町公所召开了紧急会议。议题是如何应对没有医生的情况。

这件事之前曾经商量过很多次，但所长还在岛上。万一发生问题，对外说是按照所长的指示办的，就可以过关。

但是，这回行不通了，所长不在岛上是众所周知的。即便暂时让三郎代理，这样的非法行医也是长久不了的。一句话，治疗方面虽然可以对付，但诊断书或医疗保险单等，就比较麻烦。因为，迄今为止，诊断书都是以所长的名义发行的。

在诊断书上写了“急性阑尾炎，需要静养两周”之后，要在下面签上所长的名字，盖所长的章。虽然是三郎诊断、填写的，但签名是别人的。

医疗保险数额的申请书、医疗补贴的申请书、处方等都可以使用所长的签名，但是一般患者的申请书或处方，也使用所长的名义就不正常了。

更何况工伤事故或交通事故的诊断书等，是要公示的，发生了问题就比较棘手。

由于是非医生问诊，使用他人名义写诊断书，与非法行医同样，属于欺诈行为。

退一步说，即便不发生此类问题，也不能永远不解决岛上的医生问题。

在三月底的会议上，这个问题被正式提出来，甚至受到了紧急质询。

“町长对于现在无医村的现状是怎么考虑的？”

面对这样的质疑，町长回答：“现在为了招聘医生，正在多方活动，请再等一段时间。”

但是，质疑者批评说：“现在的情况，在村木所长病倒之日，就应该充分预测到，可是一直放任至今，这不是町长的失职吗？”

如今，没有医生的问题，已然发展到追究町长责任的程度了。

三郎虽然听到了这些传言，却事不关己似的继续自己的工作。

二月底之前，三郎一直忙于应对流行性感冒，进入三月份以来，感冒病人少多了，三郎也有了喘息时间。手术这方面偶尔有些阑尾炎或骨折，但大都是些切除或缝合的小手术。

不过，到了三月中旬，一位两年前开始一直住院的七十三岁的老人死了。虽然得的是高血压和风湿性关节炎，但主要死因还是衰老。

到了给这位老人开死亡诊断书的时候，三郎犯了愁。虽然填写了病名和死亡日期，但在诊断者姓名一栏，却不能写三郎的名字。

最后还是写了所长的名字，但他根本没有在现场，患者的死亡诊断书上却使用了自己的名字，对于所长而言肯定也是很为难的。

既然如此，三郎也觉得干脆还是请个新医生来好了。早日能来的话，自己在他手底下干活，也不用担惊受怕了。

不过，在新医生来之前，最好能够把亚希子的手术做了。

回到岛上之后，三郎给亚希子打了好多次电话。虽然他恨不得每天都打，但是，一来要花不少电话费，二来，太频繁的话，怕她厌烦自己。

亚希子仍旧是说些昨天去哪儿了，和某某朋友喝酒了，或是去什么地方玩了之类的。

据她说毕业论文一月份已经交稿了，之后就没什么事了，可是，好像还是不打算做手术。

“现在来的话，病房也空着，可以多住些日子。”三郎这样劝说。

亚希子却不接招，她不是说要去料理教室，就是要参加毕业典礼，等等。最后说：“我老是觉得害怕，要不就算了吧。”

本来三郎也不是那么愿意做的，可是，亚希子这么一说，让他感觉亚希子离自己越来越远了。

“疤痕会比现在浅很多的。不要等到夏天了，还是早一点儿做比较好。”

“我考虑考虑。”每次亚希子都是说这么一句，就挂了电话。

看来像亚希子这样的女性，如果不跟在她身边，紧紧抓牢的话，是控制不了的。

可是，远在岛上，鞭长莫及，三郎只能干着急。他经常给所长写信，一方面也是为了缓解这种郁闷的心情。

诊所的情况、岛上的事情，想哪儿写哪儿，最后还谈到了继任医生的事，以及在议会进行讨论、町长受到质问等。

所长仍然豪迈地回信：“好好干。我只要活一天，其他不咋地的医生别想去岛上。”

但是，所长不在岛上的话，也是阻止不了的。

四月初，三郎突然被干事长叫去了。干事长特意到门诊来，把三郎叫到医疗部，才开始说：“是这样，新医生马上就要来了。”

“什么时候？”

“四月中旬，具体时间还没有定。四十二岁，外科医生，暂时大概是单身赴任。由于很少有人愿意来，是勉为其难地拉来的，据说月薪一百多万日元。”

“一百万日元……”

三郎的月薪，加上最近加薪的部分，也只有可怜的十五万日元。

“这么一来，诊所的体面人致可以保住了。”

三郎点点头，心想，该来的终于来了。对此他并没有什么可抱怨的。

只不过，自己的角色已经扮演完了，这一点是毫无疑问的了。

潮

chapter 05 / 潮 汐

汐

为了招聘新医生，诊所在《医生协会》杂志和一部分与医学相关的报纸上打出了这样的广告：

“急聘医生。内科或外科医生，两者皆会更好。年龄三十至五十岁，年薪一千万日元以上，所长待遇，提供住房，待遇从优，详情面谈。伊豆诸岛 K 岛诊所。”

一般情况下，医院招聘医生时，会寻求大学医院的医疗部帮忙。与大学的教授或医疗部部长见面，拜托他们派遣合适的医生。

大学里从刚毕业的小医生，到粗通临床可以独当一面的医生，各种医生都有。教授或部长从这些人里找合适的人选谈话，了解是否愿意去某家医院。

以前，都是无视本人的意愿，教授说“某某君去某医院”的话，就算定下来了。只要没有特别的理由，是不能说“不去”的，就算是孤岛，让你去也必须得去。

教授指定的医院，都是与该医疗部有关系的。要想出来另立门户，也要教授同意。

医学界之所以被说成和黑社会一样，就是因为划分好地盘后，教授就是老大，所有人都要受他支配，包括就职在内。

医学部的教授权威就由来于在指导学生的同时，还掌控着该学生的就业。但是最近，这种现象几乎消失了。

由于提倡“运作民主的医务部”，无视本人意愿、命令式的就职等做法就行不通了。实际上，也没有听从命令赴任的医务人员。

非但如此，有的医务人员会自行找寻工作单位，离开原来的医务部。自己开诊所的时候也不会一一向教授“请示”。

想开诊所的医生自行开了业。

教授至上的管理体制已经放宽到了如此程度。在这个意义上确实是民主化了，但相应的医务人员也确实变得自行其是了。

要是以前，边远地区的医院院长或町长等来拜托教授，再给他送点钱的话，起码可以派来一个医生，但最近就很难办了。

即使教授发话“你去那里吧”，本人要是不愿意，就没辙了。在这个意义上，也可以说医疗机构民主化，最吃亏的是边远地区的医院。

村木所长发怒也是因为这方面的原因，拜托了教授或医疗部部长，却没有任何结果。即使直接与年轻医生接触，也都不予理睬。他们都会问一句“是小岛吗”，然后加以拒绝。

此外，还有一个办法，就是去挖在市立医院、日本红十字会等大医院任职的医生。但是，在大医院工作的医生基本上都希望有朝一日开诊所单干，而且目标都是城市。

虽然很罕见的也会有医生想调到其他医院工作，但是除非与本人关系非常近，否则是无法得知这种信息的。而且就算知道了，一听要去孤岛上，也不会有人点头的。

町长和干事长凭着一直以来的经验，也充分了解招聘医生有多难，特别是现在，跟大学方面有联系的村木所长又不在。

于是，这次索性从一开始就放弃去大学找医生。与其给教授和医疗部部长送礼，然后被拒绝，还不如直接登广告招人。

要招聘医生,在全国有名的《医师会》杂志上刊登广告是最合适的了,这本杂志常年设有“求职招聘栏”。不管是想找工作的，还是想换工作单位的医生，都一定会看这个广告栏的。

以前，村木所长也考虑过在这里登广告，实际上也登过一次。

果然有医生来信咨询，而且差不多都快谈妥了，只是临签合同时，这名医生要求先支付给他两百万日元的安家费。

“即便这里是个小岛，也不能太瞧不起人了。”所长坚决回绝了他的要求。打那以后，所长再也不在杂志上登广告了。

“一般来说，看到广告而来的医生都不是省油的灯。那些人就是奔钱来的次货，而且不了解他们是什么来路，此前做过什么。”这话是急性子的所长在气头上说的，可能有点过头了，不过在一般的广告上招医生，难免会有这种风险。

正规的医生，还是大学毕业后，在大学的医疗部或者大医院里工作一段时间，锻炼临床能力，然后到合适的医院就职。在就职的医院再经过几年的经验积累后，才出来单干。要么就是大学毕业就留在学校，一步步上升到副教授、教授，或者成为大医院的主任医师、部长。

看杂志的招聘广告找工作的医生之中，也确实存在着被这条正规就职路线挤掉的、所谓流浪者一般的医生。

不过那些人并非都是奔着钱来的不靠谱医生，其中也有优秀的医生，或是由于和教授闹矛盾而离开医务部，或是对医学界的体制感到失望，而变成独狼一样的医生。还有的是因为急需一大笔钱，不得已寻求能付给高薪水的地方。

并不是所有看了广告而来的医生都是靠不住的，但由于仅仅是靠书面资料进行录用，对于该医生的医疗技术和个性很难全面了解。

只要通过国家医学考试，谁都能成为医生，因此很难判断是好医生还是坏医生，而且没有像其他某些技能那样，诸如一级、二级这种资格认定考试。很有可能说得天花乱坠，手术却完全不行，或是酒德很差，或是在之前的医院出过什么问题。

虽然有这些担心，但是此时并不是挑肥拣瘦的时候。

因为聘请医生是当务之急。

招聘广告是厚生部长和干事长参考以前的广告文写的。

“急聘内科或外科医生。内科和外科都会的医生更好。”这个招聘医生的广告，就像是公寓的招租广告，但这模仿的是已经登出来的招聘广告的版本。一般来说，地方上的小医院，更欢迎既会内科又会其他科的多面手医生。

医生的年龄，要求在三十岁到五十岁之间，这是因为太过年轻不行，而年纪太大，既不能做手术，也不愿意出诊的话，也比较麻烦。

其实最理想的年龄是四十多岁，但不能这么奢望，所以扩大了年龄的跨度。

虽说这次来的医生是实际上的所长，但是由于村木所长并未辞职，写为享受所长待遇。期望这样写，能够给对方的印象多少好一些。

最让他们俩头疼的，是“年收入一千万日元以上”这十个字。加上这十个字，的确会给人以用钱吸引人的强烈印象，而且，既然写了，就不能不付给对方。

尽管不知道会来怎样的医生，却写上年收入一千万日元，总感觉很冒险，而且，不管地方多么偏僻，还是觉得高了点。

但是，看了其他广告，薪金都相当高。总体来看，越是偏远的地方，薪金就越高。考虑到这是一座只通船的孤岛，这个程度的高薪也是没办法的事。

“反正要出钱，一开始就写上一千万日元为好。”最后听取厚生部长的意见做出了决定，但部长又表现出了做事缜密的一面，说，“虽说是一千万日元，但只要说是税后的，就有办法少给。”

“抛出这么好的诱饵，会有人愿意来吧。”虽说町长这话简直将招聘比作钓鱼了，但是马上有人上钩了。

新医生来到岛上，是四月中旬。

打出广告是三月末，就是说，只花了半个月就招聘来了。可能还是年薪一千万日元以上这个待遇起了作用。

当然，实际收入要比这低一些。对方要求税后一千万日元以上，但这样的话，町里的负担就过重了。经过反复交涉，最终决定包括奖金在内，实际拿到一千万日元。

“雇这么一个医生的钱，都可以雇五名办事员了。”町长不满地抱怨道。但是为了解燃眉之急，也只能如此了。

新来的医生叫山中大三郎。在“三郎”的前面还有一个“大”字，实在是很奇妙的缘分，据说他是四十二岁。

据说他毕业于私立大学 R 大学医学院，但他在大学里几乎没干几天，很快就去了地方，辗转于多家医院。来岛上以前，他在东北某小镇的诊所里工作。

他的专业虽然是外科，但实际上从内科到妇产科，好像什么科都干过，这一点挺让人满意的，就是不知道医术怎么样。总之，他属于被大学和一流医院淘汰的那种医生。

山中医生到达的时候，诊所的职员自不必说，从町公所的助理，到町议会的议长，都到码头来迎接他。

因为大家都怕惹这位好不容易找来的医生不高兴。

到达码头的山中医生，身高一米七五左右的样子，身材高大、体格健壮，穿着一件茶色条纹西服外套，没有打领带，里面穿了一件红色的 T 恤衫，下身是藏青色的裤子，头上戴了一顶茶色的鸭舌帽。

虽然似乎刻意打扮过，但不知哪里总是有种做作的感觉。

本来说好山中医生只是单身赴任，如今身边却跟着一个女人。这女人个子很小，身穿白色连衣裙，长发披肩，只有二十五六岁的年纪，大白天却化着浓妆，手指上也涂着红色的指甲油。山中医生挽着她的胳膊，潇洒地走下船来。

事先见过他的，只有曾在东京与他见面并谈过话的厚生部长。

“先生！”厚生部长赶紧跑上前去，跟他打招呼。山中医生傲慢地冲他点点头，然后伸了一个大大的懒腰。厚生部长为医生拎着包，走在前面带路。一登上码头，在此等候的助理、议长、诊所的干事长等人也依次掏出名片，上前寒暄。山中医生慢悠悠地点着头。

“这位是医生的助手相川。”厚生部长介绍三郎的时候，山中医生也只是轻轻点点头。

码头工作人员和下船的旅客们都好奇地望着新来的两个人。当中也有人小声议论着：“看，那就是新来的医生。”

寒暄过后，山中医生一行人坐上诊所等候在此的汽车，径直前往诊所旁边的住宅而去。

他们住的是与所长住所相邻的医生公寓，以前曾住过从大学来出差的医生，最近一直空着。

这次因为有新医生要来，又是换榻榻米，又是换拉门的，整个房间已经焕然一新。

那天晚上，在岛上唯一的高级餐馆“阑月”里，举办了迎接山中医生的欢迎宴会。

出席宴会者包括町长以及町议长、町长助理、警察署署长、中小学校长、厚生部部长等知名人士，三郎也坐在了宴会的末席上。

山中医生现在穿的是藏青色西服，粉色衬衫搭配着带有红色花纹的领带。和初次见到他的时候一样，三郎总觉得这位医生的刻意打扮里有些不着调的感觉。

他旁边坐着浓妆艳抹的女人，身穿一身紫色的连衣裙，胸前垂着一条粗大的双层项链。

人都到齐后，町长首先起身致辞：“今天，山中先生千里迢迢来到我岛，岛上所有居民无不欢欣鼓舞，不胜欣喜。”

町长咳嗽了一声，开始用夸张的措辞反复强调岛上没有医生这件事多么令人不安，对于这次山中医生能够来岛上，岛民有多么喜悦。

“以此为缘分，我代表岛上人民衷心希望山中医生能够长久在岛上居住下去。”最后，町长以这句话结束了致辞，鞠了一躬。

接下来议长起身，表示由于山中先生的到来，这座岛屿也将变成一座具有文化氛围的岛屿，不断繁荣发展，并表示希望今后能和山中先生真诚交往。

听着两个人的讲话，三郎微微感到有些不快。

虽然理解他们欢迎新医生的心情，但是把这座岛屿说得好像迄今为止都是个蛮荒之地一般，也有点过头了吧？

还有人说什么：“能够请来先生这么优秀的医生，我们这个小岛还是头一次……”这未免也太言过其实了。

要是所长听到这话一定会生气吧？遗憾的是所长并不在场。

接下来助理又致了大同小异的欢迎词，还补充说：“您要是有不方便、不满意的地方尽管说出来，千万别客气！”

然后是警察局局长和学校校长发言，终于轮到山中医生讲话了。他站起身来，先环视了众人一圈。

“今天，大家为我召开如此隆重的欢迎宴会，非常感谢。”医生讲话的声音就像是唱浪花调的艺人一样，低沉而浑厚，“我非常理解大家欢迎我的心情，但在此我想提一个要求。”于是他郑重地朝町长转过身来说，“借今天这样一个场合，我希望能把此前商量薪水的时候削减的奖金部分再补给我。”

町长、议长和助理听了，全都目瞪口呆地看着山中医生。大家从未见过竟然在欢迎宴席上提出涨薪要求的医生。山中医生不理睬所有人吃惊的目光，继续说下去：“虽说谈钱伤感情，不能一切向钱看，但诚意毕竟还是要靠钱来体现嘛。既然在座的各位如此看重我，而且希望我在这个岛上一直待下去的话，马上同意我的请求才是最明智的做法。町长，您说呢？”

突然被问到，町长眨了下眼，不知该说什么。

“先生，这个问题我们改日再谈，今天可是欢迎宴啊。”厚生部长慌忙打圆场。

山中医生露出一副失望的表情，摇摇头说：“这个问题若不能彻底解决的话，就算受到大家的欢迎，我也不觉得是受到欢迎。”

“我们非常理解您的不满，但这件事还是稍后再谈吧。”

“那么，这意思就是答应我了？”

“我的意思是，这件事回头我们再找时间，慢慢谈……”

厚生部长急得直搓手，山中医生还是不肯让步：“你当初不是说，只要我愿意来岛上，便会考虑这件事？所以我今天才提出这个要求的。”

“您说得对，但在这酒席上，还是请您先吃好喝好。”看样子，为了能尽快请医生来，厚生部长是许下了含糊其辞的愿，才把山中医生拉来的。

“如果不答应这个要求的话，我明天就回东京。”

“先生，千万别那么说，来，先干一杯！”也许是知道在这个场合谈这些对己方不利，厚生部长在榻榻米上跪行到山中医生面前，亲自为他倒了杯酒。

于是，从助理到町议长，甚至町长都纷纷来到山中医生的面前给他倒酒。受到这样的礼遇，就算再怎么不情愿，山中医生也不会不高兴了吧？

“不管怎样，我可得要税后一千万日元噢。”最后他又盛气凌人地来了这么一句，这才坐下来接受大家的敬酒。

或许是由于开场异乎寻常，那天晚上的宴会乱哄哄的。

喜欢喝酒的町长和町议长自不必说，就连平常不怎么喝酒的助理和警察署长也都喝得很难受的样子。

名为岛上的艺伎，实为徐娘半老的寡妇茂姐和胜子，以及在岛上唯一的夜总会“太平洋”的女招待也前来助兴，大肆折腾，喧闹非常。

一来就要求涨工资，并展现了强硬姿态的山中医生似乎也非常喜欢喝酒。由于大家纷纷给他敬酒，令他心情彻底好转，中途还唱起了歌，甚至和着三弦琴和吉他，跳起了贴面舞。

“先生，贴紧点。”议长大声地起哄，自己也和山中夫人跳起了舞。山中夫人似乎也喜欢和大家一起热闹地玩耍。本以为她会和议长、助理跳热辣的贴面舞，没想到却和茂姐她们跳起了摇摆舞。

起初三郎对于傲慢的山中医生也感到愤怒，但中途也自暴自弃似的喝起了酒，渐渐地兴致越来越高，也和大家一起唱歌、跳舞。

“阑月”的大包间位于二楼，乱哄哄的声音传到了楼下。由于太过喧闹，老板娘来到楼上请大家安静一些，但已经阻止不了了。

从岛上的町长到警察署长都在疯狂地跳舞，所以老板娘说什么，也没有人搭理。

后来发生了一件麻烦事。

乘着酒劲，山中医生从包间的窗户向外小便，正好浇在了楼下喝完酒，准备离开的一个客人头上。

这位客人号称是“町里一霸”，他本行虽是个渔民，但背后有黑道给他撑腰，所以无人敢惹。这位客人勃然大怒，冲上二楼来，朝着还没提上裤子的山中医生的脸扇了一巴掌。

虽说喝醉了，但山中医生似乎对自己打架能力颇有自信，立刻回敬了一巴掌，于是町里一霸又打了他一巴掌。

虽说山中医生很有自信，但毕竟上了年纪，还醉得很厉害，结果被打得仰面朝天倒在了地上。

警察署长和三郎等人赶忙过来劝架，此时山中医生的嘴唇已经破了，眼睛周围也被打成了乌眼青，肿了起来。

“你怎么能打山中医生呀！”警察署长质问道。

“他居然从二楼往下撒尿，这样的人也算是先生吗？”被他这么一反驳，警察署长也无话可说。实际上警察署长自己也喝醉了，所以没有什么权威。

“还不赶紧把你那恶心玩意儿收起来啊。”听客人这么一说，大家才发现山中医生还没提上裤子呢。

因为出了这件麻烦事，宴席冷了场，草草收场了。即便如此也已经过了十二点。宴席是晚上六点开始的，这就是说，人们一直喝了六个多小时。

之后山中医生的女友以及厚生部长，还有助理，将他送回了家。

临走的时候，山中医生大声喊着：“我可不想待在这样的岛上啦。”

厚生部长和助理低声下气地一个劲赔不是：“您千万别生气，我们一定会教训那个人的。”

虽然第二天是星期五，但是山中医生没有去医院上班。厚生部长和干事长去看他时，他脑门上敷着一条大毛巾正在喝啤酒。

一夜过去了，他被打的额头和脸颊更加瘀黑了，嘴唇里面好像也破了口子。

据说后来护士长拿着膏药和消炎药去帮他处理伤口时，他又在喝酒。

“那位先生好像是酒精中毒了。”听了护士长的报告，干事长更加担忧了。

下午，“阑月”早早送来了账单，共计十八万六千日元。

一共有二十个人出席，本来预计每人五千日元，但现在已经远远超出了预算。

随着山中医生心情越来越好，加快了喝酒的频率，不停地让服务员上酒，而且叫来了原本没打算请的“太平洋”的女招待们。大概是把这项服务费也加进了账单里吧。

“给少算点吧。”厚生部长央求着，但是“阑月”的老板娘却摇着头不让步：“这里面还没加上你们打架弄坏的拉门、壁龛的花瓶和打破的玻璃钱呢。”

这么一说，就连精明的助理也不好砍价了，只好不情愿地签了单。

山中医生周六也没有上班。据说他对来看望他的护士长说：“这周我就不去了，下周再去上班。”

确实，这个新来的医生，第一天上班，脸上就青一块紫一块的，也让人笑话。今天是周六，干脆周日也让他歇了，下周一再去上班似乎比较好。而且只要山中医生不来上班，他就不会再提加薪的事了。

厚生部长还一直在担心，山中医生会不会因为这件事要走呢？听到他说“下周开始上班”，就放了心。不管怎么说，费了这么大劲才请来的，若是这么走了，就竹篮打水一场空了。

但是小岛毕竟太小了，这件事很快就尽人皆知了。

“听说这次请来的大夫年薪有一千万日元呢。”“听说他在欢迎宴上从二楼的窗户往外撒尿。”还有人听闻这些传言，给这位新来的大夫起了“千万大夫”“撒尿大夫”等绰号。

当然了，这些绰号还没传入这位当事人山中医生的耳朵里。

周一上午九点，山中医生准时来到了诊所里。还是粗条纹的西服，里面套了件黄色敞领衬衫，虽然穿着依旧花哨，但右眼眶上还残留着被人揍过的痕迹。

干事长马上带领他参观了诊所。虽说是参观，也就是一个小诊所，从门诊室到病房，用了不到十分钟的工夫。大致转过一圈后，山中医生来到门诊室，换上了白大褂。由于他身材高大，显得很有派头。

“此前一直是相川君代替所长出诊的，如果有不明白的地方可以问他。”干事长向山中医生介绍三郎，可这位山中医生只是瞟了三郎一眼，说了句“没什么好问的”。

既然人家都这么说了，三郎也没必要待在门诊室了。三郎鞠过一躬，回到了检验室。

从今天开始，三郎的身份便是办公室办事员兼检验员了。虽然之前做好了心理准备，一旦成为现实，他心里还是多少有些落寞。

一直都是自己负责诊治的患者，现在要交给别的医生了，一想到这儿，三郎就有些不甘心。三郎吸完一支烟，把桌上的书推到了一边。

在此之前，为不输给真正的医生，自己一直在努力学习各种知识。虽然还有不懂的地方，但基本上已经可以应付简单的门诊了。可是现在，这些也都没有意义了。

以前认为有意义，是因为所长在。所长在，自己才是医生，所长不在的话，自己就毫无存在价值。

要不要去考医学院呢……

三郎也这样想过，但现在才去考，困难重重。为了考大学，不但要学习所有科目，而且没有交学费的钱。

“你就配当个小职员。”三郎对自己说。

这时，明子右手拿着装有血液的试管走进来："让你给这个人验血。"

三郎看了看病例，是昨天转给新医生的胃溃疡患者，原来一直是自己负责的。

“这是胃病，不是血液病。”

“可是，他说让验血。”三郎没办法，接过了化验单，“怎么样啊，新来的医生？”

“不知道为什么，他老是问人家吃了什么东西。一看到患者，劈头就问‘你吃了什么’，对方回答之后，必定会说‘一定要吃好东西。注意吃东西，病就好了’，就好像岛上的人吃的东西都不好似的。”说到这儿，明子突然笑起来，“山崎的爷爷说吃了牛蒡和胡萝卜，他就说‘哎呀，那些东西吃了爱放屁，不要吃爱放屁的，要吃补血的呀’。我们听了都哈哈大笑。”

“开药呢？”

“开药也净是满嘴咱所没有的药名。告诉他没有这个约，他就大声叫嚷‘这也叫诊所吗’。”

“不可能呀。所长一直引以为自豪，还说过‘诊所虽小，该有的药都有’呢。”

“他还一个劲地贬低诊所原来的治疗呢。什么‘这种药没有效果啦’‘缝合得差劲啦’。”

“他说的是哪个病人？”

“是笠间先生的儿子。”

“他是因为皮肤不够，只能那样缝合啊。那样缝合还是所长教给我的呢。”

“反正他常常在患者面前若无其事地这样说，真让人受不了。”

“不像话。”

“他还说，让井坂先生出院呢。”

“那怎么行啊，井坂回家也没有人照料他的饮食啊。只看表面情况就做决定可不行。”

“你应该说说他。”

“可是……”

人家可是町长以及所有人都小心翼翼捧着的医生。

“而且他特别没礼貌。不叫我们的名字，只叫‘喂’‘那个圆脸的’，村濑护士被他喊作‘鸽鸽’，特别生气。”

“太过分了。”

“他那样，能治得好病吗？我觉得你比他强多了。”

“可人家是正牌医生啊。”

无论别人告诉他什么，没有医生资格的三郎都做不了什么。

山中医生已经来了半个月，口碑并不怎么样。

因为他刚来就要求涨工资，死乞白赖地让町里同意税后一千万日元。厚生部长的洽谈方式虽说笨拙了点，但是员工们对他这种做法还是有些吃惊。

肝肾病患者对他的评价也不太好，主要是因为他对患者太过傲慢。患者跟他打招呼，他也爱答不理，哼一声就算是好的了。

除此之外，他说话也非常蛮横。对护士自不必说，甚至对患者也不叫名字，只是“哎”“喂”的。在说话态度上，虽说之前的村木所长也不怎么客气，但最起码人家说起话来不让人讨厌。

“我说，你可是老大妈了，别再勉强自己了。”诸如此类，所长的粗俗之中，带着和善。

但是，山中医生的语气中根本没有让人感到一点儿温暖。“都老太婆了，治不好了。”一句话就把人打发了。

而且，他还嗜酒如命，每天下班都要去喝一杯，有时候白天也喝得醉醺醺的。正如护士长猜想的那样，他好像是酒精中毒，只要一天不喝酒，他的手指就会抖个不停。

员工们常常被山中医生叫去陪他喝酒，起初大家还挺高兴的，但是一连多日陪他这样通宵饮酒，可就撑不下来了，渐渐地都不愿意去了。

因为只要一喝酒，他就会加倍地盛气凌人，态度傲慢起来。所以一到傍晚，大家都提心吊胆的，担心会被他叫去喝酒。

每晚都是这种状态，即使有人请他出诊，他也不怎么去。

“要是真的不舒服，到这儿来不就行了。这里的患者就是太矫情了。”山中医生这么叨叨着，根本不动窝。

对于肝肾病患的诊断上，他也有些让人不可思议之处。患者们给他起了个“吃点医生”的绰号，因为他几乎对所有的患者都说“要吃点好的”。还有“多休息”也是他的口头禅，吃好吃的、多休息，这是治病的出发点，但这些常识，连外行人都知道。病人来看病，就是希望医生给出一些像样的医嘱，但是他的话完全不得要领。

“你的肠胃不太好啊”“心脏有点衰弱”，不过是这一套，没有进一步的详细说明。患者再一问，他就会说出“吃点好的，多休息”来。

如果患者不死心，继续追问的话，他就不耐烦了，最后发火道：“不相信我的话，就去找别的医生吧。”

问题是，即使患者想去找其他医生，在这个岛上也只有这么一个诊所，所以没处可去，患者只好勉强点点头。

他给患者开针剂和药也很奇怪。虽然嘴上说没什么好药，但是一说肠胃药，就知道开健胃散。患者一说血压高，他就总是开肼屈嗪。要是关节痛，就开泼尼松龙。虽说这些药对治病也不能说没用，但是他就像个木头脑袋似的，总是开同样的药。

打针也一样，肚子疼打止疼针，发热打退烧针，千篇一律。而不是弄清肚子疼和发热的原因后，根据具体情况，开出药剂。因此，和自己到药店买药没什么区别，只停留在最简单的机械用药的层次。

即便这样，检查项目他倒是毫不懈怠。不过是得了小感冒而已，却立刻让患者照 X 光，从抽血到验尿都查一个遍。

让高血压患者查肝功，让肠胃不适前来求诊的人做心电图，老是做一些与病情没什么关系的检查。

有些没有什么医学知识的病患会特别感动，觉得做了很多检查，这回碰上了一个非常热心的医生。

可是也有一些人会心生疑惑，询问医生：“我的心脏没有什么问题啊。”话音刚落，他就会瞪起眼睛：“你是想要指导医生吗？”这样一来，患者们就没话可说了。

但三郎因此非常忙碌。所长在的时候，一天做五六个尿检，山中医生来了后，有时会超过二十个。

“为什么要做那么多检查呢？”不但三郎不解，连护士长和明子也不明白。

但是，过了不久，三郎明白了。

这位新医生的收入里，多了一项技术费，即：手术及检查费用的两成会返还给医生。按照这一规矩，做五万日元的手术的话，两成就是一万日元，这一万日元作为回扣返还给医生，不包括在正式工资以内。

看来山中医生是为了增加这项技术费，而频繁让病人做检查的。

确实，检查越多，诊所的收入越多。可是，一个小小的感冒，却让患者照X光，让高血压患者查肝功，干事长担心这些能否通过医疗保险的审查。

虽说干事长担心，但更为难的是患者。做没有必要的检查，就要多支出。

医疗保险是本人还好说，如果是家属的话，负担就很大了。

“这个检查有没有必要啊？”干事长战战兢兢地问。

山中医生回答:“因为有必要才做的。”一句话就给干事长噎回去了。

“跟他一比，还是你这年轻医生好啊。”有人这么说，私下里来请三郎出诊。

三郎都拒绝了，只有一个人例外，就是本町的快餐馆老板发烧的时候，他去出诊了。只是一般的发烧，打了针吃了药，马上就好了。可是两天后，山中医生知道了。

“谁同意你去出诊啦？”他一开口照例是大声呵斥。

“我也推辞了，可是对方执意让我去，对不起。”

“没有我的许可，使用我的名义开药，万一患者出了事，谁来负责？”

不过是感冒药，能出什么事啊。尽管三郎不服气，但山中医生占着理呢。

“相川君也没有恶意。对方请他去出诊，不好拒绝才去的，所以这一点还请多多体谅……”干事长从中调解，才平息了下来。但从此以后，三郎再也不给患者看病了。又不是自己主动去的，挨这通数落也太没面子了。

不过，还是有患者找上门来。

一方面是患者本人的愿望，另一方面是由于护士长和明子对他们说

“还是相川君的医术好”。

她们甚至还对三郎说：“我们不让山中医生看到病历。”可是三郎考虑到万一被他发现惹麻烦，还是不看病最保险。

总之，山中医生视多少懂点医学知识的三郎为眼中钉肉中刺，所以最好还是不要刺激他。

干事长和厚生部长似乎也听说了对山中医生的议论，感到颇为头疼。

“看来咱们请来了一位有问题的医生啊。”一天午休的时候，干事长很肯定地对三郎这么说。

可是已经出巨款招聘来了，现在也无法更改。而且，即便想聘请其他医生，眼下也找不到。

“习惯了岛上的话，就不会说那些怪话了吧。”干事长的话里，也代表了助理和厚生部长的心情。

来岛上半个月时间，山中医生做了四次手术。

两次是因为割伤，分别缝了十针和八针，一次是除指甲手术，还有一次是阑尾炎手术。

虽然山中医生内外科都做得来，但他却不太愿意做手术。割伤且不说，有一位得了阑尾炎的病人，可山中医生只是说：“不要紧的，还是冷敷一下消消炎吧。”不打算给那个病人动手术。虽说没有做手术，好歹也好了，但另外一位病人则由于本人要求而动了手术。

即使同是阑尾炎手术，医师不同，做法也不尽相同。

护士们都紧张地进手术室去观摩，但见山中先生做手术方式也有所不同。首先，开的刀口相当长。所长和三郎顶多开四到五厘米的口子，而山中医师开了六七厘米。

“在这种地方，即便短一两厘米，也没有多大意义。”从他这句辩解的话可知，山中自己也知道刀口开大了。

但更加不同的是打开腹腔之后，如果用带钩的镊子夹的话，有可能伤到肠子。所以打开肚皮后，一律不能用带钩的镊子。这是做腹部手术的基本知识，三郎和护士们都曾经因此挨过所长的训。

然而，山中医生却坦然地使用带钩的镊子。非但如此，甚至把手伸进去，抓住肠子拉出来。此外摘除阑尾时，也是省去了先用手术钳紧紧夹住切口的程序，而摘除之后缝合肠子的时候，也不是像扎袖套那样从四周收口，只是沿着创口缝上两三个十字而已。

虽说患者倒并未因此马上出现异常，但从专业角度上说还是有些疑点。幸运的是，那个病人并没有出现异常，最终康复了，只是比一般人多了条长点的伤口。

但是，一周后的一个阑尾炎手术时出现了意外状况。

病人是个十三岁的中学生，好像是从两天前开始感到肚子疼。来诊所的时候，他向前弯着身子，按着右边的小腹，发烧到 37.5 摄氏度。临床上诊断为阑尾炎是没错的。

三郎的化验结果也明确显示其白血球数量增多，有炎症。

“再观察一天吧。”一如往常，山中医生好像不太乐意做手术。但是因为孩子感到非常疼痛，才进行了手术。

“我觉得那个医生不想做手术是因为没自信。要说做手术，你比他强多了。”手术前，明子来化验室夸赞三郎。

三十分钟过去了，手术还没有完的迹象。

虽说不一定越快就越好，但一般的阑尾炎有二三十分钟足够了。到底是怎么回事？三郎去门诊一看，明子正好从手术室里出来。

“完了吗？”

“还没呢，找不到阑尾。”明子沉着脸，又回手术室了。

即便是有经验的医生，也会花些时间寻找。三郎开始的时候也费了很大劲。不过，总不会没有长阑尾吧，早晚能够找到的。

于是，三郎回药房去了，和药剂师高冈聊天时，明子跑进来：“先生，请给我巴比妥钠。”

“怎么了？”

“还没有找到呢。已经一个小时了，麻醉效力已经过了，患者喊疼呢。”

“拿着一千万日元的薪水呢，倒是好好干哪。”高冈半开玩笑地说着，把麻醉药给了她，“那个医生有谱没谱啊。你可以帮他一下呀。”

“不行，我可不行。”

“可是，听说他的手术做得不怎么样啊。”

“我没有亲眼看到过。”

三郎和高冈聊天，又过去了三十分钟。

“喂喂，不知道那位医生到底在干什么呢？”

高冈看看手表，这时明子又进来了：“请马上给我抗生素。”

“完了吗？”

“没有，虽然没有完，好像打算缝合。”

“什么……”

“说是可能没有阑尾，是畸形。”

“胡说八道，哪有没有阑尾的人哪。”

“可是，因为有伤口，所以，就看作是已经切除了。”明子说完，拿着抗生素就跑了。

“真有这种怪事吗？”药剂师高冈呆呆地瞧着三郎。

“这种情况很罕见，叫作移动性盲肠，阑尾移向了左边。”

“那也应该能找到啊。”

“当然，应该可以。”

“到现在还找不到，纯粹是个庸医。”

的确，花了一个多小时，也没能切除阑尾，很可能是个庸医。

可是，不切除阑尾，却当作切除了，罪过更严重。如果这样缝合的话，已经发炎的阑尾会化脓，导致腹膜炎。

即便现在给腹腔里使用抗生素，控制住了，以后再发作可怎么办？接受了切除阑尾手术的患者，怎么可能再次得阑尾炎呢？

“太可恶了。”高冈再次叹了口气，戳了一下三郎的胳膊，“你去帮帮他吧。”

“可是……”人家也没有来叫他，主动去合适吗?

恐怕这会儿，山中医生因为找不到阑尾，正焦躁不安呢。

阑尾这东西，越着急越找不到。三郎也曾经找了三十分钟好不容易才找到。这种时候，就像急于找到丢失的东西一样，不如请其他人帮忙的好。

三郎请所长来帮自己找，原来就在眼前的小肠后边呢。

“它往往就躲在你的眼皮底下。”

“就这么缝合的话，只能给腹部埋下隐患。你赶快去，帮他找出来。”

“可是他也没有来叫我，再说，我是没有医生执照的人……”

“现在不是说这个的时候。”

“可是，我以什么理由去呢？”

“问一句‘怎么样了’不就行了。快去吧，再耗下去，患者也太可怜了。”高冈这么催促，三郎也不能无动于衷了。

他只好离开药房，走到手术室外面，走廊上放着运送患者的手术车，跟前有两个家属担心地等候。

“请问，手术还没做完吗？”

三郎也回答不上来。问的家属也是由于等得心焦，想问问看。

三郎没有回答，推开了手术室外面的准备室的门。

平时他都在这里换上手术服，把手洗干净。三郎穿过准备室，推开通向手术室的门，看见里面在进行手术。

站在中央的山中医生背朝着他，没有意识到三郎进来。助手护士长、递器械的村濑、打杂护士明子，都盯着创口，谁也没有发现他进来。

三郎从她们背后走过去，站在明子旁边观看。正好看到山中医生右手拿着的手术钳尖头已经夹住了阑尾。

看来，山中刚刚找到阑尾。

“手术刀。”山中医生说道。然后稍稍松了口气，抬起了头，在这一瞬间和三郎四目相对了。

山中似乎完全没有料到三郎也在观看，于是猛地皱起眉头，露出不高兴的神色，吼道：“你干什么来了？”

“只是过来看看……”

“怎么也不消毒，就随便进来了？”

“对不起！”

三郎赶忙转身要走，山中医生又冲他吼道：“浑蛋，阑尾会切除的，用不着你操心。”

回到准备室，三郎终于松了一口气。

山中医生好像非常生气，直到现在三郎仿佛还感觉被戴着口罩的山中医生瞪着似的。

不穿手术服进入手术室确实不合适。从礼节上说，进入手术室之前要先戴上帽子和口罩，得到大夫的许可才能进入。

但是，职员稍微看一下病人的伤口的话，是经常穿着白大褂出入的。之前三郎在手术中遇到难题，要听取所长建议的时候，所长也是经常穿着白大褂就进来了。就连打下手的明子也为了取麻醉药，经常出入手术室和药房。

不是说这样做就对，也不是说不换成手术服马上就会发生感染。至少，阑尾炎那样的小手术，没有必要那么神经质。

不然就是因为被三郎偷看到他迟迟找不到阑尾而焦急的样子了吧。

可是三郎偷看的时候，刚好是山中医生找到阑尾的瞬间。因此，山中医生虽然生气，也喊着“阑尾会切除的”。

即使如此，自己这么做还是不太合适。

早知会这样，还不如先问问“可以让我看看吗”向他请示一下呢。

自己是偷偷摸摸进去的，山中医生可能很早就发现自己了吧。

三郎在做手术的时候，因为所长在一旁就紧张得不得了。而这次恰逢找阑尾不顺利而拖延了时间。在这种情况下被三郎看到，山中医生想必更生气吧。

“这回可捅娄子了。”三郎对高冈说起了手术室里的经过，可是高冈听着听着笑了起来：“看来那个蒙古大夫，挺在意你呢。真是有意思。”

“瞎说，以后可不能再招惹他了。”

“不要紧，不要紧，反正那样的笨医生，很快就会被辞退的。”高冈说得简单，暂时所长还回不来，三郎可不想跟山中医生之间发生争斗。

亚希子说要来岛上，是在五月中旬的时候。

亚希子自三月末毕业以来，没有到任何地方工作过。

好像她本人想工作，但父母反对。可能是父母觉得家里又不缺钱，让她待在家里更安全吧。

一开始亚希子好像听从了父母的安排，但看到朋友们都在工作，又感到无聊了。

据说从六月份起，她将给某国会议员做秘书。虽说是秘书，实际上并不需要在国会和选举区之间来回奔波，只是在事务所里接接电话。该国会议员和亚希子的父亲私交很好，在那里工作可以让人放心，所以才同意亚希子工作的。

即便是这样，亚希子说一旦开始工作，就不好请假了，所以她突然提出想在五月中旬动手术。

说实话，三郎现在不想做手术。

山中医生来之前还好说，可现在已经来了，三郎就难以做手术了。如果偷偷做手术被发现的话，不知别人会说什么。而且，自己的假冒医生身份也可能被亚希子发现。

但是，亚希子是个大小姐，非常任性，不听人劝。

“下周我就去那边，你给我做手术吧。”

“请再等两三天，还要准备病房，我会给你打电话。”

虽然三郎不想做这个手术，可又不想断然拒绝。

即便不拒绝，近来亚希子对他的态度也很冷淡，打电话也没有开始那时候热情了。三郎问她最近好吗，也只回答“挺好的”，讲岛上的事，她也只是点头。有一次，甚至说“我要等个电话”，单方面挂断了。

俗话说“人走茶凉”，东京和小岛相去二百一十公里，渐渐疏远也是无可奈何的事。

为了挽回越来越疏远的亚希子，手术是绝好的机会。至少在手术期间，可以把亚希子完全掌控在自己手里。

有没有这样的机会呢？一想到山中医生，三郎就陷入了忧郁之中。

怎么办好呢？三郎想不出好法子来。一般的事情可以找明子商量，可这个事不能告诉她。犹豫再三，三郎还是去找高冈商量了。

自从亚希子手术以来，高冈对三郎一直很好。在诊所里，能够说知心话的也只有他了。

“是这样啊，你和她已经好上啦？”高冈有些不高兴，但如果诚心诚意跟他商量，他也不会推辞的。岛上的人都是这样坦率热情的性格。

“你要是能够装得像个真正的医生那样做手术就好了。”高冈抱着胳膊思考着。

“要是被山中那个庸医发现，就坏事了吧？”

“当然了。他要是知道的话，什么也干不成了。”

“要想瞒过他，只有在诊所不上班的星期日或者星期六下午了。”

不错，从星期六下午到星期日，山中医生不来诊所。

村木所长在的时候，星期日也经常来诊所，巡视住院的患者，但山中医生比较懒，这倒更合适了。

“星期六下午或者星期日做手术的话，她那边愿意吗？”

“就说其他日子的话，诊所太忙，星期日做的话，还可以设法安排。”

“手术器械当天消好毒，就可以了。”

“只是缝合皮肤疤痕部分，不需要多少器械。”

“可是，需要护士吧？”

“一个递器械，一个打杂，两个人就够了。”假日的值班护士只有两个人。

“不够的话，我也可以帮忙。不过，明子小姐知道了，比较麻烦吧。”

“可能的话，还是不告诉……”三郎实在地低头拜托，明子应该不知道他和亚希子的关系，但有所怀疑是毫无疑问的。要是做手术也不告诉她，就会更加怀疑了。

“我打算选在星期六或星期日她不值班的时候，参加的护士要她们保密。”

“这做得到吗？”

“不知道，也只能走一步看一步了。”这么说也有道理。

“可是，即便顺利瞒过去了，做完手术，也不可能让她马上回家呀。”

“到拆线之前，她需要在这里待一个星期。”

“可是，一住院，不就被那个庸医发现了吗？”

“所以，我考虑那段时间，让她住旅馆，你看怎么样？”

“嗯，住旅馆。”

旅馆岛上有三家，家庭旅店倒是不少，但大多只在夏天的旅游旺季才接待客人。

“手术后立刻去住旅馆，换药怎么办？”

“我会每天去探望的。”

“可是，为什么不让住院，去住旅馆，她会不会起疑心呢？”

“就推说病房住满了……”

“也行。”高冈点点头，但立刻想起什么似的说，“不过，必须让旅馆的服务员觉得你是医生才行。”

“这是我最担心的。”

“不要紧。我跟你一起去，叫你‘先生’。好了，就这么办。”高冈说着自信地拍了一下三郎的肩膀。

三郎马上给亚希子打去电话："下周六做手术可以吗？"

"星期六做手术吗？"果然，亚希子很奇怪地反问。

"最近特别忙，手术都排满了。星期六的话，可以排进去。"

"可是，诊所不是休息吗？"

"下午是休息，但是有护士在，而且，没有别的杂事，可以比较放松些。"

"可是，耽误你的休息时间，多不好啊。"

"我这边一点儿问题也没有，甚至更希望这样呢。"

星期六下午的话，山中医生不在，值班的是村濑和川合两个护士。

"其他日子，没有空的吗？"

"很抱歉……"

其实，手术每周两次就算多的了。尽管时间不长，但住过院的亚希子感到不解也是很正常的。

"最近感冒和泻肚的病人增多了的关系。"

"啊，先生还要看内科的病人，真够忙的呀。"

"哪里，也没有那么……"

"既然那么忙，我就在东京这边做吧。"

"还是请务必来这边吧，我们完全没有问题。"

要是不来的话，自己不是白跟高冈商量了吗？想方设法把她拉到岛上来，恢复原来的亲密关系是三郎的目的。

"请千万不要担心我们。我们都等着你来呢。"

"叫明子的那位护士，好吗？"

"嗯，她很好……"这回做手术，他打算也瞒着明子。因此，三郎回答得含含糊糊。

"又要给大家添麻烦了，再往后推推也可以的。"

"不要客气，我们这边还是下星期六比较合适。"

"那就听你的吧。星期六早上到可以吗？"

“可以的话，最好是头一天……”从三郎的角度，单单做个手术就回去，太没意思了。可能的话，希望她提前一两天过来，带她游览一下小岛，还可以一起过夜。

“也是，我考虑一下。”亚希子说完，突然想起似的问道，“手术费大概多少？”

“不用了。”

连病历都没有，秘密做的手术，当然不要钱了。只是要给帮忙的值班护士们打点一些，也算是封口费。

“您这样可让我为难了，要住几天院呢？”

“差不多拆线以前要待在岛上。”

“还是我上次住的那个房间吗？”

“那个房间好像已经住人了。”

“那么，这回是住大屋子了？”

“不是，房间我会想办法……”

本来就没打算让她住院，可是现在不能告诉她。

“先生这么说我就放心了。那么，我就带着睡衣和洗漱用具去就可以了吧？”

“这回的手术很简单，很快就完事。”

“不会疼吧？”

“不疼。二十分钟就完了。”

“那么下星期六，不对，星期五去就可以了吧？”

“请一定星期五过来，我等着您。”放下话筒时，三郎的手心汗津津的。

这样亚希子那边就不用担心了，问题是，她来岛上之后。

可能的话，三郎想让她住自己的房间，但这样会立刻传出去。周边的人且不说，被明子知道可就麻烦了。

和明子的关系近来很顺利，但她若是知道三郎让亚希子住自己那里，就大事不妙了。

如果问三郎喜欢谁，当然是亚希子，可只要自己还在岛上，就不能和明子发生争执。在这一点上，被人说工于心计也没办法。

有亚希子这样有魅力的女性在自己面前，让你装看不见也不可能，是男人都会想入非非。不过也可能不仅仅是想入非非。

听起来是在为自己辩解，但三郎从亚希子的身上感受到了都市的繁华。他隐隐觉得和亚希子交往的话，有朝一日还可能回到东京去。

明子自然是个性格温顺的女子，但和她在一起时，自己就会产生被一步步埋没在岛上般的不安。

这个先放下不提，如果亚希子不能住自己那儿的话，就只能住旅馆或别人的家了。三郎首先想到的是岛上最好的“立花旅馆”，可是和高冈一商量，还是决定选择家庭旅店了。

旅馆虽然房间漂亮，也方便，但进出的人很杂，即便不让他们说出去，岛这么小，很快也会被曝光的。

从这一点上说，住家庭旅店的话，只要叮嘱夫妇俩不说出去，就没有人会知道，而且三郎也方便去。

思来想去，三郎决定租用高冈的远亲，名叫浦野的人家的一个房间。那里的话，从本町的诊所走十五分钟就到了，而且位于面朝大海的丘陵附近，住家稀少。一般都是六月份开始对外接待客人，这次是为他们破例提早开放了。

幸好两年前刚刚改建为雅致的灰色墙面，房间也很小巧。而且住的是一对三十多岁的夫妻，夫人曾经患感冒，三郎来出诊过一次。

不知道高冈是怎么介绍的，夫妻俩也都管三郎叫“先生”，还保证绝对不说出去。

“好了，手术日和房间都解决了。”爱帮忙的高冈就像是做自己的事一样，兴致勃勃，“问题是手术了。星期六下午值班的护士是村濑和川合吧？”

“这个我来办。”

“山中那个庸医下午肯定回家吗？”

“星期六下午，他从来不在诊所吧？”

“偶尔也打打麻将，不过，来叫我不去就行了。”

“可是，如果有人提出打麻将呢？”

“不用担心。我会设法打发他回家的，本来他就让人讨厌，只要跟大家说明情况，就不成问题了。”高冈说完，突然又道，“这次，我觉得还是对明子小姐实话实说的好。医生还好说，护士很难瞒得住，所以不如主动告诉她，拜托她不要说出去。”

“……”

“你就是心里有鬼，才想多了的。”

“也不是那么回事……”

“还是干脆告诉她，这样村濑小姐她们也比较好帮忙，对吧？”听高冈这么一说，三郎也觉得是这个理儿了。

距离下星期六还有一个多星期的时间。

利用这段时间，三郎仔细阅读了《外科全书》里的有关美容手术的部分。

缝合留下的痕迹，对于疤痕体质来说，是很难去除的。如果使用同样的方法缝合，还会凸起。

看书上说，消除疤痕的窍门，是准确地对齐缝合面，将表皮部分埋进去，进行双重缝合，这样就会变成很漂亮的一条直线。

亚希子特意到岛上来做手术，绝不能失败。失败的话，不但失去亚希子的信任，同时也失去了爱情。

第二天，三郎为了进行练习，在自己的小腿上做实验。他割开二寸的口子，然后自己缝合。麻醉是局部麻醉。

只是打麻药针的时候有点痛，这些付出都是为了找回亚希子的爱。

三郎一只手拿镊子夹住皮肤对齐，一只手拿着缝合器缝合，一个人做两个人的事很不容易，但好歹掌握了要领。

缝合完二寸的口子，盖上了纱布，但麻药劲过去后，渐渐疼起来。

我为了什么要让自己受这个伤啊……

三郎看着自己的伤口，不由得可怜起自己来，但现在只能咬牙坚持。

手术三天前的星期三，三郎把明子和另外两个护士叫到化验室，告诉她们这件事。

“是这样，前些天住过院的名叫亚希子的患者要求……”一瞬间明子的眼睛闪烁了一下，三郎继续说下去，“作为我来说，由于是自己做过手术的患者，也想彻底给她治好，但是如果被山中医生发现就比较麻烦……”

三个人都沉默着。

“我打算星期六下午给她做手术，能不能请各位帮帮忙？”

三郎说完之后，三个人互相看了看，明子先开了口：“这个事还没有对护士长说吧？”

“我想这几天跟她说。”

“那就没有问题了，是吧？”明子征求她们俩的意见似的说道，二人也点点头。

“那么，你们可以不让山中医生知道，消毒器械，准备器械吧？”

“如果必须这样，也没有办法。”

“谢谢！”三郎低头致谢。

明子说：“既然是秘密的，那得请客。”

“当然可以。寿司好吗，还是……”

“那可不行，要请更贵的。”

“想吃什么？”

“回头想想再说。”明子和两个护士恶作剧似的笑着。三郎感觉很诡异，不过，看样子手术没有问题了。

放下心来后，当天晚上，三郎就马上给亚希子打了电话。她是个很任性的女子，说不定什么时候就改主意了。

“离星期六还有三天，你真的能来吗？”

“一定去，不过发生了点小问题。”

“怎么了？”

“我一说做手术，妈妈也要跟我一起来。说是上次的事还没有谢谢你，而且，这么远的小岛也不放心。”

“根本不用担心，就是稍微切个口子，重新缝合一下而已。”

“我也是这么说的，可是妈妈就是爱操心。不过，还是妈妈不在比较好吧。”

“真的没有危险，请相信我。”亚希子的母亲一起来的话，三郎打算两个人好好幽会的计划就泡汤了。

“那我还是一个人去。”

“请务必一个人来。”

“那么，星期六早上到就可以吧？”

“请尽量星期五来。提前一天的话，咱们可以好好聊聊，还可以做做手术前的准备。”

“可是前一天我有事啊。”

“请不要安排别的事了，因为要做重要的手术……”

“那我就尽可能星期五去，可是那天我住在哪儿？”

“旅馆已经订好了，请一定要来。”放下话筒，三郎发出一声叹息。

为了什么，自己这样费尽心机，做这种麻烦的手术呢？

离手术还剩下三天了。

但愿手术顺利，希望能够瞒住山中医生，还有，希望和亚希子的情感能够像原先那样亲密。三郎一心一意地祈祷着神明保佑。

南

chapter 06 / 南 风

风

虽然一心盼望着亚希子能周五来，但她还是在周六的手术当天抵达了小岛。

三郎心里多少有些不满意，但还是从诊所里溜出来，到栈桥迎接亚希子。

自从一月份两人在东京见过面后，已经过去半年了。从船上下来的亚希子，手里拎着藤篮，上身穿黑色纯棉衬衫，下身穿浅黄色棉布质地的裙裤。她并没有刻意地打扮自己，但还是和岛上的女性不同，格外引人注目。

看到亚希子的一刹那，三郎对于她没能昨天来的小失望瞬间烟消云散，跑了过来。

“医生，你好！”亚希子满脸笑容，向三郎点了下头。

“累了吧！”

“在船上没睡好。”亚希子说着，回过头从身后的男人手里接过旅行包，“大叔，谢谢你！”

男人有些吃惊地看着三郎，然后慌慌张张地把手中的包放在地上就离开了。

“你认识他？”

“不认识，在船上他坐我旁边，所以就聊起来了，他还给了我名片。”

亚希子掏出名片，上面写着“绿树苑株式会社 常务董事 上岛平次郎”。

“你听说过这家公司吗？”

绿树苑是岛上专门栽培热带植物的一家公司。总店在东京，这个男人可能是因为工作，从东京来这儿的。

“他特别热情，说什么在这儿要待一周，让我有空给他打电话。”

翻过名片的背面，用圆圆的字体写有电话号码。三郎回头看那个人，那个人也正在回头看三郎。是个头发稀疏，五十多岁的微胖男人。估计是在船上瞄上了亚希子，想和她套近乎。

“可要提防着点哦。”

“那个人话可真多，根本没法睡觉，不过也多亏有他，一路上不那么无聊。”虽然三郎担心，亚希子倒是一副无所谓的样子。

“没睡好觉，一定很累吧。”

“没关系的，而且做了手术以后，还得一直躺着呢。”

“房间已经安排好了，咱们走吧。”

“不是去诊所吗？”

“手术得在下午进行，再说没有空的病房，所以先住家庭旅馆里。”

“不过马上就会转到诊所吧？”

“诊所里没有条件好的病房，要不就一直住在那儿。”

“不用住院也行吗？”

“我每天会去你住的地方给你换药的。”

“这样行吗？”

“没问题的，你不用担心。”

三郎从高冈那儿借来一辆车，利落地把亚希子和行李都放上车后，关上了车门。从码头到订好的家庭旅馆，开车用不了五分钟。

“这儿虽然离诊所稍稍有些远，但周围安静，风景也好。”

旅馆前面是一层层梯田，再往前是峭壁，初夏的海洋一望无际。

“刚刚下船的港口在这座山的背面，这边是西面，能看到傍晚沉入大海的夕阳，特别壮观。”

“真不错啊！”亚希子看上去挺喜欢这儿。

“去年新修的房间也很漂亮，房东阿姨人也很好！”

三郎正要打开大门，从后院走出一位妇人，大概是刚刚在田地里干活了，一边摘下头上罩着的毛巾，一边点了下头：“欢迎！”

“这是之前拜托您照顾的田坂亚希子小姐，这位是这里的房东阿姨。”

虽然被称作阿姨，但看上去也就三十岁左右的样子，由于每天都要干农活，皮肤被晒得黝黑。

“我叫田坂，请您多多关照。”亚希子向阿姨问候时，阿姨又一次客气地低了下头：“这姑娘真漂亮！”

被阿姨端详着，亚希子都不好意思了。

“不愧是医生您看上的人啊。”

“没有没有，你误会了。”

三郎从未和房东提起过有关亚希子的事，可能是高冈悄悄告诉她的。

亚希子要在这里住一周，阿姨早晚会知道的，没有办法，但是表现得太像男朋友，很可能会惹亚希子生气。不过，听阿姨喊自己“医生”，三郎稍稍安下心来。

“行李呢？”

“我们自己搬，不用劳驾您。”

“房间就住之前看好的那间，可以吗？”

五天前，三郎和高冈曾一起来这家店里预先看过。选好的房间在二层右侧，是一间八张榻榻米大小的日式房间。两边都有窗户，是这家店里视野最好的一间。

“还没到旅游旺季呢，这儿也没有其他客人。”正如阿姨所说，旅馆里冷冷清清的。进入房间打开窗，海风便吹了进来。

“被子在这里，卫生间在走廊尽头。旅馆冬天刚刚重修过，小姐您是第一位入住的客人呢。”阿姨简单地介绍后，说了声“请好好休息”，便离开了。

房间里只剩下他们俩，三郎问亚希子：“怎么样，喜欢吗？”

“超喜欢！”亚希子使劲点点头。

三郎想要上前抱紧亚希子，但是明亮的阳光让他觉得有些别扭。两个人互相对视了一会儿，亚希子故作客气地说：“医生，好久不见了，您是不是瘦了啊？”

从今年初开始，所长患了病，又来了新医师，三郎确实感觉很累心。

“又要给你添麻烦了，还请多多关照。”

“放心吧，你要相信我。”

“我当然相信你啦，所以才来这儿。”

“亚希子……”三郎忍不住靠近了亚希子，“我……”

三郎控制不住自己，正想要上前抱住亚希子时，亚希子轻轻地避开了身子：“不行哦……”

三郎已经顾不了那么多，把嘴唇凑上前去，想要吻亚希子。

“我好想你……”这可是没有丝毫伪装的心里话。三郎再次去吻她，这回亚希子没有躲闪。

抱着亚希子的感觉和半年前一点儿都没变，依然还是那么纤细、柔弱，但用力紧紧抱着她时，能感受到柔软而丰满的感觉。

“我喜欢你……”

三郎想要继续吻她时，亚希子轻轻把脸扭向一边：“喂，医生，这样可不行哦。”

“……”

“我的伤疤，不需要再复诊一下吗？”

亚希子的声音出乎意外地冷静，三郎不禁松开了抱着亚希子的手。

“今天我可是患者啊。”亚希子一边把凌乱的头发捋上去，一边微笑着说。

三郎亲眼见到亚希子肚子上的伤疤，还是在今年初。虽说这半年间疤痕不会有什么大的变化，但最好还是先看一看。

“要现在看吗？”

三郎点了点头，亚希子两手慢慢掀起衬衫。

“虽然是给医生看，但还是怪不好意思的……”亚希子一边说，一边褪下裙裤。

白皙的小肚子中央，有一条红色凸起的伤疤纵向延伸，就像一条趴在白纸上的蚯蚓。

“每次洗热水澡时，都会变得特别明显。这伤疤能完全消除吗？”

“当然能。”

在早晨的阳光下，三郎注视着那道红色的伤痕，三郎的兴奋心情渐渐冷静下来。

待亚希子在旅馆里安顿好，三郎回到诊所，已经是上午十一点了。十点溜出来，整整出去了一个小时。

他急忙回到检查室，送来了验血单，另外还有两例验尿，但明子好像已经帮他做完了。虽然明子不会知道，但是背着明子同亚希子接吻的事情，还是让三郎觉得愧疚。

抓紧验完了血，他又去药房把车钥匙还给了高冈。

“怎么样？”

“多亏了你帮忙，她挺喜欢那里的，现在正在房间里休息。”

“那可太好了，这家旅馆可算得上是岛上最漂亮的！”大概是因为自己介绍的地方得到了赞许，高冈很高兴。

“山中医生走了吗？”

“现在还有几个门诊病人，差不多快走了。”

药房里的座钟指向了十一点二十分。虽然规定周六上午的门诊十二点整结束，但如果没有病人，山中医生就会提前下班。

“我出去这会儿没被他发现吧？”

“没有，他好像什么都没有问。”

三郎从药房的窗口窥视着门诊的方向，走廊的长椅上坐着两位老人，看上去两位都已经检查完，在等着交费。

“庸医大概准备回去呢。他一走，我们就马上开始吧。”

“我打算先让大家吃完饭，一点左右开始。”

“我无所谓，不知护士们行不行。”

“她们也没问题，不过我要做手术前的准备，能拜托你一点前去旅馆接她吗？”

“小菜一碟，我最喜欢接美女了。”能为妙龄美女亚希子的手术帮忙，人到中年的高冈好像很兴奋，“要不然我也去给手消个毒吧。”

“没关系，不用了。”

三郎对高冈说话时，门诊的村濑护士走进了药房：“给我开 10 克可的松软膏。”

高冈边取出装有软膏的瓶子，边问村濑：“庸医那家伙看完了吧？”

“刚刚结束。”

“那他现在干吗呢？”

“在看周刊杂志。”

“还看什么呀，不赶紧回家。”

“好像今天他夫人去亲岛买东西了，不在家。”

“那他一定要在夫人到家之后才回家？”

“那倒也不是，但刚才他还说要不要打麻将什么的。”

“开什么玩笑！”三郎和高冈双双对视。

“他不会是知道今天我要做手术吧。”

“别担心，如果他还赖着不走，我会想办法让他回去的。”高冈自信满满地说，但三郎还是不放心。

三郎悄悄从药房出来，到门诊这边一看，走廊里，患者正在从村濑手里接过药膏。

门诊室的门大敞着，但是里面有白色屏风挡着，看不见山中医生。于是三郎直接去了手术室。

手术室的中央摆放着手术台，周围整理得很干净，墙边的煮沸器中摆放着消毒完毕的手术用具，贮槽中也都装满了纱布。

手术的准备工作已完成，只等山中医生一走，随时可以进行手术。

三郎就这样一直关注着山中医师的动态，将近十二点十分的时候，山中医师从门诊室出来了。以为他终于要回家了，可是仍然穿着白大褂，并没有换上西服。从药房的窗口看到他走进了对面的办公室。

“我去看看。”高冈走出药房。

三郎一个人在药房里等着，这时，明子走了进来。今天不是她值班，但是说好了要在手术中帮忙。

“手术还按计划做吗？”

“做是肯定做，但那个家伙到现在还没走。”三郎用下巴指了指办公室的方向。

明子点点头：“我们现在都去食堂吃饭，等时间到了你叫我们。”

“村濑护士也会留下来的吧？”

“应该是吧。”明子说话的语气多少有些冷淡。虽然是患者，却是为了三郎有好感的女人，而在周六下午加班，所以明子不太高兴吧。

在办公室窗口前交费的最后一名患者也走了，窗口立即挂上了白色的窗帘。正午时分，今天的门诊全部结束了。

三郎仍然从药房的窗口监视着走廊，这时高冈回来了：“那家伙果然想打麻将。”

“真的？”

“不过你放心。干事长今天好像有其他的事情，我和吉田也都拒绝了，他玩不了。”

诊所里加上三郎一共有六个男人，其中有三人拒绝的话，就凑不成一桌麻将。

“他好像订了荞麦面的外卖，吃完就该回家了吧。我们也先去吃饭吧。”

三郎一般也在食堂解决午饭。

到了食堂，看见明子和村濑正在吃饭。

“是一点左右开始吗？”

“应该是。”三郎点头答应着，却担心起亚希子来。她一个人在旅馆里会不会太无聊，想给她打个电话，但是山中医生正在办公室里。

三郎一边吃饭一边和明子交代手术的事，这时，山中医生突然走了进来：“喂，相川，要不要下盘围棋？”

三郎急忙摇着脑袋：“不了不了，我今天……”

“怎么，今天要去约会吗？”山中医生眼睛盯着坐在三郎身旁的明子，“可别光天化日下秀恩爱呀！”

“没有没有，是有些其他的事情……”

山中医生冷冰冰地瞅了两个人一眼，从食堂出去了。

“这医生可真没礼貌！”

“这不挺好的嘛，这下他就能死心回家了。”

三郎既不能惹山中医生生气，又要讨好明子，两头忙。

山中医生回家后，手术在下午一点钟开始了。

在手术室里，亚希子先和熟悉的护士们打过招呼，然后平躺在手术台上。

白皙的肌肤一如从前，只不过，这次和上次大出血后不同，是白里透红，泛着光泽。

八个月前被完全剃干净的私密部位，如今已恢复了原样，今天又要被剃光。

在明亮的手术台上，明子正在用剃刀剃着亚希子的私处。两个女性都屏住呼吸，什么话也不说。三郎看着眼前的景象，甚至产生了两个女人正在决斗的错觉。

备皮之后，进行消毒。先涂抹碘酒，再用酒精擦拭。最后，将疤痕以外的部位罩上消过毒的无菌布。

在长方形窗口一样的无菌布的中央，露出红色隆起的伤疤。

三郎戴上消过毒的橡胶手套，触摸疤痕，确认了周围皮肤的状况后，开始注射局部麻醉针。

“疼……”亚希子小声叫起来。

“马上就打完了。”

在伤疤周围注射完毕后，疼痛感就会消失。

这会儿没有高冈什么事，但他也穿着白大褂，站在后面关注着手术进行。

为了这次手术高冈也帮了许多忙，所以三郎也不好拒绝他想要观摩手术的请求。

麻醉结束后，三郎先用手术刀的刀背描画出预计切开的走线。要去除疤痕，必须沿着伤疤切除纺锤形的一块皮肤。

由于伤疤有十多厘米长，切除范围是一个细长的纺锤形。必须从小腹中央，一直切到耻骨上方。

三郎轻轻闭上眼，紧接着将手术刀切入皮肤。

现在是四月初，三郎将近两个月没摸过手术刀了。刚开始还有些紧张，但一碰到手术刀，马上就有了感觉。

三郎做手术的水准不是光凭死记硬背达到的，而是村木所长手把手教会的。这就像是在寿司店里学捏寿司，在厨房里学刀法一样，或者说还有些像学驾驶。通过身体记住的内容，是不会轻易忘记的。

切开皮肤，见到血之后，这次三郎的手法比之前更利索干净。用止血钳一一夹住出血部位，再用钳子夹住要切除的皮肤。然后将手中的钳子微微提起，迅速剥去皮下组织。

从插入手术刀，至完全摘除包括伤疤在内的皮肤，用了不到十分钟。去除掉伤疤后，皮下呈纺锤形切口，再次进行止血，然后将皮下组织整理好。之后只需要把两边的皮肤切口缝合起来就可以了，但这却是难度最大的步骤。

亚希子尽管体形纤瘦，毕竟是女性，皮下也有脂肪，黄色的小脂肪粒在无影灯下闪烁着。这部分脂肪保持着女性腹部的柔软圆润。

高冈口罩上方的那双大眼睛一眨也不眨地观察着。

三郎将纺锤形切口的皮肤边缘进行剥离，让边缘稍稍变薄一些之后，再用镊子把皮肤拉在一起。如果用普通的方法缝合两边皮肤的话，就和以前完全一样了。将皮肤的切面仔细对齐，间隔很小地一点点缝合。这是一个复杂而需要些许耐心的过程。

请人家专程到岛上来，如果手术失败的话就太没面子了。不仅会暴露三郎手术水平的不成熟，与亚希子的感情也会就此终结。

“加油！”三郎对自己说。每一针都非常小心地刺过皮肤，谨慎地缝合着。

“疼吗？”明子问亚希子。

“不疼。”

“马上就好了。”

“嗯。”三郎听到亚希子轻轻地回答。

一个是正在被缝着肚子的女人，一个是在手术中帮忙的女人，自己同这两个女人都有着性关系。

当三郎想到这些时，既有些得意，又有些害怕。不过他马上忘了这码事，继续缝着伤口。

伤口全部缝好，变成了一条线，手术正式结束，时间是一点半。

最初预计手术大约需要二十分钟，但因为操作谨慎，时间稍稍延长了一点儿。

用纱布包扎好伤口后，三郎摘下口罩，大大呼出一口气："结束啦！"

"谢谢了！"亚希子躺在手术台上微笑着，是和去年一样的温柔笑容。

"医生，手术进行得很顺利啊。"高冈突然拍了拍三郎的肩膀。

高冈称呼三郎为"医生"，也可能是出于好意，不过高冈似乎是真心佩服三郎的技术。"不对，应该说手术非常成功。"高冈一边说，还一边不停点头。

"大家辛苦了！"三郎又向护士们鞠了一躬。

手术顺利完成自不必说，而山中医生没有再来诊所，也让三郎松了口气。

接下来把亚希子送回旅馆，每天只要上门去出诊就可以了。

一开始他认为是根本不可能完成的事，但现在看来算是圆满完成了。三郎重新感受到诊所里同事们的关爱。

手术一结束，亚希子立刻被抬到了车上。

"还是让她在门诊室稍作休息比较好吧。"明子担心地说。可是如果抬到门诊室休息，被山中医生发现麻烦可就大了。

亚希子肚子刚刚开过刀，还不能走动，所以就用面包车把她送到了大门口，然后又用担架移到车上。

车子是诊所里的面包车，病人可以躺在担架上被运走，但多少还是有些难为了病人。明子和村濑都目瞪口呆地目送他们离开。

"我订好了寿司，大家一起吃吧！"三郎对护士们说。

明子冷冷地回了一句："用寿司就把我们打发了啊。"

"我不是这个意思。没有你们的帮助，我根本不可能完成这个手术。"

"医生做完手术还要把患者送回家，这事还真没听说过呢！"

"因为她是自己一个人来岛上的。"

"不是人家要来，而是你主动邀请的吧？"

“不管怎么样，还是要谢谢你们！”

“我可是第一次看到你这么卖力的样子。”明子讽刺地说。现在三郎只好一味表示感谢。

“寿司马上就送到……”三郎说完就上车了。高冈负责开车，三郎守在睡着的亚希子身边。

“东西都带好了吗？”

“止痛药和抗生素都带好了，没问题了！”三郎回应过高冈的提醒，车子就启动了。

“疼吗？”

“有一点儿……”

车子每摇晃一下，亚希子都会微微皱下眉头。麻醉大概快要失效了。

“到了住的地方马上给你吃止痛药。”

“这么急着动弹，不会有事吗？”

虽说仅仅是皮肤上的手术，但是伤口不小。人体对痛感最迟钝的部位是皮肤，这么说来也算得上是个大手术。若因为乱动造成皮下再出血的话，很有可能会留下新的伤疤。最理想的恢复方式是拆线之前一直卧床静养。

“尽量开慢一点儿！”三郎在隔开驾驶座的金属网后面，拜托高冈。

“已经是最慢了，再慢就得停车了。”正如高冈所说，车子正在以最缓慢的速度爬着上坡路。

平时两三分钟就到的路程，今天足足开了十分钟，到达浦野家旅馆的时候已经是下午两点了。打开后车门，抬下担架，把亚希子抬进房间。

大概是看到周六下午有诊所的车开来，附近的小孩们都好奇地凑了过来。

“就这样直接抬上去吧。”

高冈抬着担架的前面，三郎举着后面，从门口朝台阶上走。

“很陡，小心点！”旅馆阿姨提醒道。

三郎一边点头，一边抬着担架慢慢往上走。在台阶转弯的地方，要稍为调整一下担架。

“疼……”担架只要一晃动，亚希子就会疼得叫出来。

“喂，你别那么使劲推！”高冈说完，又赶紧改口说，“医生，请等一下！”

三郎点点头，心里很感谢高冈的好意。

终于抬上了二楼，一抬进最里头的房间，三郎马上为亚希子盖上被子。看他这样，还真搞不清究竟是医生还是男仆。

铺好被褥，让亚希子躺下后，三郎又向高冈点了下头：“今天真是辛苦你了！”

“那，我就先告辞了……”高冈有些不舍地看了看躺着的亚希子，接着说了句“医生，我先走了”就离开了。

房间里只剩下了他们两个人，三郎拿出止痛药和抗生素，把水端到了亚希子面前。亚希子吃了药后，换了口气，又抬头望着三郎：“医生，今晚你一直在这儿陪我吗？”

“当然在这儿了。”

“太好了！”亚希子说完，似乎终于放下心，闭上了眼睛。

实际上，三郎第一次手术时的刀口开得好像有问题。

在去年的手术中，若没有纵向开口，而是横向切开的话，可能就不会留下现在这条丑陋的伤疤了。因为横向切是沿着皮肤的走向，伤口恢复得快，就算留下疤痕也可以被内裤遮住。

其实三郎也知道，最近横切的方式比较多，但横向切开的话，视野狭窄，难以操作。再说上一次手术性命攸关，根本没有余力考虑会不会留下伤疤。

不过，事已至此后悔也没有用。现在只希望这条纵向的伤疤能变小一些。

手术总算是顺利结束了，但接下来又有几个棘手的问题要解决。

首先，是排尿排便的问题。由于伤口刚刚缝合，拆线之前必须一直躺着静养。即便做不到，至少在止住皮下出血的两三天内要完全静养。

自己去卫生间的话，肚皮肯定会跟着动弹，况且家庭旅馆里的卫生间还是传统的蹲便。蹲姿会使用腹肌，直接影响到伤口。

即便能忍住疼痛，好不容易缝好的刀口若是发生局部错位或出血的话，后果可就严重了。如果是在医院里，就会有护士递上便盆，或是用导管导尿。

但是，虽然是医生，也不可能在这八张榻榻米大小的房间里做这些护理工作。

不仅亚希子会觉得害羞，三郎更加不好意思。

难题还不止这些。从吃饭到拿书、纸巾、换衣服，所有的事情都必须靠他人帮忙。

总之，必须有个人，片刻不离地守在她身边照料。

其实这些问题在手术前，三郎就已然想到，但当时想的是只要手术能够成功，这些都不是问题，所以没太当回事。

三郎想过能不能拜托明子或是村濑，但是她们也总不能每次在亚希子需要吃饭或是排尿的时候都从诊所来一趟啊。

如果拜托旅馆里的阿姨的话，缺乏专业的看护经验也让人不放心。况且现在是农忙时期，这么做也是给阿姨添麻烦。思来想去，三郎觉得只能自己陪在身边照料了。

三郎这么决定后，对亚希子说："你需要完全静养两三天，这些日子由我来照顾你。"

"早知道这样，就叫妈妈一起来了。现在也来得及，马上给她打电话吧。"

"不用了，有我就行。"

"可是医生，你不是还得去诊所上班吗？"

“今天已经下班了，明天是周日。后天虽然去诊所，但反正没什么事，我会经常过来的。”

“诊所里有很多病人，会很忙吧？”

“你不用担心，我已经都安排好了。”

这次叫亚希子来，做手术是一方面，还有另一个目的是想要和她在一起。这么说来，能陪护亚希子是三郎求之不得的。三郎决心已定。

从周六到周日，三郎一直守在亚希子身旁。他从旅馆阿姨那里多要了一床被子和一人份的套餐。

肚子上的刀口有十多厘米长，所以上身只要轻轻一动，就会感到火辣辣地疼。不过手术并未伤及内脏，所以饮食不受影响。

从周六傍晚时分开始，亚希子想吃东西了，三郎亲自喂她吃。

伙食是特别预订的，所以相当不错，有新鲜的鱼肉和贝类。三郎把饭喂到亚希子嘴里，又把酱汤灌入水瓶里喂她喝，不知为什么，三郎总是陷入彼此是相伴多年的夫妻那样的错觉。在不知情的外人看来，也会认为丈夫在温柔体贴地照顾着生病的娇妻。

吃饭前，三郎出去为亚希子采购了《女性周刊》、甜点心、水果，甚至还买了尿盆。

亚希子想去卫生间，在三郎劝说下，才勉强同意用尿盆。

虽说是术后，但患者一般都不会马上使用尿盆，亚希子由于去年做过手术，对于使用尿盆不觉得特别别扭。相比之下倒是看见三郎要去倒掉自己的排泄物的时候，亚希子受不了：“不行不行，只有这件事必须麻烦阿姨。”

由于亚希子再三强调，三郎先把尿盆拿到走廊上，然后找机会自己再去倒掉。

也许亚希子是担心三郎看到肮脏的排泄物，会感觉幻灭。可要是这么说的话，三郎连亚希子的肚子以及子宫全都见过。现在即使看见排泄物，他对亚希子的爱也不会变。反倒是不得不让别人看到这么尴尬的东西的亚希子，让三郎更喜欢了。

周日一整天，三郎也几乎一直陪在亚希子身边。

这段时间里，三郎给亚希子讲这座岛上的故事、生病的所长、东京的母亲，亚希子也从最近看过的电影谈到常去玩的舞厅，还有好朋友们的故事，等等。两个人说累了，就互相给对方念一会儿书，或是小睡一会儿。

晚上睡觉时，两个人并排铺好被褥，先接吻，然后互相握着手入睡。

周日傍晚，高冈来探望，恰巧看到三郎正在喂亚希子喝果汁，满脸羡慕地说："真像恩爱夫妻啊。"

第二天是星期一，三郎喂完亚希子早饭后，去了诊所。

一到诊所，他立即去了门诊室，观察山中医生的表情，看样子他还不知道手术的事情。三郎放下心来，去检查室上班，明子拿着新的验尿处方进来了。

"好像是要化验蛋白质和血糖。"

"上周六的事真是谢谢你了。"

三郎低头说的时候，明子把盛着尿液的玻璃容器扔到台子上："周六和周日两天你都不在家吧？"

"因为有点事情……"

"可真够辛苦的啊，好好照顾你的病人吧。"明子说完这句话，就抬头挺胸地出去了。

看来明子似乎是已经知道三郎一直陪在亚希子身边了。因为镇子太小，三郎已经做好了迟早被她知道的心理准备，但还是没想到传得这么快。

三郎估计和明子之间又会发生一场争吵。可是，也不能中途不去陪护亚希子。

午休的时候，三郎回去一趟，喂亚希子吃完午饭，然后回诊所，傍晚五点下班后，马上回旅馆。

可能是一个人待在屋里太无聊，亚希子一看见三郎，马上露出了安心的笑容：“你去诊所的时候，阿姨来了，还和我聊了你的事呢。”

“都说我什么了？”

“说你特别温柔体贴，是个好医生，在岛上很受欢迎。”

“就说了这些？”三郎关心的是自己不是医生这件事有没有被说漏，看来阿姨没说。

“她还说，诊所里还有一位特别蠢的庸医。”

“也没有那么蠢……”

“手术水平差，还特别狂傲。阿姨说，那家伙说不定是假医生呢。”

“不可能吧……”三郎赶忙摇头。

亚希子看着三郎：“我一开始也怀疑你是不是假医生呢。”

“为什么啊？”

“因为你太年轻了呀，感觉有点靠不住似的。”

“……”

“对不起，我开玩笑的。”亚希子淘气地大笑起来，“我通过这次手术，对你刮目相看了。没想到你这么体贴亲切。”

“没有……”

“我真的很感谢你。下回你什么时候去东京？”

“八月份的盂兰盆节可能回去。”

“到时我们一起去哪儿旅行吧！”

“可以一起去吗？”

“我们可以去箱根，不过夏天的话，也许北海道更合适。”

“我滑雪还不错，北海道的冬天也很不错。”

“是啊……”亚希子点点头，好像突然想起了什么，“不过，冬天可能就不能见面了。我可能会结婚的。”

“真的假的？”三郎急忙探身过来。

“我已经二十三岁了啊。医生你多大了？”

“二十八岁。你的结婚对象是谁啊？”

“你不认识的人。”

“可是你还很年轻啊。”

“我也这么觉得，但妈妈总是催我。说什么如果不早点结婚的话，就遇不到条件好的了。我家只有我们姐妹俩，所以我必须找个上门女婿。”

“那对方是医生吗？”

“好像是。”

“你竟然还说‘好像’，这可是你的结婚对象啊！”

“我不大关心是什么人，跟谁结婚都行。”

“怎么能说出这么自暴自弃的话来？”

“你也知道的，我反正也玩够了，结婚对象听父母安排就好。谈恋爱和结婚不是一码事，对吧？”

“可是……”

“反正我也是残缺不全的。”

“怎么这么说呢？根本不是啊。”

“只有你一个人这么说。”亚希子轻轻闭上眼，浓黑的睫毛盖上了大眼睛。

三郎想象着亚希子的结婚对象。既然是亚希子父母看中的，那一定是医学部出身的高才生吧。虽说是上门女婿，但将来可以继承亚希子父亲的大医院，所以肯定也是大户人家的孩子。

三郎描绘起了这样的画面，那个年轻男子身着礼服站在新娘装扮的漂亮的亚希子身边拍婚纱照。三郎突然感觉喘不上气来：“亚希子。”

“什么呀？”亚希子闭着眼睛轻声问。

三郎轻轻地吻住了她的嘴唇。亚希子自然地接受了三郎的亲吻，并且主动伸出了舌头。舌尖浓情蜜意地互相缠绕着，三郎再也控制不住了，把手摸向了亚希子的下身。

“不行的，医生。”耳边响起亚希子镇定的声音，“我现在是患者啊。”

三郎当然知道。如果现在做爱的话，之前的手术和努力就都白费了。

“只是摸一摸……”

“那样的话，我可受不了啊。”

“可是……”

“等一下。”亚希子说着，把自己的右手伸向三郎的裤裆，“还是我来吧。”

“……”

亚希子慢慢拉开拉链，紧紧地握着三郎的已然硬挺的局部：“我不能动，你稍稍上来一点儿。”

三郎按照亚希子的指示移动身体，亚希子再一次紧紧握住它，将灵巧柔软的嘴唇，贴了上去。

一周的时间就像做梦一样过去了。第四天，亚希子已经能去卫生间了，但三郎还是继续看护她。

手术后的第八天拆线。尽管还留有红色的痕迹，但是之前的伤疤不见了，变成了一条细线。

一两个月后，疤痕的红色也会基本褪去。

“太好了！”亚希子说，“你果然是个出色的医生！”

三郎什么也没有回答，只有这一晚，他和拆完线的亚希子度过了一个销魂之夜。

拆线后，亚希子在岛上只住了一晚，就回去了。

尽管没能和伤口愈合后的亚希子多纵情欢爱几天，令三郎遗憾，但亚希子在这里度过的整整十天，还是让两个人的关系又回到了最亲密的原点。

至少三郎是这样认为的。

对三郎来说，现在回忆起来，那十天仍如梦境一般。一边照看手术后的亚希子，一边享受着如同新婚时光的错觉。

尽管两个人是医生和患者，看护人与被看护人的关系，但亚希子表现得十分顺从，每天都盼望着见到三郎。

在离开小岛的时候，她对三郎说："我一辈子也不会忘记你的厚恩。"听到这句话当然很高兴，但更令三郎激动的是，亚希子这次没有称呼自己为"医生"，而是"你"。总之，这十天过得就像蜂蜜一般甘甜。

但是，不可能每天都是这样令他愉快。亚希子走后，三郎和明子的关系再度恶化起来。虽说三郎也大体预料到了，但他没有当回事，以为事后和明子解释一下，她就能谅解。

可是这次的明子和之前有所不同。两人面对面的时候，明子一句都没有责问三郎，在诊所里的态度也和往常一样。

但三郎邀请她一起吃饭，来家里做客的时候，明子只是笑笑，不理睬他了。尽管没有说什么带刺的话，但也正因为这样冷漠，而令人有些害怕。

"年轻女子嘛，过些日子心情就好啦。"高冈这么安慰三郎，但事情好像没那么简单。

虽然明子不在身边，对三郎眼下的生活没有任何影响，但说实话，不能和明子做爱，还是让三郎感觉很不舒服。尽管三郎并没有只把她视为泄欲的对象，但若是没有可以发泄欲望的对象，对于年轻的三郎来说，也很难熬。

要是在大城市里，可以有许多方法来解决需求，但在这座岛上却是很难。岛上的年轻人纷纷离岛而去，原因之一自然是在岛上找不到合适的工作，另一个原因很可能是周围的环境太过于淳朴，很难找到可以消遣的场所。

还有一件麻烦事就是，亚希子走后一周，手术的事情被山中医生知道了。

那天，三郎正在检查室里上班，山中医生突然走了进来："听说你背着我做手术了？"

突然听到这么一句话，三郎呆住了，山中医生怒气冲冲地盯着三郎：

“在半个月前的周六下午，你还让铃木和村濑帮了忙，对吧？”

既然他都知道了，三郎也没办法再隐瞒了：“因为是熟人，非要我帮个忙……”

“不知是不是你的女朋友，被你专门从东京叫过来，还让人家以为你是医生。你连医生的执照都没有，竟然厚着脸皮给人家做手术！”

“对不起。”

“你以为一句对不起就完事了？”山中医生突然气急败坏地跺起地板来，“你就是觉得自己懂点医术，所以瞧不起我。不过我可是有执照的医生，你却没有。我是科班出身，你只是个高中毕业生。就算你学东西快点，可是根本没有学过医学基础！”

“……”

“之前随便出诊且不说，这次还敢做手术，而且冒充我的名字去做！”

“我没有冒充你，这个手术没有病历记录。”

“就算你没写病历，万一发生事故，也会被认为是代理所长我的责任。这样的后果你考虑过吗？”

三郎心里想，就算出现医疗事故，也是你，不可能是我，但他嘴上没说。

“和你说过多少遍了，如果还执迷不悟的话，下次就把你送到警察局！”山中医生说着，突然揪住三郎的白大褂领子，“知道吗？下次绝不会原谅你了，你现在发誓，没有下次了！”

“绝对没有下次了，对不起。”三郎的喉咙被勒得难受，嗓子嘶哑地说。

“你可别把我看扁了！”说完，山中医师松开了手，朝地上吐了口痰，走了出去。

终于剩下自己一个人了，三郎大大呼出一口气，然后瘫坐在旁边的椅子上。

刚才山中医生凶狠的样子可真吓人。突然被山中揪着衣领的时候，三郎以为要挨揍呢。

总之，因为这件事，和山中医生的关系会越来越差。虽说之前关系也不好，但这次是真没救了。以后还说不定会怎么被他收拾呢，三郎光想想都郁闷。

但更让三郎纳闷的是，山中医生是怎么知道手术这件事的。从他突然旧事重提这点来看，一定是有人告密了。

究竟是谁呢……

清楚地知道手术这件事的人，有明子、村濑和高冈，另外还有周六值班的川合和在事务所值班的吉田也知道，但是他们俩并没有亲眼看到做手术。

明子或村濑应该不会吧？那就是高冈了……

三郎突然对所有人都失去了信任。

在诊所里的每一天对三郎来说都如坐针毡，好在亚希子又开始给三郎打长途电话了。一般是两三天打一次，有时也天天打。

听她说伤疤恢复得很好，横向走线部分的淡红痕迹也在一点点变浅，还说父亲看到手术的痕迹后也表示很赞赏。

“爸爸问你好呢！”

听到这些三郎当然很高兴，但他更关心的是亚希子的婚事：“结婚对象定下来了吗？”

“那个还早着呢！”亚希子一句话就岔开了话题，“小岛好远啊，你还是早点回东京吧！”

要是能回去的话，三郎恨不得现在就回去。

“如果八月份你能来的话，我想和你去山中湖的别墅。那段时间我们可以过二人世界，不会让其他人进来。”听完亚希子这番话，三郎更想离开小岛了，但现如今再回东京去，怎么可能找到合适的工作呢。

就算有合适的工作，也很难冒充医生的，况且如果被亚希子知道了肯定会分手的。虽然亚希子早晚要结婚，分手也是迟早的事，但在那之前他还不想惊醒这个难得的美梦。

“请代问明子和高冈好！”亚希子天真地说，但三郎现在已经不能再相信这两个人了。

三郎现在只是一心等着八月来临。

进入七月，岛上又陆续迎来了游客。今年也和往年一样，头一拨都是学生。亚希子住过的那家旅馆，也开始有学生入住了。

岛上再次淹没在大都市的色彩斑斓之中。

但三郎的心情依旧低落。

山中医生没有再和他说过话，明子也表现得很疏远。当看到这两个人在走廊里闲聊时，三郎忽然怀疑起了他俩是不是有一腿。

正因为自己和亚希子有地下情，所以他现在看谁都可疑。

三郎依然不知道是谁向山中医生告了密。他也曾委婉地试探过明子和高冈，两个人都露出吃惊的表情。虽然三郎觉得他们可能是在装糊涂，但是仅凭他们的态度也无法做出判断。尽管三郎觉得他俩应该和自己是一头的，但已不能完全相信他们了。

这种状态一直持续了一个月，八月初，三郎突然被町长请去了。

在这之前，町长从来没有和三郎说过话，现在却让他下班后来家里做客。

有可能是因为和山中医生的关系，自己要被解雇了吧。要真是这样，也好，三郎做好了心理准备，便去了田地里的大宅子，立刻被让进了客厅。

在客厅里等待片刻后，身着浴衣的町长走进来：“这么忙还让您过来一趟，真是受累了！”町长说着亲自为三郎倒了一杯啤酒，然后询问了一些诊所的情况。又闲聊了一会儿后，突然压低声音说，“今天请您来，其实是为了这么个事，你也知道，我的孙子两个月前不小心摔折了腿。”

这孩子的情况三郎倒是知道。好像是在爬树的时候不小心摔下来，当时马上被送到了诊所，还做了手术。

操刀手术的当然是山中医生。

“万幸的是现在已经恢复了，三天前拆了石膏绷带，但发现好好的脚却变歪了！”

“变歪了是怎么回事？”

“脚应该是和膝盖骨平行的，直着向前伸出去。但孙子现在的脚却朝旁边歪，就像鸭子一样向外扭着。”

听到鸭子的比喻三郎差点笑出来。

“这种情况常见吗？”突然被这么问，三郎也说不清楚。

“能让我看看吗？”

町长朝里面喊了一声。马上有个女人答应，随后一个三十岁左右的妇女牵着一个小男孩走了过来。这位妇女是男孩的母亲，町长的儿媳。

男孩大概是很长时间绑着石膏绷带，待在家中没有外出的关系，脸色苍白，身形消瘦，不过粗黑的眉毛和宽鼻孔倒是和町长一模一样。

“让这位叔叔好好给你看看腿。”听町长说完，男孩慢吞吞地躺在了沙发上。

由于刚刚拆下石膏绷带，男孩的腿很细，腿上的死皮纷纷脱落。

“脸朝上躺好了。”男孩按照町长的要求平躺着，双腿并拢。

看上去男孩的右脚确实有些向外偏。起初三郎怀疑是脚没有摆正，但是把两个膝盖并拢，固定好脚腕后再观察，果然向外偏了大约二十度的样子。

“受伤之前脚不歪吧？”

“当然不歪，我的孙子，怎么可能脚歪呢！”町长生气地说，然后望着孙子，“对吧，以前直得很呢！”

男孩瞪着大眼睛，点点头。

“是骨折后才变歪的，是吧？”正如町长说的那样，从男孩小腿下面三分之一处的伤口附近，骨头突然朝外侧弯曲。

“能走路吗？”

“刚刚拆下石膏，他可能还有些害怕。武夫，你走几步给叔叔看看。”町长说完，男孩由母亲牵着慢慢走了几步。男孩好像是没有自信，拖着右脚走，踩地的时候，确实能看出脚有些向外偏。

“已经不觉得疼了吧？”三郎又用手摸了摸男孩的右脚，男孩有些害怕地摇摇头。

刚刚拆下石膏，脚腕还不灵活，但看上去并没有浮肿或痛感。

“好了。”三郎说完，男孩和母亲一起向他鞠了个躬，便走出房间。

房间里只剩下他们两个人，町长清了清嗓子，问：“怎么样，脚确实歪了吧？”

“看上去好像是这样，山中医生怎么说的？”

“他说因为是把骨折的部分勉强接上的，自然避免不了出现稍有些歪的情况。”

“怎么会？一般来说不会出现这种情况。”

三郎记得自己看过男孩的 X 光片，虽然有些碎骨片，但仍属于很普通的骨折。感觉连手术都用不着，只需简单的复位就可以治好。

“我也觉得是这样，就对他说，若不能确保接好的话，就麻烦了。结果做成这样，他还挺有理的。还说什么，反正是男孩，走路有点外八字更好，我当时都惊呆了，不知道该说什么了。”

就算不是町长，心爱孙子的脚被接歪，谁也受不了。

“这可怎么办啊，还能治好吗？”

“能是能，但必须得重新把骨头切开，再接一次。”

“你的意思是还得做手术？”

“不做手术也能慢慢恢复一些，但是想完全复原恐怕就……”

“这个手术你能做吧？”

“能做是能做，但我不是医生，您最好还是带孩子去东京的医院做吧。”

“如果去东京的话，孩子又得休学两三个月。”

“小孩子的骨头很快就会长好的。”

“那个笨蛋庸医，每月拿着上百万的工资，却连骨折的手术都不会做。”町长气愤地埋怨，接着又说，“厚生部长那家伙也是，怎么找来这么个蠢医生！”

不过，当初直接和山中医师联系的人虽说是厚生部长，但最后决定录用的可是町长，而且在欢迎酒席上表示“希望您能借此机会长久留在这里”的人也是町长。事到如今又责备厚生部长，简直就是胡乱发泄。

“我以前就觉得那个医生不靠谱！”接着町长举了好多例子，泊村杂货店家的儿子脚骨折，骨头接上了，膝盖却弯不了了；助理的夫人被诊断出风湿病，接受治疗后，病情却一点儿都不见好转；大岬有位名叫川端的老人，被告知已康复可以出院，结果三天后去世了；小学的副校长，被诊断是胃炎，经常去复诊，后来去东京的医院一检查，才知道得了胃癌，家属都不干了；等等。

到底是町长，知道的内幕就是多。

“托那个庸医的福，我们都得折寿！”虽不能说这些都是山中医生的责任，但有这一次，町长是不会再相信他了。

“町里人都认为你的医术比他高明多了，以后你也一起坐诊怎么样？”

“那可不行。首先，如果我去坐诊，山中医生定会生气辞职的。”

“他辞职了也无所谓。那庸医不在的话，你也更自在些吧。”

“那样岂不是成了我把他赶走了吗？”

“不会的，岛上所有人都想把他撵走呢。”

“如果山中医生走了，接下来该怎么办？”

“再也不敢从外面请医生来了，接下来就靠你了。”

“但是您也知道，我没有医生执照啊！”

“我们都宁愿相信没有执照，却认真负责的医生，也不相信那个有执照的庸医。就像以前一样，对外借用村木所长的名字好了。”

专门花一千万日元年薪请来的医生，虽说有种种不是，但还没过半年就要赶走，町长也有些太轻率了。

“现在外科那边的门诊室好像还空着，你就先在那里坐诊怎么样？”

“虽然您是一番好意，我还是不能接受。”现在山中医生已经对三郎恨得咬牙切齿了，若是三郎又在外科室开始坐诊，谁知道他又会说出什么来，说不定会被那个魁梧的家伙狠揍一通呢。

“如果说这是大家的心愿，你能接受吧？”

“这件事，町长会和山中医生解释清楚吗？”

“我不太方便去说吧……”

“那我就没法答应了。”

“没想到你这么没骨气。”说三郎没骨气，可町长自己把山中医生请来，现在因为不满意，又想利用三郎把他赶走，如意算盘打得也太好了。

“要是村木所长能回来是最好的了！”这是所有岛民的心愿。但听说所长身体恢复得并不顺利。白天有时会出去散散步，但看上去体力已大不如从前了。

“说来说去，有那个庸医在岛上，是我们全体岛民的耻辱！”孙子的脚被治歪了，町长气得不得了，却又不敢当面和山中医生叫板。

进入八月，岛上渐渐因游客而变得热闹起来。

依旧同往年一样，诊所里肚子疼和受外伤的患者增多了，不过没有像去年的亚希子那么严重的病人。

町长也只会在嘴上耍耍威风，就连送孙子去东京的医院做手术的事都没敢和山中医生提，最后，还是通过躺在病床上的村木所长介绍，悄悄去了在世田谷的一家国立医院。

尽管背地里大家都把坏话说尽了，但岛上只有这么一位医生，谁都不敢当面抱怨。

八月的第一个周六，三郎请了一周的假，回到了东京。

尽管是夏天，岛上的人们也几乎不怎么出远门。大家都是土生土长的岛民，即便出了门，也觉得没有比小岛更好的地方了，而且只要想想船上的嘈杂和拥挤，也能理解他们懒得出门的心情了。

三郎乘坐的是周六晚上开往竹芝栈桥的直达船，船上依旧混乱拥挤。别说座位了，就连过道上也都有年轻人铺上报纸席地而坐。船运公司也知道超载了，但迫于乘客们的要求，只好如此了。

这么小的一座岛有什么好玩的，三郎觉得难以理解，但这或许只是长期居住在岛上的人的看法。

第二天一早，船抵达竹芝，三郎直接回到了下町的家。

还真像听说的那样，东京很热。从纬度来看，明明是小岛偏南很多，但东京的炎热让人受不了。

母亲气色很不错。

“这么热的天还回来一趟，真难为你啦！”大家都从东京往外走的时候儿子却回来了，这令三郎的母亲有些意外。但对三郎来说，这里可是心心念念的东京。尽管炎热，但是当他看到城市里的高楼大厦，穿行在熙熙攘攘的人群中，心就会平静下来。

“到了盂兰盆节，天气就会凉快一些了。”尽管母亲这么说，不过之所以在八月初回来，并不单单是三郎的时间合适。而是亚希子说过，从这周日以后她有时间。

“我出去一趟。”

早晨刚到家，吃了午饭就急着外出，三郎的母亲有些惊讶，但三郎必须去见亚希子。

约定好三点钟，在六本木十字路口附近的咖啡厅见面。

三郎早到了大约十分钟，没等多久亚希子就来了。还是一如既往的苗条身材，身穿橘红的纯色连衣裙，光脚穿着凉鞋，一身轻便装扮。

亚希子朝店内看了一圈，看到三郎后挥了挥手：“好久不见！”

“是啊……”

不知怎么搞的，每次在东京和亚希子见面，三郎都会变得有些语无伦次。

“东京够热吧，你看我晒黑了吧？”

“去海边了吗？”

“多亏了你，我现在能穿高腰的比基尼了。已经去过五六次海边了，但我皮肤太白，好不容易才晒成现在的小麦色！”

果然，亚希子从脸蛋到胸口，全都晒成了小麦色，和橘红色的连衣裙特别协调。

“你明天能去山中湖吧？”

“当然能，我陪你去。”

“今天妹妹他们就回来了，从明天开始只有咱们两个人。我想在傍晚的时候到那儿，明天差不多就现在这个时间出发怎么样？”

三郎回东京的最大目的，就是和亚希子一起去别墅度假，当然不会不同意了。

“不过我车子有点毛病，打算借妹妹的车。宝马有点小，你介意吗？”

“当然不介意。”

亚希子有一辆越野车，姐妹俩每人都有一台进口小轿车。

“对了，你今天有时间吧？一会儿我想带你去我家，今天爸妈都在，我想带你去见他们。”

“可是……”

“不用担心啦，我们全家可都是你的粉丝呢。好了，咱们走吧。”亚希子说完就干脆地站起身来，三郎拿起账单跟在后面。

走出室外，下午的太阳光很刺眼。

“要去哪儿啊？”其实三郎心里是想去酒店，但是在这么耀眼的光线下他说不出口。

两人走到十字路口边上停下来的时候，亚希子突然说：“对了对了，应该先让你看看我的伤口。”

“那我们就去远一点儿吧。”三郎巴不得有这个机会，就朝驶过来的出租车招了一下手。

三郎告诉司机，去正月时他们曾去过的千驮之谷某酒店的名字，亚希子没有言语。也许她就是这么打算的。

进入房间，女服务员退下后，三郎迫不及待地抱紧了亚希子。

脱掉连衣裙，亚希子上身没穿文胸，身上只剩下了内裤。

“你瞧，好看多了吧！”亚希子脱去内裤后，阻止急不可耐的三郎，让他先看肚子。腹部中央有一条细细的伤痕，仍隐约透着红色，但差不多成了一条直线。

“谢谢你在岛上对我那么好。”亚希子说着，主动抱住了三郎。

上次在岛上，因为她刚刚做完手术，不能过度亲热，今天终于可以放心地做爱了。连续做了两次爱之后，二人相拥着睡着了，醒来时已经五点多了。

“肚子饿了吧？”亚希子躺在床上，好像突然想起来什么似的说，“快去洗个澡，然后去我家。”

“可是，你爸妈知道我们的事吗？”

“可能不是很清楚，但应该觉察到了吧。”亚希子就像是在谈论别人的事，接着从酒店房间给自己家里打电话，“我现在在赤坂，现在和医生一起回去……当然还没吃饭啦。”打完电话，她马上开始穿衣服。

“我穿这身去你家，合适吗？”三郎藏青色的裤子上面，只穿了件细条纹的开襟衬衫。

“没事，我家里人不在乎这些的。刚才电话里面说，爸爸也在等着你呢。”

“可是这么突然去你家……”三郎心里也很想去拜访亚希子家，但又担心见到她父亲后，会暴露出自己是个假医生的事。不过亚希子不管三郎怎么想，给前台打电话叫好了车。

亚希子的家在涩谷附近的松涛町。

这片高级住宅区总面积有一百多万平方米。在一处僻静的街角，有一道长长的石头围墙，从夕阳直射的大门进去后，右手边是茂密的植物，再往里走是很大的庭院。房子是白色的西式建筑，门口的墙壁上贴满了玻璃彩画。

“快开门，客人来啦！”亚希子按着门铃喊，从里面走出来一位像是保姆的老年妇女，把拖鞋给他们摆好。虽然房子外面看上去是欧式风格，但里面却有许多木质装饰，感觉很温馨。

“请进。”亚希子请三郎进了左手边的客厅，留下句“你在这儿等一下，我去去就来”就出去了。

剩下自己一个人，三郎环视着四周，光这间会客厅起码就有二十张榻榻米大小。正中央摆着一套大沙发，地板上铺着淡紫色的地毯。

家具统统都是素雅的褐色。左手边的墙壁上，挂着一幅足有三十号[1]大的画，三郎一眼就认出了这是某位著名画家笔下的蔷薇。

从正面的窗户可以望见一大片草坪，有一条像是牧羊犬的狗蹲在那里，看着别处。

不一会儿门开了，一位中年妇女和亚希子一同出现在三郎眼前。这位妇女身材小巧玲珑，穿着一件浅蓝色的连衣裙，看上去也就三十多岁。

“我是亚希子的母亲。今天欢迎你来做客。”

“啊，您好……”三郎慌忙站起身来，深深鞠躬。

“啊，欢迎欢迎！”三郎刚刚抬起头，田坂院长也进来了。他穿着和服，看来今天哪儿也没去。

“上次我们在岛上就见过面了。这回亚希子又给你添了好多麻烦！”

三郎不知道该怎么回答，只是一个劲地点着头。

---

1 此处指的是字号大小。

“您坐，我去准备晚餐！”亚希子的母亲招呼着。

院长边坐下边问：“吃饭不重要，还是喝点酒好。医生酒量应该不错吧？”

亚希子看着三郎说：“你喜欢喝白兰地，对吧？”

“不，我……”

“那就来人头马吧。把人头马、冰块、水拿来，也拿瓶啤酒来。你也喝点。”

“我先去更衣。”

女人们都走了，房间里只剩下院长和三郎两个人。

“经常听亚希子提起医生呢。这么年轻，医术就如此之高，这次的手术也非常令人钦佩！”

“不行不行……”

“有件事想和先生好好聊一聊，请吧。”田坂院长把桌上的一盒烟推到三郎面前，从中取了一支烟出来，说，“曾听先生说，是东都大学毕业的，对吧？”

“啊，是……”

“之前，我见到了东都大学的外科教授。”

一瞬间，三郎感到脊背一阵冰凉。

三郎最担心的就是亚希子的父亲会问起有关大学的事情来。要是聊到这个话题，可就答不上来了。

三郎两只手放在膝盖上，局促不已。但田坂院长继续说：“那里的第一外科的重井教授和我是一届。之前见面的时候，我还和他提起过你。我说竟然在那么偏僻的地方，也能有像你这样优秀的医生。他也认可这一点，但好像不太知道你。不过教授毕竟是身居高位的人，没有把年轻医生全部记住也是情有可原的。”

不管那位教授记住记不住，三郎根本就没上过大学，教授怎么可能认识他。

“在东都有第一外科和第二外科，你以前是在哪里呀？”

“我一直在地方……”

“我听亚希子说，你在学生时代就对偏僻地区的医疗状况非常关心，成为医生后就马上去了自己想要去的地方。真是佩服！”

“您过奖了……”

“不过，年轻时就去了地方的话，医术会自成一派，没办法学到扎实的手术技能，不过你却很优秀。在那边跟谁学的？”

“我只是跟着岛上的村木所长学习。”

“这位所长可是一位出色的医生啊。我也是后来才听说的，这位所长曾经一度有可能当教授的。虽然去了那么偏僻的地方，还能跟着这么好的老师学习，难怪会培养出你这么优秀的医生来。”

田坂院长再一次打量着三郎。在院长的注视下，三郎越来越畏缩了，低下了头。

“来，别这么拘谨，咱俩先喝一杯吧。喂！”就像只等田坂院长召唤似的，亚希子端着啤酒和白兰地进来了。这回她换上了清爽的白色连衣裙。

“先喝啤酒吧，我帮你倒上。”亚希子两手拿着酒瓶，为三郎倒了酒。

“来，欢迎你的到来！”田坂院长举起酒杯，三郎也举起酒杯跟院长碰了杯，一口气喝干了。三郎突然感到身上的血液迅速流动起来。平时一杯啤酒下肚什么反应都没有，今天却有些不正常。

“可以的话，再来点白兰地吧！”

“好……”

“亚希子你也喝点吧！”

“好哇！”

这回亚希子给自己和三郎的杯子中都放入冰块，又倒入了冰镇白兰地。

“我这个人不喜欢太唠叨。在孩子的教育上，也一直都是放手让她们自由自在地成长。结果，这孩子才犯了错。”

“爸爸，您别扯远了！”

被亚希子瞪了一眼，做父亲的反而忽然变得严肃起来：“相川君不是外人，我也不必遮遮掩掩的了。结果，去年这孩子做了丢人现眼的事，让你见笑了。但这孩子人品并不坏，我经常教育孩子们，宁愿被骗，也不要欺骗别人。”

“爸爸，我都说过了，我没有被谁欺骗，您别说这些了！”

“好，我知道了。我想说的就是这些。请不要客气，随便喝！”

田坂院长为什么会突然提起亚希子不检点的话题来呢？可能是作为父亲想为女儿辩解一下吧，不过就算如此，也不需要在这个场合说。

不过，院长还真是个不摆架子的爽快人，完全不像个医师会的大佬，起码在家里就是个慈祥的父亲和丈夫。

“啤酒容易胀肚，请尝尝白兰地吧！”

保姆端上了装饰着小纸伞的海苔卷奶酪、三色黄瓜、蒜肠吐司等开胃小菜，接着又上了火腿卷心菜卷、酱汁烤牛肉、金枪鱼柠檬三明治。不一会儿，大餐桌上已摆满了丰盛的各种食物，他们一定是得知三郎要来特意提前准备好的。

“我现在有早期糖尿病，不能多喝酒，你年轻，尽管吃尽管喝啊！”

这要是平日里，看到眼前这么丰盛的大餐，三郎定会马上开始狼吞虎咽，但今天可能因为太紧张，没有什么食欲。可是，如果什么话也不说，又害怕院长还会问自己些什么敏感问题，于是三郎一杯接一杯地喝酒。

三郎之前只喝过便宜的威士忌，因此喝这种高级白兰地，不觉得劲大。

“你以前搞过体育吗？”

“高中之前一直是体操运动员，但后来就不怎么锻炼了……”

“怪不得，你身体看上去挺结实！”院长又打量起了三郎，然后说道，“手和脚都挺大，手指也长，不过外科医生手指长有好处。一般来说，手指长的人比较灵巧，也伸得长，像妇产科医生就是手指越长越好。”

“爸爸……”

院长又被亚希子瞪了一眼，慌忙挥了挥手，说：“不过这是事实，也没办法。对吧，相川君？”

“对，对……”

“不过像你这样既年轻、技术又高明的医生，待在小岛上真是太可惜了。这么说可能会惹岛上的居民生气。”

“我还差得很远。”

“在岛上挺无聊的吧。每天早上几点起床呀？”

从这个问题开始，话题终于转移到了在岛上的生活、诊所的事情、爱好等上面了。亚希子听着两人的对话，喝着白兰地，不时呵呵地笑。

后来，亚希子的母亲和妹妹都来了客厅，加入了聊天。妹妹比亚希子小两三岁，也是个美人。她坐在母亲旁边，很矜持，但有时也带着这个年龄女孩子特有的调皮，审视地看着三郎。

不过亚希子的父亲和母亲都是性格温和的人。三郎渐渐有些醉意，也不那么紧张了。

话题聊到了亚希子父亲出国旅行的见闻上，还拿出了相册给他看。其中有张照片，是院长和一名女性亲密地倚靠在一起，受到了妻子和女儿们的攻击。

“她不是那种女人，是自由之丘的折田院长带去的……”

“我知道你也带着女人出去过，赶紧老实交代吧！”

“爸爸，为了赎罪，你得给我买 LV 的包包！”

在女人们的进攻面前，院长缴枪投降，被迫答应了一个个昂贵的购物要求。一番喧闹之后，女人们扬扬得意地撤退了。

“哎呀，不得了，女人们都敏感得要命，不得不服啊！”院长用湿巾擦了擦脖子，又突然换了个口气，“对了，聊聊你的父母吧！”

“母亲现在住在江户川区，父亲在我很小的时候就去世了。”

“这么说来，母亲现在是一个人？”

“和我妹妹一起生活……”

“身体还好吧？”

“还好……”三郎刚想说母亲在附近的炼油厂干活，但又打住了。

“那么你是家里的长子了？”院长自言自语，抿了口白兰地，然后说道，“其实，今天见面，就早早地和你聊这些，可能有点不合适，不过，我想知道你愿不愿意娶我家亚希子？”

“什么……”三郎手里举着玻璃杯，惊讶地张着嘴。

院长拿了一支烟叼在嘴里，点上火后说：“这孩子也到了该嫁人的年纪了，不能让她老是这么疯玩下去。”

“可是亚希子小姐……”

“不用担心亚希子的意见，那孩子好像很喜欢你的。”

“……”

“这件事或许应该正式地请别人来跟你谈，而不是由我来说的。或者用现代人的说法，应该由亚希子自己来说，但她毕竟是个女孩子，而且这事还关系到医院。”

“您的意思是……”

“虽说这是我一厢情愿，不过你也知道，我只有两个女儿，亚希子如果结婚的话，就要招个女婿来。招上门女婿，也就是做我的儿子。当然，将来迟早也会让女婿来继承医院的。”

“……”

三郎简直不敢相信院长刚刚说过的话，只是呆呆地望着院长。

“当然了，让你做我家女婿，并不是让你丢下你母亲不管。不论你和母亲一起来我家，还是分开住，都没有关系。我也会尽可能满足你们的要求。只是在户籍方面，必须加入我们家，在这个问题上可能多少会给你添麻烦。”

“可是，应该有很多适合和亚希子小姐结婚的对象吧……”

“确实人选有不少，但每个人都有长有短。我们觉得不错的男人，亚希子不喜欢；有的条件虽然不错，但心里只想着医院和金钱，不愿意做养子。总之很难找到合适的。”

“但是，亚希子和我说过，她打算要在秋天结婚了。”

“是有这么回事。对方人品好，家境也不错，但亚希子好像不喜欢。这种事，如果本人不愿意的话，就不能强求。我代替亚希子，想趁这个机会，问问你的意思，你喜欢亚希子吗？”

“当然喜欢。”

“谢谢。”头发花白的院长静静地低下头，“近来，我的糖尿病也在一点点加重，精力越来越差，视力也在下降。再干两三年问题还不大，但以后恐怕比较复杂的手术就不能做了。其实现在也已经把一般患者的手术交给其他医生来做了。”

“……”

“虽说这也不是特别急的事，不过我最近经常生病，感觉越来越不自信了。所以想尽快为亚希子找到合适的伴侣，这样我也就安心了。毕竟这个医院如果没人接班的话，就是个废物，把老旧的射线仪和手术设备都卖掉也不值几个钱，剩下的建筑也做不了他用。既不能改成公寓，也不能开超市。我有个朋友曾经在下町经营着一家大医院，也是家里只有女儿，想找个养子来继承医院，却怎么也找不到合适的人选。再加上自己又患上肾病必须住院，暂时先拜托其他医生帮着经营医院，可那个医生又十分懒惰，结果出了亏空。最后不得不推倒建筑，卖了土地，回老家了。我也是好不容易才打拼到今天的程度，实在不想也落得这么个下场……”院长说到这里，突然苦笑着说，“不好意思，突然和你说这些莫名其妙的话，吓坏了吧？可我现在就是这样的心情。当然，你现在不用急着给我答复。你也一定有很多顾虑，希望你先认真考虑一下，过段时间我们再见面谈。”

“可是我……”

“不要再谦虚了，你这么年轻，医术就这么好，而且最重要的是，人品不错。亚希子也和我说过，现在的年轻人几乎没有主动愿意去小岛上工作的。其次，你也不像现在的许多年轻医生那样狂妄自大，我一见到你就有这种感觉。在现在的医生中，很少有你这么认真踏实的人。说实话，最初听亚希子提起你时，我对你并不太满意，但今天见到你，我就放心了！”

“……”

“我想说的就是这些，请你认真考虑一下吧！”院长说完，朝门的方向转过身，喊了声“亚希子”。

难道说，还没有吃完饭，家里的女人们都离开了饭桌，由院长来亲自试探三郎这件事，是早已商量好的？

“亚希子马上就来。”院长说着站起身，“我还有些事，你多待会儿再走吧！”

“谢谢您……”三郎深深低下头，目送院长离开。

房间里只剩下三郎一个人，他低着头环视着屋内。这个家、医院，还有亚希子，所有的一切突然之间都变成自己的了。

不会是在做梦吧？

三郎一边掐着自己的脸，一边看着四周。

田坂院长离开客厅后，亚希子立刻就出现了。这也像是提前商量好了一样。

“现在就剩下我们俩了，你慢慢喝吧。”亚希子又为三郎倒上了白兰地，但这次三郎没有心情喝。

现在三郎脑子里想的全是亚希子父亲刚才说的话。

亚希子的父亲是真的希望自己能和亚希子结婚吗？还有，他真的打算将来让自己来继承医院吗？

“不可能的……”三郎不经意说出了口。

亚希子满脸惊讶地问：“你怎么啦？”

“没什么……”

亚希子究竟知不知道父亲想让她和自己结婚呢？

自己被亚希子强行邀请到家里来，来了之后，发现已经准备好了晚餐，父亲在等着自己。母亲和妹妹都出来跟自己打招呼，却又中途都离开了，之后，父亲谈起了结婚的话题。回想整个过程，三郎越发觉得今天的一切都是事先安排好的。

可是，当三郎看到亚希子那一如既往的天真烂漫的表情，又觉得事情好像不是自己想象中那样了。

“其实刚才你爸爸问我‘愿不愿意和你结婚’。”三郎很想这么问问亚希子，但又觉得马上会被亚希子嘲笑，说“他跟你开玩笑呢”。

即便亚希子放浪不羁，但毕竟是大户人家出身的姑娘，院长真的打算把女儿交给自己吗，而且让自己继承在东京算得上是数一数二的大医院……

说不定是院长喝了酒，心情好，随便说说而已，不能把这件事当真。三郎用拳头捶着脑袋。

“你是不是有什么心事啊？”

“没有，没什么……”

为了调整心情，三郎喝了一口白兰地，一瞬间，喉咙深处一阵灼热。三郎被呛着咳嗽起来，咳嗽平息后，三郎突然把手放在膝盖上，面对着亚希子说道：“其实，刚刚……你父亲对我说了一番话。”

“说什么了？”亚希子仰靠在沙发里，染着红色指甲的手指拿着白兰地酒杯，歪着脑袋问。

“那个，因为太突然，我也不敢相信……”三郎一口气喝干了杯中的白兰地，继续说道，“你爸爸说，让我和你结婚……”

“爸爸真这么说的？”亚希子瞬间脸红了，但马上莞尔一笑，问，“那先生是怎么回答的？”

“这个，由于太突然了……”

“就是，爸爸也太性急了。”

“那倒没什么，问题是亚希子真的……”

“什么？”

“你爸爸说，亚希子喜欢我……”

“连这都说了呀。我是特别喜欢先生。”

“那么，你真的愿意和我结婚吗……”

“只要先生愿意我就愿意。”

“你真是这么想的了？”

亚希子举着玻璃杯，轻轻点了点头。

“亚希子小姐……”三郎把两只手放在膝盖上，深深低下了头，“谢谢你了！”

“先生，你怎么突然给我鞠躬啊？男人应该更有骨气啊。”

“可是，我太高兴了，太感激你了……”

“先生，你真是个好人。”亚希子说完，主动挪到了三郎身边，轻轻地吻了他。

乱
chapter 07 / 乱云
云

那天晚上，三郎一夜都没睡着。

从亚希子家出来后，去了哪儿，怎么去的，他都记不得了。反正回来的路上，回到家以后，他一直在思考和亚希子结婚的事情。

如果和亚希子结婚的话，就可以在那个有着大庭院的宅子里生活；在医院里被人称为“院长先生”；假日和亚希子开着高级车，去公园玩或去听音乐会；夏天去轻井泽或山中湖两个别墅中的一个度假；冬天去滑雪。光是想想，三郎都幸福得眩晕。

“你怎么了？”看见独自微笑的三郎，母亲担心地问道。

三郎慌忙坐正了身子。

关于结婚这件事，三郎不但没有告诉朋友，也没有和母亲说过。即便对他们说了，也没有人会当真，甚至还会忍不住笑出来。纵然自己说是真的，他们也肯定会说“还是明确地拒绝吧”。

无论是亚希子的父亲，还是亚希子，都认定三郎是一个年轻有为的优秀医师。田坂院长说，结婚以后，将来让他继承自己的医院，也是因为相信三郎是医生。倘若知道了三郎的真实情况，肯定不会提起这门婚事的。

亚希子也是如此，无论三郎的医术多好，多么温柔体贴，不是医生的话，也不会以身相许的。

这简直就是一个仲夏之梦。犹如盛夏时节出现的海市蜃楼一般美好。无论如何，都不能对别人说出这个秘密。只要一说出口，那海市蜃楼刹那间就会无声地消失不见。他想要好好享受一下这盛夏美梦，暂时不让任何人打扰，一个人沉浸其中。

话虽如此，如果只做这一个夏天的梦，过后便将其葬送的话，未免有些可惜。有没有什么法子可以让这个梦变为现实呢？

三郎翻来覆去地想着。恐怕在自己这一生中，这是个千载难逢的绝好机遇吧。如果不抓住这个机会的话，就永无出头之日了。

既然有这么好的医术，我可不想就这样被埋没在岛上……

说起来，只是因为自己没有医生执照，就得眼睁睁地看着机会跑掉，不是很荒谬吗？

的确，日本是个讲求资历的国家。有学历和资格的人总是走在康庄大道上，而没有资格的人则必须生活在处处吃亏的阴影里。无论多么有能力，没有资格的话就得不到世人的承认。

只要我是个医生，有医生执照的话……

在黑暗中，三郎盯着天花板。

能不能想方设法弄到医生执照呢……

三郎的脑海里，浮现出报纸上看到的，有关冒牌医生的报道。由于自己也干着同样的事，一直特别关心。

有一个冒牌医生，偷窃别人的执照，冒充其本人行医；还有一个人，盗用死去的医生名字，连那个医生的户籍都盗用了。工作时，如果别人要求看他的医生证件时，他就推说“丢了”。由于没有医院会坚持要医生出示医师证，这类浑水摸鱼的情况也行得通。

还有的冒牌医生被人问到毕业于哪所大学时，便自称战前毕业于中国东北的某医科大学。因为如果说毕业于中国东北的大学的话，由于战败时非常混乱，毕业名册难以寻觅，而且，校友也特别少，比较容易蒙混过去。与此相类似，据说在战后的杂沓状况下，也有卫生兵出身的人，居然在当地开业并获得医生执照的。甚至还有人冒充此类医生，堂而皇之地开业。

这些人都是绞尽脑汁，各显神通，只是这些出身的人都是上了岁数的，三郎的年纪太年轻了。

对他来说，现在只有两种选择，或是盗取他人的执照，或是借用他人的名字，但二者的难度都很大。

而且，即便瞒得了一时，也不可能永远瞒得住院长。

干脆现在去上医学院吧……

可是，医学院的考试非常难，即便好不容易合格了，毕业也是六年以后的事了。那时候再结婚的话，已经三十五六了。不用说，已经错过了和亚希子结婚的机会，所以最好还是现在能搞到执照。

三郎又翻了个身。

得想出一个两全其美的好办法，他琢磨起了各种各样的坏点子。

并不是他想要做坏事，而是不得不做坏事。

他琢磨了整整一个晚上，也没有想出好主意来。

可见三郎本质上不是一个坏人。表面上他是脚踩亚希子和明子两只船，但他心里一直对明子怀着歉疚。这是由于离开岛上，一个人太孤独导致的特殊情况，他总是以此为自己开脱。

除此之外，三郎做过的坏事，也就是调酒师时代，贪污了一点儿货款。只有区区一万日元，却让他至今耿耿于怀，说明他不是个真正的坏人。

既然做不了坏事，还是如实相告为好，早晚要知道的事，不如早一些坦白比较好。这样隐瞒下去，就像在被人追赶似的，只会终日心神不宁。

想来想去，到了黎明时分，三郎终于下决心要对亚希子坦白自己是冒牌医生的事。

听了他的告白，亚希子一定会大为震惊吧？说不定会呆若木鸡，歇斯底里地大闹一场。

然而，这件事并非三郎有意要欺骗她，只是最初身不由己地撒了个小谎言，逐渐累积起来，到了无法自拔的状态。

虽然没有尽早坦白，是自己不好，但亚希子也是一厢情愿地认定他是医生。

如果她说“以为你是医生，才跟你上床的”，三郎也无话可说，但他从来没有主动说过“我是医生”这句话。

当然了，既然穿着白大褂做手术，谁都会认为他是医生，不能责备别人是想当然。

无论怎么看，三郎的辩解都近似于狡辩，但他并非出于恶意这么做的，他所做的一切都是为了亚希子好。事实证明，由于自己的手术成功，亚希子才捡回一条命，康复如初。

一开始她可能会生气，只要自己一五一十地说明，当时是由于村木所长不在，自己临危受命这样的特殊背景，她一定会原谅自己的。

不过，倘若要告白的话，在什么地方，采取什么形式为好呢？

按计划，从今天下午开始，他要和亚希子两个人单独去山中湖的别墅住三个晚上。三郎有执照的话，还有可能和亚希子去结婚旅行的。

此次去山中湖，亚希子的父母也知道。从他们默许此事可知，田坂家已经公开认可了二人的交往。

遗憾的是，自己不是真正的医生，没有办法。

想要坦白的话，就应该在这次旅行之前。这样的话，三郎姑且不论，二老所受的打击也会减轻一些的。这也算是一直隐瞒实情的男人的一种赎罪。

可是，如果今天告白，山中湖之行就泡汤了。

自己将和亚希子两个人住在湖畔的别墅里。正是为了这个，三郎才从岛上回到炎热的东京来的。他能够一直在孤岛上忍受到现在，也是因为有这个盼头。

然而，自己现在主动放弃这个机会的话，实在不情愿，也太可惜了。

既然早晚会知道的，那么这次旅行就以医生的身份去吧……

其实，对这次旅行亚希子也是充满期待的，因为这个计划是她提出来的。自己怎么忍心说些扫兴的事，破坏她难得的游兴呢？

早晚要和她分手，也许应该出于这样的考虑去山中湖旅行。实际上，从岛上出来时，他就是这么打算的。

然而，由于亚希子的父亲提出了婚事，自己才突然产生了奢望。

一想到这是最后的旅行，反而会更加纵情享受快乐的。对于自己来说，恐怕不会再有这样惬意充实的旅游了。就当作最后的旅游，陶醉在温柔乡里吧。

可是，一旦决定要告白，那三天里，自己都能够表现得那么坦然吗？

整整三天都若无其事地扮演她的未婚夫，有些残忍吧？至少应该享受两天后，第三天的晚上告诉她一切吧。

面对夜色中的湖水坦白的话，亚希子也许能够原谅自己。不行，难得的一次旅行，以告白结束未免太自私了。这次还是应该尽情享受旅行的乐趣，回到东京再说为好吧。

一直到早晨，三郎还在犹豫不决。

这样犹豫着到了下午，三郎还是决定去旅行。

“我要去山中湖玩三天。”当他对母亲这样说时，母亲很吃惊：“去三天？住饭店？”

“住朋友家的别墅。”

“真的吗？你的朋友里也有有钱人啊。”母亲好像认定他是和男性朋友一起去。如果她知道对方是大医院院长的千金，而且她的父亲还希望女儿和他结婚的话，肯定会吓一大跳的。

“别喝太多酒。”

“知道……”三郎淡淡地点点头。望着送到门口的母亲，他突然觉得愧疚起来。

因为母亲特意配合三郎回东京的时间，请了三天假。可是，他哪儿也没有陪母亲去，自己和美女去了山中湖。至少一天也好，要是陪母亲去个凉爽的地方玩玩的话，她该多高兴啊。

他真希望将来也能让母亲住上亚希子家那么大的房子，不让她再拼命工作，夏天在宽敞的别墅里享受悠闲时光。

“我尽量早点回来，回来以后，和妈妈，还有里美一起出去玩玩。”

“我可不指望你，平安回来就好。”母亲笑着说。三郎出了家门。

三郎和亚希子约好下午三点，在代代木体育馆前见面。把见面地点定在户外，是因为亚希子开车来。

三郎在原宿下了车，过了过街天桥，站在通往体育馆的路边等候。亚希子说是借了妹妹的宝马，开车来，却左等右等不见她来。终于看见一辆象牙色的车开过来停下，亚希子从车里探出头。

原来亚希子觉得妹妹的宝马还是有点小，就借了妈妈的车。

这是一辆奔驰双开门，看似不起眼的豪华车。三郎还是第一次坐这么高级的外国车。

“快点上车吧。”

车门从里边打开，三郎坐在亚希子旁边的副驾驶位子上。

“昨天辛苦了。陪我爸爸说话很累吧？”

“不觉得啊。而且吃到了那么多好吃的。”三郎紧张地回答。

“别墅里应该有吃的东西，你有什么特别想吃的？”

“没有……”

“要是想吃什么的话，也有餐厅。”亚希子说完，便发动了汽车。

“现在是三点十分，傍晚之前就到了。”

汽车穿过代代木公园，从参宫桥前方进入了高速公路。坐在亚希子身边，三郎想起了昨天亚希子的父亲对他说的话。

“你爸爸和你妈妈没有说什么吗？”

“说啦，爸爸夸你是个非常不错的青年呢。让你以后经常来玩。”

受到夸赞当然高兴，但三郎想要问的是，关于今天二人去别墅的事，二老是什么态度。对于没有明确答复婚约的事，就和女儿去别墅住的男人，父母会怎么看呢？

但是，亚希子好像忘记了昨天的事情似的，说起了去湖畔商店买东西，以及和朋友一起去湖边玩的事情。

“我特别喜欢玩麻将，先生喜欢吗？”

说到麻将的话，三郎做调酒师的时候，几乎是天天玩，具有半职业的水准。在诊所里也是独孤求败，没有敌手。

“算是会一点儿吧。”

“那就在别墅玩玩吧。我想附近肯定有会玩的朋友。”

玩麻将也不错，但三郎只想和亚希子两个人在一起。而且，他也担心一打麻将，会让亚希子发觉自己是个爱玩的人。

“我是第一次去山中湖，想好好看看湖水。”

“想看湖的话，白天开车去很近的。”

车子到达山中湖已经五点多了，从东京大约开了两个小时。

山中湖不愧是富士五湖之一，一到这里，空气便觉清新凉爽。亚希子家的别墅位于湖畔南侧的斜坡上。正值盛夏，繁茂绿树掩映着的白色外墙的房子格外醒目。由于背靠山坡，阶梯下面是车库，从外面看，仿佛是二层小楼，实际上只有一层。

亚希子停好车，先走上阶梯，用钥匙打开大门。据说昨天妹妹和朋友来过，但由于窗户都关得严严实实的，里面很闷。

“别墅就是这点不好。”亚希子咂着嘴，一口气把防雨板和玻璃窗全打开了。一进去，是一个十五六个榻榻米大的客厅，里面是八叠和六叠的日式房间。

“这里很小，只有轻井泽别墅的一半大。”亚希子抱歉似的说道。不过，若是作为一般家庭居住，已经足够大了。

“这前面就是湖。”听亚希子一说，三郎走到了露台上。在郁郁葱葱的阔叶林前面，傍晚的湖水波光粼粼。

“树长高了，又得剪枝了。”的确，前院的树木很茂盛，湖面只能透过树叶的缝隙才能看到。

“你瞧，这边是富士山。”亚希子指点的方向，夕阳西照下的富士山近在眼前。

“轻井泽也不错，但是要说风景，我更喜欢这里的。”

“风景太美了！”三郎摊开双臂，深深地吸了一口新鲜的空气。

“要是能够永远待在这里多好啊。”

“喜欢的话，可以来玩啊。”

“不……”三郎慌忙摇摇头，千万不能想入非非。这次旅行之后就得和亚希子分手了。

“好了，我要稍微打扫一下，要不要先喝一杯咖啡？”亚希子说着走到水槽边。

三郎依然站在露台上，眺望着日暮时分的富士山。红霞笼罩着富士山头，自下而上，慢慢沉入了暮色之中，色彩逐渐变成了黄色、紫色……

“妈妈……”三郎轻声呼唤，如果带着老妈到这样的地方来，她该多么高兴啊。

然而，三郎立刻拍了拍自己的脑袋。胡思乱想什么呢？这只不过是一场梦。

“咖啡好了。”

他回头一看，亚希子系着围裙，正把咖啡杯摆在餐桌上。

“砂糖要几块？”

“一块。”

她点头的样子像极了新娘子。

三郎从露台回到屋内，和亚希子面对着喝咖啡。从房间里望去，也能够隔着露台看到湖水。

“真美啊！”

“你这么喜欢这里，太好了。”

感受着露台上吹来的微风，三郎渐渐陷入了已经和亚希子结了婚的错觉。

六点过后，湖面完全陷入了黑暗。

二人喝完咖啡，小憩片刻，便开车去湖畔饭店的餐厅吃晚饭。

正值盛夏，餐厅里人很多，服务生领着他们往里走的时候，亚希子被其他客人叫住了。

“你先去吧。”亚希子对三郎说道。三郎跟着服务生在靠窗户的座位上坐下，从这里也能透过树叶看到夜晚的湖水。

他回头朝亚希子看去，她正在餐厅中央和别人说话。那三个二十多岁的男人，都穿着花哨而时尚的上衣。

男人说着什么可笑的事，亚希子咯咯地笑起来，假装要用胳膊肘杵对方。

三郎又将视线转向了湖面。黑幽幽的湖面前有一条闪烁的光带，那边大概就是岸边。往右边看，院子里有个杀虫灯，许多虫子麇集在上面。三郎瞧着杀虫灯，点燃了一支烟，这时亚希子回来了。

“对不起，碰见了几个熟人。”

“是你的朋友吗？”

“每年来这里都会见到他们，就熟悉了。他们的别墅也离得很近，我给你介绍一下吧。”

“不用……”

“那个穿白衬衫的，是K大医学部毕业的，特别爱搞笑。”

既然是住在这里的别墅的，想必是有钱人的公子吧。被介绍给那些人，自己只会更觉得自卑。

服务生再次过来，问点什么菜。亚希子打开遮住了整个脸的大菜单，问道：“你想吃什么？这里的牛排很不错的。”

“那就吃牛排吧……”

“想喝什么？”

“什么都行……”

“今天第一次来，就喝香槟吧。”三郎顺从地点点头。

“夏天这里到处都是人，不过，这里还是比轻井泽好一些吧。”

“是啊……”

“我最喜欢这里了。河口湖虽说也不错，不过还是这个湖绿色多，也安静。”

三郎也没去过河口湖，只有点头。

“咱们明天、后天玩什么呀？先生喜欢快艇吗？”

“没有坐过。”三郎回答的时候，刚才那三个男人站起来，朝亚希子招招手，亚希子微笑着回应。

“他们几个现在要去跳迪斯科，还叫我也去呢。”

“你不去没关系吗？”

“先生想去吗？”

“我不太想去……”

“那为什么这么问？”

三郎心想，和自己这样寒酸的人在一起，亚希子会不会觉得没面子？但从她的表情上看不出来。至少从她打算把三郎介绍给他们来看，是认可三郎的。

“对不起。”三郎出于感激，低头致谢。

亚希子觉得很奇怪：“为什么要说对不起？”

“没什么，只是觉得……”

“今天先生有些怪怪的。”

“没有啊……”

“我是想和先生单独在一起,就像在岛上那样啊。”亚希子这么一说,三郎更加无地自容。欺骗这样纯情的女子真的可以吗?还是应该借此机会,老老实实告诉她真相吧。这也算是对如此信任自己的亚希子的爱。

还是今天晚上如实相告吧……

三郎下了決心,这时,服务生拿来香槟,起了塞子。他先给亚希子的杯子倒了酒,然后给三郎倒满之后,二人举起杯。

“为什么干杯呢?”

“为什么呢……”

“为我们的未来干杯。”亚希子这么说道,然后吃吃笑起来,跟三郎碰了杯。

山中湖的夜晚很凉快。太阳落山后,温度迅速下降,即使是盛夏,夜晚的温度也常常低于20摄氏度。

从饭店的餐厅回来后,二人开车绕着湖兜风。途中登上小山坡,他们关掉车灯在车里接了吻。

然后回到别墅,泡了个澡。

三郎想和亚希子一起泡澡,却不好意思说出口,就一个人先泡,然后亚希子去泡。出浴后,浑身清爽,二人站在露台上,望着湖水,喝了白兰地。

亚希子已经换上了白色的睡衣,沐浴后的肌肤散发着甘甜的香气。房间里,流淌着亚希子喜欢的轻音乐,窗外只有杀虫灯照出的婆娑叶影,听不到一点儿声音。

“我太幸福了……”三郎不由得脱口而出。

以前,三郎对唱这首歌的那个男歌手,怎么也喜欢不起来。因为看着他那一边弹吉他,一边驾驶游艇的样子,总是感到特别嫉妒。

但是,一想到现在自己就处在这样的幸福之中,觉得这首歌也还不错。他现在很想倾诉自己此刻的心情,就像那句歌词一样。

“我太幸福了……”其他的歌词都是多余的。这一句已经充分表达了三郎此刻的心情。

他不想破坏这幸福的时刻，要纵情地投入这幸福之中。

眺望着湖面，三郎完全丧失了告白真相的决心。

第二天，三郎睁开眼睛时已经是上午十一点了。

昨夜上床时是十一点，跟亚希子做爱后，起来小酌，之后再度欢爱。然后到了黎明时分，不清楚是几点，好像又做了一次爱。

虽说宛如发情的狗一样，但三郎非常珍惜这一刻千金的春宵。这之后就要和亚希子分别了。这么一想，使得三郎更是欲罢不能。

亚希子的身体依然是那么美好。三郎非常满足，呼吸着高原的凉爽空气，沉沉入睡。

“你醒了？”刚刚睡醒的三郎正望着天花板出神，亚希子走进房间来。她已经系上白色围裙，化了淡妆。

亚希子伸出手要拉他起来，三郎顺势搂住了亚希子。

“不行……”

“就一会儿。”

“那个，应该晚上的。”亚希子轻轻瞪了三郎一眼，挣脱他的手，站起身来。

“好了，起床吧。咱们现在去湖边兜风。”

望着一边捋着头发，转身走去的亚希子的背影，三郎再一次哼起了“我太幸福了”。

三郎心满意足地起了床，吃完亚希子做的早餐面包夹煎蛋，便开车去兜风了。

他们先从山中湖到河口湖，再从西湖去本栖湖。途中，三郎也开了一会儿车，但大部分是熟悉道路的亚希子开车。

然后回了一趟别墅，稍微休息片刻。晚上，又去了饭店的酒吧喝酒跳舞。

到底是玩惯了，亚希子舞跳得很棒。从男人们不停地朝亚希子看，便可知道。自己的女伴受到注目，三郎感觉倒是不坏。

一回到别墅，二人也不洗澡，就迫不及待地搂在一起。

第三天也是睡到快中午才起床，白天去饭店的游泳池游泳，驾驶摩托艇游湖。

夜晚在湖畔的餐厅就餐，在酒吧喝酒。然后为了醒酒，二人沿着湖边散了会儿步，坐在树荫下的长椅子上休息。

“明天咱们该回东京了。”听亚希子这么一说，三郎才意识到，夏日小旅行已接近尾声了。

“先生还要回岛上去吧？”突然，在三郎的脑海里浮现出山中医生、明子、高冈等人的面孔。他凝视着倒映着饭店灯光的湖面，恍惚觉得那小岛在遥远的世界。

他不想再回到那里去了，想要永远生活在东京。三郎望着黑乎乎的湖面，轻轻叹了口气。这时亚希子轻轻说道：“我要和先生分别了。”

“为什么这么说？”三郎吃惊地扭头问道。

亚希子凝视着远方，回答：“因为回去后，父母就要我结婚。”

“和谁结婚……”

“上次跟你说过吧，有个人一直追求我。”

“可是，你父亲不是对我……”

“是的，可是先生一直没有表态……”

“不是这样，我是……因为你父亲对我说，考虑一下给他回话的……”

“你是打算和我父亲结婚吗？”

“怎么会……”

“那么就请明确地告诉我吧，‘我讨厌你这样不检点庸俗的女人’。”

“你说什么呢……”

“没关系的，我明白先生是怎么想的……”亚希子突然扑进三郎的怀中。

三郎惊慌失措，踉跄了一下。亚希子撒娇地摇晃着脑袋诉说：“我打算放弃先生，和别人结婚。”

“亚希子小姐……”

“我不需要同情……”

三郎此刻仿佛真正了解了亚希子的心情。亚希子一直没有问过自己什么，原来她在这次旅行中，一直在等他回话。原来她认为，尽管提出婚事的是父亲，但三郎应该直接答复她的。可是三郎什么也没有说，三天来只知道白天游玩，晚上做爱。

“你根本就看不起我。年纪轻轻就怀孕打胎，腹部还有一大块疤痕，肯定认为我是个不可救药的轻浮女人。”

“没有那么想。”

“就是这样。你老是说几句甜言蜜语来打发我。还有，只是把我当作随时可以上床的女人了。”

“不对，我喜欢你。”

“嘴上怎么说都可以。重要的问题是，打不打算和我结婚？”

“那么，我现在就对你说。”

“那好，你就说吧。”亚希子猛地仰起脸。

三郎郑重地面对亚希子说道：“那好吧，我说。”暗夜中，亚希子的脸庞近在咫尺，三郎看着她那白皙的脸，咽了口唾沫，“其实，我的想法是……”

“是什么呀……”

在亚希子的催促下，三郎换了口气，说出：“请你嫁给我吧。”

“不会是哄我吧？”

“怎么会哄你呢？我真的想和你结婚。”

“我太高兴了！”亚希子刚才还在哭泣的脸，立刻绽开了笑容，猛地扑到三郎的怀里。

汽车沿着东名高速向前奔驰着。已经过了御殿场，不久就到酒匂川了，离东京还有一个小时的车程。

天空仍然晴空万里，外面应该早已超过了30摄氏度。不过车里开着空调，凉爽宜人。

亚希子随着音响里流出的乐曲轻轻地哼着。她的嗓音虽然有些沙哑，但唱得非常好。时不时像打拍子似的，用闲着的左手指轻轻敲打方向盘：“这歌好听吧？”三郎点点头，但心情不像亚希子那么兴奋。

昨天晚上，三郎在湖畔明确地向亚希子求了婚。那是在亚希子的催促下，才终于说出口来的。

之后回到别墅，三郎宛如置身于梦境。两人拥抱在一起时，三郎第一次叫出了“亚希子”，亚希子也第一次叫他“亲爱的”。

接吻、欢爱之后，亚希子说：“我要做你的好妻子。”

“谢谢你！”三郎一味地道谢。

然后亚希子问道：“什么时候结婚比较合适？”

“今年一年我必须在岛上，所以……”三郎刚说到这儿，亚希子就说：“那就定在明年入夏吧。不是有六月的新娘[1]一说吗？就六月吧。”亚希子自行决定了婚期。

除了两个人的事以外，三郎现在打算什么也不想。现在，要忘却一切沉醉于和亚希子结婚的梦想之中。他要在梦中度过这最后一夜。

可是，天一亮，看见系着白色围裙打扫卫生的亚希子，三郎渐渐感到害怕起来。

---

1 原文是June bride，此典故出自罗马神话，朱诺(Juno)是朱庇特(Jupiter)之妻，也是女性、婚姻和母性之神，而“六月新娘”(June bride)就是由June的语源Juno而来的。西方有谚语说：“April shower, May storm.”(四月阵雨，五月风暴)表示四月、五月气候不佳，不适合结婚。

自己简直是做出了一个无比可怕的决定。你到底打算干什么……他问自己，可是没有答案。

他怀着这样的心情一直到了中午，两个人在别墅吃了午饭后，打扫完房间，便踏上了归途。

现在，亚希子开着车，兴高采烈地。听到三郎明确地告诉她“请你嫁给我”，她似乎放下心来。一路上给三郎讲好朋友悦子和卡梅的事，沉浸在自己的喜悦中。

然而，离东京越近，三郎就越是沉默了。不久进入东京市区，到达涩谷后，夏天的梦就结束了。距离大团圆的结局还很遥远，但他背负着欺诈和骗子的恶名，从梦中醒来了。

如果欺骗亚希子的事被人发觉，自己在岛上就待不下去了。那时候自己该去哪里呢？是回去做调酒师呢，还是当个包吃包住的店员，销声匿迹呢？

虽说是咎由自取，但无论怎么想，这都是胆大包天的事。妈妈和妹妹知道的话，会怎么说呢？

守旧的母亲可能会哭着说：“我怎么养了你这么个撒谎骗人的儿子？”将自己赶出家门吧。

我这辈子就完了。三郎这么自言自语时，亚希子说：“你怎么了？没什么精神啊。哪里不舒服吗？”

“没有……”

“咱们要结婚了，你应该更高兴，更有精神才对啊。”

“是……”

“回家之前，先去我家一趟吧。”

“今天就算了吧……”

“哟，我刚才在别墅的时候给家里已经打电话了。爸爸妈妈都很高兴，让你一定要去呢。”

“昨天的事已经跟你爸妈说了吗？”

“当然了。好消息就要快点报告啊。今天不去的话不太合适。你应该亲口对爸爸妈妈说‘请把你们的女儿嫁给我吧’。”

“可是……”

“有什么要紧的事情吗？”

“我母亲最近身体不太舒服。”

“你母亲哪里不舒服？”

“腰部有点难受……”他想起一年前，母亲扭腰的事来。

“这样的话，晚回去两三个小时也问题不大吧。刚才离开别墅时，你不是说今天之内回去就行吗？”

“可是……”

“回去的时候，我把你送回家，顺便看看你母亲。”

“那不太合适吧……”

“哟，怎么了？我们马上就要结婚了，去拜见一下伯母也是应该的。”

“拜见的话，还是等她腰好利索了以后比较好吧。”

“你这个人真怪。那就先到我家去一趟吧。”

三郎没有回答，朝窗外望去。八月天空湛蓝如洗，左边连绵不绝的箱根群山的尽头，浮现出了积雨云。

“我说，以后每个月回东京一次，好吗？”亚希子将闲着的左手放在三郎的腿上，娇嗔地说道，“你要是不能每个月回来的话，我就去看你。”

“可是你不是有工作吗？”

“下个月我就辞掉工作了。”

“为什么呢？”

“因为要结婚的话，必须学习料理啦、插花啦，要学的东西很多啊。明年初夏，也就是一眨眼的工夫，所以，时间很紧的。现在我只会做煎蛋卷和肉汤，你不想每天吃这些吧？”

“……”

“结婚以后，你肯定会到爸爸的医院来工作吧？”

“这个……”

“这还用说吗？不过，还是不要和爸爸妈妈住在一起，咱们就在医院附近的青山或者赤坂租一套漂亮的公寓吧。”

“……”

“我每天开车送你上下班，白天去学东西。你不觉得我也会成为一个好妻子吗？”

“是啊……”

“结婚以后，你的衣着全都由我来打点。你将来要继承爸爸当院长的，所以必须穿得讲究一些。”

亚希子越是兴奋地描绘未来的幸福蓝图，三郎越是沉默寡言。

汽车从东名高速进入首都高速，从涩谷下高速后，就到松涛了。

“哎，喝杯茶的时间没有问题吧？”在亚希子的一再邀请下，三郎去了亚希子的家。

反正这就是一场梦。在山中湖告白一切的话，早已真相大白了，只不过一直犹豫不决地拖到现在罢了。早晚会露馅儿的事，也没必要担心了。三郎渐渐想开了。

到达位于松涛的亚希子的家，已经快六点了。摁了门铃后，上次那个女佣来开门了。

“您回来啦。”也许是因为第二次见到三郎，她露出了亲切的笑容，“快请进吧。”领着他们进入客厅。

房间里依旧是装饰雅静，左边的窗户照进明亮的夕阳。

三郎瞅了一眼庭院，没有看见那条狗，有一个男人在用除草机除草。

“哎呀，欢迎啊。”听见声音，三郎回头一看，是田坂院长。大概是刚从外面回来，还穿着西服，打着领带。

“怎么样啊，山中湖？”

“啊，是个非常不错的地方。”

“那可太好了。来，喝一杯吧。”院长很高兴，接过女佣拿来的啤酒，给三郎倒了一杯。

“我现在要去参加医师会的聚会，所以，不能陪你说话了，先干一杯吧。”院长举起满满一杯啤酒，说道，“电话里听说你向小女求婚了，谢谢你了！”

两个玻璃杯一碰，院长喝了口啤酒。

“这下我就放心了。小女很任性，请多关照！”

“是……”

“以后，你和我就是父子关系了。对我这个父亲，你可能多有不满意之处，我就拜托啦。”院长低下头，三郎也赶紧低头。

“这孩子有不少毛病，不过现在对先生是一心一意的。过去的事，就当没发生过，多包涵她吧。”

院长的意思好像是指亚希子怀孕的事，其实三郎根本没有权利责备的。

“今天我也和内人商量了，既然已经决定了，结婚还是越快越好了。怎么样，今年秋天就办了吧？”

“是……”

“婚姻就是一种缘分，还是顺利进行为好。你那边能不能马上跟诊所辞职呢？”

“这个……”

“要是你觉得为难的话，我也可以直接去跟村木先生说。”

“所长现在因病没有上班。”

“这可不好办哪，那么一直是先生一个人吗？”

“还有一个人……”

“当然，你带着亚希子在岛上工作一段时间也没关系，不过，早晚打算让你接我的班，还是希望你能够尽早来我的医院。”

见三郎沉默着，院长点点头，说道：“并不是让你立刻做什么决定，只是我希望能够这样，请好好考虑一下。”

“……”

“还有，你们俩结婚的话，我们应该和你的母亲见个面，所以打算去府上拜访一下，你看什么时候比较合适？”

“那个，家母最近腰不太好……”

“这怎么行啊。可以的话，不妨来我的医院住院治疗一下。我马上让人准备床位。”

“不必了。没有多么严重。”

“可是，你妹妹上班，没有人在家照顾的话，很不方便吧？”

“那个，真的没关系的。”三郎正惶恐不安时，亚希子和母亲走了进来。

“先生，累了吧？”母亲也比以前和蔼多了，优雅地笑着说道，“房子很小，露台的油漆也脱落了，一定把你吓了一跳吧？”

“不过，先生说他很喜欢山中湖，还说，每天能看见富士山，特别好。”

“您喜欢那儿的话，反正房子也是空着，请随时去玩。”母亲这么一说，院长忽然想起什么似的说道：“相川君，打算什么时候回岛上？”

“后天回去。”

“那就明天中午，来医院一趟好不好？我带你参观一下医院。”

“那个，明天我有点事要办……”

“一个小时的时间也抽不出来吗？还打算给你介绍一下医院里的人。”

“可是……”

“爸爸，先生也很忙呢。”

“是吗？”经亚希子一提醒，院长不情愿地打住了。

“她爸爸什么事都是急性子。今天早晨，听说相川君向亚希子求婚了，还给水户的叔叔打电话说，我终于有了接班人了呢。”

“爸爸，别这么早就到处宣传了。万一半途解除婚约的话，多没面子啊。”

“这么说多不吉利啊，是吧，相川君？”母亲这么嗔怪女儿，大家都笑了，但是三郎实在笑不出来。

“先生，是不是有点累了？”

“不，不累……”

“相川君饿了吧。饭还没做好吗？”

“马上就好。为了庆祝，今天要了鲷鱼刺身外卖。”

“是吗？我现在要出门一趟，就先失陪了。那么，相川君，请慢用。”

“是……”

“结婚的日期，我们希望越早越好，请你考虑一下。”院长朝三郎伸出手来。

握住院长的手，三郎又低下了头。

那天晚上，三郎从亚希子家出来已经十点多了。本来以为只是一会儿，却待了四个小时。

虽然三郎很想早点回家，可是亚希子家里太舒服了。不光是亚希子，她的母亲和妹妹，还有女佣，都热情地招待他，把他当作即将成为他们中的一员。中途，亚希子大学时的同学来了，变成了热闹的派对。

令人吃惊的是，来的这四个朋友，都是一流公司的总经理或董事的千金，或是外交官的女儿。

她们优雅地向三郎问候，用标准的山手话[1]说话。不用说个个都是风流女子，谈论的内容相当前卫。

她们一边喝着白兰地，一边跟亚希子开玩笑：“亚希子，看你这样子，在山中湖，美美地享受了爱情吧。”

“随你们怎么想吧。”亚希子也若无其事地冲着三郎使眼色。

她们好像是知道二人已经订婚的事，还不停地逗三郎说：“先生，亚希子的料理是不是特别难吃？”“加油，千万不要被亚希子给管住啊。”

1　即东京中心地区。

起初三郎还有些紧张，几杯酒下肚后，胆子大了一些，也跟她们说笑起来。

后来，打开了电唱机，大家跳起舞来。

由于只有一个男人，三郎得不到片刻的休息。跳舞这方面他很有自信，做调酒师的时候，几乎每天晚上都去跳舞。

“先生，跳得真不错啊。太棒了！”被这些过去连说句话都不敢想的有钱人的小姐围绕着，三郎渐渐地感觉自己也进入了上流社会似的。

女孩子们也有些醉意了，跳得很疯狂，连超短裙或连衣裙都掀了起来。

由于太吵闹了，亚希子的母亲进来阻止道：“这里可不是舞厅，吵到附近的邻居可怎么办。”此时已经快十点了，三郎慌忙停下来。

亚希子的母亲拜托三郎：“这孩子，一高兴起来，就管不住自己。请你务必多提醒她。”

可是，管不住自己的正是三郎自己。他赶紧说：“我也该告辞了。”

“哎呀，没关系的，请多待一会儿吧。”虽然母亲极力挽留，三郎还是告辞了。

“亚希子，你去送送吧。”

“那我去一下。”

朋友们又开起了玩笑，亚希子没有理会，和三郎一起走出了房间。

“要是没喝酒的话，我就开车送你回家了。”也许是喝了白兰地跳舞的关系，亚希子的脚步有些不稳。

“玩得高兴吗？”

“嗯，很高兴。”

“跟我别那么客气了。”快走到大马路时，亚希子突然站住了，“先生，吻我。”

周边都是豪宅，没有什么行人。

“快点！”在亚希子的催促下，三郎轻轻吻了一下她的嘴唇。

“真是的，胆小鬼。”亲吻时间太短，亚希子显得很不满。

三郎又看了看四周："有人来了。"

"我才不管呢。再亲我一次。"

"好了。我要在那儿打车。"

"我跟你一起去你家吧。"

"真的不用送了。"

"明天给我打电话啊。"

"好的……"三郎松开还想跟着他走的亚希子，朝一辆开过来的出租车招了招手。

从赤坂过了新桥，离家越来越近了，三郎的酒也快速地醒了。

马路两边的霓虹灯闪烁着，行人来来往往。不久又过了隅田川，河面反射着灯光，微波荡漾，看着河面，三郎不觉悲从中来。

为什么会这样呢？是兴奋过头了，还是因为这么晚才回家感到内疚，或者是梦醒之后的空虚感在作怪呢？不知怎的，某种强烈的悲伤在三郎的内心急剧扩散开来。

"真不错啊……"三郎坐在车里自言自语。

亚希子的家里，有着三郎从未感受过的奢华与富足，以及无法形容的悠游自在。

即便是招待客人的高级菜肴，也不是那种竭尽所能的丰盛，而是自然而然的佳肴，而且从酒杯到餐具，无一不是极其讲究。不像三郎家那样，只要是玻璃杯，就可以喝酒，是盘子就盛菜那样。

"就是不一样啊……"三郎再次自语道。

出租车过了隅田川往右拐去，马路前方出现了红灯笼，大概是在乘凉吧，一个肥胖的女人和一个穿着大裤衩的男人，摇着扇子站着聊天。

三郎终于从梦境回到现实中来了，仿佛刚刚从龙宫回到了人间。

他闭上眼睛，想要追逐梦境。

不久，车子过了铁路岔口，进入了小路，小路前方是更窄的小道，三郎的家就在那窄道的尽头，是三十年前租借的一座独门独院的木房子。

进了门，一上台阶就是八个榻榻米大的房间和厨房，里面还有一间六个榻榻米大的屋子。

“是三郎吗？”

“是我。”三郎往起居室一看，母亲正要站起来，刚才好像戴着老花镜在做针线活。

“这么晚才回来啊。吃饭吧。”

“不吃了。”三郎去了厨房，喝了水，回到起居室躺下。

“你怎么了？喝酒了？”

“喝了一点儿……”

“不要喝多了，对身体不好。”

三郎拿起矮桌旁边的报纸看起来。

“你看这件浴衣怎么样？前几天买的便宜货，想让你回来时能穿上。”母亲给他看松叶图案的白色浴衣。

“本想尽快做好给你寄去，还是没赶出来。”三郎从报纸上抬起眼睛，看了看母亲的手，只见她那布满皱纹的手指不停地缝着。

“妈妈，我要是成了有钱人，你高兴吗？”三郎眼睛看着报纸问道。

“那当然高兴了。”

“要是和有钱人的小姐结婚呢？”

“那也好啊。不过，人家有钱人的小姐会跟你结婚吗？”

“我是问你如果人家愿意跟我结婚呢？”

“那当然好了。只要你跟喜欢的人结婚，妈妈就高兴。”

三郎站起来去厨房喝水，然后进里屋睡了。

三郎回到岛上已经一个月了。

这期间，三郎几乎干什么也放不到心上。验血的时候，数错了白血球，还把患者的尿样搞错了。虽然手在干活，脑子却在开小差。

不言而喻，三郎满脑子想的都是和亚希子结婚的事。

自从暑假向亚希子求婚以后，事情进展神速，通过每天亚希子打来的电话，三郎知道得一清二楚。

三郎回到岛上后，亚希子便辞了工作，开始去涩谷的料理学校学习，好像还开始学习茶道和插花了。

亚希子家把订婚的事告诉了亲戚和朋友，并希望尽早定下举办婚礼的日程。此时此刻，在三郎没有参与的情况下，和亚希子结婚的日程，正在急速地具体化。

不用说，这一切的始作俑者正是三郎自己。

这件事在具体推进之前，三郎就应该把事情说清楚的。说到底，三郎就不应该向亚希子求婚。

可是，二人在山中湖畔，听亚希子一说“你是因为讨厌我，才不和我结婚的吧”便不由自主地向她求婚了。

三郎本来就很喜欢她，所以她这么一说，就说出了“请嫁给我吧”，也是情有可原的。俗话说：“饭菜摆在眼前，不吃是男人之耻。”面对这么丰盛的饭菜，哪有不吃的道理。

尽管如此，在山中湖的时候，三郎一心只想要享受二人单独在一起的时光，并没有其他非分之想。他打算一回到东京，就坦诚相告的。

可是，回来的时候，顺路去了亚希子家，作为未来的女婿受到她父母的热情接待，结果又一次丧失了告白的勇气。于是，三郎和在山中湖的时候一样，想要在美梦之中再多沉浸一段时间。

在东京那几天，始终没有机会告白，回到岛上后，三郎打算写信拒绝这门婚事。

可是，在岛上，三郎依然没有勇气告白。尽管每天都下决心，“明天一定告诉她”，还是一天天地拖了下来。

他以为打电话的话，不必面对面，可以说出口的，谁料想，还是不行。

没有勇气告白是一方面，其实最主要的原因，还是不想放弃和亚希子结婚的机会。

他明明知道，对于自己来说，和亚希子结婚实在是非分之想，可仍然不愿意撒手。因为与现实相比，梦太美好了，他不愿意醒来。

事情到了现在这个地步，全都是自己的责任。无论别人怎样责骂，自己都无法反驳，只有道歉再道歉了。

但是，之所以这么做，是因为没有资格求婚的出身于穷人家的自己，渴望这辈子能够做一回那样的美梦。如果这样辩解的话，或许会得到原谅吧。

“是我不好。请理解我的心情。”自己只能这样道歉了。

然而，昨天晚上亚希子来电话说，婚事已经到了板上钉钉的程度了。

“婚礼定在十一月，可以吧？”亚希子问道，三郎含糊其辞地附和着。

“十一月二十六日是星期天，大安，就定在这一天了。”

“可是……”

“其他日子都排满了，根本定不上。这一天本来也不行，还是爸爸托人，才好不容易在帝国饭店定了宴会厅。”

“是帝国饭店吗？”

“一辈子就一次，我想在漂亮的地方举办。”

“但是……”

“我家觉得那个日子可以。现在就看你的时间了，你母亲的腰，到那时候应该也差不多好了吧？”

“请等一下。”

“你不是说诊所那边随时可以辞职吗？爸爸恨不得你明天就辞职到东京来呢。十月底能回来吗？”

“……”

“东京这边的住处，你不用担心。我已经求爸爸给咱们找房子了，再有两三天就可以定下来。”

“房子，是打算买下来吗？”

“当然啦。咱们新婚燕尔，你也愿意两个人单过吧。我看上青山的一处房子，挺不错的。虽说是2LDK[1]，客厅很大，有三十叠，去医院走着只要七八分钟，只是房价稍微贵一些。”

“多少？”

“说是八千万。”

“八千万……”三郎拿着话筒，腿打起哆嗦来。那么多钱，他一辈子也挣不出来。

“房间朝南，而且电梯等于是自家专用的。很不错吧。”

“我可不要住那么高级的。”

“也不是让你掏钱，不必介意。即便是爸爸买的，将来也是咱们的财产了。”

“可是……”

“不用担心公寓的事了。倒是你尽快结束诊所的工作，回东京来。爸爸也想跟你见个面，好好商量一下婚礼的事呢。下周周末能来我家吗？”

“有患者约好了……”

“又是患者。患者和我，哪个更重要啊？”

“当然是你了……”

“那就来吧。你这个人当医生也太认真了。我住院的时候，你几乎是寸步不离地看护我，估计对其他人也差不多吧。像你对病人那么热心的话，哪儿还有时间啊。你要是不来的话，我就去找你。”

“等一下……”

“可是，现在就等着你的回话了。明天晚上我还会给你打电话的，你事先考虑好。”亚希子突然降低了声音，“喂，你老实不老实啊？那个细眼睛的护士怎么样啊？”

“你问她干什么？”

---

1 LDK是living 客厅、dining餐厅、kitchen厨房三个词的缩写，即2室1厅的单元房。

“不是一个叫明子的吗？你可不许跟她胡来噢。”

“说什么哪……”

“你要是不老实，我也去找别人。”亚希子嘻嘻笑起来，“那个，你爱我吗？”

“嗯……”

“有多爱？”

“有多爱……”

“我对你的爱，比日本海，还有太平洋都要深得多得多。”

“我也是……”

“那你把话筒贴在耳朵上。”

三郎顺从地照办了，于是，听到轻微地换了口气之后，传来“啐”的一声吻。

“我给了你一吻，你也给我一个。”

三郎看了看四周，然后，将嘴唇贴在话筒上，打算吸一口气，可是没有发出声音，只好轻轻咂了下嘴。

“好了，我听到了。晚安！”

那天下午，三郎在检验时又出了状况。

三郎用吸液管采取患者3cc血的时候，由于吸过了头，竟然咽了下去。他慌忙往外吐，可还是咽下去了1cc左右。

虽说喝了一点儿糖尿病人的血液并无大碍，但毕竟是别人的血，感觉不大好。也许是头天晚上对着话筒接吻的报应吧。总之，他脑子里全是亚希子的影子。

“工作的时候，脑子不要想别的。”三郎虽然对自己这样说，但很难做到。就连在工作的时候都这样，下班以后，回到房间里，他就更是会想起亚希子了。

今天晚上，亚希子打电话来，一定要明确告诉她。要是等到买了八千万的昂贵公寓，定下了婚礼的日期，可就绝对逃不掉了，撒谎的罪孽就更加深重了。

今晚电话铃一响，拿起电话后，不等对方说话，自己先一口气说出来：“我不能跟你结婚。我是个冒牌医生。”说完就挂断电话好了，这两句话用不了五秒钟。

无论亚希子说什么，自己只是重复这句话。

这么简单的话，自己为什么迄今为止就是说不出来呢？

可是，随着亚希子打电话来的时间临近，三郎渐渐不安起来。一听到那一声甜甜的“亲爱的”，自己又会重复那些含糊其辞的回答吧。

正因为喜欢亚希子，想要跟她结婚，才难以拒绝的。

“一定要拿出勇气来。”三郎告诫自己，从书架上拿来威士忌，又从冰箱里拿来冰块，放进威士忌里，喝起来。

亚希子大约会在十点来电话，在那之前，先喝点威士忌壮壮胆子。

今天无论如何都要终结此事。

他就这样一直喝着威士忌。

十点半时电话铃响了，他拿起话筒，是诊所的护士打来的，问了问有关今天患者拍的 X 光片子的事。

接完电话，他继续喝酒。

不知什么缘故，今天亚希子的电话迟迟不来。

大概又和朋友去玩了吧。亚希子的朋友悦子和卡梅也都是美女。

她们俩也都已经结了婚，住在高级公寓里吧？

“遗憾哪。”三郎不禁发出了叹息。

这样可不行，三郎慌忙继续喝酒。兑水威士忌劲儿不大，所以加的是冰块。已经这样喝了一个小时了，亚希子还没有来电话。

会不会忘了呢？

今天自己好不容易才下了决心，她却迟迟不来电话，三郎有些丧气，就躺倒在了榻榻米上。

电视里放映的是外国电影，他看着看着打起盹来。

好像睡了有二三十分钟，突然听见了电话铃，三郎拿起了电话。

“喂喂，是我。”亚希子的声音进入了刚刚睡醒的三郎脑子里。

“定下来了。”

“什么？”

“昨天我跟你说的那个公寓。爸爸终于决定买了，今天签了合同。”

“真的吗……”

“还有，婚礼日期定在昨天说的那天了，就是十一月二十六日。”

三郎揉揉眼睛，把话筒换了只手。

“十一月底天气有点冷，不过，蜜月旅行可以去南边。夏威夷人太多，新加坡那边怎么样？听说很美丽的。你怎么了，没睡醒？”

“不是……”

“婚礼和住所都决定了。公寓的内装修，全都听我的，可以吧？”

“……”

“还有，爸爸说，下个星期，要去拜访你的母亲。”

“这个先不急。”

“为什么，只是见一见，没关系吧？”

“我很快就去东京的。”

“我爸爸性子急。你下下周能回来吗？”

“可以……”

“说是举行婚礼之前，要下聘礼，定在那个时候可以吧？”

“可是……”

“没关系的。你是上门女婿，聘礼由我家准备。只要你这个人来就可以了，很简单吧。”亚希子说完，又补了一句“没几天了”，轻轻笑了起来。

事态已经变得越来越无法收拾了。一刻也不能再犹豫下去了。不，或许已经来不及了。

欺骗亚希子,甚至她的家人、亲戚和朋友,这个责任自己负担得起吗?

冒牌医生被戳穿的话，亚希子会经受多大的打击？她的父母会怎么说？购买的公寓、预约的婚宴……三郎越想罪孽越大,不由得颤抖起来。

这可怎么办好啊……

迄今为止，三郎没有对任何人谈起过此事。即便告诉别人，人家也只会一笑置之，所以一直闷在心里。

可是，这个事情闹大了的话，自己一个人根本无法应对。

干脆找个人商量商量吧。

三郎首先想到的，还是药剂师高冈。

给亚希子做手术的时候，自己也是跟他商量的。虽说他的嘴不是太严实，不过，诊所里可以推心置腹的也只有他了。

下班后，三郎把高冈约到靠近港口的酒吧，把这件事告诉了他。

不出所料，高冈很严肃地听着三郎讲述，时不时惊讶地望着三郎，发出叹息。

“就是这么回事。我真不知道该怎么办了。已经约好下下周的周末回东京了。”

高冈听了使劲点点头,然后开口道: “这不是好事吗？你必须去啊。”

“去东京？”

“当然了，这样你就可以和美女结婚，成为大医院的院长了啊。”

“可是，你也知道，我不是真正的医生啊。”

“对方也没有怀疑你嘛。”

“不过，早晚会露馅儿的。”

“是吗？”

“对方是医生呀，怎么瞒得住呢？”

高冈盯着前方思考了一会儿，喝了一口威士忌，说：“问题是，你想要跟她结婚吧？”

“那是当然。”

“那就结婚呗。”

“要是问题那么简单的话，我就不会烦恼了。”

“这样的机会可是打着灯笼也没处找哇。错过这次机会的话，老弟就再也遇不到那样的美女，也成不了有钱人了。在这个鬼地方，再怎么干也发不了财，我要是你的话，肯定跟她结婚。”

“万一被人揭穿了，可怎么办？”

“到时候再说呗。爱怎么样就怎么样好了。这么想就坦然了。”

“可是……”

“千万不能犹豫。一定要跟她结婚。”

“小点声……”高冈的声音太大，三郎担心地看了看周围。除了他们以外，店里只有四个人，又放着唱片，和女孩子聊得起劲，不必担心他们听到，但还是谨慎为好。

“总之，这简直是天上掉馅饼啊。这是老天爷赏赐给你的好机会啊。”

三郎虽然不知道是不是老天爷赏赐给自己的机会，却清楚地知道是千载难逢的机会。

“这么好的机会怎么能错过呢？你要是错过的话，将来肯定要后悔的。”

“是吗？”

“与其在后悔中过一辈子，还不如撞撞大运。”听高冈这么一说，三郎也渐渐燃起了信心。

正如高冈所说，像现在这样下去，自己一辈子也别想翻身。很可能会在漫长的穷困生活中，天天后悔当时为什么不跟她结婚。同样是后悔的话，不如像高冈说的那样，壮着胆子冒一次险。

“去东京，必须去！”好像喝得有些醉意了，高冈提高了声调。

“就算露了馅儿，不就是回到原点吗？对方如果发现了的话，你就说一句‘那就再见了’，拍拍屁股走人，回岛上来就是了。”

反正不是自己的事，高冈说得倒轻松。不过，他的话也不无道理。

原本无权无势的男人，即便被看作是骗子，也没有多大损失。既然已经到了这个地步，就算坦白了一切，也同样会被看作骗子的，索性一不做二不休，硬着头皮走下去吧。三郎的胆子渐渐大起来了。

“你要是当了院长，也把我弄去吧。在这个破岛上，快要憋死了。”

“还没有最后决定呢。”

“现在还有什么可犹豫的？这样的小诊所，还是趁早辞职算了。”

“那么，就照你说的做了？”

“对呀。这才像个男子汉哪。好吧，为未来的大医院的院长先生干杯！”

“别拿我开心了……”

“浑蛋，和那么好的女人一结婚，就变成了有钱人，羡煞我也。干杯！”高冈把杯里的威士忌一口喝干了。

对高冈倾诉之后，三郎感觉心里畅快多了。一直独自烦恼的事，对别人一说，就仿佛让别人分担了一半似的。而且一旦决定不坦白，继续当自己的冒牌医生时，心情也轻松多了。

然而，做了这个决定后，一旦回到现实中，又遇到了各种难题。

首先遇到的，就是以后如何掩盖冒牌医生的身份。虽说早晚都会被发觉，可还是隐瞒得越久越好。既然要做美梦，他想尽可能做得时间长久一些。

眼下的难题是如何应对下聘礼和婚礼。

对此，高冈也给他出了不少主意。

说起来，这个家伙虽说在乡下做药剂师，但脑子活泛，又好管闲事，而且曾经在东京的大学医院里工作过一段时间，因此，对医生世界的那些事门儿清。据说他之所以来岛上，就是因为在原来的医院参与了非法事件，不得不辞职的。也许正是由于这个关系，他的坏点子也是层出不穷。

“首先就是下聘礼之事，对方给你多少钱，你都不要吭声，尽管收下就是了。”

“可是，母亲要是知道我去给人家做上门女婿，肯定非常吃惊。”

“不管多么吃惊，做有钱人家的女婿，应该不会不愿意吧。你妈妈也希望你找个家境好的妻子啊。不管怎么说，有关结婚的事，今天晚上务必跟你母亲说一下。”

“万一我妈说了我儿子不是医生什么的话，可麻烦了。”

“这个，你就事先告诉她，不要乱说话就可以了。”

“还有，我家很寒酸，对方父母去了一看，说不定会吓跑的。”

“他们看上的是你本人，所以才让你入赘的，你家再怎么寒酸，人家也无所谓的。你就以苦学成才自居好了，况且你家境寒酸的话，反而让对方产生优越感，会对你更好的。”

“下聘礼的时候，请他们吃什么好呢？”

“去附近买些寿司，再准备些酒就可以了。”高冈年纪四十多岁，还当过媒人，对这些礼数轻车熟路。

“重要的问题是，如何能够将秘密一直保持到举行婚礼。”

“不会有什么问题吧？”

“你要耗到婚礼举行之前再辞职，这样，就可以不必先去青山医院了。”

“那么，提前两三天辞职？”

“那样时间太紧了，还是提前十天左右为宜。然后，就借口需要准备婚礼，在东京闲待着就行了。反正家具或被褥等，女方已经准备了，你只要带着自己的衣服和睡衣去就可以。”

“就是说，我这个人去就行了？”

“聘礼就是你的卖身钱，你就这么想吧。”

“我最害怕的就是举行婚礼的时候。到时候，媒人首先要介绍经历吧？”

“你对她父亲说过什么没有？”

“他来岛上的时候问过我一次，我说是东都大学毕业的。”

“就那么说好了。她的父亲是哪儿毕业的？”

“是 K 大。不过，他的朋友里好像有个东都大学的教授。”

“那就好办了。”

“可是，婚礼时，东都大学的教授要是出席的话……”

“老爷子医院里的医生都是 K 大毕业的吧？”

“好像是的。不过，他的朋友很多。”

“首先，即便有东都大学毕业的人，也不会记得每一个同学的。相比之下，倒是医务部更关键。”

“那些当医生的，大学毕业后，都会进入某个医务部吗？”

“几乎所有的医生都会先进入某个医务部实习。这个医务部的同事在一个锅里吃饭，彼此很熟悉，所以认识的概率也比较高。你就说自己没有进医务部，直接去岛上的诊所了，怎么样？”

“这么说，会不会和其他人不一样呢？”

“是有些不一样，不过，偶尔也有这样特立独行的人。”

“他们会不会到诊所来调查？”

“既然知道你一开始就在诊所工作，应该不会再去调查了。”高冈喝了一口兑水威士忌，问，“邀请我参加婚礼如何？还没有确定邀请哪些来宾吧？”

“当然会邀请你。”

“我就代表亲友，为你捧捧场吧。‘相川先生是年轻有为的医生，长年为岛上的医疗事业奉献青春’，这么一说，大家都会相信了吧？”

“你打算这样编造吗？”

“就算是上门女婿，新郎这边也得有人上去祝福啊。不然的话，不是很奇怪吗？”

高冈这么一说，三郎觉得也有道理。万一到了举行婚礼那一步，能够放心邀请的也只有高冈了。

“不过，我的旅费，你得给我掏吧？”

“这都是小事……”

“一般来说，医生的婚礼上，同学、医务部的前辈后辈等都要上台呢。”

“那么，只有一个朋友祝福，太奇怪了吧。”

“就说你大学一毕业就去了岛上，东京没有什么朋友，这样可以说得通吧。”

“可是，也太可怜了点。”

“那就再找几个像我这样的托儿好不好？让他们都说你的好话。”

“会有人愿意这么做吗？”

“只要给钱，就有人做。为了当上有钱人，这点钱总是要花的。怎么样，我帮你找找人？”也许是酒劲上来了，高冈越说越露骨了。

“还应该有两三个亲戚或邻居比较好吧。”

“可是，你母亲要是去了，一听我那么说，肯定会吓得晕过去的。”

“那就推说她身体不舒服，不让她参加了？”

“……”

“新娘子那边会来很多人吧？”

“我想会的。”

“你事先对她家说，我家贫寒，没有什么亲人出席，婚礼尽量办得简单一些，就行了。对方如果坚持要办盛大婚礼，就随他们去吧。”高冈点了一支烟，看着三郎说道，“好在你个头高，穿上礼服，和她站在一起的话，说不定特别般配呢。”

“可我不是医生啊。”

“不要紧的。你虽然没有进过大学，却有着不比真医生差的技术，就自认为是一个很棒的医生好了。”

“但是，是冒牌的呀……”

“别说丧气话。小偷就是因为感到可耻才会被抓住的。你只要表现得落落大方，就不会有事的。”

“真的吗？”

“没问题，自信一些。”高冈拍了拍三郎的肩头，三郎也不禁觉得自己真的成了个医生。

有句成语叫作“箭在弦上”，三郎此时的心情差不多就是这样。

我要将错就错，和亚希子结婚。既然打定主意，就不能再犹豫了。现在只需要一心一意地进行婚礼准备了。

十月的第二个星期六，三郎坐上午十点的船，回东京了。

三郎跟诊所请了周六、周一两天假，中间加上周日一天。反正也要辞职，多请几天假也没关系，但是他不想事先被大家知道。倘若说了辞职，和亚希子的婚事告吹的话，很没面子。为了这个，现在也要暗中进行。

然而，八月初刚回去过，十月又回去，才相隔两个半月，这种情况很少见。最先意识到这一点的是明子，三郎出发的前一天，明子理直气壮地问三郎：“回去有什么事吗？”

“我妈有点不舒服，腰疼得起不来。”

“你上次回去，可没有这么说啊。”明子目光锐利地盯着三郎。

“好像是上周突然感觉不舒服的，让我回去一趟。我想大概是扭了腰吧。”

“可是，不是一个星期以前就动不了吗？如果是扭腰的话，最多两三天动不了啊。三天后应该可以在家里走动了。”

“我只是那么猜测，电话里没有问那么清楚。”

“医生怎么说？”

“好像还没有去医院。”

“躺了一个星期都没有去医院吗？”

“妹妹来的电话，具体情况不太清楚。”

“真是个奇怪的病。你不会是因为有什么别的事，不能不回去吧？”

“别的事？”

“去见什么人，或者是去结婚什么的。”

“怎么可能……”三郎被明子的敏感吓得直摇头。

“我总觉得不对头。你肯定是去会什么人吧？不会是那个怀孕的东京女人吧？你老实告诉我。”

“我只是因为母亲……”

“真是只是这个原因吗？你要是骗我，我可饶不了你。”在明子的盯视下，三郎浑身一抖。

昨天晚上，三郎由于害怕，没有和她多说什么，可是明子那怀疑的眼光到现在还在他眼前回闪。

她说的饶不了你，是什么意思呢？是打算揭穿自己呢，还是想要自杀呢？她是个要强、内向的女子，想不开的话，说不定会走极端的。

他决定和亚希子结婚的时候，高冈说，你要是逃离小岛的话，明子不至于从岛上追到东京去。可是看现在她的架势，是不会善罢甘休的。

看来真不应该和她发生关系……事到如今，后悔也来不及了。

“现在要忘掉一切不愉快的事。”三郎对自己说。可是一想到明子，就仿佛被某种黏黏糊糊的软体动物缠绕在身上似的。

船到达竹芝栈桥时是下午五点。天空阴沉，海面却风平浪静，几乎是准点到达。

从栈桥上一下来，就看见穿着白色丝绸连衣裙的亚希子，朝他不停地挥动手臂。

“累了吧？先找个地方吃饭吧。”吃饭当然好，但此刻三郎最想要的是亚希子的身体。可是，刚刚见面，也不好这么说，但亚希子立刻察觉了，“我今天不行的。昨天开始来例假，所以才让你早点回来嘛。”

既然这样，就应该推迟一个星期回来，可是现在说什么也晚了。

“我必须星期一晚上回去。”

“偶尔什么也不做，挺好的。你这次是为了准备婚事回来的。明天会少一些，可能有希望。”亚希子像哄小孩似的对他说，走到停车场上的红色菲亚特跟前，“更要紧的是，有好多事要跟你商量呢。附近的田村町有一家叫作‘鹿皮’的不错的餐馆，咱们就去那儿吧。”

亚希子从里面给他打开门，三郎坐在副驾驶座上，车开动了。

亚希子带他去的地方，是从田村町十字路口往左去，一个大厦的地下餐厅。店面不大，只有二十坪[1]左右，流淌着轻音乐，感觉很放松。

在里面的位子坐下后，二人先端起雪莉酒干杯。

“两个半月没见了，你好吗？”

“很好……”

“为了筹备婚礼，我都快忙死了。对了，先说说明天的安排吧。”亚希子从包里拿出笔记本。

“首先，是去你家的时间，定在上午十一点了。”

“太早了吧。”

“下聘礼是喜庆之事，上午进行是规矩啊。日子虽说大安更好，但是，为了配合你的时间，就定在友引[2]了。”

三郎头一次结婚，所以对这套礼法完全陌生。

“所以下聘礼的人，应该是媒人去。”

“媒人是谁？”

“拜托了中平先生。你知道他吧？去年卸任的大臣。”

“什么……”

“他最近特别忙，明天实在是分身无术，所以就拜托了叔叔。也可以吧？”

“当然……”

1　日本丈量房屋和宅地面积的单位，1 坪约等于 3.306 ㎡。

2　大安、友引均为日本日历的迷信说法。“大安”即大吉，“友引”相当于中国的诸事不宜。

前大臣到三郎家来，简直太吓人了。不说别的，三郎家的那条小路，根本进不去高级车。

“叔叔是大学教授，虽说有些古板，不过这种场合或许正合适呢。”

“他在哪个大学？”

“T 大，田坂义孝，你听说过吗？”

“好像是教授经济学的先生，经常上电视。”

“是的。老是说些听不懂的东西，不过，人挺好的。”

三郎初次知道婚礼的媒人是自民党的资深参议员，亚希子的叔叔是知名大学教授。这婚礼打算办成什么样啊？三郎呆若木鸡，话也说不出来。

亚希子接着说：“据说按规矩，下聘礼要先由我家送给你家置办裤裙布料费用，然后，你家返还一部分钱，作为置办新娘礼服的费用。但是这样太麻烦，我父母说，只是由我家送给你家裤裙布料费用，你家就不必返还了。”

“……”

“据说一般婚礼的费用，差不多是男方收入的两三倍，但这次你不是入赘我家吗，那么大概要多少花销呢？你猜猜看。”三郎思考起来。亚希子笑着说，“我也不太清楚。父母说，聘礼名义上是送你的，其实是送给你家的，所以必须交给你妈妈。除了这个以外，你还要写一份亲属名簿给我们。”

“亲属名簿是什么？”

“父母说，就是写明你亲戚们的名字、住所、职业，以及和你之间的关系的名册。如果都写上的话，太多了，所以只限于叔叔婶子这样比较亲近的关系，是否可以？”

“这个，是我来写吗？”

“你写当然也可以。”

说到三郎的亲戚，只有千住的叔叔和千叶的姨妈，叔叔在千住附近的焊接工厂工作，姨妈在千叶开了个小拉面馆。父亲其余的兄弟都在福岛，父亲死了以后，就没什么来往了。

“那个一定要写吗？”

“当然，结婚虽是两个人的事，亲戚之间也要交往的呀。”

三郎家的亲戚和亚希子家的亲戚，家境完全不在一个档次，不可能交往的。即便这边想交往，人家也会被吓跑的。

“据说正规的奉书要横着折成两折，将折印朝下，在上面写字。”

“我这边只有母亲和妹妹。”

“就是说，你的亲戚出席不了婚礼了？”

“基本上都住在东北或者比较远的地方，不来也没事吧？”

“没关系的。那么只有你母亲和妹妹出席了？”

“母亲身体不好，妹妹很忙，只有我自己……”

“那怎么行啊？只有新郎一个人太奇怪了吧。我家仅婚礼就有二十多人参加呢。”

“倒是有一个朋友从岛上过来。其他的人，如果邀请的话……”

“哪有拜托人家参加婚礼的呀？”

“可是，没有其他人了。”

“那么，从岛上过来的就一个人？”亚希子笑着喝干了雪莉酒，“这不成了我家单独的婚礼了吗？”

“这样也挺好的。”

“可是这也太可笑了。”

“我这边的确不行。”

“什么不行？”

“反正是不行。”

“我这么说也许有些失礼，不过也不必穿戴得那么讲究啊。只要能够来祝福我们就够了。”

“可是……”

“婚礼的事还有时间商量，回头再说。父母说，一套聘礼需要准备九样东西。”

“都是什么？”

“是跟聘礼相关的吉利之物，有礼单、长熨斗、金包[1]、折扇、偕老白发[2]、海带等九种东西呢。听说也可以根据自己的情况，改为七种或五种东西，反正两家人商量着办。”

“到哪里买这些东西？”

“百货商店里都有卖的。”

“那袖子就得去买了。”

“你妈妈肯定已经买好了。想着给她打个电话？”

“不行。那个，明天下聘礼推迟一个小时，十二点可以吗？”

“为什么？”

“今天已经没有时间了，所以得明天去买那九种东西。”

“真是个怪人。”亚希子吃惊地瞧着三郎，“那好吧，明天十二点去你家，请事先务必准备好。”

“还有，我穿什么衣服合适啊？”

“穿得整齐点就行了。叔叔也不是那么苛求的人。”

“你也一起来吧？”

“我当然不去啦。新娘子去下聘礼，也太可笑了。”

“你不来呀。”

“当然了，你就和母亲、妹妹一起接待就可以了。”

“可是，我真的发愁……”三郎举目看了看四周，这时，亚希子说很好吃的橙汁闷鸭肉端上来了。

那天晚上，三郎回到小岩的家里已经九点多了。

---

1 即钱包。

2 即白色的麻线。寓意夫妻白头偕老。

“这么晚才回来，吃饭吧。”母亲立刻开始摆放早已准备好的炖菜。

“路上和一个朋友见了个面，已经吃过了。”

“你怎么这样啊？哥哥，妈妈好不容易准备的，等你半天了。”

“那我就少吃一点儿吧。有啤酒吗？”

母亲赶紧打开冰箱，拿出一瓶啤酒，启开塞子，倒了一杯。这时，三郎看着母亲说道：“妈妈，我还是打算结婚了。”

母亲拿着啤酒，一屁股坐在了榻榻米上，呆呆地盯着三郎：“你说的是真的？”

“当然是真的了。上次回来的时候，好像跟你念叨过的，她叫田坂亚希子。”

“就是，那个有钱人的小姐？”

“是的。她的父亲是青山一家大医院的院长。她今年二十三岁，K大社会学科毕业。”

“那么好的姑娘，为什么要嫁给你呢？”

“因为，她父亲想要我入赘他家的，妈妈不反对吧？”由于事出突然，母亲一头雾水，三郎仍旧继续说下去，“所以，人家明天要来咱家下聘礼。”

“什么，你说什么……”

“明天十二点，她的叔叔会来咱家下聘礼，请妈妈好好接待一下。”

“你等一等。”

“虽说是入赘，不过，和她结婚的话，我就可以回东京了，而且也不会让母亲感觉拘束的。没关系吧？”

“哥哥……”妹妹忍不住插嘴。

“你突然没头没脑地这么说，谁听得明白啊。应该按照顺序，从头说起啊。”

“……”

三郎重新讲述了和亚希子在岛上相遇的经过。

当然，他并非一五一十照实说的。

亚希子在岛上感到腹痛，被送到诊所来，这些讲了，但略去了怀孕的事。由于医生不在，自己为她做了手术，从那以后，开始了交往，到此为止都是实话实说的。但后来再一次冒充医生，给她做了修补疤痕的手术，以及在旅店看护她等，都没有说。

“那么，他们对你这样没有上过大学的人，也无所谓吗？”

“即使没有上过大学，该喜欢还是会喜欢的呀。”三郎不高兴地说。

母亲又问：“可是，这么有钱的人家的小姐，想要找什么样的富家公子不行啊，怎么会看上咱们这样的穷人……”

“所以说，是倒插门哪。”

“即便是倒插门，大医院的千金小姐，找个年轻有为的医生不是很容易吗？”到底是母亲，一下子就戳到了三郎的痛处。可是，现在绝不能胆怯。

“一般的手术我也能做啊。妈妈大概不知道，比起岛上那个只知道喝酒的医生，我可强得多。”

“你又不是医生，还做什么手术？万一失败了，被警察抓走可怎么办。”

“不要紧的。”三郎勉强笑了笑。

“总而言之，对方表示非常喜欢让女儿嫁给我。而且我也很喜欢她。上次回来，妈妈不是说，只要是我喜欢的女人，和谁结婚都可以吗？”

“那是当然，是你结婚哪。你喜欢的人自然没问题，不过，家庭条件相差太悬殊也不好。”

“妈妈那一套老黄历现在的人早就不在乎了。结婚以后就平等了。”三郎这么一说，妹妹插嘴道：“哥哥老是结婚结婚的，说得倒挺热闹，剩下我和妈妈怎么办呢？”

“放心吧，我不会扔下你们不管的。一结婚，我就成了有钱人，会尽我所能关照你们的。”

“我不是那个意思，哥哥成了上门女婿的话，咱们相川家谁继承啊？”

“你继承不就得啦？”

“开什么玩笑，我要嫁人的。哥哥不是长子吗？”

“不一定长子就必须继承家业呀。再说咱们家也没有什么可继承的，这种想法太过时了。”

“哥哥太自私了，只要自己幸福就行了，对吧？”

“我当然是希望幸福啊。与我陷入不幸相比，还是获得幸福，成为有钱人对你和妈妈更有利吧。对吧，妈妈？”三郎这么一问，母亲平静地回答：“我想，只要你觉得幸福，在哪儿生活都无所谓。只是，对方是不是真的想跟你结婚呢？不会被人骗了吧？”

“没有被人骗啊。明天人家就来下聘礼了。”

“不过，他们真的对你很满意吗？”

“我想拜托妈妈个事，对方如果问起有关我的情况，请妈妈不要随便说什么。”

“人家会问什么？”

“由于我也参与医生的工作，她的家人以为我是医学院毕业的，对这些问话，你就不要多说什么了。”

“对方不会以为你是医生吧？”

“那倒不会，不过，有的人如果知道我不是医生的话，会瞧不起我的。本来就穷，再被人瞧不起，我可受不了。”

“我不知道你是怎么回事，反正我什么也不说就是了。”

“只要妈妈做到这一点就没问题了。”

“那么，诊所那边怎么办呢？”

“当然是下个月初就辞职，然后去她父亲开的医院工作。”

“还是做化验、拍片子吗？”

“也做这些，可能也会给医生当助手。”

“住在哪儿呢？”

“青山有她的公寓，所以，暂时我们俩会住在那儿。”

“什么，青山……”妈妈吃了一惊，然后叹了口气。

“她说是 2LDK 的房子，很漂亮，你们经常来玩吧。”

“我可不去。”妹妹生气地说，“反正哥哥太自私了。自己一个人决定了以后，突然间就说要去倒插门，明天就来下聘礼，太过分了！哥哥的媳妇就相当于妈妈的女儿啊。这么重要的人，竟然事先都没让妈妈见一面，多少也体谅一下妈妈的心情好不好！”

“可是……”

这里面情况很复杂，想要解释清楚的东西太多了，可是，现在还不能说。三郎低着头说：“没有办法呀。”

“不管有没有办法，哥哥就是自顾自的人。”

“里美……”妈妈呵斥了妹妹，妹妹猛地站起来，进了里屋。

“我的确是有些顾自己，不过，这次的事就按照我说的办吧。以后你们会理解的。”

“我不知道你是什么情况，只是有些担心呢。”妈妈说完，心神不定地喝了口茶。

第二天一早，三郎就去日本桥的百货店买聘礼了。

“我想买一套九种的聘礼。”

“那么这个应该可以。”

在百货店里，都是已经组合成套的。

“纳礼书怎么写？”

“什么是纳礼书？”

“就是接受聘礼的证明。可以的话，我们在这里帮您填写一下您的名字。”

亚希子虽然没有提及，不过当然越齐备越好了。三郎点点头，女店员问道：“新娘子的名字呢？”

“那个，是入赘女方家。”

“那么，就是新郎的名字了。”在女店员的催促下，三郎说了自己的名字。连眼光敏锐的女店员似乎都没有意识到，面前的男人就是新郎本人，今天接受聘礼。

“真是恭喜啊。”她一边说着客套话，一边打着包。

三郎拿着聘礼回家时，已经十一点半了。

妈妈已经打扫完卫生，正在往玄关前的小路上洒水。

三郎把包裹里的聘礼拿出来。

“一般应该放在壁龛前面，咱家没有壁龛，我就从邻居家借了个桌子，把它摆在上面怎么样？”母亲还真能干，在里面的六叠屋子门口摆了个桌子，上面还摆好了供神酒。

“这么窄的地方合适吗？”

“不合适也来不及了。对方说可以就没关系。”现在，三郎什么事都很想得开。

“好了，我要去换衣服了。你也快点换衣服吧。”

“里美呢？”

“说是和朋友约好了，出去了。好像还在生气，不用管她。”

“真是的。应该介绍所有家庭成员的。”

“就说她有事出去了。没有关系吧？”

“可是，她不在的话，端菜、热酒什么的，都是妈妈的事了。”

“这个已经请邻居八重小姐来帮忙了，现在她应该拿坐垫来了。”妈妈进里屋去换衣服了，“我穿那件旧的大岛绸，没关系吧？”

“没关系。”三郎没有礼服，只有一套从岛上穿回来的深蓝色西服。

“但愿一切顺利！”三郎对着镜子一边打领带，一边祈祷似的闭上眼睛。

来下聘礼的一行人到达三郎家的时候，已经十二点过十分了。

尽管事先把路线图给对方了，但由于路不熟，他们还是走错了一点儿路。

三郎走出玄关去迎接的时候，大吃了一惊。

正中央的高个子白发绅士应该是亚希子的叔叔田坂义孝。他和电视里看到的一样，相貌堂堂。出乎三郎意料的是，在他旁边，还站着田坂的夫人和亚希子的父母，以及亚希子。

“哎呀，这么热的天，你们特意前来……”母亲深深弯下了原本已经很弯的腰。

“今天，我是作为使者前来府上的。这个孩子，还有这个孩子的父母，说是还没有和您见过面，索性借这个机会，大家一起来拜访一下，所以就一起来了。”听了亚希子叔叔的解释，母亲的腰弯得更低了。

“太感谢了！我家太寒酸，实在不好意思。里面请吧。”

三郎慌忙说了声“请吧”，跟在父母后面的亚希子扑哧一笑，朝他挤了挤眼睛。

田坂家这边是五个人，三郎这边是母子二人。七个人对面而坐，狭窄的起居室里便满满当当了。

八重小姐立刻上了茶。大概事先和母亲商量好的，是符合礼数的海带茶。

落座之后，亚希子的叔叔先自我介绍，然后，一一介绍田坂家的人：“这位是亚希子的父亲雄一郎……”

于是，穿着一身灰色套装的田坂院长低头见礼：“初次见面！我是亚希子的父亲。此次府上的三郎君和小女有缘，定下这门婚事，我们都非常高兴。小女任性，请多关照！”

“我是三郎的母亲。我们小户人家，还请多多关照！”不愧是上了岁数，有些见识，母亲的应对很得体。

叔叔又介绍了亚希子的母亲和亚希子：“这位是令郎的新娘亚希子……”

亚希子立刻朝三郎的母亲莞尔一笑，低头见礼：“我是田坂亚希子。”

“我是三郎的母亲。”母亲回了一礼，然后直盯盯地看着亚希子，发出了一声感叹，“真是漂亮的姑娘啊……”然后母亲问道，“小姐今年多大了？”

“二十三岁。”亚希子白色丝绸连衣裙胸前别着珍珠胸针，浑身洋溢着清纯的气息。

“真是位漂亮的小姐啊。昨天晚上听三郎告诉我时，还以为是在做梦呢。”

“是昨天晚上吗？”亚希子的叔叔惊讶地问道。

“昨天他突然回来，告诉我明天下聘礼，真的很吃惊，所以没来得及准备什么。”

三郎戳了戳母亲的胳膊肘，但母亲好像没有意识到。

没想到，下聘礼仪式很简单。亚希子的叔叔将聘礼目录递给三郎的母亲，说一句“祝愿地久天长，请收下聘礼”，三郎的母亲回礼“非常感谢”，便结束了。之后摆上日本酒和预订的寿司外卖，宴席开始。

母亲吩咐八重姑娘把一大早准备的烧菜和海带卷端上来。

“那样的乡下菜还是不要上桌的好。”三郎反对，母亲却说：“这是我特意做的。”还亲自去端菜。

即便家里再贫寒，三郎也希望搞得体面一些。最好是准备西餐，像火腿或奶酪等比较时尚的拼盘，而不是烧菜和海带卷。

不料，这些乡下菜还颇受好评。

“这样的菜最好吃了。近来我家里已经很少做了。”亚希子的父亲一夸赞，母亲更来劲了：“可以的话，带一些回去好吗？装在盒子里吧？”

“妈妈……”三郎愈加不好意思，拽住正要站起来的妈妈的衣袖，“不用了，你就坐着吧。”

对于这样多事的母亲，三郎有些发愁。看着母子俩的样子，亚希子觉得很有趣。

“这一带很有庶民区的气氛，真是个不错的地方。”亚希子的父亲环顾四周说道。

“家里地方狭小，不过已经住了三十年，就不想搬到别处去了。”

“过去，当学生的时候，我也在这一带住过呢。”

由于是星期日白天，外面小孩子玩耍的声音听得很清楚。

虽说比不了亚希子家那样的豪宅街，但三郎还是希望能够再安静一些，但是母亲对那些声音毫不介意，兴致勃勃地和亚希子的父亲、叔叔说话。话题围绕着这条街道过去的回忆，也许母亲是觉得让对方一一询问自家的情况有些失礼吧。

三郎虽然觉得有些无聊，但是话题集中在那些方面，倒是不必担心母亲会说漏什么。

然而，聊了二十分钟左右，听到亚希子的父亲突然问道：“听说您的腰不太舒服，好些了没有？”三郎吃了一惊。

“谢谢关心，我倒没有感觉哪里……”母亲刚说了一半，三郎慌忙接过来：“你忘了，前几天你不是腰疼吗？已经好多了吧。”

“是啊，反正我就是劳碌命啊。”妈妈以前曾经念叨过腰酸，所以三郎就以此为由头，总算糊弄了过去。

可是话题马上又朝另一个危险的方向转移了。

“不过，您把两个孩子都培养得那么优秀，真不容易啊。”

“每天能吃饱三顿饭就很不错了，所以大学，这个孩子也没能……”

“妈妈，没有酒啦。”在千钧一发之际，三郎又赶紧给岔开了。

母亲站了起来，三郎松了口气。

看这样子，一刻也不能放松。一不小心，说不定母亲还会说出什么来。

好在，接下来谈起了三郎死去的父亲，以及战时的回忆，好歹没有露馅。

就这样聊了一个小时左右，客人起身告辞已是下午两点了。

再次相互客套了一番之后，亚希子的叔叔接受了三郎家返还的聘礼。

“下次请务必来我家做客。”对于对方的邀请，母亲充满感激地一再鞠躬致谢："非常感谢！有机会一定登门拜访。"

那天傍晚，三郎和亚希子单独在六本木的咖啡店里见了面。

下聘礼之后，亚希子先回了一趟家，换了一身衣服，这次是白色羊绒衫，外套苏格兰花呢黑白间色的宽腿裤，脚上是黑色长筒靴。

下聘礼的时候，她打扮成一个清纯的大家闺秀，现在又变身为潇洒的现代女郎。

"我家又脏又小，吓了一跳吧？"一见面，三郎就问亚希子对他家的印象。

亚希子笑着说："没有觉得啊，感觉很愉快。"

"乡下人，没见过大场面，我还真是不愿意让你们见面呢。"

"你有个好妈妈呀。爸爸和妈妈也夸你妈妈呢。"三郎本来还担心他们看到自己寒酸的家、衰老的母亲，会瞧不起，听亚希子这么一说，他就放心了。

"爸妈说，下次一定要请你妈妈一起来我家。"说到这儿，亚希子忽然严肃起来，"我想知道，你妈妈对我怎么看的？"

"说你非常漂亮，是个好女孩。和那么好看的女人结婚，你小子真够幸运的。"

"真的呀？太高兴了。这么说今天的相亲非常成功了。"

"应该是下聘礼吧。"

"哦，对了。不过，你不觉得就像双方父母相亲一样吗？"

"倒也是。"

"叔叔还笑话我们呢。他说下聘礼的时候，父母双方才初次见面，你们还真是稳得住什么的。不过，这样就算是缔结正式婚约了。"亚希子看着三郎，说，"你可不许跟别人上床啊。"

"那是当然。"三郎回答。

亚希子满意地点点头，说："还有，这种时候，男人应该送女人什么礼物，你知道吗？"

“应该是戒指吧。”

“是啊，这是订婚的证明啊。这种事按说不应该由女人嘴里说出来的。”

“事先没想到，身上没有带那么多钱。”

“那我可以先借给你。给我买吗？”

“现在吗？”

“送戒指当然是越早越好啊。”

跟女方借钱买婚戒，实在是不合常理，但是亚希子好像急不可耐地想要戴上戒指。

“你知道我的生日是哪天吗？”

“是四月份吧？”

“对，是买钻戒啊。当然，也不用买太贵的。”

说实话,现在三郎身上只有三万日元左右,而且几乎没有其他的存款。

不过，打开今天的聘礼，里面有三百万日元。妈妈一边数着钱，一边惊叹不已。对于田坂家来说，这些钱可能算不了什么。如果动用那笔钱的话，就能买个像样的钻戒了。

“赤坂有一家我经常去的珠宝店，去那儿买的话，应该会给我便宜一些。现在就去吧。”二人走出咖啡店，去了赤坂。

珠宝店的老板显得跟亚希子很熟络的样子：“婚戒是小姐戴吗？”

“当然了。这位是我的老公。”

“是这样啊。真是恭喜啊。”店主再一次低头道喜。三郎脸红了，亚希子倒满不在乎。

二人看了一遍柜台里的戒指，最后亚希子看上了一个小巧玲珑的钻戒。

“买这个非常划算。这么大的，一般都得五十万呢。”

标价是三十六万，店主说给他们便宜六万。

“这个钻戒很漂亮，很适合小姐戴。”在店员的鼓动下，亚希子戴在手指上试了试。

“要这个的话，就给三十万吧。”店员说道。

三郎回身从亚希子给他的钱包里拿出三十万来。

“太好了！谢谢你！”虽然亚希子向他道谢，但自己并没有出钱，三郎心里觉得不是滋味。

“现在，咱们去青山公寓看看吧。我带钥匙来了。”三郎只能在东京待今天一天。虽说时间很紧，但他还是觉得应该去看一看。

他们开车再次返回青山。

从青山的外苑前路拐向赤坂方向，第一条街的拐角有一座新建的公寓大厦，十二层高，外立面都是现在最流行的茶色瓷砖。不愧是一流装修公司干的活儿，一看就特别结实。看样子已经有人开始入住了，公寓大门前停着装满行李的卡车。

由于地处富人区的关系，一层都是咖啡店、精品店、西服店、画廊等。

“你看，很方便吧。”亚希子好像已经来过好几次了，跟入口的管理人打招呼。

走进大门，是个大理石地面的宽敞大厅，摆放着四套沙发和观叶植物。

“来访者摘下这个话筒，按下房间号，房间里的铃声就响了，房间里的人一按按钮，这扇门就开了。这么一来，推销东西的和不法分子就进不来了。”亚希子一边说明一边穿过大厅往左走去，电梯左右各两个，一共四个。他们走进右边的那个电梯，到了十层，走出电梯，是一个二十坪左右的小楼厅。

亚希子打开左边“103”的房门。一进门，是个二坪左右的脱鞋处，然后穿过一条细长的走廊，便进入一个近三十叠的大客厅。

房间里还没有家具。地板上铺着藏蓝色地毯，地毯那边是露台。

亚希子打开窗户换空气：“怎么样，很不错吧？”

从青山直到赤坂的高楼大厦尽收眼底。左边茂密的绿茵好像是青山陵园。交通便利，又比较幽静，属于东京的一流地段。

“这儿是厨房，这个房间打算给你当书房。”书房足有八叠大，从窗户也能看到绿色。

“那个是神宫球场，右边是东宫御所。虽然有些不敬，从高处俯瞰很美吧。”

亚希子指的方向是明治神宫的森林，一部分开始泛红的树叶辉映着斜阳的余晖。

“在这里放上你的书桌，书架靠墙比较好吧。桌子是西式的大桌子，书架还是选白色木料的吧。这个地毯是藏蓝色的，我正考虑换成紫藤色的，还是紫色比较安静吧。”

“是啊……”三郎虽然点着头，心里还是半信半疑，我真的能够住在这里吗？

“你看，这是咱们的卧室。”亚希子打开书房旁边的门。

卧室也有八叠大小，窗户朝西北，夕阳染红了窗边。

“在这里放一张双人床，床头柜就放在这边比较好吧。”亚希子伸开双臂，一一说明家具的位置，“我想尽量不在客厅里摆放家具，所以都放进卧室里，也就满满当当的了。”

人没有知足的时候。在三郎看来，简直就像宫殿一样。

“这里放落地灯，灯伞红色的可以吗，还是粉红色的？”

“都行……”

“大床是北欧风格的，非常漂亮，我已经预订了。”说到这儿，亚希子突然眼眶湿润了，望着三郎说，“吻吻我吧。”

三郎正犹豫时，亚希子主动搂住了他。

“真高兴。我现在太幸福了！”亚希子一边接吻，一边紧紧贴在三郎身上。

三郎搂着亚希子柔软的身体，想到此番虚假的表演即将迎来最后的高潮，恐怖感再一次袭上他的心头。

初

chapter 08 / 初 秋

秋

一进入十一月，南方的小岛上也秋色渐浓了。

海岸栽种的松树、椰子树、苏铁等热带植物依然绿意盎然，但一般的阔叶树已然红叶满枝，有的已经开始落叶了。虽说是红叶，却呈现出红褐色，没有在本土看到的红色那么艳丽夺目。如果说是由于天气突然转冷而如此鲜红的话，那么在接近亚热带的岛上，想看到鲜艳的红叶或许是一种奢望。不过，早晚温差很大，到了晚上，不穿西服上衣或外套，还是会感觉凉凉的。

随着秋色一天天变浓，三郎一直在考虑何时离开小岛之事。

三郎正式提出辞去诊所的工作是在交换完聘礼，回到岛上十天之后。

本来应该跟所长谈的，但由于所长不在，三郎便对干事长谈了。趁着午饭后，干事长在看报的时候，三郎对他说："我打算辞去诊所的工作。"

一瞬间，干事长从报纸上抬起头来，从老花镜上面盯着三郎问道："为什么要走啊？"

"因为母亲患病，让我回去。她腰不好，最近一直起不了床。"他还是拿老妈的病做借口。虽然觉得很抱歉，但反正已经使用过一次了，便顺口说出来了。当然，这回是早已想好了，如果干事长问起辞职的原因，就这样回答。

“可是，你突然提出要走，这里很难办啊。”

“我也这么想。可是母亲让我尽快回去，所以打算十一月中旬辞职。”

“即便是十一月中旬，也只有不到一个月了。”

“是的。”

“你回东京后，有什么打算呢？”干事长抱起胳膊问道。

“现在还没有明确的去处，我想早晚还是会去医院工作的。”

“你想得太简单了，现在就业这么难，不是想找就能找到的。”

“这个我知道……”

“你从临床诊断到拍片都拿得起来，甚至还能顶替医生做手术，是咱们诊所不可缺少的人啊。”

“既然如此，怎么不对我好一点儿啊。”三郎心里想，“可事到如今说这些也没有用。”

“能不能克服一下，继续在这里干下去？要不干脆把母亲接到岛上来如何？这边比较暖和，对养病也有好处。”

“可是，母亲一直在那边的医院看病，而且她也不想来这边住。”

“真是不好办哪。”干事长再次抱起胳膊沉思起来。

“至少再干半年，行不行啊？十二月还有奖金，现在辞职的话就吃亏了。”

在现在的三郎眼里，诊所那点可怜的奖金，根本不值一提。自己马上就要成为奖金几百倍的富人了。

“怎么样，再考虑考虑吧？”

“可是，母亲说身边没有人看护，让我无论如何也得在十一月中旬以前回去。”

“你自己照看母亲吗？”

“眼下是这么打算的。”

“真是搞不懂你。”

“不管怎么说，请同意我辞职。”没有比一旦决心辞职的上班族态度更坚决的了。

三郎对于干事长虽然态度强硬，但是对于明子就行不通了，弄不好会闹出乱子来的。三郎正犹豫不决时，对干事长提出辞职的第二天，明子就到三郎的宿舍来找他了。

“听说你要辞职，干事长说的。”一进房间，明子开口就问，眼睛也不看三郎，给他一个冷冰冰的侧脸。这种时候最可怕，好比暴风雨来临之前的平静。

“因为我母亲的身体不好……”

“你是不是打算瞒着我啊……”犹如歇斯底里发作前的预兆，明子细长的眼睛闪闪发光。

“我打算今天晚上跟你说的……”

“你要是辞职的话，我也辞职。”

“你简直是胡闹……”

“不是胡闹。我本来就想辞职的，是你来了以后不让我去的。”

的确是这样。三郎去岛上的时候，明子正渴望去东京的高等护士学校学习。她很喜欢学习，对于在岛上当个准看护，过一辈子心有不甘。可是自从和三郎好了以后，便拖延下来了。

“可是，你现在辞职的话，好像咱们俩商量好了似的，别人会有看法的。”

“我一个人留在岛上，人家会更有看法。咱俩的关系不光是诊所，岛上的人都知道。要是让我一个人留下，人家会以为我被你甩了呢。在别人同情中留在岛上，我可不干。”

听明子这么一说，她的处境的确很可怜。即便是暂时的，岛上的人爱说闲话，肯定会说三道四的。

“你也带我一起走吧，然后咱们在东京一起生活，好吗？”明子突然露出哀求般的眼神恳求三郎。

“你在东京的医院工作，我上护士学校，想见面随时可以见面。”

“那怎么行啊？”

“为什么？你以前不是说过，咱们以后一起去东京的吗？”

三郎也知道的确是说过，可那不过是在当时的情意绵绵中随口说说的。

“虽说回东京，可我还没有找好工作呢。”

“那我可以工作呀。护士工作好找，虽然收入不多，但维持两个人的生活没有问题。”

“可是我还有老妈要养活，而且必须回家里住。”

“我也可以帮你照看伯母，这个算不了什么。”

娶了这个女人的话，的确会好好伺候母亲的。不过，事已至此，她这样的态度反而成了负担。

“总之，你还是先留在岛上为好。再说护士学校开学也是明年四月份吧？”

“入学之前，我可以在东京做实习护士，半工半读啊。”

“在东京有了工作的话，根本无法学习的。学习还是在安静的小岛最好。”

“那么，你还是要我一个人留在岛上了？”

“可是，现在只能这样办啊。”

“我问你……”明子突然坐直了身子，直视着三郎问道，“你不会是觉得我碍你的事吧？”

实际上的确是这样，但在明子锐利目光的逼视下，三郎实在不能回答“是这样的”。

“你不会是想甩了我，去东京和谁结婚吧？”

“怎么会……”

“你要是敢那么做，我可饶不了你。我会一辈子恨你，直到死。”

“喂，别胡说。”

“那么，到了明年春天，你一定叫我过去吗？”

“什么叫你过去啊，你不是要去上护士学校吗？”

“当然是啊，那是因为你在东京我才去的呀。不在一起住也没关系，我去了东京以后，咱们还会像现在这样经常见面吧。”

“那是当然……”

“你没有骗我吧？”

在明子的盯问下，三郎点着头，心情郁闷起来，仿佛被上了沉重的枷锁。

一个星期过去了。

三郎辞职的事，不但所里，岛上的人也差不多知道了。

就连常去的咖啡店的老板娘也问他：“听说先生要辞职？”三郎点点头，老板娘一个劲挽留，“大家都这么依赖先生，还是尽量别走了。”

无论是患者，还是房东大婶、店家，都担心地问他:“你一定要走吗？”尽管岛上的人嘴碎，可都非常热情纯朴。

三郎虽然感谢大家的好意，但仍然铁下心来绝不因此而改主意。一旦决定离开，就要一往无前。自己已经没有退路了。

过了一个星期后，看三郎丝毫没有改变主意的意思，干事长好像也终于死了心，让他立刻教会在办公室工作的最年轻的山本拍片子。看样子干事长是打算暂时让山本拍片，让护士们承担临床检查了。

三郎要辞职的消息传出去后，只有山中医生没有任何反应。他肯定从干事长那里听说了，可是见到三郎却什么也没有问，还高兴地对三郎说：“有空来岛上玩。”

也许是听说这个喜欢钻研医术、让他讨厌的人要走，所以山中心情很愉快吧。

这些都无关紧要，三郎最担心的还是明子。“你要是跟别人结婚的话，我就去死。”好像是随口一说，但这个女人说不定做得出来。即便不寻死，也不会善罢甘休的。

三郎越想越感觉自己爱了一个难缠的女人。

在这种种不安之中，亚希子照样每天打电话来。

诸如什么公寓的内装修改为浅驼色，地毯也都换成了紫藤色的厚毛毯。家具也开始陆续购入，还有她在婚礼上穿的婚纱是专门定做的，不是租借的，等等。她劝三郎也定做礼服，三郎说不必了，租的衣服完全可以。

“再说现在也来不及做了。”

“要是不合身很难看的。”亚希子很担心。不过，她更担心的还是婚礼的来宾。

亚希子家那边，最保守的估算也要来一百二三十人。介绍人还是中平议员，三郎这次回东京时，要去拜访他。

“邀请函已经写好了，就等着寄出了。不过，你家那边还没有名单呢。”亚希子这么一说，三郎有些慌乱：“大致有母亲和妹妹，岛上这边的人叫高冈……”

“这几个人也太少了吧。”

“可是没有其他亲近的人了。”

“高中或大学时候的同学，不是很多吗？把那些人都叫来吧。给你留出了三十人的席位呢。而且，还需要一些非常熟悉新郎的成功人士。如果没有这样的人物祝福怎么行啊？你们所长能不能来？”

“他还住院呢。”

“那么大学时候的教授或前辈也可以啊，最好是有些社会地位的人。不然的话，就好像是我家单独举行的婚礼似的。”

“那有什么关系。”

“不行。那样人家会笑话的。”

虽说如此，可是没有人可邀请，三郎也没有办法。

“总之，随便你们家怎么办都行。”

“怪人……”亚希子叹了口气，说，“十一月十五日，你能回来吧？”

“我打算二十日回去。”

“那太晚了，还是十五日回来吧。要去试衣服，还要去拜访亲戚们，很忙的。”

“……”

“咱们要切的蛋糕有两米高呢，气派吧！”话筒那头传来的亚希子的声音总是那么兴高采烈。

十一月二十六日，东京从早上就是个大晴天。

十二点，三郎和母亲、千住的叔叔、千叶的姨妈四个人一起走出家门，坐上了出租车。

婚礼从一点开始，婚宴从两点开始。从婚礼到婚宴之间没有休息时间，但是，由于今天是星期日和大安重叠之日，不得不这样了。

一进入十二月，岁末的忙碌，加上天气渐冷，举行婚礼的就已经很少了，今天是最后的婚礼高峰了。

叔叔和姨妈都表情十分紧张地坐在车上。尤其是叔叔，大概是不习惯，不停地摆弄领带。叔叔在千住的焊接工厂工作，近几年来都没有穿过西服。他本来不敢出席今天的婚礼，说什么“不喜欢去那种豪华的地方”，可新郎方若是没有代替父亲角色的男性出席，人家会见怪的。三郎以此为由，才好说歹说把他劝来了。不愧是父亲的弟弟，叔叔是匠人秉性，不爱说话，这一点让三郎挺放心。只是他三年前伤了脊骨，有些驼背。原本人就瘦，加上驼背，西服显得肥肥大大的，一看就知道是租来的。

姨妈是母亲的妹妹，她经营了十年的拉面馆和小酒馆，胖乎乎的，穿上礼服倒是派头十足，但怎么看都像是乡下大妈。

与这二人相比，三郎的母亲虽然个头不高，却利索得多。五十多岁了，也没有发福，腰杆直直的。不过，一看她那满是皱纹的脸和粗糙的手，就知道是长年累月为生活而操劳的女性。

其实应该来的还有一位，就是妹妹里美。可是，由于昨晚兄妹二人大吵了一架，妹妹说什么也不参加了。妹妹从下聘礼的时候开始，就对哥哥的做法心怀不满，现在又知道了哥哥向对方隐瞒了冒牌医生的身份，更是激烈地反对了。

“哥哥就这么想当有钱人吗？不惜欺骗别人？”

“我并没有欺骗他们啊，只不过是对方有人误以为我是医生而已。”

“瞎说。哥哥就是趁机接受了这门婚事呀。我可没脸出席这么卑鄙的人的婚礼。”

“那你就不用出席了。”

“当然了，就是请我去，我也不会去的。”说完，里美就离开了家，直到今天早上都没有回来。结果，新郎方面出席婚礼的亲戚，除去里美外，只有三个人了。简直是少得可怜，可也无可奈何。

出租车到达饭店时不到一点。他们应该先去休息室，可是第一次来帝国饭店，不知道休息室在哪儿。问了门口的服务生，服务生带着他们坐扶梯上了二楼的休息室。

他们踩着柔软地毯走在宽阔走廊上，看见右手边一个门上挂着“相川家休息室”的牌子，隔壁房间的门上挂着“田坂家休息室”的牌子，从敞开的门里传来男男女女叽叽喳喳的说话声。

“请进！”服务生说道。他们走进房间一看，排列着桌子和沙发，地方很宽大，足够二三十人坐的。四个人紧挨着坐在沙发的一角，这时，身着和服的女服务员给他们送来了茶。

“才来了四位吗？”大概是觉得和隔壁比起来，人太少了吧。她奇怪地看着四个人，放下茶就走了。

“这地方真是漂亮啊。我一直想来看看呢。”千叶的姨妈环顾四周，赞叹不已。千住的叔叔照例是心神不定地摆弄领口。

“在这种地方住一晚上，得多少钱哪！啊，这樱花茶太好喝了。”听姨妈一说，叔叔也慌忙喝起来。三郎希望他能够再沉稳一些，可又不好这么对他说。

“你不用去隔壁打个招呼吗？”妈妈这么一说，三郎刚要站起来，亚希子的叔叔敲敲门，走了进来。

“哟，你们已经到了？我们也刚到。今天真是可喜可贺啊！”

“同喜同喜。承蒙多方关照，非常感谢！”

“这位是三郎的叔叔，相川市松，这位是他的姨妈，石井竹。”

三郎羞愧得恨不得闭上眼睛，但亚希子的叔叔满面笑容地说道：“我是新娘的叔叔，田坂义孝，今后请多关照！”

叔叔和姨妈身体僵直地恭恭敬敬低头行礼。三郎希望他们能说一句什么，却一句话也没有说。

“介绍人中平已经来了，你们要不要过去一下？”在亚希子叔叔的敦促下，三郎和母亲一起去了隔壁房间。

和新郎的房间相比，新娘的房间热闹非凡。男宾都穿着礼服，女宾都是和服或西式礼服，满眼是豪华的服装。

在正中央的桌子上摆满了鲜花，放不下的放在了窗台上。窗台前面，亚希子的父亲和中平议员正在站着说话。三郎一走过去，亚希子的父亲马上伸出手来跟三郎握手。

“噢，你来了。内人现在陪着亚希子穿婚纱呢，马上就一起过来。”

“令堂和中平先生是第一次见面吧？这位是介绍人中平先生。”

“我是三郎的母亲。承蒙您在百忙之中，大驾光临，真是太谢谢了。”母亲问候道。

中平议员傲慢地点点头，对母亲说：“令郎能够和这么好的女孩结婚，真是太好了。我要是有儿子的话，也想娶她呢。”

“先生又在开玩笑。”亚希子的父亲笑道。中平议员和报纸上的照片一样，圆圆的脸庞，长相虽平常，目光很是锐利。

“你个子高，穿上礼服很合身，这样和亚希子小姐站在一起就很般配了。”

“这是借的。”

“年轻时穿借的衣服就可以。以后靠自己的力量置办好衣服吧。”

这时，中平突然想起来似的，从兜里掏出一张白纸，对三郎说：“那么我想确认一下，你是昭和四十四年高中毕业，从东都大学毕业是昭和五十年，对吧？”

“啊，是的……”

“那么，毕业之后马上去了岛上，可以这样说吧？”

因为是假履历，三郎的回答声音很小。

“这么说，你是当年就考入了医学部，真是才俊啊。”

“哪里……”

中平议员做记录的时候，从门口那边传来了掌声。

三郎扭头一看，亚希子在介绍人牵引下，走了进来。

她像个公主一样好看。身着白色礼服，头戴白色盖头，支撑着大大的高岛田的头部微微前倾着，显得很重。

“亚希子，是三郎。”亚希子的母亲提醒道。亚希子抬起头，看着三郎微微一笑。三郎也不由得点点头。

“就坐在这儿吧。”介绍人中平夫人说道。亚希子坐在了中央的一个圆椅子上。跟在身边的美容师立刻将她的白色礼服展开，摆好。

“太美了！”“真漂亮啊！”女宾们发出赞叹，马上围拢在亚希子身边。

这么美丽的女性从今天开始完全属于我了。三郎对自己这样说，却还是不能完全相信。

婚礼一点准时在饭店三层的大贺神社神殿举行。据说这个神社是和成就婚姻的出云大社有关联。

婚礼大厅能够容纳新郎新娘双方各二十人，新郎方只有三个人，于是，亚希子的叔叔让新娘方多出来的十五人站在了新郎方这边。

时间到了。伴随着舞乐，开始表演驱邪仪式，接下来是诵读祈祷文。

在举行婚礼仪式的过程中，三郎虽然庄重地低着头，可不知为什么，并不觉得是自己的婚礼，甚至陷入在参加别人婚礼的错觉之中。

“新郎新娘朗读誓词。”听到这句话，三郎才想起是自己的婚礼，走到了神殿前面。

“今天我们在这里……”三郎开始朗读誓词。万一有自己不会读的词怎么办？他心里很担心。幸好都标注了假名[1]，很容易读。

“我们作为夫妻……”读到这里，他感觉放松了一些，提高了声调，可到了最后朗读各自名字的地方，他看到“田坂三郎”，稍稍踌躇起来。他咽了口吐沫，低声说出“田坂三郎”，紧接着，亚希子说了“亚希子”。

朗读完誓词，神女[2]走过来，将交杯酒递给他们。一共喝三杯，每杯喝三次。三郎虽然知道是这样的程序，却由于心慌，前两次喝多了，到第三次时，已经没有酒了。亚希子三次都是做做样子，嘴唇几乎没有碰到酒杯。

之后是玉串奉献仪式[3]，以及亲属干杯。

按照规矩，一般都是各家推选一个代表来介绍各方的亲属，但是，亚希子的叔叔很体贴，说：“新郎的亲戚都住得远，所以今天只来了很少的人。由我代为介绍新郎方的亲属。”可能的话，三郎当然不希望这样，但也不好说什么。

但是，亚希子的叔叔只是短短地介绍了一句：“这位是三郎的叔叔相川市松先生。”三郎放了心。

---

1 日语字母。

2 神社里专事演奏神乐、祈祷仪式以及告知神意的未婚少女。

3 玉串，即杨桐树枝缠上白布条或纸条，奉献于神前，将神与人联结为一体之意。

总之，婚礼顺利结束。三郎和亚希子跟在介绍人后面退了场。

“下面，大家一起拍一张全体照。”亚希子叔叔说道。于是大家一起朝大厅前面的摄影处走去。

途中遇见了其他几对新婚夫妇，人们看到亚希子，都惊叹地说：“好漂亮的新娘啊。”

也有人指着中平议员说：“哟，那不是前大臣中平议员吗？”三郎既自豪又惭愧地跟在中平先生后面走着。

在摄影处，首先拍了一张全体照。新郎新娘坐在中央，左右两边是中平夫妻，再往左边是三郎的母亲，右边是亚希子的父母。

“三郎的叔叔和姨妈请到这边来。”亚希子的叔叔又在喊。

“去哪儿了？还不赶快坐到前边来。”三郎非常着急。

过了一会儿，叔叔从人群后面走出来，不停地鞠着躬，坐在了前面。其实三郎是希望他坐在后面不起眼的地方的，无奈亲戚太少，只好如此。

“好了吗？大家请看这边，好的。”闪光灯啪地一闪，三郎不禁闭了下眼睛，不过接着又拍了两张。

“那么，下面是新郎新娘两个人拍照。”听到摄影师的声音，亲戚们都退了下去，只剩下三郎和亚希子留在摄影棚的角落。

“怎么样，我今天漂亮吗？”

“非常漂亮啊。”

“你也很帅啊。”亚希子扑哧一笑，说，“刚才驱邪仪式的时候，你搞错了吧？咱们两个人应该朝内转圈，你朝外了，屁股朝着我。”

“我没注意啊。”

“我真想掐你一下呢。”比起三郎来，还是亚希子更冷静一些。

“那么，请二位过来站好。”听到摄影师的声音，两个人再次回到摄影棚中央站好。先拍了一张两个人并肩站着的，又拍了一张亚希子坐在椅子上，三郎站在旁边的。各照了两张。然后拍了和介绍人夫妻四个人的，以及和三郎的母亲以及亚希子的父母一起的。这样一个小时很快就过去了。

两点开始是婚宴。亚希子去补妆，三郎去了休息室。在休息室门口，看见高冈在等他。

“嗨。”三郎不由得招了招手。朋友相见，备感亲切，“你能来，太好了。”

“那是当然，不是说好了吗？你今天穿得这么帅气，简直都认不出来了。”

“谢谢！致辞的事，就拜托啦。”

“OK。你就放心吧。”高冈点点头，突然压低声音问道，“她没跟你联系吧？”

“她？”

“就是明子啊。”高冈警惕地回头看一看，说道，“她好像今天到东京来了。”

“真的吗？”

“我是坐经由大岛的船来的，和她不是一路。不过，昨天她说要去东京的。”

“来干什么？”

“不知道。当然，我什么也没有说，我来东京，她应该不会知道的。”听了高冈的话，三郎感到脊背上一阵发冷。

明子在他回东京后的一周内，来了两封信。

写的都是三郎走了以后，突然感到在岛上特别寂寞，希望明年春天快点到，自己也想去东京。你母亲的病怎么样了？工作找到了没有？即便不在一起，我也很爱你，也请你不要忘了我。看完后，三郎就把信撕了，没有回信。

虽说不应该背叛这样一心思念自己的女性，但是三郎觉得写言不由衷的回信更不好。他本来想干脆写信告诉她，准备和别的女人结婚，可是她看到这些信，说不定会干出什么来。既然早晚也要告诉她，还是等到婚礼结束之后再说吧。

“是不是因为你没有回信，她才追到东京来的呢？她知道你家在哪儿吗？”

“没有来过，但是知道地址……”

“那么，昨天没有发生什么吗？”

“我白天没在家，母亲也没有说什么。”

“不会是今天去吧。”

“可是，她要来我家，也会先写封信的。”

“这么说，是来东京玩的了？”但是，三郎觉得明子不可能光为了玩来东京。

“她不会找到这儿来吧？”三郎悄悄地瞅了瞅四周，休息室外面的走廊上，只有亚希子家的四五个亲戚站着说话，没有其他人。

三郎想起一个因嫉妒而发狂的女人，在婚宴上，往新郎新娘的脸上泼硫酸的事情。这是很早以前在报纸上看到的。要是发生了那样的事，可真是太可怕了。

“不用担心，没事的。要是看到她来的话，我会拦住她的。”

“那就拜托啦。”

三郎低下头拜托时，服务生走过来说道：“到时间了。”

从休息室到宴会厅有一百米的距离。

三郎跟在中平议员的后面走向会场。三郎后面是中平夫人，中平夫人后面是亚希子的母亲牵着亚希子的手。

三郎一边走在走廊上，一边警惕地左顾右盼，万一明子从某个房间里跑出来，必须立刻制止她。三郎且不说，若是给亚希子的脸上泼了硫酸，可就惹下大祸了。

走到五十米左右，要向左拐，在这一瞬间，三郎停下了脚步。

明子要是藏在什么地方的话，恐怕会在这里吧。

“你怎么了？”走在前面的中平议员发觉了，回头问道。

“没事。”三郎咽了口吐沫，点了点头。

走在前头的宴会主管向左拐去，然后中平议员也拐了过去。

“越来越近了！”三郎浑身绷紧，紧张得都不会走路了。

三郎心惊胆战地拐了弯，眼前出现了长长的走廊，不过，并没有看见明子。宽大的茶绿色地毯前方，写有“孔雀间”的房间外面，有几名服务生列队迎候他们。

第一个关卡过去了，三郎仍然紧张地四下张望。

还有五十米就到会场了，只要到达会场就可以放心了。这么一想，他感觉走在最前面的宴会主管和中平议员的脚步特别慢。

现在走到了离入口还有二十米的地方。

突然从会场里传来《婚礼进行曲》的声音。

大概是婚礼司仪宣布了“现在新郎新娘入场”，来宾们热烈地鼓起掌来。

会场的一部分映入了三郎的眼帘。中平议员率先走进会场，紧跟着三郎也走了进去。

现在已经安全了……

在热烈的掌声中，三郎大大松了口气。

司仪宣布宴会开始。司仪是在一位电视里主持竞猜节目的主持人。

新郎新娘在主桌落座后，司仪站起来请介绍人致辞。

中平议员夫妻站了起来，新郎新娘也跟着站了起来。在豪华的水晶吊灯照耀下，加上摄影师镁光灯不停地闪烁，晃得三郎睁不开眼睛。在无数人的视线中，三郎垂下了眼帘。

中平议员从上衣内袋里慢慢拿出一张纸，戴上老花镜开始致辞。

“今天，承蒙各位来宾在百忙之中光临婚宴，我谨代表新郎新娘，表示由衷的感谢。下面……”然后中平议员宣布一个小时前，两位新人在该饭店的神坛前宣誓结为夫妇。致辞内容虽然很老套，但不愧是经常做介绍人，中平议员显得很有经验，说得有条有理，不像平日说话那样不得要领。

“在此，按照惯例，请允许我向各位来宾，介绍新郎新娘的人品和经历。首先介绍相川三郎君……”

一瞬间三郎浑身倏地一抖。

“昭和二十六年七月，他作为相川吉松先生和繁女士的长子出生在东京的小岩。吉松先生长期在庶民区的铁工厂工作。作为德高望重的车工前辈，以及匠人特有的秉直性格，一直深受众人的尊敬和爱戴。十二年前，新郎十七岁的时候，吉松先生不幸患上肺癌去世了。”

父亲确实是工匠，秉性耿直，但是好喝酒，而且玩赛车。虽说是车工，但三郎不清楚父亲是不是作为德高望重的前辈深受尊敬的。尽管这里面有介绍人的夸大其词，但父亲对三郎很好，的确是事实。父亲凭着一点儿本钱赢了赛车后，肯定会给三郎零花钱，还经常带他一起去澡堂子。围棋和将棋也是父亲教给他的。如果父亲还活着的话，三郎就不会自暴自弃，很可能考上医学部的。要是能够让父亲看到这盛大的婚礼，他该有多高兴啊。想到这儿，三郎的眼眶湿润了。

“而繁女士年轻时曾经被誉为千住美女，不仅貌美，而且是一位才女。婚后相夫教子，夫君过世后，自己去工厂工作，养育两个孩子。同时还考取了簿记二级资格，五十多岁，仍然精力充沛地努力工作。”

父亲不必说，母亲年轻时的确很漂亮，曾经被住在千住一带的人叫作美女也是事实。虽说是相夫教子，也没少吵架。不过母亲作为一个女人，才华横溢也确有其事。

“在这样优秀的双亲抚养下长大的新郎相川三郎君，昭和四十四年毕业于都立高中后，便考入东都大学医学部，以优异的成绩于昭和五十年毕了业。”

三郎深深垂下头，闭上了眼睛。在来宾中，会不会有人知道自己的真实情况？想到这儿，他感到的已不只是羞耻，更多的是恐怖。他真希望中平议员差不多就打住，可是议员还在继续往下说。

“毕业后，大多数医师都是去大学或医务部工作，相川却为了拯救居住在偏远地区的穷苦人们,毅然奔赴远离东京二百里的岛上工作……”

此时此刻三郎简直无地自容了。他满脸通红，羞愧得抬不起头来。连他自己都知道，现在已经从耳朵红到了脖子根。

不要再说了。三郎想要喊叫，可是中平议员咳嗽了一声，继续说道：“二位新人能够喜结良缘，也是由于新娘去岛上旅游，突然腹痛，被送到新郎的诊所，受到新郎很好的医治和温柔的看护，换句话说，是肝胆相照的情感……”

会场里响起了嘻嘻的笑声。

“不光是医学，新郎爱好也很广泛，喜欢体育、读书、音乐，而且正如大家看到的，还是一位英俊青年，是一位开朗阳光、前途无量的青年外科医生。”

三郎的脸上淌下了汗珠。

“与新郎相匹配的新娘亚希子，正如大家所知，是田坂院长的掌上明珠，深受宠爱的千金小姐……”

说到亚希子时，中平议员的措辞稍稍随意了一些。由于是熟悉的人，介绍起来也比较轻松吧。

中平议员首先对新娘的父亲极尽溢美之词。他介绍说，田坂院长是青山一家大医院的院长，同时也是东京都医师会以及东京都政界屈指可数的大人物，人格见地都非常优秀。然后，介绍亚希子是个以优异成绩大学毕业的才女，花道、茶道、钢琴、料理等，新娘子必备的一切课业均已掌握，而且会开车、开游艇，是一位非常时尚的现代女性。

他还说，亚希子学生时代美貌超群，被选为校花，一度曾经有人问她愿不愿意去演电影。富家子弟排着队向亚希子求婚，自己要是有儿子，也希望娶到她，等等。这些话与其说是介绍人的吹捧，更像是事实。

“这样一位美丽的小姐，成为一位男人之妻虽令人遗憾，但这是两人相爱的结果，旁人无法说三道四。相信新郎新娘一定会建立一个符合新时代的理想家庭。但是二位还年轻，在今后的生活中，一定会遇到各种各样的坎坷或苦恼，借此机缘，我代表两位新人，恳请今天光临婚礼的各位来宾，作为人生的前辈，今后能够给二人以温暖的友情、指导和鞭策。以此结束我的致辞。”

大家齐声鼓掌，中平议员坐了下来。

接下来，都议会议长、都医师会会长起来致辞。都是从与田坂家的关系谈起，围绕着亚希子有个出色的父亲，亚希子是才貌双全来展开，对于三郎只不过是顺便提一下。

特别是都医师会会长说：“娶到这样美丽的女子，今天的新郎是上辈子修来的福分。”众人听了大笑。

最后高冈被点名致辞。他虽说是药剂师，却以诊所所长代理的名义致辞。

高冈一站起来，就立刻大声说：“相川君，恭喜了！”然后说道，“大家都夸赞新娘，仿佛新郎得了便宜似的，让我说的话，得了便宜的是新娘子。三郎年轻帅气，具有高超的外科医术。而且对待患者和蔼可亲，这次辞去职务时，有上千人签名请愿留任呢。”

请愿书是高冈虚构的，可能是对于亚希子方面的致辞感到愤慨的缘故吧。

高冈接着讲述了三郎如何医术高超，作为名医，如何淡泊名利，最后以“此番回到东京，也希望他不要为了成为有钱人而开业，要做一个想患者所想的诚实的医生”结束了致辞。

出席者中有钱人和开业医生很多，因此一时有些冷场，但司仪立刻声音爽朗地说道：“现在开始切蛋糕。”

在音乐和镁光灯中，三郎握住亚希子的手，一起在蛋糕上直直地切了一道，又响起了热烈的掌声。启开了香槟酒，每位来宾都端起酒杯，亚希子毕业学校的大学学长一声“干杯”，众人碰了杯庆祝。

以此为信号，开始就餐。亚希子退下去换第一次婚纱。

三郎透过众人，寻找高冈和母亲。

高冈坐在附近的桌子，所以立刻就找到了。他还真是有胆量，居然坐在医师会会长那些人旁边，朝着三郎使了个飞眼。母亲是亲属，所以桌子比较靠后，她脸色有些苍白地坐着。也许是紧张，或是因为听到儿子撒谎说是大学毕业，而心神不定吧。母亲旁边坐着千叶的姨妈和千住的叔叔，拿着刀叉不会用，瞧着别人使用刀叉吃东西。

“妈妈，不要想那么多，放开了吃吧……”

不久，亚希子回来了，这回穿的是白色的婚纱，手里捧着一束花。

掌声再次响起，开始了亲友致辞。致辞的都是亚希子认识的人，花道教师、茶道教师、料理教师、钢琴教师，以及大学同学、高中同学、前男友等，一一站起来发言。大家都在夸赞亚希子，只有亚希子住院时，陪护她的圆脸女友站起来，第一次谈到了三郎。

“亚希子对穿白大褂的三郎，一见钟情。所以，每次三郎医生诊脉时，都跳得特别快。”她的话引起哄堂大笑。三郎也不知不觉竟忘记了明子的存在。

致辞之中，穿插了朗读贺电的环节，在右边的舞台上，还有亚希子的朋友表演日本舞蹈等。在朋友们表演舞蹈之前，亚希子换了第二次服装，这回穿的是一件淡粉色的晚礼服长裙，来宾发出了一片赞叹声。

如此豪华绚烂的场面，只有在大医院院长千金的婚礼上才能够看到。

三郎从亚希子那儿听说，婚礼总费用超过一千万日元。

当然这费用是亚希子家出的。不过，来参加婚礼的都是有钱人，所以，贺礼估计也相当可观。

除了刚才介绍人的致辞之外，另外一件让三郎感到羞愧的是，司仪说“请三郎的叔叔和姨妈也讲几句吧”的时候。

事先三郎叮嘱过叔叔和姨妈，即使被点到名，也不要乱说话。叔叔和姨妈也都说“当然了，在那种豪华的场合，哪有我们说话的份儿啊”。

可是，中途喝了酒后，千叶的姨妈就放开了似的，起初还推让一下，司仪邀请她说“要是会唱歌的话，可不可以请您唱一首歌”。

三郎听说姨妈很喜欢唱歌，在她的店里也经常唱歌。

“虽说我在千叶开了个小酒馆，但是到这么漂亮的地方来，吃这么美味的高级菜，有生以来还是头一回。就是死也没有遗憾了。”肥胖的姨妈说话时，满脸通红，非常可笑，逗得众人哄堂大笑起来。

也许是觉得受到了鼓舞，姨妈又说：“为了表示庆祝，我就献歌一首，请大家一起帮我打拍子吧。”说完就开口唱起来。

“请问海鸥啊，鲱鱼来了吗？”这是姨妈最得意的拉网小调。

三郎羞愧得抬不起头来。来的人都是有身份的人，在这样的场合唱拉网小调，也太不合时宜了，而且让大家一起给她打拍子。妈妈为什么不阻止她呢？可以的话，三郎恨不得跑过去阻止她。

可是，姨妈更加来劲了，声音越来越大。

“对不起，姨妈喝醉了。”三郎对亚希子耳语。

亚希子笑着说：“真是个有趣的姨妈啊。”

“可是也太……”三郎悄悄地窥视四周，见来宾们都很高兴地在拍手。

唱到第三段的时候，姨妈终于停下来，说道：“我的小店就在千叶荣町的风俗街附近，叫金平。各位去那边玩的时候，请顺便光临小店。”

大家听了，又大笑起来。

三郎真是无语了，一直深深埋着头。

不久到了四点，宴会渐渐接近尾声了。

最后司仪说：“现在，新郎新娘向他们的父母献花，感谢他们的养育之恩。请大家为他们鼓掌。”

这时会场突然变暗了，只留下一束聚光灯照在舞台的一角。亚希子的父母和三郎的母亲出现在那里。

场内响起了“妈妈连夜为我织手套”的乐曲，三郎和亚希子并肩朝舞台走去。这个花样是谁想出来的？三郎觉得很不好意思。不过近来在婚礼上，这一套很流行。

走到舞台边，三郎走到亚希子的父母面前，亚希子走到三郎的母亲面前。

三郎朝旁边一看，母亲用手帕挡住眼睛，低着头。比起母亲来，田坂夫妻倒是喜气洋洋。三郎觉得按照常理应该是相反的。也许是母亲送出了儿子，而田坂夫妻收获了上门女婿，立场不同的缘故吧。

两位新人向父母献花的时候，来宾们一齐热烈鼓掌，镁光灯闪个不停。

“谢谢！”田坂院长接过花束的时候，用另一只手紧紧握着三郎的手说。

而三郎的母亲从亚希子手里接过花束时，仍然用手帕挡住眼睛。

从两点开始的婚宴终于到此结束了。

最后，介绍人和新郎新娘，以及新人的父母站在会场的出口送别来宾。

“加油！”“好好努力！”人们这样说着离开了。

可是几乎没有人对三郎这样说，大家都用审视的目光打量他，心说，这位就是新郎啊。

叔叔默默地走了过去。姨妈还有些醉意，拍着三郎的肩膀说：“三郎，干得不错。”

最后出来的是高冈。“好好过。”高冈握着三郎的手说道，“我今天晚上回去。”

“谢谢你！”三郎很想跟他好好聊一聊，可是没有时间了。

“刚才的事不要放在心上。回头见。”高冈又说了句，就走了。

婚宴之后，两人又和亲戚们一起拍照、聊天，只剩下两个人的时候已经是下午六点多了。

两人今天就住在饭店里，第二天要坐中午的飞机去新加坡。

“你累了吧？”

亚希子白天一直戴着沉重的头饰，穿着礼服，比三郎要累得多。

“总之，我们现在结婚了。”亚希子说完吃吃地笑起来。

“有什么好笑的？”

“不好笑吗？我现在成了妻子啦。”

“我也成了丈夫了。”

“你不觉得可笑吗？”

这么说来，也的确可笑。

“请多关照！”

“彼此彼此。”两人互相低头，然后突然想起来似的接了吻。

“现在我们在一起待多长时间，别人也不会说什么了，反倒有点没意思了。”

两人再次对视着笑了。

“我肚子饿了，在宴席上什么也没吃。”

三郎在婚宴上也几乎没有吃东西。

“咱们先冲个澡，然后去餐厅吃吧。我想吃清淡的日本菜。”

“好啊。你先去洗吧。”

“不，应该老公先洗。”

“没关系，你今天比我累。”

“那我去了。”亚希子拿着化妆包，进了浴室。

房间里剩下三郎一个人，他躺在了床上。

十一月白天变短，此时天色已渐暗，从窗户看去，只能看到电视塔上的红灯。

令人晕头转向的一天终于过去了。

今天上午自己还半信半疑，不知到底能不能顺利过关，而现在两个人已经成了真正的夫妻。二人的关系已经不可能轻易结束了。

终于走到这一步了……三郎吐出了一大口气。

起初他根本想不到能够到达这个程度，他以为肯定撑不到结婚就会败露的。可是，现在看来真是轻而易举地实现了。由于太顺了，以至于有些失落。

总之万事如意。

不过，婚宴之后，妈妈说的那句话，还在三郎耳边回响。

千叶的姨妈和千住的叔叔回去的时候，母亲只对三郎说了一句话：“过不下去的话，随时回家来。”这时候母亲既不是生气也不是悲伤，而是母亲一贯的淡淡的沉稳态度。

然而，三郎知道母亲的心情似乎全都包含在这句话中。

恐怕母亲是参加了婚宴后才知道，三郎是伪装医生才结的婚。到现在为止，他一直糊弄母亲说，是对方自己误判的，但今天她一定知道了其实是三郎在欺骗对方。

儿子伪造经历结了婚，从法律上说，这是很明显的婚姻欺诈罪。但是，母亲对于这件事什么也没有说。事已至此，现在说什么也无济于事。而且想要结婚的儿子的心情，做母亲的肯定是再清楚不过了。

所以母亲没有责骂三郎，只是母亲觉得，这样大的谎言是不可能持久的。虽然贫穷，但母亲为人诚实，她相信做错了事必然会暴露。虽然没有受过多少教育，但母亲很懂得人情世故。

早晚有一天，儿子会被冠以婚姻欺诈的恶名被赶出家门的。到那个时候，只有母亲会默默地接他回家。母亲一定是出于这个想法才说的那句话。

在这喜庆之时，母亲冷静地想到了最坏的可能，万一暴露了，也希望儿子不要自暴自弃。

“你干吗呢？也不开灯。”亚希子从浴室出来说道。

“我还不觉得特别饿，先稍微休息一会儿吧。你也去冲个澡。”

“你”这个称呼里已经充满了妻子的娇嗔。

三郎很顺从地去冲了澡，换上睡衣，上了床。

饭店的双人床很干净舒服。

“今天是新婚之夜啊。”亚希子把额头抵在三郎的胸脯上，扑哧一笑。

从怀孕堕胎的角度来说，亚希子也只能这样自我调侃了。

“我会永远爱你的。”

“我也会的……”

两人拥抱在一起，履行了婚后第一次夫妻之爱。

之后不知睡了多长时间，电话铃声把三郎吵醒了。一看床头的表，指着八点。三郎伸出手拿起了话筒。

“喂喂。”一听声音就知道是母亲打来的。

“啊，妈妈。今天多谢了。”三郎说道。亚希子也坐了起来。

“你们在房间里吧，没什么事吧？”

“刚才稍微躺了一会儿，怎么了？”

“回家以后，看见玄关的格子门上塞着一封给你的信。”

“谁来的？”

“写的是铃木明子。”

“明子……”三郎把下面的话咽了下去。

“装在白色信封里。看来这个人是特意来咱们家了。”

三郎默默无语，旁边的亚希子问道：“有什么事吗？”

“不，没什么。”三郎用手捂住话筒，摇了摇头。

“没说有什么急事吧？”

“不知道，信封上只有你的名字，也没有打开看。不着急的话，明天我带到机场给你吧。”

“妈妈还要来机场送我吗？”

“当然，你是第一次出国啊。”

“可是，你一个人怎么去啊？”

“想办法去。”

“要不，我们中途绕到咱家，把你捎上吧。”

“不用担心妈妈，你们直接去机场吧。那我明天把信带给你啊。”

“谢谢。”三郎对着话筒低声问，“那个，里美回来了吗？”

“还没有。过几天会回来的，不用担心她。那就问亚希子好。”母亲说完就挂断了。

第二天，二人坐在亚希子的妹妹开的车里，前往成田机场。亚希子的父母也同车送行。

这样就成了亚希子一家人的兜风。

“姐姐，好像突然变得成熟了。”妹妹打趣道。亚希子今天穿着黑白花呢夹克，黑色长筒靴，戴着宽檐帽。

“没有的事，是吧，老公？”

妹妹握着方向盘，露出厌倦的表情说：“啊，真没劲。我是不是也应该结婚哪？”

“大学毕业之前可不行哦。”

父母愉快地听着姐妹俩的对话。

“爸爸，这次只去新加坡一个地方四日游，所以正月，我们俩去澳大利亚，可以吗？那边现在很暖和。”

“姐姐又要去呀。”

“小孩子不要插嘴。爸爸，可以吧？”

“你们自己商量吧。能去就去吧。”

“那爸爸不给我们出旅费吗？”

“既然已经自立了，应该你们自己出了。”

“真是的。因为爸爸说以后还给我们出旅费，这次才去这么几天的。爸爸这样说话不算话，我就不回来了。”

“好，我考虑考虑吧。”尽管嘴上强硬，但是院长对女儿还是比较发怵。

“那么，三郎君，什么时候可以来医院上班呢？回来以后，休息一个星期，下下周一开始上班可以吗？”

“好……”

“我想让你帮我打理外科。虽说现在外科有一位 K 大毕业的野上君，不过，来年春天就辞职了。”

“那么，他走以后，就我一个人了吗？”

“我也会看的。只是我外面应酬多，一般情况下都交给你了。”

那样的大医院的外科，自己一个人玩得转吗？三郎还没有在亚希子父亲手下工作的实感。

汽车到达机场是上午十一点，离起飞还有一个多小时。

他们走到去往新加坡的窗口，看见亚希子的叔叔、婶子以及三个朋友等在那里。

“恭喜！恭喜！”大家立刻围住二人，献上花束。这样别人立刻就知道他们是新婚夫妻了。

“还有时间，去餐厅喝杯茶吧。”亚希子的母亲提议。大家正准备去餐厅，三郎担心母亲找不到他们，就说：“母亲可能会来送行，我就在这儿等她吧。”

“那么，就在这里等一会儿吧。”大家站着继续聊天。航站楼里旅客并不多，但四处可见新婚夫妻模样的伴侣。大概都是周日刚刚结婚，今天出国度蜜月的。三郎侧目瞅了瞅其他新娘，虽然她们穿得花枝招展，但都不如亚希子长得漂亮。

还是我老婆最漂亮。三郎不由得松了口气。

“妈妈，怎么还不到啊？”亚希子担心地四下张望。

到达机场后已经过了三十分钟，可是妈妈还没有到。她说一个人能来，可是到成田很远。看来还是应该把她捎上的好。

三郎焦躁起来，这时，终于看到母亲矮小的身影出现在了右边的玻璃门外。

“妈妈。”三郎喊道。

亚希子的叔叔赶紧跑着迎上去。母亲终于看到他们了，小跑着过来，向大家问好。

“昨天承蒙关照……”听到妈妈的声音，三郎终于放了心，“很少进城，找了半天……”

看样子母亲是从箱崎坐机场大巴来的，根本没想到有这么远。寒暄了一通后，母亲看着三郎的脸说道：“没事吧？要多加小心，平安回来。听说那边流行霍乱，尽量不要吃生的东西。”

“放心吧。”

“这个是护身符。妈妈来的路上，顺便去了冰川神社请来的。”

“这不像个孩子吗？”三郎不情愿地接过来，母亲又从手袋里取出一个白纸包来。

“我给你们做了几个饭团，上了飞机以后吃吧。”

“这个不需要的。”

“可是，听说梅干对霍乱很有效，就多做了一些。”

新婚旅行还带着饭团和梅干，让人笑话，可是母亲特意带来，也不能不要。

“那我就带上了。”

母亲突然想起来似的，拿出一个白信封：“这个，就是昨天我说的那封信。”

“谢谢……”三郎漫不经心似的接了过来，想立刻就看，又担心有人注意，看了看周围，他们都在聊天。

三郎故意做出很烦的样子打开了信封。散落着碎花的信笺上，是明子那熟悉而规矩的字迹。

沼津的姑母突然去世了，所以我昨天来了东京。想顺便去看看你，去了你家，却没能见到你。难得有机会来一次，非常遗憾。等到正月放假时，一定去看你。现在我在给你织护膝毯。

明子

给最爱的三郎

看完信，三郎立刻揉成一团。

情况没有想象中那么坏，明子好像还什么也不知道。但是，怎样才能抛弃对自己这么一心一意的女人呢？这可不是件容易的事。

“有什么要紧事吗？”

“没什么……”母亲一问，三郎把信扔进了近处的垃圾桶。

“你们该进去了。”亚希子的父亲走过来说道。广播里在播放去新加坡的航班开始登机了。

“那我走了，妈妈……”三郎说完，生平第一次伸出手，握住了妈妈满是皱纹的手。

从成田直飞新加坡约八小时。三郎他们到达时是当地时间下午七点差一点儿。

三郎去海外是头一次，但亚希子已经去过欧洲和美国了。而且从中学到大学都是教会学校，所以会说英语。过海关时，三郎都跟在亚希子的后面。

以前曾经在亚希子父亲的医院里工作过的山崎和妻子来迎机，山崎现在在当地的商社工作。

山崎夫妻领着他们立刻前往下榻的饭店，当晚一起吃了晚饭，然后二人就在房间里休息了。

到底是热带，新加坡的确很热。尽管是十一月末，却是跟东京的九月差不多的气候。冷气很足的饭店里，虽然也能看到穿西装的人，但大多穿短袖。由于预订了酒店最高层，房间里很凉快。房间很大，桌子上摆放着九重葛花。

“真美啊。”他俩从酒店的窗户眺望夜景，然后接了吻，三郎终于感觉真正迎来了新婚之夜。

第二天是个大晴天。从窗户看好像有风，到了外面，已经超过了20摄氏度。亚希子穿着牛仔裤、棉布衫，三郎只穿了件短袖。

十点，山崎夫人开私家车来接他们出去游览。首先去参观了中华街，然后去南部的花柏山公园，欣赏到了从新加坡到马来西亚新山，以及更远的印度尼西亚的景观。然后去了华商巨贾胡文虎的别墅“文虎花园”，从那里去了“翡翠之家”，之后游览了植物园。在文虎花园里看到独具中国特色的鲜艳人偶，非常惊讶，“翡翠之家”的价值连城的宝石令他们大开眼界。

在植物园，二人惊叹于地道的热带树木之高大。在品种繁多的兰花温室里拍了很多照片。

晚上在饭店的宴会厅里，一边吃饭一边观看马来人的表演。

第二天，参观了莱佛士纪念馆和国立博物馆，以及裕廊飞禽公园，最后去了鳄鱼养殖场。池子里养着近两米长的鳄鱼，旁边出售鳄鱼皮制品。亚希子在那里购买了送给朋友的礼品鳄鱼皮钱包，三郎给母亲买了个鳄鱼皮包。

晚上，去了叫作伊丽莎白女王公园的海滨公园。在广场东头的圆形露天餐厅吃了饭。虽然主要是中餐，但亚希子和三郎除了油大的，基本上都能吃。

第三天，越过马来新山柔佛巴鲁的水路去了马来西亚，游览了回教寺院。回到新加坡后，去了圣淘沙岛，看了日本军队占领时的纪念馆。回来时乘坐高空缆车，俯看了美丽的海岸线。

据说在新加坡，随地乱扔东西被发现会被罚款五万元，因此，街道上干净无比。在南国明媚的阳光下，红绿黄白等原色花随处可见，仿佛街心公园一般。而且物价便宜，治安良好。中国人、马来人、印度人等，都在街上自由行走。

住了三天，三郎非常喜欢这个城市。可以的话，他真想在这里一直住下去。

“我真不想回日本了。”三郎一说，亚希子也点点头，但立刻说：“可是，一旦住在这里，还是会想念日本的，我觉得。”

“是吗？”

“不管怎么说，这里的生活水准还是比较低，比较单调吧。”

“不过，不像日本人那样忙碌，多悠闲啊。”

“在这样的地方住上一年，会变痴呆的。”

亚希子和三郎对城市的看法似乎不大一样。不过，不想回日本的三郎的内心，还有着一层忧郁，因为回日本之后，他就必须隐瞒冒牌医生的身份，提心吊胆地过日子。

“还有明天一天，后天咱们就回东京了。想早点回去收拾东西呢。”

“还有一天啊……”

在这一点上，两个人的看法也不一致。

那天夜里，三郎被雷声吵醒。他下床掀开窗帘往外看，南边港口方向的天空在打闪。

从深夜到黎明时分雷电交加，好像是热带特有的自然现象。三郎眺望外面时，又是一阵电闪雷鸣。天空下面的街道却静静地沉睡着。

三郎突发奇想，干脆从饭店跑掉算了。

在这个国家的话，只要有裤子和衬衫就足够了。说自己是日本人，应该会找到工作的。只要进入这个大城市，就谁也找不到他了。新加坡生活不下去的话，就从昨天去的马来新山去马来西亚。钱也不愁，身上还有二十万日元，一个月是够花的。

又响起了雷鸣，夜空一瞬间被闪电划过，亮如白昼。

“逃走吧……”

三郎回头望去，双人床上，亚希子敞着白色睡衣的领口熟睡。

我要是逃走的话，她该怎么办呢？一定会发疯似的到处找我吧？会立刻给东京打电话，惊动大家吧？

度蜜月期间，新郎失踪，亚希子会哭泣、绝望吧？田坂家也会惊慌失措吧？

不过，无论是亚希子还是院长，都会很快恢复到以前的精神状态的。

不管遇到怎样的麻烦，他们和自己是生活在不同世界的人。少了我一个人，他们依然可以重新回到以前的奢华生活中去。

和他们比起来，倒是母亲让人担心。听说三郎不在了，母亲该多么担忧啊。不过，母亲一定能够理解三郎的心情的。

“逃走吧……”三郎再次对自己说的时候，又划过一道闪电，传来轰隆隆的雷鸣。

“哎……”突然，三郎仿佛听到背后有人喊他，回头一看，亚希子睁开眼睛看着自己。

“是打雷吗？”

三郎刚拉上窗帘，外面又是一阵电闪雷鸣。

“好可怕。”亚希子在被单里缩成一团。其他的客人大概是习惯了吧，酒店里静悄悄的。

三郎一回到床上，亚希子立刻搂住了他。

“我最讨厌打雷了。”

三郎也不喜欢打雷。但是热带的夜空划过的闪电，与其说可怕，不如说很神秘。

“现在几点了？”雷声远去后，亚希子问道。

“快四点了。”三郎伸头看了看床头桌上的表。

“你已经醒了半天了吗？”

“大概三十分钟了吧。”

“你看了那么长时间的打雷，想什么呢？”

“没想什么……”

如果亚希子没有喊自己的话，很可能已经逃出酒店了。当然，他并不打算告诉亚希子。

“你说，现在日本是几点？”

“比这边早一个半小时，大概是清晨五点吧。”

“爸爸妈妈还在睡觉吧。”

虽然才离开日本四天，可亚希子已经开始想家了。

“还早着呢，再睡会儿吧。”三郎给亚希子盖好被单，自己也闭上了眼睛。

第二天早晨，天气晴朗，半夜的雷鸣仿佛不曾有过似的，天空中白云飘飘，又是一个 30 摄氏度的大热天。街道依旧是满眼绿色，公园里盛开着原色的花朵。一年到头，有短袖衫和裤子就足够了。不愧是南国的乐园。

然而，即便是一年到头温暖葱郁的城市，也有其特有的无聊之感。比如，回想什么的时候，也没有“樱花开放的时候”或者“冷风飕飕的日子”等四季不同的说法。不用说，更没有“下雪的早晨”或是“进入数九”等词语。

一年里如果说有差异的话，也就是雨季和旱季了，其余的日子都是炎热的夏天。从日本那样四季鲜明的国家来这里，第一印象就是四季如春的常绿乐园，可是对于常年住在这里的人们来说，没有四季说不定是很单调而阴郁的。

这一天，三郎也一边这么想着，一边跟着山崎夫人走在街上。

今天是最后一天，所以只打算去参观有 Clifford 栈桥的港口和水族馆，其余的时间去购物。

亚希子又在宝石店流连忘返，挑选了好久，买了一块祖母绿，要价三十万，还到十八万。

晚上，去了山崎夫人提议的东海岸，那里有可以品尝生猛海鲜的餐厅。

这一带是所谓海鲜料理最地道的地方，大餐厅鳞次栉比。每家店里都是人满为患。好容易才进了门的那家餐厅，也只有角落的一张空桌。

这里的人好像都不在家做饭似的。尤其是到了现在，拖家带口地到外面吃饭是很普通的。晚饭时间，不光是吃饭，同时也是社交场所，人们特别能说话，特别能吃。

可是，亚希子一走进去，就被热气腾腾的景象和闹哄哄的声音吓到了，而且端上桌的都是胡乱堆在大盘子里的食物。鱼虾都很新鲜，但几乎都是用中国式的油和调味料加了工的。

“感觉怎么样？”

尽管是山崎夫人推荐的地方，但是说实话，三郎觉得太油腻，有点吃不下。

“在日本吃的中国料理，是改良为适合日本人口味的，所以才会那么清淡，这里的人觉得不够味。”虽然夫人这么说，三郎还是不大习惯。不过，他觉得炒饭和白焯大虾很好吃。

但是亚希子没怎么吃，吃到一半就喝起可乐来了。

吃完海鲜，回到酒店时已经九点了。跟夫人道别后，剩下二人时，三郎提议：“去酒店的酒吧坐坐吧。”

可是，亚希子说“想休息会儿”，就回了房间，立刻进了浴室。

好半天亚希子都没有出来，三郎敲门也没有答应。他担心地打开门，看见亚希子伏在洗手池上。

“你怎么了？”

“吐了一点儿。”

“还是上床躺着吧。”

“好的……”亚希子点点头，突然又恶心起来，脸朝下，痛苦地晃着头。

三郎给她摩挲后背，吐出来的都是像果汁样的液体。

“刚才的饭吃得不合适了？”

“一进那个地方，我就觉得不舒服。”亚希子再次摇晃了脑袋，用冷毛巾擦了擦脸。

“还是躺下好一点儿。”

亚希子走出浴室，脱了外衣，穿着内衣就上了床。

“报纸放在这儿，你可以吐在上面。”

“我想要毛巾。”

三郎从浴室拿来冷毛巾，放在亚希子的额头上，问道：“好点了吗？”

她闭着眼睛说：“我昨天早晨也觉得恶心呢。”

“还是太累了吧？”

亚希子没有回答，然后轻轻叹息道：“我可能是怀孕了。”

“怀孕？”

“从上个月就没有来月经。”

三郎再次细看亚希子的脸。白皙透亮的脸盘上，只有睫毛快速地颤动着。

“按理说不应该怀孕哪。”

“为什么？”

被她这么一问，三郎一时回答不上来。

今年正月，和亚希子结婚之后，三郎从来没有想过她会怀孕。和明子虽然比较小心，但和亚希子他并没有采取任何避孕措施。

“你说月经没来，是真的吗？”

“我记得很清楚……”

“可是，即便没有来，也时间不长吧？”

“记得是上个月的十日……”

十日的话，现在已经进入十二月了，那么，怀孕快一个月了。

“可是，怎么会……”三郎比亚希子更想知道她为什么会怀孕。

在岛上，亚希子的子宫应该已经被缝得严严实实了。由于出血很厉害，胎盘都没来得及摘除，只要能下针的地方，他都胡乱地缝住了，才好歹止了血。结果，子宫就像被五花大绑的犯人一样，缩成了拳头大小。

那样的子宫按说不可能怀孕的。三郎无法想象胎儿居然会在那里着床、长大……

“奇怪……”

“为什么？”

亚希子并不知道子宫被缝成了那样子，以为即便做了手术，子宫也照样能够怀孕。

可是，如果真的没来月经的话，就只能说明三郎的判断有问题了。

“月经迟到过吗？”

“手术之后紊乱了一阵子，不过，最近比较准时了。”

“以前这样迟来过吗？”

“没有。”

三郎再一次端详起了亚希子的脸。他听说女人怀孕的话，脸色会发白，下颚变尖。她的脸的确很白，不过，那可能是呕吐造成的，也没有看出下颚变尖了。

“其他有什么变化吗？”

“你指的变化是什么？”

“乳房增大等。”

“这么说，好像是大了点。”

亚希子自己轻轻触摸了一下胸部，不过，三郎并没有意识到乳房增大。

“迟来的事，对你父母说过吗？”

“还没有呢，多不好意思啊。”

“可是，这就奇怪了……”

“怎么，你怀疑我吗？”

“不，我不是那个意思……”

她那样的子宫到底能不能怀孕呢？变成那种状态的子宫难道还能再生吗？

“要是怀上了，就生下来，你没意见吧？如果是怀孕的话，预产期应该是什么时候呢？”

“……”

“需要十个月时间，差不多明年八月吧……”

是八月还是九月都不重要，问题是在她那个子宫里，胎儿真的能长大吗？

“从结婚的日子推算，可能稍微早了点，不过，也没什么可奇怪的呀。”亚希子十分想得开，并不在意忧心忡忡的三郎。

两人离开新加坡是第二天上午。机场大厅很小，有很多日本旅行团。

不久到了登机时间，二人向给他们送行的山崎夫妇道了谢，走向登机口。

“玩得太愉快了。”飞机刚一起飞，亚希子就握住了三郎的手。三郎俯瞰着渐渐远去的南国之岛，想起了看到闪电那晚的情景。

如果以后再次来这里的话，或许就是自己从日本逃来之时。日本以外的国家，我只知道这里。三郎正沉思着，亚希子轻轻拿起他的手按在自己的腹部，问道：“你不觉得我的肚子大了吗？”

三郎扭头看了看，亚希子身材苗条，一点儿也不像怀孕的样子。

“回去以后，得去产科检查吧。你可以给我检查吗？”

“我可不是产科医生。”

“如果是男孩子的话，也让他学医吧。这样祖孙三代都是医生了。”

三郎没有回答。何谈什么祖孙三代都是医生，生下来的孩子就是冒牌医生之子。如此一来，不但是亚希子和她的父母，就连这孩子都跟着倒霉。

还是应该在新加坡的时候逃走啊……

三郎正思考时，亚希子又说：“回去后，就开始过咱们的二人世界了。医院九点开门，八点之前你必须起床。你要是迟到的话，人家会以为我睡懒觉呢。”

“……”

“这次回去后，爸爸可能会让大家叫你副院长呢。”

“为什么？”

“因为你是医院的继承人哪。”

“可是还有别的医生啊。”

“其他人都是在医院打工的，跟他们没关系的。”

“可是，我还年轻，又是新来的。”

“你是院长的女婿，要更自信才行。说不定，明年开始，你就当院长了。”

“不可能吧……”

“明年爸爸可能要参加选举呢。那样的话，就没有时间去医院了吧。”

“我可当不了院长。”

“别说那么没出息的话，为了这个孩子你也要努力。”

三郎从飞机小窗户看去，远方是一片片白云，大概是扫帚云吧。飞机该不会一下子钻进云里坠落吧？

要是能在这幸福的绝顶死掉，就好了……

听着亚希子说的话，三郎越来越害怕回到日本了。

流

chapter 09 / 流 星

星

田坂医院里有外科、内科、妇产科、儿科、皮肤科、放射科等各科，床位两百个。尽管没有眼科、耳鼻喉科等，但完全具备了综合医院的规模。其中外科和皮肤科是院长和野上医生负责，妇产科是远藤医生负责，内科和儿科是宫本医生负责。

作为私人医院，除了院长外还雇用了三位医生，是相当奢侈的。最年长的内科的宫本医生四十二岁，外科和妇产科的医生都是三十多岁。

田坂院长的专长是外科，但是由于在妇产科医务部待过，也多少懂一些。不过，院长最近常常外出，一般的患者都是野上医生问诊。

蜜月旅行回来一个星期后，三郎第一次去医院上班了。

那天一到医院，三郎就在院长的陪同下，去各科打招呼。

最先去了办公室，介绍了干事长和办事员，然后去外科、内科、妇产科等，最后是护士站和药房、放射科以及厨房。每到一处，院长都介绍说：“这位是和小女结婚的田坂先生，请多关照！”

由于已经举行了婚礼，大家都已经听说了。当然出席婚礼的，只是医生和干事长、药房主任，以及护士长和主任级的护士，但其他人也从出席的人嘴里听说了。

院长在护士们面前，满不在乎地夸自己的女婿：“怎么样，很帅吧？”

这还没什么，院长还在其他医生面前说“三郎是个非常优秀的人”，让三郎很是惶恐。因为妇产科的远藤医生就用敌视的目光盯着他看。

大致转了一圈之后，和外科的野上医生一起商量了今后的门诊方针。

商量的主要内容是，野上医生和三郎的关系问题。

虽然三郎说：“我年轻没有经验，请让我在先生手下做助手吧。”但野上医生不同意，说：“那可不合适。”

再年轻也是院长的女婿，让这么一位将来要当院长的人在自己的手下工作，野上医生大概很有压力吧。最后决定，三郎和野上医生各自独立问诊，遇到决定不了的问题找院长决断。

虽说如此，既然是同一个科，遇到问题时互相商量，手术也互相帮助是理所当然的。只是在资格上二人同等，由院长总管。

野上医生比三郎大七岁。性格文静，不大像外科医生。K大医学部毕业，三年前来田坂医院工作，还有医学博士的头衔，不过，他准备明年春天辞职，去川崎那边开业。

差不多安排好之后，三郎去院长门诊室观摩，没想到只有十来个病人。

这些病人都是院长的熟人或熟人介绍来的，全部是公司高管或政治家那样的名人。

其中一位是三郎在电视上见到过的人。病历上写的是个很平凡的名字“山田静子”，所以三郎没有意识到，仔细一看本人，原来是在NHK的大河剧里出演过的月村利香。虽然已经三十岁出头，但在大学生和中年人里拥有很高的人气。

她患有严重的痔疮，两个月前在田坂医院做了手术，今天是来检查术后情况的。真想不到在电视上出演美丽的女主角，却得了这样的病。

总之，这所医院，也许是所在地点的关系，文艺界人士相当多。例如现在住院的人中就有帅哥竹田启次，还有喜剧演员宇宙组合。竹田启次是因阑尾炎两天前做了手术，宇宙组合得的是肝炎，已经住院一个多月了。

此外，在妇产科，有以唱演歌闻名的花轮麻子。对外说是阑尾炎，其实据说是怀孕四个月了，不住院的话，就无法堕胎。

然后三郎又去住院处看了看。这个医院的住院病人三成是来做综合体检的。相对于医生人数来说，病床比较多，好像也是这个缘故。

综合体检有一天至三天的，最长的还有五天的。这些人里也有很多有钱人和名人。而且，来综合体检的基本上都是健康人，不费什么事，还都是现款付账，是最划算的了。

这个医院没有大房间，都是两个人一间或单间。而且每个房间都有电视、冰箱，最高级的房间里，还有陪护者的卧室以及浴室。

当然，这样的房间，一般的健康保险者不可入住，要收取差额。豪华房间的话，一晚上要四万日元，即便如此也几乎都住满了，令三郎很吃惊。

最让三郎吃惊的还是护士们个个都是美人。再加上她们的制服近乎淡粉色，而不是纯白色，这种颜色与她们婀娜的身材非常相配。

这么多漂亮的护士，估计薪水低不了。这一点要好好问一问院长。护士的制服是淡粉色，也许是为了让岁数大的护士待不下去吧。

年轻护士穿淡粉色还合适，到了四五十岁的话，就不能穿淡粉色的制服了。拿四十岁上下的护士长来说吧，也许是觉得不好意思，总是在淡粉色制服外面系一条白色围裙。

再者说，有这么多漂亮护士在眼前晃悠，患者也不愿意离开医院吧。

事实上，来做综合体检的，都是既健康又有闲工夫的人，所以常常在病房或娱乐室和护士聊天。一般的医院，护士都是办完了事就走，而在这个医院，护士对于搭话的病人不会露出厌烦的神色，会陪着聊天。三郎感觉这里的护士比一般的医院多，恐怕也是出于迎合患者的需求，让她们有时间多陪患者说话的考虑吧。

或许有人会觉得这么做有些过头了，但如果因此可以提高利润的话，说明院长作为企业家是很有两下子的。

总之，无论是医院的设施，还是患者或护士，都和诊所有着天壤之别。

三郎第一天就见识到了医院的奢侈与豪华，深为震惊。

那天，三郎五点下了班。

下班之前，亚希子来电话："我现在开车去接你。"但三郎觉得不好意思，就拒绝了。

他独自一人信步走在青山大街上。

进入十二月后，天黑得早，街头已是灯光闪烁。

三郎手里拎着一个皮包，里面只有《外科门诊处置法》和一个饭盒。尽管他说医院里有食堂，但亚希子硬是给他带了盒饭。三郎怕人看见，躲在医务部的角落里吃。

两三天前突然开始降温，不过，天空因此而清澈透明，霓虹灯流光溢彩。

三郎以前曾经想象过自己在青山一带信步闲走的景象。青山是东京数得着的有格调的街区，要是能在那样的地方工作一天后，悠然地走在街头，该有多么美好啊。

迄今为止，他虽然也去过新宿和涩谷，但都是为了消遣，傍晚才去的。

他很想在大家都下班的时候，自己也下班，轻轻松松地走在街上。如今梦想成真了，而且是在医院这样让人羡慕的地方。

三郎一瞬间感到很自豪，但一想到明天的工作，又忧郁起来。

真的可能不露马脚，顺利工作下去吗？

今天见习院长门诊，并没觉得有什么特别难的。院长问诊的方法，以及对患者说的话都毫无新奇之处。和在岛上的医务部时，所长教授的差不了多少。照这样子应该可以干下去。

可是，欠缺基础知识的人，会在意想不到的地方摔跟头。虽然有时候连一般医生不知道的都知道，但一般医生理所当然知道的，有时候反而不知道。这是必须注意的。特别是和其他医生在一起的时候，要谨慎小心。

他们未必对自己抱有好感。现在初来乍到，还算客气，过一段时间，说不定就会给他出难题的。

既然已经走到这一步了，只有努力学习，不输给他们了……

走到公寓时已经五点半了。他按了门铃后，“来了！”亚希子立刻开了门。

“你回来啦。”亚希子说着猛地抱住了三郎，接吻之后，才松开他，“你怎么了，累了吗？”

“不累……”

“还不习惯，肯定觉得很辛苦，我一直担心呢。”

“一直有爸爸陪着，轻松了很多。”

“太好了。马上就吃饭。”亚希子立刻拿来啤酒，放在餐厅的餐桌上。

“医院里美女护士很多吧，不许跟她们乱来啊。”

刚刚结婚，三郎哪有那份心思啊。而且，她们再好看，也都比不上亚希子。

“今天很冷，就做了火锅。白天我专门去跟妈妈学来的。”穿着毛衣和牛仔裤，系着围裙的亚希子，双手端着锅放在餐桌中央。

“只是加热一下，马上就好。给你啤酒。”亚希子给三郎倒了一杯啤酒，给自己也倒了一杯，二人轻轻碰了杯。

“祝贺你第一天工作。”

“谢谢。”

“还有，为了我们的孩子干杯……”

“今天你去医院了？”

“确实怀孕了。说是刚刚进入第三周。”

“……”

“医生还说现在一切正常。我想要女孩子，你呢？”

“都好……”

“你好像没什么精神啊，不高兴吗？”

“怎么会？只不过一听到要当父亲了，一下子不适应罢了。”

“我也是。我真的能当好母亲吗？还想再玩玩呢。”亚希子掀开锅盖，用大勺给他盛了一盘菜。

“我说，还是应该请你妈妈和妹妹来这儿做做客比较好吧。还有你那位姨妈也挺有趣的。”

“……”

“而且，你也有朋友吧？让岛上的人也一起来，顺便也可以请一下那位明子护士啊。你对她有点发怵吧。不过，咱们已经结婚了，我无所谓的。到了正月放假的时候，能不能请他们来东京啊？”

“也不用那么着急。”

“咸淡怎么样？是不是淡了点？”

“很好吃，做得非常不错。”

“太好了。算是合格了吧。”亚希子高兴地往小盘子里盛菜。看着她，三郎觉得很幸福，同时也很不安，他不知这幸福能够持续到什么时候。

从第二天开始，三郎正式在田坂医院上班了。

三郎上午九点去医院。当然并不是马上就开始工作。医生们到医院后，先去医务部，在各自的储物柜前换上白大褂，然后一边喝茶一边聊天。三十分钟后，门诊的准备也就绪了，医生们才去各自的科室。

三郎对早茶时间有些发怵。第二天聊天的时候，内科的宫本医生就问他：“先生是东都大学五十二期的吗？”

“是……”三郎含糊其辞地回答。

“不错啊，年轻有为。”

对方好像并非怀疑三郎，只不过随便问一问，三郎却如坐针毡。

凡事都是如此，他不知什么时候会被人问到什么。不过，医学方面好歹可以糊弄过去，即便不懂的，只要以年轻为借口，谦恭地聆听就不要紧了。

但是，遇到人事方面的问题，就不那么容易糊弄了。

“现在东都大学妇产科的教授是谁呀”诸如此类，一旦被问及，三郎就不知如何作答。

别人问到有关外科医务部的情况时，他一直以“我没在医务部待过”来应付，可是倘若问到教授的名字，说不知道就不行了。

第二天，三郎去了东都大学，查阅了《同窗会》杂志，顺便在校园里转了转。

他觉得至少得知道内科研究室在哪里，外科的医务部在哪里。冒牌者有冒牌者要做的功课。

除了早茶时间之外，还有一个医生们聚在一起的时间，是在午饭之后。此时，院长也会经常露面。

并没有什么特别要说的事情，不过是日常的一些联络，或是商量一些患者的治疗情况，谈完正事之后，大家就会闲聊。然后内科的宫本医生和妇产科的远藤医生便开始下棋。

午休的时候，田坂院长在的话，三郎会感到放松一些。并非院长不在，他会受什么欺负，但院长在的话，三郎感觉就像坐进了大船似的安稳。

和院长两个人的时候，院长叫他“三郎君”，在大家面前，叫他“田坂先生”。当然，这样容易和院长混淆，所以，院长让大家叫自己“院长先生”，叫三郎“田坂先生”。

其实院长很想让大家叫三郎“副院长先生”，可是，考虑到其他医生，还是作罢了。

“田坂先生习惯些了吗？”被院长这么称呼，三郎非常局促不安。对于“田坂”这个姓，他还没有适应，再被院长喊“先生”，就更加惶恐了。

“他还年轻，很多地方都不太懂，大家多体谅吧。”大概是太喜欢女婿了，院长对三郎相当上心。

外科门诊虽然是和野上医生两个人问诊，但用屏风一隔开，就相当于独立门诊了。过去的病人不用说，新来的病人，护士也是自动地平均给他们分配的。

由于三郎的到来，野上医生的病人自然就减少了，但野上医生从未表露出不满，他在医生中也是最宽厚的，给人感觉很和善。

一般来说，病人被新来的医生抢走，都会不高兴，说怪话，但野上医生一点儿也没有那样的表现，甚至还处处为三郎着想，让他能够顺利地工作。

三郎遇到问题也会去请教他，而他也耐心地告诉三郎。

由于明年春天要开业，野上医生的心思都在那边。三郎工作还算顺利。

患者从跌打、刀伤、烫伤之类外科的小毛病，到痔疮、阑尾炎以及胆囊炎、肾结石、胃溃疡等大病，什么病都有。预订的手术有胃溃疡和胆囊炎，加上痔疮、阑尾炎的话，一共有七个。

“先生，可以的话，帮我做个手术好不好？”尽管野上医生这样说，但三郎不想做。刚来这里工作，还是作为助手，见习手术比较好。

结果除了两个阑尾炎之外，都是野上医生执刀的，院长做的手术只有胃溃疡一例，而且是野上医生协助的，细小的地方都是野上医生做的。

参加这次手术才知道，院长好像是三年前得了糖尿病，视力减弱了，不能长时间手术。他说早晚要把医院交给三郎，自己进军政界，这似乎也是原因之一。

因此，三郎获得了很多跟着野上医生做手术的机会，倒可以学到很多东西。

野上医生做手术虽不像岛上的木村所长那样大胆张扬，但和他的为人一样，很扎实。

普通的胃溃疡手术的话，岛上最快两个星期就出院，在这里要让患者住院一个月。这里面，或许既有私人医院只要有一例失败，就会影响评价的难处，也含有让患者长时间住院，为医院带来盈利的意图。

三郎做的阑尾炎手术，第一例是院长、第二例是野上医生做助手的。

当然他们名义上是做助手，同时也不无想看看三郎的技术如何，即所谓的试试水。起初，三郎很紧张，寻找盲肠稍稍慢了些，好在及时找到了，顺利完成了手术。

“很不错嘛。”不知是不是恭维话，得到了院长的表扬，三郎放了心。

“即便是同样的手术，大学和医院是有所不同的。你也许还需要一段时间来熟悉我们医院的做法，好好努力。”虽然院长这么说，但一般的门诊和手术都差不多，如果一定要说有什么不同的话，那就是抗生素或点滴的用量以及用药因医生而异。

不过，这些只要熟悉了之后，就会马上掌握的。一般来说，东京的医院，用药剂量大，住院时间长，这是私人医院的特点，也是没有办法的事。

不管怎么说，虽然是岛上的小诊所，但由于得到了木村所长这样的名医指点，三郎的医术暂时还能够蒙混过去。

由于刚结婚，值夜班就从下半年开始。尽管院长对他这么说了，但三郎不愿意让人觉得院长对自己另眼相待，所以主动要求值夜班。

值班那天晚上，三郎下班后，去了住院部的值班室，浏览住院患者的病历。

白天只看自己负责的外科病人的病历，现在可以堂而皇之地看其他科的病人病历了。从这一点来说，值夜班是个绝好的学习机会。

三郎大致浏览了一遍病历之后，在医务部吃了夜宵，然后去巡视病房。这次查房并非为了了解患者情况，只是去各个病房露露面，问一问“感觉怎么样啊”。

两天前做了阑尾炎手术的病人诉说手术处疼痛，还有三个人要安眠药，其他没有异常情况。

巡视完病房之后，三郎在值班室看电视时，电话响了。拿起来一听，是亚希子打来的。

“亲爱的，你现在干什么呢？”

“没干什么呀。”

“那你先回家一趟，我一个人太无聊啦——”亚希子撒娇时总是这样拉长音。

“那怎么行，我今天不是值夜班吗？”

“可是，现在不是没有急诊吗？出来一会儿也没关系的。”

“不能随便离开的。”

“那我现在去医院看你。”

“你跑来的话，影响不好。今天晚上，你就乖乖地在家待着吧。”

“我不愿意嘛。一个人待在房间里，都瘆得慌。你要是不回来，我就回娘家了。”

“你要是觉得孤单，那也没办法……”

“你这人真冷酷，那我就再也不回来了啊。”

“我不是那个意思啊。今天晚上值班，没办法呀。”

“我不管……”说完就挂了电话。

亚希子的确很爱三郎，但也有着有钱人家大小姐的任性。尤其是把医院视为自家的，处处随心所欲这一点，叫三郎头痛。

亚希子挂断电话后，三郎很担心。可是如果现在去讨好她的话，只会让她以后得寸进尺。他仍然继续看电视，突然传来了急救车的鸣笛声。三郎走到窗户边一看，闪烁着红色闪灯的急救车刚到达医院门口。

值夜班的第一个患者来了。三郎关掉电视，走出了值班室。乘电梯下到一层，看到在门诊室的门口，有五六个人围着急救队员。

“请尽快让他住院。”正中一个三十多岁的男人焦急地催促道。然后，护士长的尖厉的声音回响在夜里的走廊上：“问题是我们医院现在没有床位啊。”

“可是，他这个样子，也没有别的地方可去啊。”男人反驳。男人身边站着一个三十多岁的妇人，大概是男人的妻子，不安地盯着护士长。周围的急救队员，抬着担架，听着他们的对话。

“怎么回事？”三郎走过去，男人突然朝三郎说道：“二十分钟前突然晕倒了，好不容易送到这里，又说是没有床位，不能接收。”

“请帮帮忙吧。”男人和妻子都向三郎请求。

“有床位吧……”三郎刚说到这儿，护士长就打断了他的话：“没有啊。先生说什么呢？”

“我记得 502 不是空着吗？”

“那个房间明天早晨有人入住。如果让急诊患者住进去了，明天早上怎么办？”

“那么，别的房间……”

“不行。没有。”

三郎看着担架上的患者。白床单下面露出一张脸，是位六十多岁的老人，微微张着嘴睡着，一看就像是突发脑溢血。

“这种情况，怎么能让他走呢？”

“先生，求求您了，请一定收下吧。”男人朝三郎低下头。

“没有床位的话，急救床也可以，我看还是让他住院吧，好吗？”三郎话音一落，护士长立刻反驳：“虽然您这么说，可他们要是赖着不走怎么办呢？”

“可是，眼下患者的情况很危险啊。”三郎朝护士长身后的护士使了个眼色，护士一时不知听谁的，茫然地瞅着三郎和护士长，而此时，男人和救护队员，不等护士长回答，便抬着担架朝门诊室走去。

“那就请先让我们住下再说吧。”担架直接被抬到了门诊室的床上，男人和妻子也跟在后面。

三郎想要追过去，被护士长叫住了：“先生，我对那个患者不负责任。”

“可是，急诊病人应该收的呀。”

“先生好像什么也不知道，那个人是劳保呀。”

“劳保为什么不能收呢？”

“咱们医院没有收劳保的床位。”

“可是……”

“明天被院长骂，也跟我没关系。先生去解释吧。”护士长说完，径直走过患者所在的门诊室，消失在走廊的尽头。

患者躺在门诊室的担架床上。三郎站在患者身边，给他诊脉，测血压。

脉搏 60mmHg，有点慢，血压 170mmHg，稍高。脸色发红，初步怀疑是脑溢血，而非脑血栓。三郎又给他盖上毯子，敲击四肢，观察反应。

用针去扎右侧的手脚，皮肤颤动了一下，但左侧的手脚没有丝毫反应。好像是突发性脑溢血，导致左半身麻痹。

“怎么样？”男人担心地问道。

“好像是脑溢血。说不好什么时候恢复意识。要是让他这么躺着的话，会留下后遗症，如果两三天都不醒过来的话，可能有生命危险。”

“意识能恢复吗？”

“现在什么都说不好，还是先住下吧。”

三郎示意旁边的小护士带他们去，可是护士踌躇着，不动弹。

“502 不是空着吗？”

“可是护士长……”

“没关系，马上带他们去。”三郎口气强硬，护士只好点点头。

田坂医院值夜班的护士是三名。有着二百多病床的医院，三个值班护士的确很少，但也够用了，也是急诊患者很少的缘故。

让花费人手又不赚钱的患者住院，在医院经营上是不划算的。从这一点来说，脑溢血患者是不受欢迎的。刚发作时，人很安静，只需要观察。尽管没有意识，要花费人手看护，却不需要药物或注射。

可是，现在不是讲这些的时候，这几个小时，决定患者的生死。

三郎一边给患者打点滴补充葡萄糖和止血剂，一边准备输氧。在进行这些处置期间，护士长一直都没有露面。

她可能是生气了。尽管她说不能收下，三郎还是强行收下了。

现在三郎才意识到，今天护士长值班，说不定是为了监视三郎的。由于没有完成监视者的任务，而不高兴了吧。

当然，作为三郎，也无意跟护士长发生争执。第一次值班就发生不愉快，可不是他希望的。可是，这次实在没有办法。如果照护士长的意思办，就等于杀了患者。自己的做法应该没有错。

可是，从护士长那样坚持来看，收治穷人，可是会挨院长骂的。

护士长的意思就是院长的意思，由此可见，自己第一次值班，就违背了院长的意愿。

明天见到院长不知会不会挨训，一想到这儿，三郎就感到很忧郁。

可是，第二天早上，见到院长，他什么也没有说，像往常一样，满面笑容地说道："早上好！昨晚辛苦了！"

每天早上，院长一上班就会看值班记录。因此，昨晚的急诊患者的事，肯定已经知道了。院长什么也没说，说明和自己的意见是一致的。实际上，那样的重症患者，推到别的医院去，是很缺乏常识的。

那样做还是对了……

三郎放了心，将昨夜的事报告给了内科的宫本医生："已经给他打了点滴和输氧，请多关照！"

脑溢血是内科的范畴，所以，值班后，要移交给内科医生。而内科医生看过的外科患者，值班后，也要移交给外科。

内科的宫本医生点点头，说："不过，你居然让他住院了，护士长没有反对吗？"

"反对了。可是也不能见死不救啊。"

"到底是院长的女婿，就是不一样啊。"宫本医生露出讽刺的笑容说道，"要是我们这样做的话，会挨训的。"

三郎默默地走出了医务部。

三郎已经做好思想准备，因为自己初来乍到，会受到种种嘲讽或刁难，但“院长的女婿”是最让他不快的。

自己的确是院长的女婿，但他并没有打着院长的旗号做什么强加于人的事或任意胡为，他只不过做了身为医生应该做的事。

三郎的心情又沉重下来了。

可是，比这更加不愉快的，是第二天下午。

吃完午饭，三郎去住院部给住院患者做检查时，看见护士正在往昨夜住院的患者病历上写“出院”两个红色的字。

“这是怎么回事？”

“今天中午出院了。具体情况不清楚，护士长说是因为好些了。”

“虽说好些了，可是昨天夜里才恢复意识的呀。”

“是这样的。”

“是护士长让他出院的吗？”

“跟家属说明情况的是护士长，同意的是院长。不过，今天早晨，院长先生也来检查过了。”

“宫本医生呢？”

“宫本医生好像也没有异议。”

“岂有此理。”三郎忍不住嚷道。

护士冷冷地说：“先生，还是不要那么生气的好。原本先生让他住院，就很勉强的。”

三郎跑出了住院部。

让那样的重症患者出院，还算是医生吗？自己应该去找护士长，还是宫本医生，还是院长呢？说到底还是院长下的命令啊。

对这么喜欢自己的院长提意见，他很不情愿，可也没有办法。

三郎没有坐电梯，跑上了楼梯。

院长的办公室在三楼的东头，办公室和秘书的房间连着。由于院长也在这里会见医院以外的政治家或企业家，房间足有九坪多，宽敞而豪华。

三郎先对秘书说明来意：“我有急事找院长。”

“请稍等！”

“院长说十分钟后有客人来，不过，时间不长的话，可以进去。”

三郎点点头，从秘书房间走进了院长办公室。

“有事吗？”院长好像正在看文件。他摘下老花镜，站起来，走到沙发这边来。

“我看，你好像习惯一些了？”

“托您的福……”

“这个周六，全家出去吃饭，你从亚希子那儿听说了吧？你喜欢西餐还是日本菜？”

“都喜欢……”谈论这些家庭琐事，就没有了提意见的时机，三郎咳嗽了一声，说道，“我来找您，是想问一下502的患者的事。”

“哦，是那个事啊……”院长淡然地说。拿起茶几上的烟递给三郎，然后自己也抽出一支，点着了火。

“那个患者今天出院，这是为什么？”

“为什么？因为好了就出院了呀。”

“可是那个人虽然意识恢复了，但左边的手脚还是麻痹的。脑溢血之后走动的话，有可能再次发作。”

“有可能。不过，住在这里也是一样的呀。再说也没有床位。”

“可是比他轻的患者不是住进来很多吗？除了做手术的患者以外，他是最重的了。”

“看怎么说了。”

“这可不是小事，那个患者现在要是走动的话，就会……”刚说到这儿，秘书端着茶进来了。三郎好不容易打住话头，低下头，秘书从三郎的脸色似乎看出了不对劲，瞟了他一眼，就立刻出去了。

“那么大的年纪，只住了两天，就让他出院，太可怜了。”

“不过，提出要出院的，好像是他们呀。”

“不可能的。他前天夜里被急救车送来的，家属一再请求收留呢。”

“你在的时候，的确是这样的，但住进来之后，好像是又想出院了。”

“好容易才住进来的，怎么会想出院呢？”

“这个我也不清楚，大概是觉得费用太高吧。”

“可是，他是医保，应该没有多少治疗费。”

“不错，治疗费可能没有多少，但住院费很贵。那个房间医保不能报，一天两万日元。”

“两万日元……”

“如果住院的话，光是住院费，就是每天两万日元。”

“怎么这样离谱……”

“不是离谱，那个房间有相应的设备。”

的确，老人入住的是双人房间，很宽敞，冰箱、电视机一应俱全。

“那么，两天的话，就是四万日元了？”

“所以说，对他们来说，那样的房间不合适，因为那是更有钱的人住的地方。”

“这不就等于说，有钱人住好病房，接受好的治疗，没钱的人，住肮脏的病房，接受差劲的治疗吗？”

“正是这样，正是这样。”院长慢慢点点头，喝了一大口茶，“如今是资本主义社会啊。有钱的人穿漂亮的西服，住花园洋房，吃美味佳肴。而贫穷的人，穿旧衣服，住小房子，吃不好吃的东西。这个社会虽说不是金钱万能，但金钱占有很大的比重，却是毫无疑问的。这就是现实吧。”

“可是，倘若就连这个世上最宝贵的生命，也要受金钱左右的话，就太不可容忍了。至少生命可以不受金钱……”

“不对不对，正因为最宝贵的是生命，很多人才要靠金钱请好医生给自己治疗啊。”

“靠金钱请医生给自己治病？”

“对呀。住在这个医院里的患者，之所以年轻时，努力工作，向别人低头哈腰，受苦受累挣钱，都是为了老了以后得了病，能够住进好的医院，接受好的治疗。这样的人很多。在当今的世上，只要有钱，就可以得到想要的。可如果最要紧的病，反而金钱不管用的话，怎么行呢？对于人来说，最重要的是生命，所以才希望花钱，在好的环境里治疗。”

“可是，这不是将有钱人和穷人区别对待吗？”

“没错，是区别对待。”

“院长认可这样区别对待吗？”

“虽说不是我想要这样，不过，这样对有钱人有利，感到很满意是事实吧。”

“我绝不允许这种区别对待。这种阶级歧视是卑鄙的，是有钱人的自命不凡。”

“你冷静一下。”院长伸出两手示意三郎不要这么冲动，“你说的我很理解。可是你也不讨厌有钱吧？”

“我即便没有钱……”刚说出口，三郎就咽了下去。

院长一直盯着三郎，他的眼神似乎在说，你不是因为喜欢钱，才和我的女儿结婚的吗？

“年轻的时候，人们都像你一样，满腔正义。不过，人并不是只靠说那些漂亮话就能够解决问题的。”院长说到这儿，突然压低声音，“我还等着星期六和你一起愉快地吃饭呢。”说完拍了下茶几，站起来，仿佛在说，“好了，我该工作了。”

依照院长的说法，既然是生活在资本主义社会，有钱人和穷人之间，在医疗上有差距是理所当然的。

有钱人希望用自己的钱住进漂亮的病房，接受更好的治疗。

田坂医院不过是满足这些人的素朴的愿望而已。

听起来，俨然是经营者为了满足患者愿望而采取的恰当做法。

可是，这样做到底对不对呢？院长的确是经营者，是要盈利的。但同时也是拯救人的生命的医生。无论是有钱人，还是穷人，无论是不是医保，都一视同仁予以治疗，难道不是医生的义务吗？

也许由于自己生长在穷人家，三郎不能苟同院长的看法。院长的看法显然是对穷人的歧视和无视。只有有钱人才应该受到好的待遇，这不正是院长臆造出来的逻辑吗？

三郎想要向什么人发泄自己的愤懑，可是在田坂医院工作的医生和护士，几乎对院长的看法都不抱任何疑问。而且，他现在还没有可以说心里话的朋友。结果，他只能对亚希子倾诉了。

“我不赞成那种看法。”三郎把值班时发生的事告诉亚希子后，断然说道。亚希子一边吃着蛋糕，一边问：“那你说该怎么办呢？”

“我的意思是说，不管是有钱的人，还是穷人，应该所有人都平等地住同样的房间，接受同样的治疗。”

“这样的话，有钱的患者就不来了。”

“不来的人不来好了。医疗本来就不应该因为有没有钱，而区别对待呀。”

“那么，我生孩子的时候，被塞进昏暗肮脏的房间，你也无所谓了？”

“我并没有说让你去住那样的地方呀。我是说，一般的病房就可以了。”

“可是，以目前健康保险报销范围内的费用，是绝对住不进单间的。爸爸说的。”

生产不属于疾病，本身就适用于保险，不过，便宜的病房，相应条件也差，是千真万确的。

“我还是想住条件好的房间，即便价钱贵。”

“那当然……”

“像爸爸的医院那样，稍微贵一些，但是又漂亮又干净的医院，也是挺好的。”

“当然没有什么不好的，只是穷人有些可怜。”

“有钱人也可怜啊，即便有钱，也不得不去跟别人挤一个病房。我不是说穷人不好，可是那些人集中的地方，总是杂乱不堪，吵吵嚷嚷的。”

“也不一定来的都是穷人啊。”

“可是，爸爸的医院，就是因为主要面对有钱人，才有那样的规模的。你的工资高也是这个缘故。”

三郎虽然还没有拿到工资，但据说是五十万，加上分红和手术费等，年收入近一千万。作为年轻医生，相当可观了。这并非三郎的要求，而是院长定的。对于收入高，他没有什么不满的，但若是因为排除了穷人患者才获得的，则令他忧郁。

“我并非只想给有钱人看病，给穷人看病也可以有收入。”

“话是这么说，不过，你为什么对这个这么介意呢？”

“介意很奇怪吗？”

“这种事，何必放在心上呢？还不如想想正月咱们去哪里旅行呢？”

亚希子吃完了蛋糕，把果酱加入红茶，喝起来。

三郎看着亚希子拿茶杯的芊芊玉手，突然感觉她和自己仿佛住在相距很远的地方。

即使结了婚，住在一个屋檐下，怀了自己的孩子，但是亚希子所想的，所关心的事情，都和自己完全不同。这与其说是男女的差异，不如说是由于成长的环境和生活经历的不同。

三郎觉得自己在田坂家，与所有人都格格不入，虽说这感觉一开始就有，但现在更强烈了。

院长和亚希子并非故意对三郎多么不好，但他感觉在田坂家里很不自在，仿佛自己一个人游离于家人之外似的。

在星期六晚上，和院长夫妇以及亚希子的叔叔夫妇一起吃饭时也是如此。

由于是寒冬腊月，他们去了筑地的河豚高级料理店。院长夫妇似乎是这里的常客，老板和老板娘都分别出来问候，还上了很多一般很难吃到的河豚肝脏和卵巢。

三郎以前虽说吃过河豚，但都不过是两千日元左右的火锅。对他来说，在这样高档的餐馆吃河豚，还是头一次。

然而，亚希子和妹妹似乎很习惯在这里吃饭，她们喝着鱼鳍酒，一边说着吃河豚肝脏和卵巢可是要中毒的，一边满不在乎地吃着。

吃过饭后，打算去银座酒吧喝一杯。从筑地到银座不过走十分钟的路，却叫了两辆出租车。

在银座的酒吧，老板娘也特地跟亚希子和她的母亲打招呼，看样子，她们也不是头一次来。

“这是我的女婿。”亚希子的父亲做了介绍。

老板娘夸张地露出吃惊的神情，恭维道:“啊呀，真是一位美男子啊。这样的男人出现在银座的话，女孩子们可不会放过的呀。”

看来院长以前很爱玩，不过最近带着家人来酒吧，说明已经收山了。

这个姑且不说，带着家人去高级餐馆，以及坐一坐就要一两万的高级酒吧，院长不知是怎么想的，而且兴高采烈地跟着来的亚希子姐妹的心情，三郎也理解不了。

一个人两万的话，在这一家就花费了十万日元。

有这笔钱的话，三郎可以给妈妈买手袋，给妹妹买她一直渴望的意大利皮鞋，如果用来买赛马券的话……

老毛病又犯了，老想这些没用的，或许这就是穷人家长大的孩子的不大气。

反正也不是自己花钱，悠然地喝酒就是了，但他还是忍不住想到价格。

而且，看着院长早早以压岁钱的名义给女招待们发小费，三郎觉得很浪费。尤其一想到，院长大手笔的消费，是以牺牲穷人患者赚来的钱，就更加气愤了。

“现在，大家一起去六本木的迪斯科舞厅吧。怎么样，三郎君？”院长越是兴致高，三郎越是消沉。

“我不会跳，就不去了。”

“没什么难的，随便动一动胳膊腿就行了。跳舞很锻炼身体的。虽说是迪斯科，但很多上岁数的人也去，很高级的地方。”

“今天感觉有点累……”刚才开始，在小岩的母亲就一再闪现在三郎的脑海里。母亲也许正坐在那个狭小房间里的暖桌前，做针线活，自己却在这样奢华热闹的地方享受。

“老公，好不容易来一次，去吧。”亚希子尽管怀孕了，好像也打算去跳迪斯科。

“你怀孕了，还是不去的好吧。”

“哎哟，孕妇才应该适当锻炼呢。”

“那你去吧。我先回去了。”

亚希子露出不乐意的表情，三郎也不理睬，一个人回去了。

和大家分手后，三郎回到家时已经十一点了。

从公寓的窗户望见的六本木和赤坂方向的天空是红彤彤的。酒吧和迪斯科舞厅的夜晚才刚刚开始。三郎眺望着那霓虹灯染红的天空，发出了轻轻的叹息。

亚希子他们真的去了迪斯科舞厅吗？对于喝酒玩乐，亚希子的叔叔和母亲似乎也不反感。

和家人或亲近的人一起游乐，从第三者看来，无疑是很让人羡慕的。

可是，一想象亚希子的父母跳舞的样子，三郎就会想起母亲。和亚希子的父母比起来，母亲的生活太单调了。虽说好不容易让儿子入赘有钱人家，可是到现在为止，她一点儿也没有沾到光。不但如此，还要忍受儿子不在身边的孤独。

当然了，即便带母亲去银座或高级餐馆，她也不一定会高兴的。三郎给她钱，也会立刻供在佛龛上，说：“他爸，这是三郎赚来的钱。”母亲就是有了钱，也不知道去享受。如果说这就是穷人家长大的悲哀，也没办法，但从小养成的勤俭持家的习惯已经改不了了。

反正，我是不可能像他们那样花钱如流水地纵情享受的。无论去多么豪华的地方，都感觉不自在，总是感觉去了不属于自己的地方似的，忐忑不安。

独自一人仰望夜空，三郎突然怀念起了岛上。来东京之前厌倦的岛上生活，现在回想起来，却是那么亲切。

不但气候好，岛上的人都很优游自在，毫不做作。还是在岛上自然而然地生活好，既不用装腔作势，也不勉为其难。三郎这么想着朝饭厅的电话走去。

他想听听久违的高冈的声音。结婚旅行回来后，送给他一个鳄鱼皮的钱包，他来过信表示感谢。之后，三郎一直想回信，却拖到现在。虽然可以打电话，但又顾忌会被医院里的职工和亚希子听见，总是没有合适的机会。

不过，现在是一个人，可以放心通话。也许他已经睡下了吧，打一个试试看。三郎看着电话本，拨通了电话。

从去年开始，就可以直拨岛上的电话，所以马上就通了。

“喂喂……”

高冈马上就听出来了：“哟，是不是相川？”

听到对方叫自己的旧姓相川，三郎心头一热。

“怎么想起打电话了？”

“也没什么。只是突然想听听你的声音。你好吗？”

“还是那样。你呢？”

“还凑合吧……”

“从家打来的？”

“是……”

“那么是和太太在一起了？真让人羡慕啊，和那样的美人一起生活。”

“她不在家里，出去了。”

“这么晚出去，不会是去见情人了吧？”

“不是那么回事。诊所怎么样？”

“对了，那个叫山中的庸医辞职了。半个月前，做盲肠手术的时候，他把低比重的麻醉药当作高比重的麻醉药了，导致患者死亡。因此掀起了反对他的运动，最终被赶走了。”

“死的人是谁？”

“本町的金田运输店的儿子，老头儿气得说要告他。那个庸医后来不敢来诊所了。”

“那，诊所怎么办呢？”

“现在是护士长和护士在看病。她们都说，要是相川先生在就好了。”

“村木所长会回来吗？”

“右手不大好使，大手术好像做不了，但内科还是可以出诊的。”

“很想你啊。”

“来岛上玩玩吧？”

“很想去啊……”

“你也很担心明子吧。她好像察觉了你的事。”

“真的？”

“前几天，她来我家，哭着对我说，你对她很冷淡，一定是有了喜欢的人。我当然什么也没告诉她。”

也许是分了手的缘故，三郎现在想起了明子的种种好处。虽说是乡下姑娘，但也正因为这样，才有着一往情深的纯真。对三郎来说，娶她做妻子的话，肯定生活得很平静。

“我看你还是把结婚的事告诉她比较好吧。要不，我告诉她也行。”

“先不要告诉……”这时，三郎听到大门那边有声音，是亚希子回来了，“拜拜，以后再打给你。”三郎的声音立刻变得紧张起来，挂断了电话。

冰

chapter 10 / 冰雾

雾

临近岁暮，有些事三郎必须做出决断了。

其一是亚希子怀孕的事。新婚旅行时，她出现了恶心的症状，回来后去医院做了检查，果然怀孕了。医生说刚刚三个月，预产期是明年七月底。

“你打算生吗？”三郎一问，亚希子反问：“还是生下来好吧？”

“可是，十一月才结婚，七月就生孩子，太早了吧？”

“虽说是这样，可是怀上了，也没办法呀。”

最近生下不足月的健康婴儿的例子很常见。

“等等再告诉妈妈他们吧。”亚希子有些不好意思地说。

关于怀孕的事就此打住了，不过，亚希子好像早就告诉父母了。现在院长也知道了。“这么说夏天就能当爷爷了。”院长脸上总是露出这样半是欢喜、半是为难的表情。

亚希子生下孩子，三郎没有异议。既然结了婚，生孩子是理所当然的。

只是有两件事让他放心不下。其一是，自己是冒牌医生的事。眼下虽然蒙混过去了，但早晚有一天会被发现的。三郎终日处于忐忑不安之中。

在这样的状态下，生孩子合适吗？如果暴露的话，就可能立刻离婚的。到时候，孩子是最可怜的。长大以后，知道了自己的父亲是伪医生，是有前科的人，该多么伤心啊。如果是那样，不如一开始就不生下孩子为好。

另一件事是亚希子的身体。宫外孕的时候，亚希子的子宫被缝合得密密麻麻的，那样的子宫根本不可能生孩子。可是去妇产科一检查，结果是怀孕了，三郎又不由得不相信。这么说那样受损的子宫，也是有可能怀上胎儿的。

但是，虽说怀了孕，胎儿在那个子宫里，能正常成长吗？而且，等长到五六个月大的时候，子宫会不会被撑破呢？

医生说“发育正常”，可是，手术后的子宫很难说是正常的。

医生虽然知道做了宫外孕手术，但是并没有看到当时的子宫是什么样子的。

如果医生看到亚希子的那个被五花大绑的缩成一团的子宫的话，就不会这么坦然了吧。也许应该把当时的情况都告诉医生为好，在这个基础上，决定到底应不应该生下来。

临近岁暮的二十七日，三郎下决心去了村田医院。院长是亚希子父亲的后辈，三郎给亚希子手术之后，也带她来看过。

“我是田坂先生的女婿。”

院长非常客气地把三郎请进了院长办公室。寒暄了几句之后，三郎开口道：“关于我妻子的事……”他讲述了在岛上做手术的经过后，“所以，我以为她已经不可能怀孕了……”

三郎刚这么一说，院长立刻摇摇头，说：“不用担心。因为子宫是包裹孩子的口袋，所以在人体里是最有再生能力的器官。”

“再生能力是什么？”

“可以说是复原能力吧。听说过渔民被海星吸住，恼羞成怒地用刀子把海星切碎，结果，每一个碎块又都长成一只海星，因而数量越来越多。

子宫和这个一样，即便受了些伤，也可以恢复原状的。”

“可是，由于大出血而进行了缝合，缝合后扭曲变形成拳头大小了。”

“先生也知道，女性对于出血和疼痛的承受力很强。而女性身体里最结实的就是子宫，因此多少受一些伤，不受影响。”

看样子这位医生对子宫的坚韧很敬畏。

“可是，继续怀孕的话，孩子大了也不要紧吗？子宫变形，会不会导致孩子畸形……”

“一般来说，怀孕就说明了子宫是正常的，不用担心。而且，如果妊娠过程中出现异常的话，也会马上出现征兆，到了那个时候，再采取措施也可以。总之，女人看似柔弱，其实身体是非常结实的。请放心吧。”

纤细的亚希子的身体竟然那么结实，一想到这里，三郎觉得很可怕，但妇产科医生似乎对此已经习以为常了。

“太太打算生下来吧？”

“那是当然。”

“那样的话，就平和地相信子宫，生下来吧。太太虽然身材纤细，但骨盆足够宽，请放心吧。”

三郎点点头，走出了医院。

田坂医院的过年假期，是从十二月三十日到一月四日。

三郎和亚希子三十日去小岩看望了母亲后，从成田机场飞往夏威夷。

亚希子的父母反对他们去外国旅行，因为是结婚后第一个新年，应该在日本过，但亚希子以生了孩子以后就不能去了为由，执意要去。

假期在国外度过，三郎求之不得。未知的外国充满魅力，而且，离开日本，还可以暂时忘掉伪医生的身份，况且，在东京的话，不知什么时候明子会找来。

飞离日本后，三郎便可以安心了。

由于是第二次海外旅行，三郎不像上次那样紧张了，尽情享受了一个春天般的正月。

坐在海风吹拂的酒店露台上，听着波涛声，简直是人间乐园。在四晚五日游期间，三郎白天游泳，晚上和业希子去学夏威夷舞蹈，滑板技术也长进了不少。

到了第五天，坐在回日本的飞机上，三郎意识到乐园的美梦结束了。

从新加坡回来的时候也是这样，随着离日本越来越近，三郎的心情也越来越抑郁了。

可是，这次，仿佛雪上加霜一般，刚一回国，就发生了不愉快的事。

假期过后的第五天早上，在医院参加了简单的新年团拜会之后，三郎去了门诊部，干事长追过来说道："先生，可以看一看您的执照登录号码吗？"

"登录号码？"

"应该是登在医生执照上的，执照您不知道吗？"

何谈知道不知道，三郎从来没有见过这东西。

"大家好像都记不住似的。那么，请您明天带来吧。"

"要登录号码干什么用？"

"按规定，在医院工作的医生，都要将姓名和登录号码进行申报的。"

"……"

"那么，明天请您带来吧。"干事长满脸堆笑着走出了门诊部。

三郎呆呆地站在原地，这时护士问道："先生，可以叫患者进来吗？"

"再等一等。"三郎来到走廊上，停下脚步，想了想，走进了走廊左边的患者使用的卫生间。这里应该不会有人。三郎看了看四周，确认只有自己一个人之后，叹了口气。

干事长突然要看医生执照，让三郎吓得心脏都快停止跳动了。不过，看上去他并没有怀疑自己的意思，只是来问登录号码的。

以前三郎也曾经了解过这方面的情况，开业医，姑且不论，雇用医生如果在某处就职的话，也有义务申报姓名和医籍号码。以此为依据，医生资格得到承认，被正式录用。许多伪医生暴露，都是在这种时候。

但是，从法律上说，无论是开业医，还是雇用医生，所有以医生名义工作的人都要向当地的医务部申报医籍号码，医务部核准姓名和医籍号码。但实际上，许多时候并没有严格执行。刚才干事长也是例行公事地对在本院工作的医生，确认一下医籍号码，仅此而已。

三郎在狭小的厕所里，发出一声轻轻的叹息。

虽说并没有暴露，但着实危险。

医生执照上的医籍登录号码，好像是按年头排下来的，一看登录号码，大概就知道是哪一年参加资格考试合格的医生。

三郎谎称自己是四年前毕业于东都大学医学部的，那么，查一下同期毕业生的号码，模仿一个差不多的登录号码，也许就能应付过去了。

可是，如果干事长向医务部申报的话，就大事不好了。在医务部一对照，就会发现姓名和登录号码不符了。

如何是好呢……

三郎坐在坐便器上，抱起胳膊。虽说一直坐着，但由于心里不安，腿颤抖起来。

有什么办法可以蒙混过去呢……

他在报纸上看到过，将别人的姓名，以及医生执照全都窃取的伪医生的报道，可是，现在已经来不及了。而且，三郎现在的姓名，也不可能更改的。

比起这么做来，只有拜托干事长不向医务部申报更稳妥。

可是，这样拜托的话，弄不好反而会引起他的怀疑。况且即便他问了登录号码，也未必立刻向医务部申报。即便申报了，也难说医务部会一一去确认。不如暂时告诉他一个假号码，看看情况再说。以此拖延一段时间，再想别的办法。

问题是，怎样才能造出假号码呢……

说是假号码，但也必须在一定程度上与自己的年龄相互吻合。三郎坐在坐便器上，陷入了沉思。

听见门外有两个认识的患者问候“早上好”，然后有人匆忙跑进了卫生间。那人敲了敲自己的门。三郎为了证明里面有人，也轻轻回敲了两下。于是，那个人进了旁边的厕所。

怎么办？

听着隔壁冲水的哗哗声，三郎思考着。

首先要看一看东都大学的毕业生名册，选一个和自己同年毕业的男生的名字。然后给医务部打电话，说我是某某某，由于现在找不到医生执照了，可否告诉一下登录号码。在这样问出来的登录号码上，再修改二三十位数即可。

这个方法说不定可以奏效……

三郎独自点点头，这时听见远远传来护士的喊声。

“田坂先生，田坂先生。”由于门诊患者等着他，护士在找他。三郎站起来，没有使用便池，也冲了水，然后走出了卫生间。

当天下午，三郎按照自己的计划，给厚生省打了电话。由于怕被人听见，没有使用医院内的电话，装作买烟去外面打公用电话。

厚生省的总机转接到医务部，最后是医疗科。接电话的官员公事公办地说：“不知道登录号码的话，看一下医生执照就知道了。”

“可是，医生执照不知放在哪儿了，找不到。”

“没有医生执照的话，就比较麻烦了。”

“因为刚刚搬家，也许收在什么地方了。”

“如果丢失的话，请重新申请办理一下。”

原本就没有医生执照，怎么可能重新申请办理。

“我把我的名字告诉你，可以代为查一下吗？”

“按规定是不可以的。”

无论怎样请求，那个官员都是同样的回答。

“可是，登录号码必须填写吗？”

“每年要求医生申报一次，所以必须填写。”

根据他的说法，所有的医生，每年十二月末之前，有义务申报从事医疗情况。填写姓名、户籍、医籍登录号码以及所在医院、专业等，每年一月十五日之前报给所属保健所。

怪不得，正月刚过，干事长就来问呢。

“可是，所有的医生，每年都申报吗？”

“按规定应该申报。”作为官员，只能这样回答，但实际上不申报的人很多。三郎从未听说村木所长或山中医生谈论过这件事。当然，这类人事方面的事，都是干事长管，而且只要申报一次，以后就没有人过问了。

“大致号码记得，要是错了，不行吧？”

“当然，既然申报，如果不准确的话，比较麻烦。”

“是一一确认吗？”

“我们只是受理申报材料，不一一确认，但如果号码怪异，就会确认。”

“那么，还是要找到医生执照才行了？”

“请找一找。”

“不能麻烦您代查一下吗？”

“实在不行。”官员的回答虽然很客气，却很冷淡。

三郎叹了口气，问道：“我想问一下，每年国家考试合格的医生有多少人？”

“每年都不一样。”

“不过，大致的数字应该有吧……”

电话那头的人好像在向旁边的人询问，等了一会儿，说：“每年好像七千人左右。”

“那么，医生总数呢？”

“请稍等。”又等了一会儿后，“十七万左右。”

“这么说，刚刚考试通过的就是十七万多了？”

“不，这是现在从事医疗工作的医生的人数，登录号码是自明治三十三年，制定《医籍法》以来的人数。”

“那么，可否告诉我最新的登录号码？”

对三郎这样刨根问底，对方似乎觉得很奇怪：“请问你是哪位？”

“我是医生，只是不知道登录号码了。”

“这个和最新的登录号码没有什么关系吧？”

“是这样，只是想知道一下。”

“无可奉告。”对方的声音很冷淡，三郎只好挂了电话。

看来通过别人的名字来查登录号码这招失败了。

怎么办好呢？明天就必须告诉干事长了。三郎本想回医院，但中途走进咖啡店，思考起来。

从明治三十三年到现在的登录号码是多少呢？还有，四年前的登录号码是多少呢？就蒙他个二十万吧。

可是，如果差得太悬殊了，会受到怀疑。

幸好，听对方的话音，姓名、登录号码不会一一确认。还说如果号码怪异，就会确认。那么即便是伪造号码，只要差不多，说不定也可以蒙混过关的。

只要随便找一个医生的医籍登录号码看一看，以此类推就可以了。

他想去问院长，可是年龄差多了。那么，是问内科的宫本医生好呢，还是妇产科的远藤医生，或外科的野上医生呢？三个人的脸在他眼前依次浮现出来，其中最容易问的是关系最亲近的野上医生。

问出他的号码后，在其登录号码上加上每年合格者数的话，就会得出大致的号码。三郎想到这儿，走出了咖啡店。

他急忙回到医院，看见入口处停着一辆救护车，慌忙走了进去。一个护士朝他跑了过来：“先生，您去哪儿了？刚才来了急诊，一直在找您。”

“野上医生呢？”

“已经进手术室了。”

“要做手术吗？”

“因交通事故右腿骨折了。还有一个人是边见明彦，也住院了。”

“边见明彦？”

“电视里常常看见的……不过，边见先生只是脊椎挫伤，不太严重。”

边见明彦是广受年轻女性和中年妇女喜爱的中年影星。这位护士好像也是他的粉丝，说话的时候，眼眶都是湿润的。

三郎立刻去医务部，换上白大褂，就去了手术室。

在手术室外面的走廊上，不知从哪里听说了赶来的，站着一个拿着照相机的男人和一个记者模样的人。

“请问……”

三郎没有理睬记者，走进了手术室。

手术室里，患者躺在手术台上，野上医生洗完了手，正在穿手术服。

“对不起。刚刚出去办点事。”三郎低头致歉，戴着口罩的野上医生，只用眼睛回应了一下。

“右膝盖半月板受损，好像引起了内出血，最好马上做手术。”

“我来协助。”三郎脱去白大褂，戴上口罩。

三郎一边洗手，一边听护士告诉他，受伤的是边见明彦的经纪人，名叫鹤田，据说在东名高速开车时，注意力不集中，撞到了弯道栏杆上。边见明彦坐在后座上，觉得危险，抓住了前面的椅子背，所以没有大碍。

“他入住402号高级病房，周刊的记者们已经知道了，都蜂拥而来了。”

“可是在东名高速发生的事故，怎么会送到这儿来了？”

“据说是在高速出口附近出车祸的。还有边见先生，以前拍电影伤了腿的时候，曾经来过咱们医院。”

三郎洗完手，让护士穿上手术服，然后站在了手术台前。患者已经打了腰椎麻醉，下半身处于麻醉状态，平躺着。

野上医生在他的右膝一带消毒后，拿起了手术刀。在膝盖外侧切了个弧形，从这里掀开皮肤，进入关节部位。

正如估计的那样，关节里面内出血。用清洗液先清洗之后，摘除了半月板。大概是患者弯着膝盖时遭受了撞击，导致严重的膝盖挫伤吧。这是司机常见的事故。

半月板摘除手术本身没有什么难度。三郎在岛上看到过一次和这个一样的手术。谁的手术做得好说不上，但田坂医院的器械比较新，比较好用。

三十分钟后手术结束。开始缝合伤口的时候，三郎问野上医生："先生，您知道医籍登录号码吗？"

"啊，那个很难记住的。好像来这个医院时，被问过……"

"您的是多少号？"三郎紧接着问道。

"只记得好像是十九万左右的数字……"

"是十九万吗？"

"两千多少号吧。好像最后是个5，那个很少用，记不住的。"

"今天我也被干事长问，一下子回答不出来。真头痛。"

"这个不回家看看执照，可记不住的。"

野上医生说是十九万，自己比他小七岁的话，在十九万后面加上七年间考试合格者的人数，就可以了吧。

"那个号码，要它干什么用啊？"

"据说是医生有义务提交的。不过，哪里都不怎么认真执行。大学医院也很松懈，从来没有人问过我呢。"

"我也觉得在别处没有被问过。"

"这里的干事长很认真。那个号码，看似没有什么用，但对于发现假冒的医生很有效的。"

一瞬间，三郎倒吸了一口凉气。被大口罩遮挡着，不必担心被野上医生发现。

"到了田坂医生，数字相当多了吧。"

“好像达到二十二万了。”

“很可能的。”

说话的时候已经缝合好了，再次消毒后，包上了纱布，然后裹上有弹力的绷带，以膝盖弯曲的姿势打上石膏，手术就结束了。

“那么，请先生给打上石膏吧。”

“好的。”三郎点点头。

野上医生把三郎叫到手术室的一角：“我想你已经知道了，402号住进了一个叫边见明彦的明星，现在还在检查之中。”

“片子已经拍了吗？”

“骨头没有异常。但手有些麻痹，头部感觉沉，所以，我想等院长回来再公布。”

“院长看过了吗？”

“现在院长不在。说是马上赶回来，在院长回来之前，我们什么也不要随便说。”

“可是，先生既然已经看过了，先生公布一下不可以吗？”

“那样的名人很麻烦的，尽管没有大碍，却会被记者胡乱写成无法行动等报道。”

“先生看了，什么情况？”

“我觉得只是轻微的脊椎挫伤，不过，院长有院长的考虑……”

“什么考虑……”

“这件事对于医院是一次绝好的宣传，或者说是提高PR[1]的机会。啊，不要说是听我说的。”

“当然。”

---

1 PR值全称为Page Rank（网页级别），取自Google的创始人LarryPage。它是Google排名运算法则（排名公式）的一部分，PR查询可以根据域名查出对应网站（可查内页）的PR。

“那么，就拜托了，我去病房那边看看。”野上医生匆匆摘下口罩，走出了手术室。

三郎刚刚打完石膏，病房的护士就来找他。

“边见先生问，能不能起来去厕所？”

“边见先生？”

“就是刚才住院的那个明星。”

护士一说，三郎就立刻想起来了，但是他还没有给边见明彦诊断过。

“野上医生呢？”

“今天是去大学医院的日子，已经走了。”

野上医生每周两个下午要去大学医院。今天是因为有急诊，才做了手术之后走的。

“那我现在过去看看。”由于对方是大明星，三郎不能没有诊断就随便回答。三郎洗干净被石膏弄脏的手，换上白大褂，就去了病房。

在四层的边见明彦病房外面，围着十多个记者和摄影师，朝里面窥视。

“情况怎么样啊？”三郎没有回答围过来的记者，走了进去。

这个402室，是田坂医院最好的五个病房之一。一进去，就是一个带有厨房和冰箱的门厅，进里面后，是八铺席以上的病人房间，还带有洗澡间、卫生间。一天的费用是四万日元，和酒店的豪华套房一个档次。

边见明彦躺在病房中央的床上，跟电视上看到的一样，两鬓有些花白，鼻梁挺拔，眼角有些细细的皱纹。

“辛苦您了。”边见一看到三郎，就从床上坐起来，露出让所有女性都沉醉的微笑。病房里有妻子和另一个像是看护的女子陪着。他的妻子明宫佐代曾经是女演员。三郎高中生时就非常迷恋明宫佐代，所以当她向他施礼时，三郎兴奋得浑身一抖。

“我先生想去厕所，可以走动吗？”

曾经迷恋的女性近在咫尺，向自己问话，三郎紧张得一下子说不出话来。他咳嗽了一声，含糊地点点头。也许是看不下去，护士在旁边及时地提醒道：“先生，要诊断一下吗？”

豪华房间都朝南，非常明亮，窗台上早早就摆满了探视者送的鲜花。

边见在护士的搀扶下，坐在了床边的圆椅子上。到底是大明星，穿上茶色打底、红色条纹的精致的圣罗兰睡衣。

三郎对于脊椎挫伤，在岛上跟着村木所长看过近十个病历，此外只有书本知识。虽然并不太熟悉，但还算了解。检查的顺序是，先从头部到后脖颈，检查有没有疼痛或肿胀的部位；然后，让患者前后左右弯曲扭动头部，看看有没有运动障碍；再然后是各神经的起始处或肌肉的状态，抬起胳膊，看看是否感觉到疼痛，以及有没有麻痹情况。

“请向后仰头。”被对方的大名震慑，三郎说话声音自然放低了。然而，边见很听话地向后仰头。

“啊，这样有点疼。”

“对不起。”三郎不由自主地道歉。举世闻名的大明星按照自己的吩咐，向后仰头、扭头，简直令人难以置信。

大致检查了一遍之后，感觉边见的症状并没有担心的那么严重。向后仰头的时候，左右扭头的时候，虽然说疼，但这是一般脊椎挫伤患者常见的病状，一个星期后自然就好了。胳膊和手指也不麻痹，所以，不用担心颈部神经受损。

“厕所可以去。”三郎很自信地说道。

“太好了。”他的妻子，曾经的女演员，双手合掌，高兴地说。

“需要住几天院呢？”

“大概四五天就差不多了。”

在岛上，这样程度的患者是不让住院的。由此看来，住四五天已经太多了。

“那么，从下星期开始就可以工作了吧？”

三郎点点头，想起野上医生说的不要多说话的提醒来。

“差不多吧。”

“这样的话，连续剧那边就不用推掉了。”听妻子一说，边见也微笑着点点头。

“经纪人的情况怎么样？”

“刚刚手术过了，不是很严重的伤。”

“太好了。真是太感谢您了。”

可是第二天早上，三郎在医院看到护士正在看的《体育新闻》，非常吃惊。

文艺栏里的头条新闻，以“边见明彦，因交通事故住院”为标题，赫然写着“痊愈需两个月的重伤”“颈椎损伤”“经纪人即日手术”等。

报道开头写了一月五日夜里零点时分，从外景地的御殿场回世田谷的深泽住处的途中，开车因速度过快，撞到了高速路的栏杆上，汽车翻转了一百八十度后，才停下来。

二人被急救车紧急送往田坂医院，边见明彦颈椎受伤，导致运动障碍和手臂麻痹，需要绝对静养。经纪人鹤田正治因右膝关节内出血和半月板损坏，进行了手术，大约需要住院两个月。而且在报道中间插入了事故之前的边见明彦的照片,旁边还出现了会见记者的田坂院长的照片。护士们看到院长的照片，都说：“院长的照片，拍得很不错啊。”

三郎心想，现在还有闲心说这些没用的。鹤田经纪人且不说，边见明彦的报道也太夸张了，别说是两个月了，就连住院一个星期都太长了。这一定是哪里搞错了。

三郎无法相信，翻开了其他报纸，也都是同样的报道。

“简直岂有此理！”三郎拿着报纸跑到野上医生那里，可是，他只扫了一眼，就苦笑着说：“我不是跟你说过吗？”

“院长真是这么说的吗？”

“可能是为了宣传吧。”

的确，这样写的话，对于医院的宣传有利，可是，与事实出入太大了。

要说边见明彦算得上是症状的症状，充其量也就是向后仰头、扭头时有点疼罢了，麻痹和骨头都没有异常，然而，却说成是颈椎受伤，不懂医的人可能会以为是颈椎骨折或脱臼呢。倘若真是骨折的话，别说是走动了，连命都保不住。

即便是为了宣传，这样也太过分了。而且，院长这样说的话，让告诉他们四五天就可以出院的三郎的脸面往哪里放。不，比自己可怜的是患者，还让那位美丽的夫人白高兴了一场。

这件事必须去问问院长。三郎拿着报纸直奔院长室而去。

院长正要出门的样子。脱了白大褂，正和秘书在商量什么。

“我有事找您……”

院长对秘书示意了一下，坐在沙发上：“什么事啊，这么急？”

“请看一下这张报纸。”三郎打开记载事故的报纸版面给院长看，院长轻轻点点头。

“昨天我也给边见先生诊断过，您不觉得这报道太夸张了吗？别说是住院两个月，一个月也用不了。手臂既没有麻痹，也没有运动障碍，何谈绝对静养……”

“你说得对，没有必要绝对静养。”

“可是，这里写得明明白白。”

“那只是当着记者的面这么说的，他在医院里可以随便走动，还可以泡澡。”

“这么说，院长知道实际情况，还这么说的？”

“当然知道了。这种情况，说得稍稍夸张一些比较好。”

“不过，您不觉得有些过分吗？别说一个月了，住一个星期就够了。”

“简单地说，即便一个月改为一个星期，也不会受到抱怨的，但是一个星期改为一个月，就是大问题了，会给人留下医生不行的印象。”

“可是住院两个月，也太……”

“我只是说要完全康复有可能需要两个月时间，并不是说住院，都是记者随意写的。不过，有人气的演员，每天都很忙，不如借此机会让他好好休息一下为好吧。”

“问题是本人并不这么想。”

“即使不这么想，医生这么说也能够认可，这样以后反而会有好的结果。”

既然让这样的患者住在豪华病房两个月，更应该让去年底被急救车送来的老人多住些日子，三郎忍住没有说出来。

“你的心情可以理解，不过，他住进来，也等于是给医院做广告啊。”

“这么说是为了做广告而夸大病情了？”

“话说得这么直白可不好。你早晚要继承医院，这点小事都不能理解我可不行。”院长突然对三郎投来锐利的目光，但立刻恢复了柔和的表情，“边见君的夫人说你很不错，以后你每天早晨替我去查房吧。”

“可是，我昨天查房的时候，对他们说，从下周开始可以工作了。”

“这个我已经很好地解释过了，放心吧。只是每天去一下病房，看看患者的脖子即可。”院长说完站起来，“我得出去一趟。再次提醒你，不要对记者多说什么。”院长拍了拍三郎的肩膀，走出了房间。

这个回合，三郎又输了。

可是，从医学角度来看，错的一方无疑是院长。

三郎纯粹是从医学角度来给患者问诊，而院长是从自己的角度问诊的。虽然院长说，你早晚要继承医院，可是自己不愿意成为像院长那样的医生。三郎一边想着一边走在走廊上时，干事长追上来，说：“我找了你半天，昨天拜托你的医籍登录号码，知道了吗？”

“是……”三郎慢慢地从白大褂的口袋里掏出了笔记本。

“是二十二万五千七百……”

“二十二万……”干事长写在笔记本上。

“五千七百五十六号。”三郎说完，在心里祈祷，千万不要暴露。

那天早上，三郎去了402号的边见明彦的病房。

边见是院长的特别患者，即便是其他医生查房，都是按照院长的意思治疗。医院里有十名左右这样的患者，被称为“院长特患”。目前，在这些特患中，有大银行的副董事、一流商社的董事、保守派众议员、某电器厂家副总经理等，都是财政界的大人物。

一般的医生去查房，也不会说什么，大抵只是倾听患者的话。所以，医生们把此类查房叫作“听喝”。

特患们都对院长抱有绝对的信任，所以，一般的医生无论说什么，都不会放在心上。

的确，院长曾经作为名医而享有盛誉，还开设了这么一家大医院，可是说实在的，他的医学知识已相当过时了。加上近来热心于政治，不怎么学习。因此，院长常常听取医生们的意见，当作自己的想法来发表，但患者们不可能知道这些情况。

“可以自己去厕所”，如果是三郎这些医师这么说的话，患者就会半信半疑，而院长一说，他们深信不疑。眼下，虽然院长的医术有些落伍了，但从患者的信任角度来说，是最高的名医。

三郎虽然不喜欢作为“听喝”去查房，但边见明彦另当别论。一方面是对于大明星有兴趣，更重要的是，能够见到他的妻子明宫佐代。

快十点时，三郎走进了病房，边见在床上看报纸。看护不在，妻子一个人在厨房烧开水。

“哎呀，是先生，早上好！”前女演员今天穿着和服，外面系了条白色围裙。大概是为了应对看到报道后赶来探视的客人吧。

“昨天给您添麻烦了，非常感谢！”她低头致谢时，嫣然一笑，美艳得犹如一朵绽放的花。

“我太粗心了，不知道您是少先生。先生是院长先生千金的丈夫吧？”

“是的……”

“一点儿都不知道，真是太抱歉了。”

虽然没有什么可抱歉的，但是一旦成为院长的继承人，别人对自己说话的口气都变了。真是荒谬。不过，被这位美丽的女人称作“少先生”，感觉倒不坏。

“今天感觉怎么样？”三郎稍稍矜持地走到边见床边。

“没有特别感觉不好，只是从脖子到肩头还是觉得沉重。”

三郎点点头，触诊了一下边见的颈部。

“今天感觉比昨天不舒服，没问题吧？”

脊椎挫伤，比起头天来，第二天或第三天更难受一些。

“麻痹吗？”

“这个倒不觉得，只是看小字的时候，特别累。”边见回答。妻子立刻说道：“你今天早上不是一站起来头晕吗？”

“是啊，想要去厕所的时候，晕了一下。”

普通的脊椎挫伤，从脖子到肩头会有沉重感，或站起来头晕。看小字的时候，眼睛疲劳是很常见的症状。

“院长先生说，再过四五天，做一下牵引比较好。”尽管自己说过四五天就能出院，但三郎也不能说什么。即便说了，也会被院长否决掉，只会使自己丢面子。

“院长先生说脖子和头部很危险，还是充分疗养一下的好。所以，我们暂时放下工作，专心治疗。”

对方既然这么打算，三郎也不必再说三道四。

“那么，请多保重！”三郎半是对边见，半是对夫人说完就走出了病房。

小岩的母亲打来电话，是过了五天之后的傍晚。

“你好吗……”母亲差不多一个星期打一次电话来，第一句必定这么问。

“还好……”三郎刚一回答，母亲就说了句“太好了”。看上去平平常常的母子对话，这一句话里就传递了母亲放心的心情。

母亲好像非常担心三郎伪医生的身份会暴露，每个星期打一次电话来，也是为了听到他平安无事的声音好放心。

“你上次带来的钱包，大家都说很不错。”正月去夏威夷旅游，三郎买了钱包送给家人，母亲表示感谢，“每天很忙吧？”

儿子大了，和母亲就没什么话了。三郎淡淡地敷衍着，母亲突然想起来似的说道：“岛上又来了一封信，给你寄去吧？”

“谁来的？”明明知道是明子，三郎还是问道。

“和上次是同一个人，给你寄到医院可以吧？”

给三郎的信，母亲不会随便打开看，但是从女人的名字也能多少察觉一些。

“我看，你还是给她写封回信比较好。”

“好的……”

“好了，天气越来越冷了，多注意身体。问亚希子小姐和院长先生夫人好。”

看来没有什么要紧事，但母亲最想说的好像是那封信。

如果是明子又来了信，从去年末算起，已经是第三封了。前两封都是诉说想见他，抱怨为什么不给她回信，估计这封也差不多。但三郎还是觉得心情很沉重。

也许还是应该清清楚楚地告诉她比较好。这么想着，到了下班时间，三郎走出医院后，直接回了家。

亚希子的肚子虽然还没有显形，但脸瘦了些，不过，腰围好像粗了。好像是刚刚从松涛的娘家回来，亚希子正忙活着做晚饭。

三郎躺在起居室的沙发上，翻开晚刊，看见登了两则女性杂志的消息，都是有关边见明彦交通事故的头条新闻，一则是“边见明彦撞在栏杆上，有可能卧床不起”，一则是“边见明彦受重伤，妻子（明宫佐代）竭尽全力看护”。

虽然没有看过内容，但近来的周刊内容，通过广告便大致可以推测出来。三郎随意翻阅着时，亚希子从他身后窥视报纸。

“这篇文章，我今天看了。怎么样了？”

“不要紧。”

“可是，怎么写的是重伤呢？”

“报道写得夸张一些，好卖吧。”

“就是说没有按照医生说的写了？”

“也不是。不过，这种场合夸大一点儿比较好似的。”

“可是，这是爸爸诊断的吧？不按照爸爸说的写，太过分了。”亚希子凡事都无条件相信父亲。这姐妹俩很有些恋父情结，三郎稍稍感觉不快。

“你父亲的话也有些夸大呢。”

“爸爸怎么可能随便那么说呢？”

“不太清楚，大概是因为这样说的话，万一病情恶化也没关系，而且可以宣传医院。”

“你真是这么想的吗？”亚希子抱起胳膊，瞪着三郎，“你是不是不相信爸爸？”

“也不是那样……”

“请不要说爸爸的坏话。”亚希子说完，一扭头回厨房去了。

三郎看着她走进厨房后，自己回了书房。

天色已经黑下来，霓虹灯开始闪烁。三郎坐在书桌前，独自叹息。

亚希子不是个坏女人，但还是和一般的女孩子不一样。也许是生长在有钱人家的关系，任性而好强。特别是涉及家里人，更是寸步不让。

前几天，三郎批评院长只看重有钱的患者时，她曾经反驳他，这次也是不由分说地加以驳斥。

看来在亚希子面前批评院长是忌讳的。要是说多了，她没准儿会说出，你一个穷人，有什么资格这么说。

也许她自己没有意识到随口说出的，可是每当这种时候，三郎就会深深感到自己不属于这里。

十分钟后，晚饭准备好了。三郎回到了餐桌前。

餐桌上摆了烤黄鰤鱼、凉拌油菜蛤蜊以及牡蛎葱头汤。葱头汤是亚希子最拿手的，昨天也做了，没什么不满的。像亚希子这样的女性，能够亲手给老公做饭，已经感激不尽了。

三郎默默地吃着，亚希子说道："邻居今天晚上有派对。"

隔壁的人家是某商社的科长，在国外生活多年。

"我也被邀请了，去不去呀？"

"去吧，挺好的。"

"你不打算去吧？"

"今天想查阅点资料……"

"真没劲。"亚希子匆匆吃完饭，把餐具送到厨房，"你从来不请朋友来家里。没有老朋友吗？"

"倒也不是。不过男人工作不同的话，来往就少了。"

"那么大学时代的同学都是医生吧？"

"都带家里来，怪麻烦的。"

"来的人太多是受不了，可是太少了也无聊。"

三郎没有回答，喝光了碗里的汤。

三郎再次回书房，看起了医学书。

他看了脊椎挫伤的部分，怎么看边见明彦的症状都算不上严重，充其量在脖子上围一条护颈带，以防运动过量就足够了。

可是，院长昨天指示要进行颈部牵引，点滴也不停，显然是过度治疗。

而且，下周初，电视台要把摄影机搬进病房，据说是拍摄与病痛搏斗的边见明彦。这样一来，医院和院长又要出名了，可怜的是患者。

看来还是不要轻易当什么明星为好啊……

三郎合上书叹了口气。

次日黎明，三郎切换到卧室的电话铃响了，他迷迷糊糊地拿起了话筒。

“我是岛上的高冈。这么早给你打电话，很抱歉。明子试图自杀。”

“什么……”

“吃了好多安眠药，刚刚送到诊所来了。”

“怎么会这样？”

“是这样，因为她一再追问你的事，所以，昨天我告诉他你结婚了。”

“……”

“当时她哭了一会儿，很快就不哭了，我还以为没事了。据说是十一点吃的药。好像吃了一百片布罗巴林，一个小时前被家人发现了。”

三郎看了看枕边的表，四点十分，外面还黑着。

“刚才送到诊所来，给她洗了胃，一直昏迷不醒，还没有恢复意识。”

“没抢救过来吗……”

“打点滴稀释毒素，不过好像有呕吐过的痕迹，应该没有把一百片全吃下去，应该没有生命危险……”

三郎拿着话筒的手微微颤抖着。

“大家都来了，在看护她。”

“请一定救活她。”

“布罗巴林不大会吃死人的，但是有可能给肾脏或肝脏造成损害。”

即便如此，三郎也希望她能活下来。

“其实，她给你写了一封遗书，好像写了两封，另一封写给母亲。”

“写的什么？”

“你的那封警察立刻保管起来了。据看了信的家人说，写了非常喜欢相川，等等。”

“……”

“不告诉她就好了。都是我多嘴，对不起。”

虽说高冈多嘴是直接原因，但三郎现在没有责备他的权利。

早知会这样，倒是应该早些告诉她。三郎拿着话筒，闭着眼睛没有说话。高冈叹息了一声，说：“情况就是这样，回头再联系。”

“拜托了，有什么情况马上告诉我……”

“知道了，晚安。”

由于夜深人静，电话里的声音，躺在旁边的亚希子也能听见，大致情况好像都察觉了。

“怎么了，发生什么事了？”

“有点事……”三郎没有回答，把毯子盖在头上。

“你打算怎么办？”

“……”

“真晦气。”亚希子说完，猛地把毯子拽到自己这边，仿佛要逃避晦气似的，翻过身去。

三郎把毯子盖在头上，却睡不着。

“不要紧的，不会死的。”他反复对自己说。闭上眼睛，可是，明子的脸，以及围绕着她的诊所的人，立刻浮现出来。一向平安无事的小岛，今天的事一定是一件爆炸性新闻。

“真可怜啊，被人甩了。”“相川那小子也太随便了。”“本土的男人就是无情。”岛上的人的责骂声挥之不去。

我再也没脸回岛上了……

早知会这样，就和明子结婚了。还是和明子一起更放松。

你一定要活下来……三郎躺在床上，合掌暗暗祈祷。

可是，万一死了的话……警察把遗书拿走了，说不定三郎也可能会被调查。当然，他没有动手，不会成为刑事案件，但会被追究道德责任。而且，很可能因此，自己在东京的伪医生身份会暴露。

“太可怕了……”三郎不禁说出了声，赶紧闭上了嘴。

不知亚希子是不是知道三郎的苦恼，一直背对着他一动不动地躺着。不过，听不到她的鼾声，应该是没有睡着。

这么一来，和亚希子的关系可能会更加恶化。真是屋漏偏逢连夜雨。

明天早晨，还是去岛上看看吧……

可是，必须跟医院请假。再说，事到如今，就是去了也没有什么用。

三郎闷闷不乐地左思右想，不觉六点多了，窗外已经渐渐发白了。

突然，亚希子下了床，她这是要去哪儿？三郎奇怪地看着，只见她一言不发去了洗手间。

她很快就回到起居室，三郎从敞着门的屋里看见亚希子已经穿上了外衣，准备出门。

“你去哪儿？”

“去哪儿不行啊，反正这家里没法待了。”说完，就砰的一声关了大门走了。三郎想要喊她回来，可是自己穿着睡衣，出不去，再说，就是叫她别走也不会回来的。

看着因为想要自杀的女人而一夜没合眼的丈夫，亚希子受不了也是可以理解的。

三郎也下了床，洗了脸。然后坐在沙发上，看着早报时，电话铃响了。

他飞快地接了电话，果然是高冈打来的。

“现在，叫她有点反应了，看来命是保住了。”

“太好了……”三郎不由得紧紧握住话筒。

“还得两三个小时才能完全苏醒过来，不过，应该没事了。”

“谢谢！”

“我刚刚也去看了她。昨天夜里，她叫了好几次你的名字呢。”

“……”

“看来真是喜欢你啊。”

三郎没有说话，拿着话筒垂下了头。

明子恢复意识是当天傍晚，三郎在医院听到了这个消息。

“她已经没事了。”高冈说，“明子的肾脏受了些损伤，排尿困难，还要在医院观察两三天。”

“大家都在说我吧。”

“事情已经发生了，没有办法。”高冈安慰三郎，但也没有否认。

“我会给她写信的，你先替我向她道歉。”

“我看你现在还是不要采取什么行动为好。虽说抢救过来了，但心里的伤害还是很大。”

三郎放了心，用力点点头。

不过，亚希子到了晚上也没有回家。当然，三郎知道她回了娘家。

没办法，三郎叫了外卖，正在屋里躺着的时候，亚希子的母亲打来了电话。“她说今天不想回家，可以吗？”即便岳母这样问他，三郎也没有理由生气。

“好的……”

“请原谅她的任性。”岳母说得很客气，心里并不是这么想的，三郎从她的语气就听得出来。

第二天早上，三郎刚到医院，就被院长叫去了。一进院长室，坐在转椅上的院长转了一个圈，问道：“听说你们俩吵架了？”

“是……”三郎低着头，院长点了支烟。

“年轻的时候都会做出这样那样的荒唐事。比较出色的男人，和女人纠缠不清也很自然。不过，护士千万不要找。和护士纠缠不清最要不得。和护士闹出事来，首先会影响工作，而且那种女人一旦缠上了医生，就不会轻易放手的。”

看来亚希子回家把这件事全都告诉父母了。

“她们中间有的人就是为了找个医生才当护士的。千万不可上钩。”

不过，明子不是为了这个接近三郎的。因为明子明知三郎不是医生，还爱他。三郎忍住没有说。

“我有好几个朋友就是被护士缠上了，吃了大亏。”

“为什么说吃亏呢？”

“你动脑子想一想，好不容易花了很多学费，当了医生，结果和护士结婚的话，什么也得不到了。既然当了医生，还是应该娶个好人家的好女孩啊。”

“可是，护士里面也有很多好女孩。”

“也许有的，但是有钱的很少。”

“这么说，她们找医生都是为了钱吗？”

“虽说不都是为了钱，但收入和血统很重要。人要是没有钱，做事就抠抠唆唆，显得很寒酸。”

“可是……”

院长动不动就是金钱、家世，由于他自己有这样的条件，或许可以自以为是地这样说，但三郎心里不快。

“我不认为像您说的那样。即便是穷人，也有值得尊敬的人。”

“例外总是有的。”

“我不认为是例外。”

“你还年轻，看不透别人。”

“看不透别人的不是院长先生吗？”

“你说什么……”

“对不起……”三郎低下头。

院长露出缓和气氛的笑容说道：“年轻人，有这样的心气也好。”院长叼着烟卷，点了点头，又说，“不过，从其他角度看，这件事也许是件好事。”

“为什么？”

“在岛上和你有关系的女人自杀了呀。”

“她没有死。”

“是吗？救活了吗？不过，这样她就会对你彻底死心了，这样也好。”

这位院长似乎是希望明子死掉。难道说，只要自己的女儿幸福，就可以不管别人的死活吗？三郎又气愤起来。

“你不过是玩一玩，可对方却很认真，以后多加小心吧。在这个医院里也是一样。玩也要找对人才行。”

“我和她不是为了玩玩。”

“你说什么……”院长再次皱起眉头，深陷的眼睛瞪着三郎，“那么，是真心的了？”

“是……”

“那我倒要问问了，你既然有个那么喜欢的女人，为什么还跟亚希子结婚呢？”

“这个……”

“不要含糊其辞，好好回答。”院长出乎意外的严厉声音，使三郎畏缩起来。

“你不会是全学联的吧？”

“我没有别的意思……”

“好了，这个去大学打听一下就知道了。你可真够固执的。因为年轻，想要跟我较劲的心情可以理解，不过，以后不要太过分了。”

“……”

“听见了吗？”三郎点点头，院长恢复了平静的语气，“总之，亚希子怀孕了，不要让她太担心你。”说完，骨碌一转椅子，背对着三郎，不理他了。

每个月的月初，医院都要填写健康保险的诊疗费申报表。就是记录每个患者的病名和诊断内容及其治疗费，向健康保险工会申报。工会根据申报，通过支付基金，把钱打给医院。

每月六日是截止日，所以从几天前开始，办公室的职员们就忙于整理相关资料。因此，一到月初，职员们几乎都在加班。

由于申报的是上个月的治疗内容，和医生似乎没什么关系，但并非如此。关于诊疗内容，办事员遇到不明白的地方，都会来问医生。

尤其是作为经营者的院长更是忙得不亦乐乎，要一一审核各个办事员填写的申报表是否有误。

审核时，院长特别留意的是有没有遗漏。治疗费用是依照医院的申报支付，不可追加，所以如果有遗漏，医院的收入就会减少。

例如，给 A 患者开了感冒药和针剂，却忘记填写针剂了，结果注射费便损失了。

当然，这样的失误实际上几乎没有。办事员看完之后，干事长要核对，最后院长还要过目，所以，不会漏掉的。

比起这个来，更成问题的是过度申报。例如高血压住院患者，尽管是三天测量一次血压，也可以申报为每天一次。

支付基金方面，原则上相信医生的良心，会按照申报的情况支付。

当然，量血压很便宜，即便虚报也没有多少钱。如果价格高的针剂或检查也使用这个方式虚报的话，就很可观了。

不良医生赚钱，常常钻这种申报制度的空子。

三郎在岛上的诊所时，根本不知道还有这种虚假申报。

即便换了医生，只要将治疗内容记录在病历上即可，办事员按照病历填写申报表。由于在公立的诊所，没有特别想要赚钱的人，一般只是依照治疗情况申报。

可是，田坂医院似乎不可能那样照章办事。

来到这家医院后，三郎觉得奇怪的是，病历上，常常把没有做过的检查填写为做了。例如，烫伤的患者，虽然只开了外用药和口服药，却写为还检查了尿液。

的确，烫伤会引起皮肤的蛋白质变化，所以有可能影响到尿液，不过，一般的手脚烫伤，似乎没有必要验尿。

三郎就此事曾经问过干事长一次。可是干事长只是含糊地回答：“这是医院的规定……”

“什么这是医院的规定，没有做的检查写成做了，不是很奇怪吗？”三郎追问。

“可是，这是为了通过健康保险审查。”

“只要能够通过，就什么都往上写吗？”

“申报这边，由我们负责，你就不必担心了。先生只要给患者看病就可以了。”

听干事长的意思是，你就不必管闲事了。

的确，三郎不是医生，也没有什么话语权，但目睹弄虚作假，很不痛快。

他注意了一下，这种事，在田坂医院就像是家常便饭。

例如，轻度刀伤的患者的病名成了败血症，从验血到验尿，进行各种各样的检查。并没有化脓，却给出这么个夸张的病名，进行各种检查，明显过度了。还有，没有拍片子，却写上拍了片子。

三郎看院长诊断的时候，对于一般的跌打扭伤，也马上拍片子。如果是骨折或骨裂的话，根本走不了路的，当然需要拍片子，而对于行动自如的人来说，三郎觉得完全没有这个必要。

村木所长从来不做这种事。三郎觉得理解不了，去问野上医生，他只是苦笑着说：“这也没法子啊。”

“可是，即使不拍片，也知道骨头没有问题啊。”

“虽说是这样，可是拍片子可以提高收入，而且不拍片的话，患者也会觉得好像不给他好好检查似的。”

“骨头没有问题，所以没有必要拍片子，这样说明一下不就行了吗？”

“可是，还是看着片子说比较明白。再说，即便拍了片子，也没有人多花费。”

“难道不是拍片越多花费越多吗？”

“如果健康保险是本人的话，拍片子是免费的。不但患者没有损失，医生也有收入。”

“可是，健康保险……”

“健康保险财政确实会出现赤字。然而，即便少拍一两个片子，也解决不了多少问题。”

三郎从来没有想过，还有这么多钻空子的手段。

“这么说，先生开业以后，也同样会拍那些不拍也可以的片子了？”

“虽然不赞成这么做，但也不敢说绝对不做。当然不会到这样的程度。”说完，野上医生慌忙摆摆手，“我并不是说你父亲的做法不好。”

“不，院长是院长，我是我。”三郎断然说道，“我不会为了通过健康保险审查，做这种违规的事，把没有做过的检查填写为做了。”

“不过，我不认为给跌打患者拍片子是不当治疗。”

“可是，明知不需要拍还拍。”

“的确算是一种过度治疗，或者说是比较过分吧。不过，现在这样低廉的健康保险，也是情有可原的。”

“低廉吗？”

“是啊，如果本本分分行医的话，都是赤字啊。”

三郎没有经营过医院，但绝不允许医生和患者串通一气，弄虚作假。

“可是，开业医生好像都很赚钱。”

“那是自然，全家出工出力，没有白天黑夜地干，而且不像公立医院浪费那么多。”

“而且还过度治疗吧。”

“说到底，是从手术到药品，全都换算成物品的现在的健康保险制度的问题。”

“有问题的话，医生们应该自己去改变啊。”

“可是，先生也是医生吧。”

“是的……”三郎结巴起来。

野上医生苦笑着说：“都是医生，互相就不要说坏话了吧。”

“……”

“先生以后当上经营者就知道了。”

看来，野上医生由于不久要自己开业，对于院长的做法也不想多批评。

可是，第二天，三郎翻看病历时，吃了一惊。

患者是两天前出院的一位二十五岁的青年，因患阑尾炎做了手术。手术是三郎做的，很顺利，伤口也愈合得很好。

“已经没问题了。”换完纱布后，三郎打算在病历上写“未见异常”时，看见在阑尾炎旁边，还写了“移动性盲肠”的病名。

这是怎么回事呢？

三郎又仔细看了看病历，在手术栏里，写明“摘除阑尾手术”的同时，做了“移动性盲肠手术”。可是，年轻人的阑尾与正常情况相比，并没有特别明显的移动性。应该说是正常的。这位患者当然没有做什么移动性盲肠手术了。

是谁写错了吗？

三郎等患者走了之后，拿着病历去找干事长。

“这是怎么回事？”三郎一问，干事长露出不耐烦的神色看着三郎，心说你怎么又来了。

“这个患者不是移动性盲肠，而且，我也没有做过这个手术。”

干事长点点头，说：“我想这大概是院长先生修改的。”

“修改？”

“阑尾炎手术，一般都会加上做了移动性盲肠手术。”

“在病历上作假可不行，我给划掉吧。”

“先生……”干事长为难地叹了口气，“在咱们医院，就是这样规定的……”

“那就是说，让患者不得不缴纳没有做过的手术费用？”

“这位患者是健康保险本人，所以患者应该不会多花费的。再说这个手术是肚子里的，患者是不知道的。”

“患者不知道，就可以任意胡写吗？”

“先生，请冷静一下……”干事长看看四周，然后说道，“关于这一点，另外找机会再给您解释吧。”

“不用找别的机会，现在就说清楚。我不允许这种弄虚作假，添加其他病名，冒充做过根本没有做的手术。”

“请不要这么说……”

“不行。现在马上划掉。”三郎喊叫的时候，干事长看着门口，站了起来。三郎回头一看，是院长。

“发生什么事了？”

“没什么，只是……”干事长挠着薄薄的头皮，对走过来的院长解释说，“少先生说，没有做过这个患者的移动性盲肠手术，要求划掉……”

院长拿起干事长面前的病历，慢慢看起来，然后转向三郎问道：“你有什么不满意的吗？”

总务室里鸦雀无声，大家似乎都很想看看丈人和女婿对峙会发生什么。

“你说说看。”院长的语气非常严厉，与他的年龄不相符。三郎被震慑住了，没有说话，院长干咳了一声，说道，“健康保险的申报很复杂。虽说是医生也不是那么容易明白的。你知道阑尾炎手术费是多少吗？”

“……”

“是一千九百点，即一万九千元。需要这么多医生、护士参加，那点手术费，你觉得够支付的吗？”

“我不了解这些情况……”

“既然不了解，就不要多嘴。”

“……”

“什么都不懂，不要乱插嘴。”院长说完，把病历还给干事长，“没关系，继续工作吧。”

干事长点点头，院长又像是自言自语，又像是甩给三郎一句：“无知真是让人受不了。”说完，看都不看三郎一眼，走出了总务室。

春雷

chapter 11 / 春雷

近来三郎的精神状态不太好，总是焦躁不安，心神不定的。其原因之一，就是对医院抱有不满。

这是一家位于东京中心地区的一流医院，三郎正是向往在这里工作而从岛上来的。他一直认为，无论是设备还是医疗水准，一定都是出类拔萃的。

不错，在设备方面，脑电波仪器、超声波等昂贵的仪器一应俱全，麻醉器和手术器具也都是崭新的。不用说，病房很豪华，整个医院仿佛是一个饭店。

可是说到医疗方面，却有些令人匪夷所思之处。

这并不是说医生的水准或技术低。院长以及医生们都是医学博士，妇产科的远藤医生和外科的野上医生，都是在大学医院或医务部干过的人。内科的宫本医生来田坂医院之前，也在公立医院当过科长。作为医生都有着一流的技术，无论去哪个地方都是毫不逊色的。

问题是医院对待治疗的态度。

他们只对有钱的富裕患者非常好，而穷人一开始就被排除在外了。但三郎认为，无论有钱没钱，都应该视病情严重与否，一视同仁地对待，村木所长就一直实行这样的方针。

然而在这里比起症状来，先看患者有钱没钱。无论是安排住院，还是手术都是受此左右。

很明显这是院长的政策。患者要想得到好的治疗，就多掏钱。“更好更贵”是院长的座右铭，并大言不惭地说这是资本主义的逻辑。

的确，这样患者慕名而来，经营收益好的话，自然是不错的。

但三郎不赞成这样的做法。这样更像是高级饭馆，哪里像个医院。正是由于对医院的经营方针不能苟同,三郎才会遇到种种不理解的问题。

总之，院长的许多做法都有问题。三郎越想越气愤。

把没有钱的老年患者轰出去，夸大宣传边见明彦的病情，把没有做的手术谎报成做了，这些都很不负责任。更严重的问题是，对于院长的这些做法，无论是患者还是医院的职员们并不抱有疑问。大部分患者甚至是欢迎这样的方针的。这样看来，就不能单纯说成是院长一个人傲慢了，应该说是患者和医生全都满足于这种优越感。

贫寒家庭长大的三郎，对这个医院，以及患者和医生都无法忍受。

“你已经进入了有钱人的圈子，就不要总是想着过去的事了。”他这样对自己说,可也无法让自己放弃。明知道可以视而不见,还是会生气。没有人可以诉说，就更加焦虑。

再加上明子的事让他放心不下。

后来高冈打电话告诉他，明子自从自杀未遂以来，就一直把自己关在家里，一步也不迈出家门。

在那样的小岛上，抬头不见低头见，明子也许是顾忌别人的目光吧。可是明子这样终日闭门不出，到底在想什么呢？

虽说院长认为“这样一来，她就会把你忘记的”，但三郎觉得事情不会那么简单。

没有安眠药了，冷静下来之后，明子会不会憎恨起薄情的男人来了呢……

“那样的男人不可原谅。一定要报复他。”明子要是产生这样的念头，就太可怕了。明子是个爱钻牛角尖的女人，说不定会干出什么来。

倘若明子跑到医院来，指着自己喊“这个人不是医生”，便一切都完了。

虽然他很想在发生这种事之前做点什么，却想不出什么具体办法来。

可以的话，三郎很想和明子见个面，向她真心道歉，可又感觉，随意见面的话，反而会刺激她，惹出麻烦来。

如果她现在已经平静下来了，不见面或许对她更好一些。高冈也是这个意思，说是有什么情况随时跟三郎联系，但一直没有联系，这说明她仍然一直憋在家里。

不管怎么说，刚一知道这件事时，三郎觉得这样爱钻牛角尖的女人千万不能要，可是近来，又怀念起明子来。她虽然个性倔强，却是个性格温和的女人。

虽说抛弃女友，跟别人结婚，这么做很自私，但三郎心里并没有完全抛弃明子。甚至由于这次事件，反而更加被明子吸引了。

这些先不说，眼下最害怕的是明子的报复。三郎一心祈祷能够一直这样平安无事。

更可怕的是伪医生身份会不会暴露，这是他无时无刻不担心的。

尽管他编了个登录号码，暂时蒙混过去了，但并不能彻底放心。保健所那边后来没有什么动静，说明平安无事，可也不能掉以轻心。

现在，三郎仍然常常做噩梦，梦见自己的伪医生身份被人发现而惊慌失措。醒来之后，独自望着黎明的窗户，松了口气。只要继续现在的生活，这样的担心就不会消失。

三郎有时会产生一股冲动，大喊：“我是伪医生！”这样喊出来，该有多么痛快啊。

这样大的谎言一直埋藏在心里，会形成巨大的精神压力。三郎感到他人所不知道的疲惫，一点点在身体里堆积起来。说不定是这焦虑才导致他对医院的做法格外敏感的。

三郎突然被院长叫去，是这样的焦虑日渐平复的一天下午。

他一边猜想是为了什么事，走进院长室，只见院长少见地哼着歌，心情颇佳。

“找我有什么事吗？”

“你先抽一支吧。”院长抽出一支烟来递给三郎，还打着打火机给他点上，“我也打算参加今年秋天的选举了。”

院长想参加选举早有耳闻，三郎并不吃惊。

“政党方面极力邀请，昨天，干事长也亲自登门来邀请了。”

怪不得院长心情这么好。三郎点点头，院长干咳了一声，这是他得意时的习惯。

“这样一来，医院这边我就没有时间过问了。而且野上君也要辞职，外科和医院的管理就要拜托你了。”

“……”

“怎么样，有自信吧？”

事出突然，三郎不知如何回答。对付外科的一般患者，自己还玩得转，但是，说到管理整个医院，他还是没有自信。

“你将来要继承整个医院的，对你来说这是个极好的锻炼机会。”

“可是，我刚来，资历还很浅。”

“不要总是这么想，一定要拿出我以后要继承医院的自信和优越感来才行。成了管理者的话，以前你对于医院的那些不满和牢骚也就没有了。”

虽然三郎觉得这不是一回事，但没有辩白。

“所以，今天找你商量一下，从四月开始，我打算任命你为副院长。”

“这太快了。我还是做个普通医生就足够了。”

“就是因为你总是说这种话，我才发愁，要有自信，自信！”

“可是……”

“你不用担心，只要按照我说的办就可以了。”

说实话，三郎既不可能按照院长的意思办，也不想干。更何况当什么副院长，压力就更大了。

“我知道你缺乏能力，但是，你也站在管理者的立场上，体会一下为好。这样就能够从更加开阔的角度看问题了。”

看样子，院长试图利用自己参选的机会来改革一下三郎的头脑。

“明白了吗？”

“……”

“后来，没有什么事吧？”

突然改变话题，三郎一下子摸不着头脑。

“就是寻死的女人。”

“啊，没有……”

“那就好。你还没有学位吧？”

“是……”

“怎么样，趁这个机会，读个学位吧？”

三郎惊呆了。院长悠然地抽着烟，说：“野上君、宫本君，还有其他在咱们医院工作的医生都是医学博士。然而，将来要承担起医院重任的你却不是博士的话，可说不过去。干事长也说过，在医生介绍栏里写你的名字时，不是博士的话，没有面子。当然，我知道现在的年轻医生们都不大在乎博士称呼。也有人会认为，那种东西跟临床技术没有关系。但是对外面的人来说，博士学位还是很有价值的。尤其是私人医院，许多患者就是冲着某某医生是博士才来医院的。有博士称号终归不是坏事。”

“可是，我……”

“不用说，为了拿学位，必须去大学的医务部。你得一边工作一边学习，会比较辛苦。”说到这儿，院长突然压低了声音，“如果你有这个意愿的话，也有简单的办法拿到，当然这事一定得保密。”

“简单的办法？”

“拜托某大学医务部的话，只要去大学学习两三个月，就可以拿到。当然，要写论文，所以，要给对方一些好处。”

“这样的话……”

“当然，费用我来出。虽然费用高一些，但是拿到学位就踏实了。”

“……”

“怎么样，拜托人家一下？”

“不，我不需要那个东西。”

“我知道你会反对，不过，还是有学位比较好。田坂医院的副院长，不是博士的话，可不像话。”

“所以，我不当副院长的话……”

“那可不行。让你当副院长，是和亚希子结婚时就决定了的。”

“可是……”

三郎虽然不喜欢靠钱来拿学位，但更让他担忧的是为了拿学位，而厚着脸皮去大学的话，伪医生会立刻原形毕露的。即便不被发现，申请学位的时候，毕业大学或毕业时间也会露馅的。

“我好意让你拿学位，你怎么好像不高兴似的？”尽管有些强人所难，但是院长的好意三郎心里很明白。

对于当博士他当然没有什么不满，可是，就连现在做个普通医生都提心吊胆，若是当了博士，就会恐惧得一天也活不下去了。

他不想一错再错，继续撒更大的谎了：“我真的，现在这样就可以了……”

“拿学位要趁年轻，而且现在很容易拿到。现在不拿的话，你以后会后悔的。”

“我不后悔。”

“真是头疼，你怎么这么没有抱负。”院长失望地吸着烟，然后叹了口气，“总觉得你最近有点变了。”

“对不起。”三郎低下头。

院长又慢慢吐出一口烟，说道：“但是，学位必须拿，这是院长的命令。下周，我就去拜托。”说完，干咳了一声站起来。

二月末，野上医生退职，外科除了院长的特患外，都是三郎一个人负责了。

一天要看三四十人的门诊，加上近二十人的住院患者，三郎相当忙碌。做手术的日子，直到下班时间六点，没有片刻工夫休息。

不过，对三郎来说，忙碌比闲着好。这样觉得生活有意义，也可以学习东西。

无论如何，没有自己的话，医院就玩不转，这么一想，他的心情就特别好，充满了在东京一流医院独当一面的自豪感。

但是，另一方面，越是工作承担得多，三郎对院长的做法越是感到不满。

院长仍旧经常看着病历，对三郎说“让他再住一段时间院”“再给他开一些抗生素”等。伤口基本上已经愈合，不必担心化脓，还开抗生素，是过度用药，应该出院的患者还被强迫躺在病床上，是过度治疗。

三郎虽然不赞成，但自从当了外科负责人后，在表面上从不反对院长。

对于院长的话，他只是点点头，实际上按照自己的想法行事。已经痊愈的颈椎挫伤患者或只是胳膊打了石膏的患者，三郎都让他们出院了。

当然，像边见明彦或公司董事那样的院长特患，三郎是不能够随意让他们出院的。不过，若是问及病情的话，他总是如实相告。

边见的妻子问他“还要住多长时间院”的时候，他明确地回答“现在出院也可以”。劳保和低收入的患者，虽然院长不愿意收，三郎也若无其事地让他们住院。

干事长和护士长来找三郎抱怨，他也只是说“是吗”，不置可否。

他们还想再说什么，又怕惹恼了唯一的外科医生三郎。

最近以来三郎完全放开了，无论别人说什么，反正自己做的事没有错。这么一想，干事长和护士长的抱怨也就无所谓了。三郎变得这样强势，一方面是对工作逐渐有了自信，另一方面，是无论怎么隐瞒，早晚伪医生的身份都会暴露的自暴自弃的心态使然。

既然早晚会暴露，现在就干个痛快。要趁着还能作为医生施展才干的时候，好好干一场，不让自己后悔。

不可思议的是，随着三郎的态度越来越强硬，院长反倒不怎么说他了。三郎让劳保的患者住院，让有钱的患者提前出院，院长也不吭声。他对边见明彦的妻子说“现在出院也可以”这事院长肯定听说了，也没有说什么。这并不说明院长同意，但逐渐开始认可努力工作的三郎，却是不言而喻的。

而且，比起医院来，院长目前最关心的是选举的事。他白天经常出去办事，医院的事基本交给三郎管理，所以也的确不太好干涉了。

不管怎么说，现在三郎工作得比较顺心，来田坂医院虽然只有三个月，但自己所付出的努力算是得到了回报。

三郎突然接到一个名叫山本的男人打来的电话，是在三月中旬。

上午门诊之后，三郎正打算去医务部的食堂吃饭，办事员来找他接电话。三郎去了总务室，刚拿起电话，“是先生吗？”话筒里立刻传来三十岁左右的男人的声音。

“是啊……”

“我是山本。”记得朋友里没有姓山本的，患者里好像有两个。不过，听男人说话的声音，好像跟自己很熟悉似的。

“好久没见了。”

“山本先生，您是哪位？”

“看来你是把我忘了吧？”男人停顿了一下，嘿嘿笑道，“你是相川三郎吧？”

三郎慌忙看了看四周，正是午休，办事员们都在闲聊，没有人注意自己。

“是……”

“果然是你。”男人得意地说，“我是浩平呀，原来在查尔斯的。”

“啊……”三郎不由得笑起来。原来是曾经在新宿的某酒吧打工时一起干活的山本浩平。查尔斯是那个酒吧的名字。

“没想到会见到你。”

“你在哪儿呢？”

“什么在哪儿，当然在医院啦。志村，你知道吗？”

“志村？”

“就是志村康子那个老太婆呀。她是我那个情人的老妈。前几天她说去医院看老妈，我跟着来了。”

三郎想起来了。志村康子是一周前因风湿性关节炎住院的一位患者。六十二岁，享受劳保，本来是不能住进田坂医院的，是三郎擅自让她住了院。

“我来医院，看见你穿着白大褂，吓了一大跳。”

三郎反倒比他更吃惊。

“我想叫你，又觉得不太好，就跟在你后面仔细一看，果然是你。”

也许山本一直在走廊上的什么地方看他，可是三郎根本没有意识到。

“不过，你还真是摇身一变啊。”

“……”

“而且，我一问老太婆，说你是院长的女婿。”

三郎听着听着脸上的肌肉抽搐起来。

“你从什么时候开始干上医生了？”

“你问什么时候……”

“算了，不说这个，”山本突然想起来似的说道，“不过，你的口碑还真不错呢。那个老太婆说你是个好医生，就像福神似的。老弟还真不简单哪。”

三郎不知该说什么。他使劲把话筒贴在耳朵上，怕周围的人听见。对方压低声音说：“不过，这个事我没有对任何人说，放心吧。”

“是吗？”三郎刚松了口气，男人立刻说道：“想见见你啊，我还是白天闲着，现在也可以。”

“现在有点忙……”

“我就在医院附近。现在是午休时间吧，一起喝杯咖啡吧？”

三郎沉默着，山本急忙试探地说：“要不然，我去医院找你也行。”

“那可不方便。”

“那你就出来呀。”

查尔斯时代，浩平就算不上是个老实的男人，经常消极怠工，有时候还贪污货款。而且还喜欢赛车赛马，生活总是入不敷出，但根儿上还不是那么坏。现在不知他的情况如何，既然来看望他的情妇的母亲，说不定现在正经过日子了吧。

“顺便也想问问老太婆的情况，可以吧？”

“那我去找你吧。”

“谢了，在哪儿见面？”

三郎刚想说医院对面的咖啡店，转念一想，改为三百米远的地下咖啡店——露露。

“好嘞，我等你。”

刚一放下电话，三郎就感到一阵眩晕。

“你怎么了，脸色这么苍白？”办事员跑过来问道，三郎没有回答，径直回了门诊室。

护士已经去吃饭了，门诊室里没有一个人。三郎瘫坐在医生椅子上，吐出了一口气。打电话的时候他没有意识到，从胳膊到后背都被汗水湿透了。

到底还是来了……

三郎预感早晚会有这么一天。他还曾经梦到过正在给患者看病的时候，被过去的伙伴叫到自己的名字。也曾经想过，得好好防范那些说不定什么时候会遇到的患者和亲戚。

可是，他万万没有想到，这一天这么快就到来了，不，或许应该说这么晚才到来。

这么说自己的末日快要来临了吗？

三郎轻轻闭上了眼睛，只要山本告诉医院的某个人，自己就完蛋了。

不过，从刚才的对话来看，他似乎对自己并没有什么恶意，更像是很感谢自己对情妇的母亲很关照。

可是，山本为什么这个时候来电话呢？如果单纯是为了了解老太太的病情的话，似乎应该更早一些找自己才对啊。

仅仅是因为怀念过去的友情，想跟自己见面的吗？三郎一边想着一边脱去白大褂，套上西服，走出了医院。

他小跑着朝“露露”赶去。

路上遇见了买面包回来的护士跟自己打招呼，三郎也只是点了点头，匆匆擦肩而过。

三郎走进开着个宠物店的大厦入口，下了楼梯，推开“露露”的玻璃门，便看见最里面的座位站起一个男人。

没错，此人正是山本浩平，新宿时代他就有点驼背，到现在一点儿都没变。

三郎刚走到跟前，他就立刻伸出手，跟三郎握手：“好久没见了。”

他浮出熟悉的微笑，三郎也不得不微笑。

“几年没见了？五年？”和三郎面对面坐下，各自要了杯咖啡后，山本默默地打量着三郎。

“哎呀，真是让人刮目相看哪。不过，你还真是不简单。那时候，我就知道你不是等闲之辈，肯定能干出一番大事业来的。”不知他是真心还是假意，山本一脸认真地继续说，“她老妈也问你好。”

“你跟她们说了我的事？”

“没有，只说是以前的朋友，打过点交道。”

三郎点点头，山本浅浅一笑：“你以为我会说吗？”

“没有……”

“我不会做对你不利的事的，放心好了。”

“谢谢！”稍稍放松了一些后，三郎问道，“你现在做什么呢？”

“查尔斯我早就不干了。后来又换了两家，现在在这个地方。”山本从衬衫口袋里掏出一张名片，上面赫然写着歌舞伎町的××酒吧经理，谁知道是个怎么样的酒吧。

“我还是干这种无聊的老本行。”山本有些不好意思，他穿着淡粉色的衬衫，外套一件藏蓝色条纹外衣，依然是一身浪荡打扮。

“哪里。”

“我以后不会来打扰你了。”山本说到这儿，将刚点的烟放在烟灰缸里，“不过，我有点事想请你帮忙。”

“什么事……”

三郎一问，山本立刻浮出讨好的笑容：“能不能借给我一点儿钱？”

“钱……”

“下个月可以进一大笔钱，到时候还给你。”

“……”

“上个月又是搬家，又是老太婆住院，钱不够花了。”

志村康子是吃劳保的，应该不会给山本增添负担的，所以这个理由站不住脚，可是山本露出哀求的眼神，说：“求你了。”

“你想借多少钱？”

“这么多就行。”山本伸出五个手指。

“五万？”

“少先生可真会开玩笑。是五十万。”

“这么多……”

“不过，对你来说，应该没问题吧。”

“可是，我为什么要给你……”

“这个我知道，拜托。”

“……”

“刚才说的那个事，我绝对不会说出去的。”在山本的注视下，三郎闭上了眼睛。

这话从何说起啊，仔细想想，自己没有义务借给山本五十万嘛。可是，如果不答应他的话，不知道他会做出什么来。他虽然脸上浮现着微笑，实际上是以伪医生为口实在胁迫自己。

“我身上可没有五十万这么多。”三郎小声说。

山本不相信：“大医院的女婿，不可能没有吧。”

的确，三郎早晚要继承这家医院，但是现在还是拿薪水。月薪五十万，以三郎的年龄已经很高了，但是刚刚拿了三个月。

正因为是岳父的医院，自己的收入全是透明的，根本无法糊弄妻子亚希子。其他可以自由支配的私房钱，也只有自己在岛上存下的一点点积蓄。

“我只是个打工的。”

“可以跟你岳父要啊。”

当然，三郎跟岳父要的话，别说五十万，一百万也会给他。连八千万的公寓，眼都不眨，就给三郎他们买了。

可是，无论是多少钱，也分该不该出，自己总不能说是为了用于伪医生的封口费吧。

“三十万不行吗？”

“你这么有钱的医生还跟我讨价还价呀？”

“可我真没有那么多钱呀。”

现在三郎的账户上真的只有十五万左右。加上上周的值班补贴，再以买书为借口跟亚希子要十万的话，才可能勉强凑出三十万。

“没法子，就这么多吧。”山本轻轻啧着，“明天可以给我吗？”

“你要得这么急，可不行。”

“星期日之前一定要拿到。”

“不会是去玩赛马或赛车吧？”

“绝对不是干那个。”山本一口否定，他的话根本不可信，“那么好吧，大后天，星期日中午吧。还到这儿来可以吗？”

“换个地方吧……”既然是给钱，最好离医院或家都远一些。三郎想了想，说了个新宿某大厦里的一家咖啡店的名字。

“OK，那就拜托啦。”山本嘻嘻一笑，“关键时候还是靠朋友啊。我会记住你的恩情。”

“不过，你真的会还钱吗？”

“当然，一个月后会进账一百万，到时候马上还给你。要不，现在写借条给你？”

“不用了，星期日再说吧。”

“找个时间一起去喝一杯？为了表示感谢，我请客。”

要是吃了这个男人的请，说不定还会提出什么别的要求来呢。三郎含糊地点点头，站起身来。

星期日，妻子亚希子上午去松涛町，和母亲一起去银座买东西。

怀孕快六个月了，亚希子的肚子已经逐渐显形了。但由于原本身材苗条，穿上孕妇服，还看不太出来。三郎等妻子离开家后，拿着钱，走出家门。

三十万是昨天好不容易凑齐的。按照计划，取出十五万，以买书为借口跟亚希子要了十万，剩下的五万是值班补贴的私房钱。三郎说“想买外国医学书”，亚希子就很痛快地给他了。

早知这样，还不如再多要十万呢。

总之，这么一来，三郎的零花钱就一分不剩了。

不过，每天往返于家和医院之间，也花不了什么钱。有时候，他也想找个人喝喝酒，却没有这样的人。花销充其量是回家的路上，去咖啡店喝杯咖啡，或去玩玩打弹子，以及买烟。

中午刚过，三郎就去了约好的咖啡店。山本已经来了。

“啊呀……”山本依然满脸堆笑，主动站起来招手。

“星期日让你特意过来，很抱歉。”

三郎故作矜持地沉着脸。

“怎么样啊？”

“带来了。”

“谢谢了！”山本双手扶在桌面，深深低头道谢。这个男人表面上彬彬有礼，实际上做着敲诈别人的事。说起来，他以前就是个让人摸不清根底的人。

“就是这个……”三郎刚把信封递给他，他立刻看了看里面，然后拿出来点起来。用他那粗手指，一张一张地慢慢点着。

“对了，现在我就给你写借条。”

“那个……”三郎想说的是，钱不用还了，但希望他不要再出现。今天从家里出来时，他打算这么说的，可是面对面的时候，感觉这么说显得有些示弱，就说不出口了。

“怎么了？”

“没什么……”

山本早有准备，从上衣口袋里掏出买来的借据，填写了“三十万”，在归还日期栏里，填写了“四月十五日”。

“十五日是发薪日，所以觉得这样比较合适。利息就免了吧。”山本说着，填写了自己的住所和姓名，盖了章，“我住在这儿，不会赖账的。”

“我知道。”

“哎呀，真是救了我的急啊。她也会高兴的。”

“告诉她了？”

“当然只是告诉她跟你借钱。”山本嘿嘿一笑。这正是典型的无赖的笑。

“有空来家里玩玩吧。虽然地方很脏，酒可管够，当然跟你家那么漂亮的地方没法比。我真想见见你的太太呢。”

这个男人，要是厚着脸皮到家里来，可不得了。三郎默默无语，山本喝了口咖啡：“昨天晚上，在歌舞伎町偶然碰见野泽了，你知道他吧？就是那个矮子。”

野泽也是夜晚生意的伙伴，因为个子小，被唤作矮子。

“你猜那家伙现在干什么呢？”

“不知道。”

“好像在中野开了个寿司店。有这么老胖，还问相川现在怎么样呢。我当然假装不知道啦。”

“那么，我走了。”

“怎么，这就走？”

“有点事。”

“这么忙，叫你出来，抱歉。谢谢你。”山本毕恭毕敬地低头致谢。三郎逃也似的走出咖啡店。

星期日的新宿街头，行人熙熙攘攘。

三郎多日没有来新宿了。在岛上的时候，每次回东京都会来新宿，但是在田坂医院工作以来，这还是第一次。

自从在东京从事医生工作后，就不大想去过去曾经工作过的地方了。

不过，现在想来，三郎也许最适合在新宿工作了。

大街上熙熙攘攘，车水马龙，胡同里，到处堆积着塑料袋和空纸箱，小酒吧和小酒馆的红灯笼一个挨着一个。弹子房的招牌非常醒目，无所事事的年轻人聚集于此，满眼都是浪荡公子模样的男人或牛郎，以及不知道是靠什么为生的人，不像青山一带那样清静。这地方尽管非常杂沓，却充满了庶民的活力。在这样的街道上，三郎感到踏实。

“让人怀念……”三郎自言自语着走进了彗星剧场后面的弹子房。当年做调酒师的时候，每天傍晚进店露个面之后，他必定会去弹子房，酒吧关门后，就去泡麻将屋，那个麻将屋现在还在呢。

“还是新宿好啊。”也许是因为自己已被山本发现，三郎现在走在街上不感到害怕，如果遇见过去的熟人，也无所谓，可以说是变得坦然了。

在这个弹子房里消磨了一个小时，损失了两千日元。以前，他从来没有亏过本，大概是好久没有玩生疏了的缘故吧。不过，现在的他，即便损失两千日元，也没必要心疼，相比被山本敲去三十万，这点钱还不是小菜一碟。

走出弹子房，三郎在胡同口的拉面店吃了拉面和饺子。然后，去了围棋会所，出来后，从歌舞伎町朝地铁站走去。在喜欢的街道上信步而行也是很惬意的。在青山和银座都不可能这样走路的，仿佛必须时时刻刻挺直了腰杆走路似的。

他已经不再惧怕见到熟人了，却意外地谁也没有见到。也许见到了，但穿着一身毛衣和西裤的三郎，没有被人认出是医生吧。

走到车站已经三点了。

今天晚上，说好去田坂家，和她家人一起吃晚饭。亚希子也说她们会在三点之前回来。

三郎在混杂的人群中买了车票，上了车。他按照以前的习惯，不由自主地买了份《体育新闻》，打开赛马的版面看，不知不觉就到了涩谷，在那里换地铁去青山。

回到公寓已经是三点半了。

他按了门铃，一拉门，没有拉开，亚希子好像还没有回来。三郎从兜里掏出钥匙开了门。

果然亚希子没有回来，房间里还是走的时候的样子。

三郎躺在沙发上看赛马。

好久没有在热闹的街头这么闲逛了，感觉有些疲劳，不过，心情很不错，也许是因为在自己喜欢的街道上走路的关系吧。看电视的时候，电话铃响了。

“喂喂……”拿起电话，立刻传来一个女人的声音，“先生，请马上到医院来，夫人出事了。”

“什么，亚希子吗？”

“少夫人也受伤了，不过，老夫人更危险。”

护士们管亚希子叫少夫人，管亚希子的母亲叫老夫人。

“在赤坂被车撞倒，老夫人右腿受伤，大量出血，现在院长先生……”

“在进行手术吗？”

“现在准备做手术，院长让叫先生来医院，刚才一直给您打电话。”

“亚希子情况怎么样？”

“少夫人好像没有大碍。右胳膊受了轻伤……”

“好的，我马上过去。”三郎放下话筒，觉得想不明白。

亚希子说是去银座，怎么去了赤坂？而且，怎么会被车撞了呢？

从护士慌张的声音来看，岳母伤得不轻，但三郎更担心亚希子的身体。虽说无大碍，但亚希子有孕在身，最好没什么大事。

而且今天是星期日。

尽管是急诊，但今天一般医院都不开门，所以，是二人要求才送到自家医院来的吧。

无论如何要马上去医院。三郎关掉电视，在毛衣外面套了西服，就离开了家。

三郎到了医院，看见手术室亮着红灯，五六个病人围在门口。

大概是住院的病人听说来了急诊，从病房出来的。三郎从他们身边走过，进了手术室。

在明亮的无影灯下，亚希子的母亲平躺在手术台上，院长正在旁边给她量血压。

“怎么回事？”三郎问道。

院长摘下听诊器，回头说道：“简直是太野蛮了，好好地走在路上，居然被车撞了。”

院长说完朝手术台旁边的X光片显示屏看去，荧光灯映衬的玻璃上贴着刚刚冲洗出来的片子，胶片还是湿漉漉的。

在标出的“R”处，右大腿骨断成两段，四周散落着碎片。

“只有这里吗？”

“胸部和腰部也受伤了，但不太严重。不过腿上的动脉破了。”

亚希子的母亲已经被注射了止痛剂，闭着眼睛，意识模糊，偶尔突然轻轻发出一声“疼”。

看样子出了很多血，脸色苍白，嘴唇也是土色。

左胳膊在输血，左脚踝在输液。

“血压怎么样？”

“好容易上到70了，刚送来时，几乎量不出血压。”

三郎点点头。掀开岳母身上的被单，纱布只覆盖在伤口上，岳母右腿的伤口，几乎从大腿中央往下有个拳头大小的创口，露出了肉。伤口上方由于用止血带系住，暂时止住了血，但从伤口的深度可以肯定，伤到了里面的动脉。

“亚希子呢？”

“在205休息呢，一起被车撞的，骨头好像没有问题。你去看看她吧。”

三郎低了下头，走出了手术室。跑上楼梯，去了205，见亚希子穿着出门时的衣服躺在床上。

“没事吧？”听见三郎的声音，亚希子仰起脸，然后突然哭起来。

“你怎么了……”问也不回答，只是抓住三郎的衣襟，大声哭泣。大概是吓坏了吧。

“哪里疼啊？你不说怎么能知道啊。”三郎一责备，亚希子这才松开了他。

“这儿和腿……”亚希子被撞到的好像是右胳膊和右腿，不过，只是手腕附近有点内出血，脚部有些扭伤，骨头没有问题。

“还有这儿也有点疼……”亚希子摁着腰部，大概是被撞的瞬间扭伤了，“太可怕了，是从后面突然撞过来的。”

听亚希子说，在赤坂买完东西，过马路时，看信号灯变绿了，正要过马路，突然有一辆车从右后方横冲直撞过来。只记得汽车是红色的Mustang（福特野马），是个年轻男人开的，汽车撞倒了包括亚希子她们在内的六个行人后，就跑掉了。

后来听说，年轻人是酒后驾车，几个人刚刚一起喝了酒。出租车立刻去追赶，巡逻车也出动了，犯人在快开到涩谷时被抓住。

伤者都被送上了急救车，其中，岳母伤得最重。警察准备立刻把她们送去急救医院，但岳母和亚希子说自己家是开医院的，请警察送她们到田坂医院来了。

“这帮人太可恶了。”

“就是，应该给他们判死刑。”

亚希子脸色苍白，好像还没有从恐怖中恢复过来。

“万幸，伤得不严重。”

“可是，妈妈……”亚希子又哭起来，“能救活吗？”

“命可以保住，但伤口很深。骨头也断了，需要很长时间恢复。”

“快点去救她。”三郎把毛毯拉到亚希子胸前盖好，亚希子仍然在抽泣，突然想起来似的问道，“孩子没事吧？”

这也是三郎非常关心的。亚希子已经怀孕六个月了，应该不会轻易流产的，但也不能说绝对没有问题。

“不要担心。”

“万一孩子有什么事的话，那个人就等于是杀人犯，我对警察也这么说的。”

“不要太激动了，先睡一会儿吧。”三郎轻轻拍着亚希子的肩头，这时，有人敲门，刚才在手术室的护士来了。

“院长先生请您过去。”

“我马上就去。”三郎答道。

亚希子仍然担心地说:“是给妈妈做手术吧？快点让她好受一些吧。”

“不要紧的，你就放心吧。”三郎安慰了亚希子，走出病房。

“要做手术吧？”三郎问道，但是院长背朝着三郎，没有回答。

“血压很低吗？”

“已经恢复到 100 了。”说着院长坐在了诊疗仪前面的转椅上，“K 大的须田教授和野村部长联系了，但因为是星期日，他们都出门了，不在家。”

“先生不是可以做吗？”

“本来我打算自己做的，可是，你也看到了，很难办。”

这种情况三郎也曾经看到过几次，但这么严重的还是第一次看到。

“而且给自己的亲人做手术很难，可以的话，想请须田教授来做。”院长的心情三郎也能理解。虽然可以给别的患者冷静地开刀，但遇到自己的亲人，就往往会畏缩。院长好像也被这种不安压倒了。

“可是，不能这么等着呀。”

即便是接骨的手术，晚了半天都不知会发生什么，更何况动脉破裂了，时间不等人。

“须田教授去京都出差了，野村部长去打高尔夫了，大概夜里回来。”

“这么等着他来吗？”

“除了他，没有别人了。”院长虽说是外科医生，但主要是做胃肠手术的腹部外科，对于四肢的外伤似乎不大有自信，“先暂时封闭伤口，怎么样？”

“可是，那样的话，就要解开止血带，会大量出血。而且，拖得时间越长手术越不好做。干脆送到其他医院去吧。”

“不行……”院长立刻摇摇头，“送其他的医院，还不如在这里做。

急救医院的医生让人不放心。”虽说是顾及作为大医院院长的面子，但他好像也没有做这个手术的自信。

“真是不好办啊。”院长再次抱起胳膊看着窗户。

“院长先生，输血 600cc 了，还继续输吗？”

“再加 200cc。”

“器械都消毒完毕。”

“好的。我们马上过去。”院长说完，瞅了三郎一眼。那是不安和困惑交织的表情。望着院长，三郎渐渐鼓起了勇气。

我真的做不了吗？不如豁出去试一试……

三郎抬起头，直视着院长说道：“院长先生，可以让我来做吗？”

“什么，你做？”

“跟这个情况类似的手术，我在岛上做过一次。”

在岛上，他的确做过大腿骨折患者的手术，但程度比较轻，创口也比较浅，患者年纪也轻，条件好得多。

不过，三郎觉得自己不会做不了的。虽说可能比不上教授，但比一般那些急救医院的值班医生可能还是好一些。

“你真的能行吗？”

“如果您同意的话……”

院长盯着三郎，然后点了下头：“那就试试看吧。”

“真的让我做吗？”

“你曾经救过亚希子，现在，该救我的妻子了。”

“我不知道能不能做好……”

“你没有问题，我给你当助手。偶尔父子俩一起做手术也挺好。”院长说完，终于露出了微笑。

开始手术，是一个小时之后。

给这样的重症患者做手术，麻醉是很关键的。幸好，附近的涩谷医院的值班医生会麻醉，请他来进行了全身麻醉。

迄今为止，三郎虽然和院长一起做过手术，但都是当助手，可是这次，是三郎执刀，院长当助手，完全颠倒过来了。自己执刀多少有些不安，但这回是万不得已。

“那就拜托了。”

执刀医生三郎，低了下头，开始了手术。

首先清洗干净不规则的创口后，分开肌肉，用止血钳一一夹住出血处。一边结扎血管，一边松开止血带，每当发现出血处，便将其止住。

大概是被保险杠样的东西猛烈剐到了似的，骨折部分的肌肉完全被剜掉了，也许是镀银剥落的缘故，银粉样的东西一直散落到最里面。

出血最大量的地方或许是骨折深处的动脉。一些碎骨片的尖头扎在动脉上，导致断裂。一旦解开止血带，血就会从破口像喷泉一般喷射出来。最理想的是将血管接合起来，但由于被切断，两端肌肉收缩，难度很大。

三郎确认了其他动脉完好之后，慎重地结扎血管的中枢端，并且在上面多结扎了一道。

万一线断了，顷刻之间就会流掉300或400cc的血，必须慎之又慎才行。

三郎处理完了血管之后，一看表，已经六点了，从手术开始已经过去三十分钟了。

岳母的手和脚仍旧在打点滴，麻醉医生按氧气袋的声音单调地响着。

现在要着手修复骨折了。通过片子看，骨片是三个，但是打开一看，却是四个。单纯断为两段还好说，其中还有四个骨片，所以，能够对上骨缝，已经很困难了，更不要说接合了。

第一步，必须先从胯骨和脚踝两头拽，拉开因肌肉的力量而缩短的骨折部位，院长和临时叫来的三个护士一起，四个人两头拉拽。一边指挥，三郎一边拿着镊子调整骨折部位。

弄了好几次，三郎都无法让断骨很好地咬合。

“再来一次。”三郎再次命令。护士呼吸急促，院长的手术服上、脸上满是飞溅的血点。

第四次时，终于咬合了。

“好了，就这样，不要动。”三郎忘记了对方是院长，一副命令的口气。

确认骨折部位咬合后，三郎将两端用金属板固定好。

“用力拿住了。”三郎一边叮嘱院长，一边再次给骨头打了眼，然后塞进螺丝来加固。

他先在两端各钉了一个，接着在其前后继续加固。其实上下固定两个的话，就不会分开了，最后，用螺丝刀拧紧就可以了。

由于全部精神都集中在骨折部位，三郎忘记了时间的流逝，加固完之后，已经七点十分了。手术做了一个半小时。

“下面只剩下接合骨片了。”三郎说道，院长默默点点头。

三郎忽然看见院长满脸都是汗和血点，犹如赤鬼一般。

手术结束时已经七点半了。

“已经没问题了，剩下的交给我吧。”缝合完最后一根线之后，三郎说道。院长点点头，松开了手。然后看了看妻子的脸，对麻醉医生确认了一切正常后，一屁股坐在了窗边的椅子上。院长一直站了两个多小时，给妻子做手术，这种异乎寻常的紧张，让他疲惫不堪吧。

院长坐着休息了一会儿，说了句“那就拜托了”，便走出了手术室。

三郎给伤口盖上纱布，从腰部往下打上了石膏，其间让麻醉师拔去氧气管，用吸管吸出了她喉咙里堆积的痰。

“血压 120，所以把剩下的 200cc 血输进去就够了。”麻醉师说道。三郎点点头，和护士一起把岳母抬到了担架车上。

病房是三层的特等房。昨天患者刚出院，空出来的，明天还有别的病人要住进来，但是现在也顾不了那么多了。

送入房间后，岳母再次叫道：“好痛……”她还没有完全从麻醉中醒来，于意识模糊之中诉说疼痛。

三郎给她打了抗生素和止痛剂，用便携式摄影机给手术后的下肢拍了照，然后指示护士打点滴。

大致结束了术后处置，三郎终于松了口气的时候，已经八点多了。

手术前，天还是亮的，现在已经完全黑了，从远处的病房传来弹吉他的声音。

三郎再次量了血压后，走出了房间，去了手术室的浴室。他手术服里面的衬衣已经湿透了，从胸脯到内裤都被血染红了。

三郎脱光衣服后，走进了浴室，这时，院长刚好洗完澡出来。

“岳母刚才送进病房了。”

“谢谢你！”院长点点头，突然伸出手来，“多亏了你，妻子才捡了条命。真的谢谢你了！”

院长一把握住了三郎的手。三郎也不由得使劲握住了他的手。

“你是个好医生。我很佩服！”

“哪里……”

“我一个人真做不了那样的手术。”

三郎低下头，才意识到两个人都赤裸着，都是一边握手，另一只手遮挡着下面。

“太谢谢你了！”院长还是第一次对自己说这样的话。获得这样的信任，令三郎感到高兴，同时觉得与院长的距离拉近了。

“好好去洗一洗吧。”院长好像也意识到两个人都光着身子，微微一笑，松开了手。

一个人泡进浴池里，三郎大大伸开了四肢。

外科医生最高兴的莫过于成功地做完一个很有难度的手术后，松弛地泡澡的时候。一个人自言自语着“太棒了”“怎么样”。然后要是能再喝上一杯啤酒，就再美不过了。

不过，现在放心还早了点。看上去，虽然骨折部位接合得不错，但在拍片子确认之前，还不能掉以轻心。而且，如果中途化脓的话，就前功尽弃了。

不过，至少到目前为止是成功的。他万没想到会如此顺利。

“喝酒吧，喝酒吧，喝个痛快……”在浴池里，三郎唱起了歌。唱到第二段时，护士来喊他了。

“院长先生请您洗完澡后，马上到医务部来。”

“知道了。”三郎用毛巾擦着脸回答。

洗完澡后，三郎去了医务部。看见桌子上摆着啤酒和寿司，院长正背朝桌子，站在荧屏前面看片子。看来手术后拍的片子已经冲洗出来了。

“情况怎么样？”

“做得很不错啊。”正如院长所说，大腿骨中央贯穿了粗钢板，骨折部位因此而得到很好的接合。三郎以为散落的骨片接不好，也比预想中的要好。

“说这是教授做的手术，也不奇怪。”

“差多了……”

“的确很不错啊。”院长不停地点头，然后回头朝着桌子那边，说，“好了，咱们喝啤酒吧。护士们马上就来。”

看样子为了祝贺手术成功，院长亲自叫人送来了啤酒和寿司。

“先干一杯！”

“呀，真好喝啊。好久没喝到这么好喝的啤酒了。”

“我也是。”

“我也对亚希子说了手术顺利完成，这回你这副院长，可谓实至名归了。”

“还不行。”

“没那回事。我打包票。”院长说完，突然想起来似的，“还是要早一点儿拿学位啊。虽然你好像不太积极，但这回我可不能让你再拖下去了。下周就去拜访须田教授吧。”

“请您先不要这么急。”

“不用担心。我会要求对方同意，你可以不去医务部学习，总之都包在我身上。”

“可是……”

“很多比你差得多的人，都当博士了。”院长正说着，门开了，护士们走进来。值班护士，加上由于紧急手术被叫来的护士一共六人。

“哎呀，大家辛苦了！回头还有水果和蛋糕，今天大家喝个够吃个够。”院长兴奋地给护士们一一斟酒。

一夜过后，亚希子母亲的意识完全恢复了。血压回到了 130mmHg，伤口也没有出血，只是体温 38.2 摄氏度，稍稍高了一些。但那么大的手术，发烧也是没有办法的。

恢复意识后，除了创口外，她诉说腰腿和手腕疼痛，但骨头都没有发现异常，只是跌打伤的程度。不过，会见来看望的客人还为时过早。

警察方面要求调查事件经过，也被推迟了两三天。看现在的情况，已经不要紧了。

倒是亚希子这边更麻烦。

受伤那天，她一直在医院休息，晚上和三郎一起回了公寓，黎明时诉说肚子痛。

并没有吃什么不干净的东西，也不是痢疾，她却感觉小腹里面一阵阵地绞痛，腰也站不直。但亚希子还是勉强去了厕所，回来的时候，脸色苍白，说：“出血了。”

“躺着不要动。”三郎给她打了止痛剂，观察情况。

可是到了第二天早晨，亚希子还是诉说腹痛，三郎就陪着她去了医院。

“不会是流产吧？”

“已经六个月了，应该没事吧。”三郎的预感很不好，妇产科的远藤医生检查后，果然是流产的兆头。

“想办法保胎了，但不知有没有效果……”医生好像没有自信。

“可是，这样的情况，就有可能会流产吗？”

“我想还是事故造成的影响。外表看来虽然没有严重受伤，但对于狭小骨盆里的胎儿来说，却是很大的负担，再加上精神上受到了惊吓，总之要绝对静养，请立刻住院。”既然妇产科医生这么说了，就不能回家了。三郎回了一趟公寓，取了亚希子的睡衣和内衣，又回了医院。

“听说亚希子有可能流产？”从远藤医生那里听说后，院长马上赶来了。

“还不能肯定，但有些危险。”

“如果流产了，这个责任谁来负？”院长生气地说，可是三郎回答不了。

“要是流产了，那些男人就是杀人罪。你最好立刻把这件事报告警察局。”

“是……”

“妻子刚刚安定下来，现在又是亚希子，我家被那些家伙搞得一塌糊涂。”妻子和女儿同时住了院，院长显得非常焦虑。

可是生气也没有用，现在只能先交给远藤医生，观察一下情况了。

院长夫人和女儿双双住院，医院里很不平静。

早刊登出了事故的报道，患者们议论纷纷，护士们也紧张兮兮的。院长焦躁不安对整个医院产生了微妙的影响。

那天傍晚，从京都回来的K大的须田教授，来给亚希子母亲做特别巡诊。

“想要拜托先生做手术，恰巧先生不在，只得和女婿一起做了……”院长给他看了片子。教授对着阳光，看了一会儿，说：“做得非常好。能达到这个程度就没问题了。好像比我做得还好呢。”

“哪儿的话。不过，手术差不多都是女婿做的，我只是当助手。”

“那可真是不简单。你做过这种手术吗？”教授问三郎。

“在岛上的诊所，看所长做过一次。”

“看过一次，就能做到这个程度，真是年轻有为啊。”竟然还得到了教授夸奖，三郎红着脸，一直低着头。院长说：“虽说跟这个没有多大关系，不过，小婿的学位论文的事，想拜托先生一下。所以，打算下周我们一起去拜访您，可以吗？”

“可以啊。”这个事因院长近来忙于应付各种事情而一直拖延下来，现在又被提了起来。

三郎从欢喜的顶点再次被推入深谷，一直低垂着脑袋。

由于须田教授表示没有问题，院长似乎放下心来，更加得意地谈起了手术时的经过。

因为是院长的女儿、三郎的妻子住院，远藤医生晚上也没有回家，给亚希子打了流产预防针，想方设法保住胎儿，但亚希子腹痛依然止不住。而且九点以后，出血更厉害了。

预防针、止血针都已经不管用了。到了十二点，远藤医生把三郎叫去，说明了情况后，说：“这样下去，出血会增加，母体越来越衰弱。我想，现在只能做手术堕胎了，你看行不行？”

“没有别的办法了吗？”

“非常抱歉。”既然产科医生这么说了，也只好听从了。

“那我去跟她说一下。请稍等。”三郎去了病房，把这一情况告诉了亚希子。

“没办法。孩子以后还可以再要。”三郎安慰亚希子说。亚希子双手捂着脸，哭着说：“不行。我绝对不同意……”

可是，无论她多么不愿意，已开始流产的话，也只得如此。

当天夜里十二点，亚希子终于做了堕胎手术。

怀孕五个月以后，虽说是堕胎，其实也和生产差不了多少。亚希子被送到了分娩室，进行了麻醉。

虽然担心，但三郎还是没有勇气进分娩室，在门诊部等着。过了三十分钟后，产科护士过来报告：“刚刚顺利完成了手术。太太还没有醒，要在分娩室休息一会儿。”

三郎点点头，护士踌躇着说：“远藤医生问，您想不想去看看……”

“什么？”

“是个男孩子。”

“不了……”三郎慌忙摇摇头。

大概是远藤医生出于对三郎的好意，问他要不要看看取出的胎儿的意思。可事到如今，即使看了死胎，也没有什么意义。实话说，三郎也想看一眼，但又害怕看，他虽然习惯于给人做手术，却不忍心看自己的孩子死后血肉模糊的样子。

“是男孩子吗？”护士内疚似的点点头，说了句“太太情况很好”就走了。

剩下三郎一个人，从白大褂的兜里掏出烟，抽起来。

到底还是没有了……

意想不到的事故，粉碎了三郎拥有自己孩子的梦想。

孩子好不容易长到六个月大了，真是太可怜了。不知道什么时候还能再有孩子。他觉得仿佛失去了极其宝贵的东西似的，但是，另一方面，也不无松口气的感觉。

这样一来自己就不必当爸爸了。这令他感到无比寂寞，同时也感到轻松了。

“是男孩子啊……”在空无一人的门诊部里，三郎自言自语着。

如果亚希子继续怀孕的话，四个月后，男孩子就降生了。院长会很高兴，很可能马上起名字，带着孩子到处探亲访友。作为田坂家的第三代，长大以后当然还会做医生的。

人常说血浓于水。对于院长来说，或许是比三郎还要可爱的外孙。不过，这个孩子早晚会被人知道是伪医生的孩子。院长会悲叹，而孩子很可能会更加痛苦，会诅咒父亲的。

三郎不希望自己的罪孽连累到孩子。为此，最好还是不要生下孩子。

“这样也许更好……”尽管孩子流了产，自己反而感到轻松了，这或许就是由来于自己是伪医生的自卑心理。

“这也说不定是老天爷对我的救赎。”三郎望着黑黑的窗外，又轻轻吸了一口烟。

阳

chapter 12 / 阳炎[1]

1 春天，因阳光照射而空气变热，导致光线不规则所产生的折射现象。

炎

因妻子的受伤和女儿的流产，院长好像很受打击。他从来不相信占卜，现在听说目黑那边有算命很灵验的人，就特意前往，还说家里的佛龛方位不对，移动了位置。

迄今为止院长并没有意识到的是，自从妻子住院后，立刻发觉孤单起来，生活不方便了，还对三郎发起了牢骚。尽管有一个干了多年的保姆照料一日三餐，但妻子不在家，他还是心神不定。

亚希子住院后，三郎也过起了单身生活。不过，吃饭在医院解决，有亚希子家的保姆来打扫房间，没有觉得生活不便。但是，找食品或内衣、西服的时候，还是不太方便。

好在亚希子和她母亲术后恢复还算顺利。

亚希子为确保痊愈，手术后住了十天医院，出院的时候，没有因流产导致后遗症，而且受伤的部位也不疼了。精神上且不说，肉体上已经没有问题了。

亚希子的母亲一个星期就退了烧，也有了食欲。只是由于腿上打着石膏，还不能下床，但创口恢复良好，到了第十天就拆线了。

由于上了年纪，骨头恢复会慢一些，但有两个月的话，就可以做膝盖和胯骨的屈伸运动了。

“三个月之后，就能行走了。”每周一次，来巡诊的K大须田教授，这样打了包票，因此，完全可以放心。

只是亚希子这边，自从堕胎后，精神状态不佳，总是特别焦躁不安，有时候还毫无缘由地哭起来。

“孩子还会有的。”三郎总是这么安慰她。这句话，反而让亚希子更加焦躁。

“你根本不懂得女人的心情。”说着又哭起来。身体姑且不说，失去孩子的心理打击不是那么容易治愈的。

然而，三郎也不可能总是没完没了地安慰她。

自从这次手术以后，院长把一切都交给了三郎去打理。

以前，特患且不说，一般的病患院长都要插手，但现在什么也不说了，有时候甚至把特患转给三郎。

“他虽然年轻，但技术比我还好呢。”院长甚至对患者这么说，三郎听了满脸通红。

自从事故以来，护士们也对三郎改变了态度。

迄今为止，来了疑难患者的时候，总是说“转给院长先生吧”“我去问问院长先生”等，现在她们什么也不说了。有的护士甚至很坦然地对患者说：“少先生比院长先生看得更好。”

托了给亚希子的母亲做手术的福，三郎现在是春风得意，万事顺遂，虽然这么说对她有些不敬。

一个月后，亚希子母亲的石膏去掉了一半，院长也恢复了精神，亚希子也多少平静下来了，然而，三郎却陷入了忧郁之中。

“明天晚上，为了学位的事，咱们一起去见须田教授和小坂副教授，你把时间空出来。”突然听到院长这么说，三郎呆呆地看着院长。

“因为妻子受伤，这事一直拖到了现在，好不容易才跟教授约好的。明天六点去医务部拜访，然后打算去银座一起吃个饭。”

“可是，我晚上值班。”

“让别人替你一下。你要是不方便说，我替你说。对方说明天合适，所以，这个时间绝对不能改变。”院长盯着三郎，下命令似的说，“可以吧？你明白我的意思吧？”

在院长一再叮问下，三郎不得不点头同意。

第二天，三郎和院长坐车去了 K 大的医学部。

不愧是回母校，院长轻车熟路。从正门进去，沿着长长的走廊走了五十米，进了电梯到三楼出来，走了不远向右拐，这一带好像是第一外科的医生们占据着的地方，每个门上都贴着第一外科医务部、研究室、图书室的牌子。走到最前面的教授室，他们跟须田教授见面后，被介绍给了小坂副教授。

“这位是田坂先生的女婿田坂三郎君。东都大学毕业的。”已经很熟悉的须田教授说完，小坂副教授点点头：“请多关照！我是小坂。”

“这次要给你们添麻烦了，很抱歉！”院长低头时，三郎也跟着低头。

“哪里哪里。”小坂副教授又问道，“你是东都大学哪一年的？”

突然被对方这么一问，三郎一阵肝颤：“五十二期的。”

“这么说和我们这儿的安井君同期。”

“啊……”

“我们这儿也有一个人是东都毕业的，好像说是五十一或者五十二期的。安井君你知道吗？”

“不知道……”要是被介绍给那个人的话，可大事不好，三郎越来越拘谨了。这时，他又问：“您以前在医务部干过吗？”

“那个还没有……”

“没干过也无所谓的，我只是觉得实验方法或数据的提交方式，你还是大致看一下为好。每周来一次就行，下午能过来吗？”

三郎沉默着，院长代替他回答：“当然可以。”

“那么，从下个月开始，每周三的下午怎么样？来五六次，就差不多了解了。”

看样子，三郎的学位论文是由这位小坂副教授给他撰写。

但是，如果完全使用别人替自己写的论文的话，答辩时怕有麻烦，所以，要大致了解一下实验的过程。

“对医务部还要保密，所以就说是来观摩临床的。”这样就差不多说定了。剩下的关于代笔费用和论文提交日期等，教授和院长似乎已经谈好了。

“现在，咱们就放松一下，去吃饭吧。”在院长带领下，四个人去了银座的餐馆吃饭。吃完饭去银座的酒吧消遣，三郎和院长一起坐车回家已经过了十一点。

“小坂君非常优秀，光是自己的论文就有近两百篇。托付他没有问题。”好像酒喝得多了点，院长心情大好。

“我估计你的论文已经写出来了，这样的话，你今年秋天以前就能成为博士了。”三郎没有说话，院长扭头看着他问，“你不高兴吗？”

“不，很高兴。”

“是啊。我获得学位的时候，心情别提多兴奋了，心想，现在我也成了博士吗？还曾经把学位证书摆在佛龛里供着呢。”院长眼神迷蒙，沉浸在往昔的回忆中，又突然想起来似的说，“对了，我忘了，你还没有麻醉师证书吧？”

“……”

“已经是副院长了，还是应该搞一个。麻醉师证书和医生执照一起申请，应该是很容易的吧？”听院长这么问，三郎也不太清楚。不过，作为医生当然应该会麻醉，所以需要有麻醉师证。

以前三郎都是以岛上的所长和院长的名义进行麻醉的，可是，总不能一直借用别人的名义。

“那么，你们还有没有要孩子的打算啊？”院长突然换了话题，三郎很惶惑，“亚希子好像也受了刺激，但还是得要个孩子，而且要趁着年轻的时候。”

“……”

“也不是让你马上就要，不过，我也是快六十岁的人了。”院长说着，望着灯光交错的前方自语道，“可惜了，是个男孩子……”

随着阳气回升，亚希子母亲的恢复也很顺利。

受伤一个月后的四月中旬，石膏拆去一半，月末剩下的一半也去掉了。

以亚希子母亲的年龄，缠两个月石膏是很普通的，但由于这次骨头固定得好，早点拆去也没有关系。

由于裹了好久的石膏，腿上肌肉有些萎缩，用热毛巾一擦，干枯的死皮便一片片脱落下来。

时隔一个半月，她终于逃脱了石膏的束缚，可以泡澡了。

当然，现在还不能给腿施加压力，所以亚希子母亲是在护士们的帮助下，躺在救生圈上入浴的，但她仍然高兴得直流泪。

“谢谢你！这次我真正体会到了健康的宝贵。”洗完澡后，亚希子的母亲紧紧握着三郎的手表示感谢，“多亏了你，我捡了条命。”

说心里话，三郎对亚希子的母亲有些发怵。

亚希子对三郎一往情深，亚希子的父亲同样身为医生，在各方面给予关照，但唯独亚希子的母亲好像一直和三郎保持着距离。

后来听亚希子说，只有母亲对于三郎生长在贫穷的单亲家庭这一点很介意。

然而，自从受伤以后，她好像换了个人似的，什么事都依赖起了三郎。

以前，她要是受了轻伤，根本不理睬三郎，都是去找其他医生，而现在，什么事都要叫“三郎”。就连吃个药，她也说：“跟三郎商量以后再说吧。”

下午，亚希子到母亲的病房来，一直待到傍晚的话，她就会催促女儿：“早点回去给三郎做饭吧。”还教给女儿怎么做三郎爱吃的煮菜。

“简直把你当成神一样供着呢。”亚希子调侃道。

连最发怵的岳母都如此信任自己，三郎当然很高兴。现在，三郎不但在整个医院，在田坂家也成了中心人物。

但是，与这种喜悦成正比，他的担忧也越来越强烈。

首先，一进入五月，黄金周之后，三郎每周要去 K 大一次。

只不过是在小坂副教授的研究室，听他讲解论文的内容，可是三郎原本医学基础薄弱，加上小坂副教授是个很敏锐的人，三郎怕自己没有上过大学的事会被他看穿。

三郎想尽可能掩盖过去，于是经常翻看医学部的生理或生化方面的书。自学非常困难，即便看得明白，这样恶补能否蒙混过关，他也没有自信。而且经常出入医务部，和那些年轻医生接触的话，很可能会暴露自己伪医生的身份。尤其害怕见到三郎自称毕业于东都大学的同学。

比这些更紧迫的是，麻醉师证的事。

院长对三郎说麻醉师证的同时，好像也命令干事长尽快帮他办理手续了。因此，从上个星期开始，干事长几乎每天都催促三郎把医生执照拿来。

起初三郎推说在母亲家，现在又推说只要什么时候回母亲家就能拿来，但是干事长终于忍不住了：“如果你太忙的话，就叫职员去先生的母亲家取来吧。”

“五月连休的时候我肯定回去，请等到那个时候吧。”虽然一再这样拖延，可是连休过了以后，就没有借口了。

即便说医生执照丢失了，凡事认真的干事长也一定会说，那就重新申请好了。总而言之，穿帮是早晚的事。伪医生的事如果暴露了该如何是好，一想到这个，三郎就坐立不安。

白天在医院里忙碌，也就忘了，晚上一回家，就会像噩梦一样萦绕心头。

对这样一直靠撒谎走到今天的男人，没有人会原谅吧。

漫步在繁华的青山街头，在豪华的高级公寓里的生活，或许来日无多了。坐在北欧进口的柔软的沙发上，看着系着围裙做晚饭的亚希子的背影的日子，恐怕也只剩下半个月了。三郎一想到这些，眼泪都快掉下来了。

他虽然眼睛在看电视或报纸，其实什么也没有看见。

“喂，老公。”亚希子拍了拍他的肩头，三郎才如梦方醒似的回过头。

“你怎么了？叫你好几声也不回答。最近，你有点怪怪的。”

这一点他自己也不否认。亚希子刚流产的时候，是亚希子有些忧郁，而现在的三郎是彻底陷入了忧郁。

“有什么担心的事吗？夜里你老是说梦话。”

“说的什么……”

“梦话，当然听不清楚，好像是‘可怕’‘不要’什么的，前几天还喊‘妈妈救救我’呢。”

最近，三郎每天夜里都会梦见伪医生身份暴露，自己惊慌失措的情景。虽然他感觉每次都喊叫了什么，却记不得了。

“有什么害怕的事吗？”

“没有……”

“可是，最近你瘦了。我把你的梦话告诉妈妈，妈妈还笑呢，说大概是梦见做手术失败了吧。”

哪里是那么轻松的事啊。你现在还没有意识到，因为我不是正牌的医生啊。

三郎咽下到了嘴边的话，继续看报纸。

接到山本浩平的电话，是在亚希子说他说梦话的第二天下午。

那天没有手术，三郎正在门诊部填写健康保险资料，一个办事员叫他去接电话。

“好久没有见啦。你好吗？”山本操着他那惯用的温和语调问候道，然后解释起没有还钱的原因来，“本来想马上还的，可是她怀孕了，想去你们医院检查，但怕打扰你，就去了别的医院。结果那个医院很不正规，堕胎之后，恢复得不好，住了一个月医院呢。所以钱花光了。”

他的声音听上去特别可怜，谁知道是真的假的。

“我觉得特别对不住你。”山本这样道歉，但三郎从一开始就没指望他还钱。宁肯不要钱了，三郎也不希望他再次出现在自己面前。

“所以，我想总是这样给别人打工，永远翻不了身，就打算自己开个店。虽然离新宿的歌舞伎町远了点，但在区公所那条街有个店面要出售，虽然只有十坪左右，但是很便宜，我打算把它买下来，开个小酒吧。幸好她五月份开始就能干活了。”

三郎觉得这个与己无关，只是默默地听着。

“为了这个事，想跟你商量一下。”

“这方面我可是外行。”

“外行也没关系，我想请你当个股东。”

“股东？”

“是这样，那个店要价六百万，我希望你能给出一半，当然是我来经营了，你只是当股东，分红就可以。绝对没问题，我早已算好了。”

说什么股东，其实只不过是冠冕堂皇地借钱罢了。

“我没有那么多钱。”

“我知道这回数额比较多，可是对我来说，这是最后的机会，你就当作是拯救一个人好了，尽量入股吧。”

“我现在正忙着呢……”

“抱歉，抱歉。你要是入股出资的话，我这辈子都感恩不尽。”

“不行，我挂了。”

三郎正要挂电话，一直哀求的山本的声音，突然变得粗暴起来：“那么，那个事，说出去也没关系了？”

“什么……”

“你也未必没做过亏心事吧？”

三郎默然无语，这时从话筒里传来低沉的笑声：“跟你开个玩笑，我也不想毁掉你好不容易得来的幸福生活。”

“我先挂了。”三郎说。

“等一下。”山本轻轻喊道，“我说，咱们还是应该和平共处吧。明天我再给你打电话，你考虑考虑吧。”山本说完挂断了电话。

独自一人的时候，三郎突然想给明子写信。为什么会这么想，他也说不清。

为了学位和麻醉师证的事，三郎已经焦头烂额了，山本的威胁电话，简直就是雪上加霜。看来伪医生已经很难隐瞒下去了，自己作为医生的日子已经屈指可数了。

一想到这些，三郎就感到寂寞无比，特别想向谁倾诉心中的苦楚，要是能够把郁积在内心的谎言都尽情地倾吐出去，该多么轻松啊。

这样烦恼时，明子的面容浮现在眼前。

她知道自己过去的一切。自己不是医生的事，高中毕业后，放浪形骸的事，对她，可以无所顾忌地袒露自己的本来面目。

事到如今还去跟她诉苦，也太任性了，别人这么说也没办法，但三郎对明子本来就不讨厌。离开那个岛屿，是害怕被一辈子埋没在那个岛上，以及哪怕是一次也好，想要和开高级外国轿车的女性交往。起初只是出于这样的轻浮心态，谁知一步步陷了进去，到了不能自拔的地步。

总之现在能够抚慰自己心的只有明子了。不能跟明子见面，诉说心中的苦闷，自己就无法忍受了。这样下去，说不定会精神崩溃，出大事的。

三郎去了医务部，空无一人，坐在桌前，开始写信。

明子小姐：

事到如今，我知道无论我说什么，也得不到你的原谅，也知道你从心底里憎恨我。

但是，哪怕一次也好，跟我见一面吧。只要能看你一眼就可以。

我现在需要你。我想面对面地，把发生的一切都毫无隐瞒地告诉你。

看到这些，你一定会轻蔑地想，真是厚颜无耻的家伙，真是个信口雌黄、花言巧语的家伙吧。

然而，我现在想要见到你。我不知道你怎么看我，但我现在真的非常痛苦，都快要窒息了。

请跟我见面吧。如果你不见我，我可能会死。这绝不是在故弄玄虚。

我真的特别痛苦。就当是为了救我，跟我见个面吧，我求求你了！

虽然也可以给你打电话，但担心你会挂断电话，而且我感觉电话很难直抒胸臆，便决定写这封信。

我把我的住址和医院的电话写在这里，哪种方式都可以，请尽快跟我联系一下。拜托了！

三郎

三郎一直在等明子的回信。现在快递的话，从东京到岛上，最慢三天也到了。明子看了立刻回信的话，六天后就应该可以收到。

快点回信吧！希望哪怕一天也好，一个小时也好，能够早一点儿收到。高中时代，三郎也曾给喜欢的女性写过情书，等待过回信，但那个时候，如果对方不回信的话，再写一封就行了。

现在可没有那么从容。一天一天，唉声叹气、坐立不安地等待着。

现在三郎把今后的人生赌在了明子的回信上。

对于自己想要跟她见面坦白一切的乞求，明子会怎么回信呢？三郎打算根据她的回复，来决定自己今后的路。

他觉得如果明子愉快地跟自己见面的话，自己今后的人生便有希望了，如果她不跟自己见面，以后该怎么做，还是决定不了。

不过，她如何回复，至少可以让自己下个决心。

靠别人的回复决定自己的人生，这看起来似乎是不负责任的没有自信的做法，可是说实话，现在的三郎，完全不知道自己该怎么办才好。

是继续隐瞒真实身份，冒充医生混下去呢，还是应该老老实实地坦白一切呢？自从来到东京以后，三郎一直在思考这件事。

无论她说自己是随心所欲也好，不负责任也罢，现在自己只能通过别人的看法做出决定了。可见三郎的精神已经衰弱到了极点。

无论如何，现在他只有赌这一个星期了。

可是，在这期间，三郎所处的环境越来越严峻了。

首先是山本的电话。从他要求三郎筹集三百万左右的第二天开始，几乎每天都往医院打电话。

三郎当然没有那么多钱，即便有钱也不想给他。如果现在跟他见面，讨价还价的话，说不定可以减少一半，或者一百万就可以打发了，可是这样的话，会被对方看作示弱，以后会得寸进尺的。

于是，山本来电话，三郎也不去接听了。如果山本问：“为什么不来接啊？”三郎就让办事员回答“不在”或“做手术”。

这样对付了三天，但第四天开始，山本使用其他名字打来了电话。结果三郎一接电话，山本立刻发火了：“你不接我电话，太过分了吧。”

“没有啊，因为太忙了。”三郎怎样辩解，山本都不相信。

“你想躲也躲不掉的。”山本居然说出这样的话，来给三郎施加压力。

山本一会儿哀求“请尽量帮帮我吧”，一会儿又威胁“我要是对院长或其他护士说了，你就完了”。

三郎讨厌跟他说话，就挂了电话。

山本虽然这样威胁，但如果揭穿了三郎的身份，他也就失去了这棵摇钱树。作为山本，是不会轻易揭发三郎的。

被逼到了绝境，三郎反倒坦然了。

但是，这样下去的话，处境只能越来越危险。那个无赖要是知道弄不到钱的话，还不知道会干出什么来呢。

然而，比这个更要命的是医生执照的事。五一连休过后，自己无论如何也必须拿来交给干事长了。

即便三郎借口丢失了，暂时糊弄过去，但干事长重新提交申请，东京都厅受理后，进行审核时，三郎的医生也就当到头了。

雪上加霜的是学位的事。

无论是哪一个，都会让三郎无路可逃。

从订婚开始的这一年来，过上这样美好的生活，实在来得太容易了。自己就当作是有幸做了一年的美梦，就不后悔了。

暴露了也无所谓……

这样自暴自弃的同时，三郎也在思考有没有可以逃脱的路。

明子回信是在过了一个星期后的五月初，正好是五一连休中间，三郎一直待在家里。

亚希子曾提议利用五一连休，二人一起去旅游，但三郎没有兴致。东京周边哪里都是人满为患，去远处太累。三郎总觉得害怕见人，仿佛被人追赶似的心神不宁。但是，在家里也未必就安心。

三郎就这样魂不守舍地看看电视，或是去书房胡思乱想地打发这几天。亚希子对这样的三郎实在受不了，和大学时代的同学开车去了箱根。而明子的信就像是等着这个时机似的寄到了。

三郎慌忙打开信，看到了工工整整的字迹，宛如明子其人。

敬启者：

来信收到，得知你现在一切都好，身体健康，很高兴。

我的情况，你大概也听说了，已经康复了，请放心。

看你信里说，想要和我见面，有话要说，可是，现在见面，也没有什么可说的。何况我也不具有帮你排忧解难的资格。

以你现在的地位，即便不找我，想必也有很多可以倾诉的人吧。

说实话，由于这件事，我已经变了一个人。我变得害怕去爱别人，也不能相信别人了。

请不要误会我的意思，我并不是在责备你。

的确，以前我很喜欢你，喜欢得无以复加。只要一想到你，就无法平静。

我无时无刻不在想你，什么也干不下去，一个人发呆，有时候还心生嫉妒。

可是，现在我已经平静下来了，仿佛从不曾爱过你似的。

我对你的爱，在自杀时达到极点，在那里燃烧成了灰烬。

现在，我既不恨你也不怨你。可以说我已经平静淡定到了如此的程度。

以后我打算去东京的医院工作，从头干起。无论怎么想，我还是只能做护士。

不过，我以后不想再见到你。

再说一遍，我已经不是过去的我了，正如你改了姓一样，我也变成了另一个人。现在再见面，只能让你感到失望，我也不想见到你。

我不知道你现在有什么烦恼，说实话，我对这个没有兴趣。现在我自己的事情还顾不过来呢。

我不想再见到和过去的事有任何瓜葛的人。

难得你给我写信，却只能这样回复你，请不要见怪。

多保重。

铃木明子

致田坂三郎

看完信，三郎重重叹息了一声。

来东京后，明子写来过好几封信，都是寄到小岩的母亲家，通过母亲转给他的，但内容与这次迥然不同。

以前措辞很随便，字迹也是涂改很多，但也由此可以明显看出，对三郎一往情深，充满了热烈奔放的执拗的爱。

相比之下，这封信却是非常冷静，完全变了一个人，开头的“敬启者”，就非常恭敬。

“我既不恨你也不怨你”这句话听起来貌似原谅，却透露出清醒的冰冷。如果仍然爱他的话，是不会写出这么冷静的信的。

在岛上的时候，听所长说，他曾经救治了一对情死的男女，之后，二人便形同路人，各自回去了。现在明子的心情和他们差不多。

由于她曾经那般一心一意地爱过他，她的清醒可能也非常彻底。总之，看样子已经无法挽回了。

终于被明子抛弃了。与其这么说，不如说事到如今，自己还想要倚靠明子这种想法本身太天真了。三郎又看了一遍信，把它塞进信封，抬头看向窗外。

午后阳光明媚。在附近的涩谷和新宿，一定到处都是享受连休的人吧。

本来三郎也打算和亚希子开着越野车，去箱根和湘南海岸游玩的。

在不了解内情的人眼里，作为大医院的院长，可以随心所欲，三郎是一位幸福绝顶的少先生。

可是这已经成为一个梦，现在一切都结束了。看来自己的幸福就到此为止了。

犹如没有钱的人永无出头之日一样，没有医生执照的人也永远无法出人头地。无论怎样奋斗，怎样挣扎，也不可能从底层浮出来。这就是如今的社会。不懂得这些，却做了这个昙花一现的梦的自己才是个大傻瓜。

“可怜的家伙……”三郎说着微微一笑。

你真是个愚蠢、浅薄而可笑的家伙。脚丝毫没有沾地，却轻飘飘地飞上云端，盲目地一味追逐梦想。

“这不是和梦一样了吗？”三郎拿起桌上的烟，叼在嘴上点着了火，然后狠狠吸了一口，慢慢吐出来。烟雾直直地上升，中途分开两路，消失不见了。

“他们都消失了……”一边嘀咕着一边再次吐出一口烟时，三郎的脑子里突然间冒出了去外国的念头。

在国内待下去的话，只有伪医生暴露后，被逮捕的死路一条。不仅如此，院长也会因为雇用伪医生的经营者而受到警方调查而吃官司的。

如果知道自己是伪医生之后，亚希子和亚希子的母亲以及医院的护士们也都会受到刺激。弄不好亚希子会精神崩溃的。

听说这件事后，报社或杂志社的记者一定会蜂拥而至，大肆炒作的。

原本对医院和患者就抱有极大兴趣的媒体，天知道会写出什么来呢。因此，田坂医院会遭受致命打击，院长的竞选人资格可能也会被取消的。

虽说医院的确存在经营问题，院长也的确很自以为是，但三郎并不讨厌院长，也不讨厌医院。现在医院已经有了很大的改进，院长对自己也不错。干事长和护士们也都对自己很好。三郎不想让这些人陷入混乱和痛苦之中。

说来说去，三郎此时比任何人都爱田坂医院。他希望大家和医院能够平安无事地发展下去。

三郎一边抽烟一边思考着。

如果趁着事情还没有暴露，自己便销声匿迹，或许就不会造成多大的影响吧，或许只不过是一个医生辞职的程度而已吧。

当然了，院长的女婿辞职，可能会引起大家的关注，但说成是医院内部的事，就可大事化小，可以有种种理由来辩白。

纵然人们传言自己和亚希子离了婚，也比伪医生的身份暴露要好得多。

不管怎么说，继续待在医院的话，伪医生必然会暴露的。

为了有恩于自己的院长和亚希子，为了医院，自己现在能做到的，或许也只有离开了。

“对，就这样悄悄离开日本吧。”三郎自言自语道，摁灭了烟头，站起身来。

说到外国，三郎首先想到的是新加坡。他只去过那里和夏威夷，不过，要去的话还是去新加坡。

新婚旅行的时候，他睡不着时，曾经看着窗外的闪电，冒出过逃离的念头。那时候是因为太幸福了想要逃走，而现在则是因为担忧这幸福会破灭而逃离。

那时候看着窗外的闪电，他想过自己说不定还会来这个国家，这个预感现在应验了。

可是，虽说去过新加坡一次，但只是几天旅游，去那样人生地不熟的国家，不知自己能不能活下去。

不过，一个男人，无论去哪里都应该能够活下去的。不，是必须活下去。无论如何，现在必须逃离日本。

下定决心后，三郎立刻走出公寓，去了涩谷的旅行社。

“去新加坡的机票多少钱？”三郎突然这么一问，男职员奇怪地问道：“是观光吗？”

“不，是一个人去，单程的就可以。”

“单程的吗？”店员再次看着三郎，说，“经济舱是十一万九千一百元。”

“有哪天的？”

“您想要哪天的？”

“越快越好。最好是这个连休期间的。”

“那么，有四日和五日的。”

“有五日的吗？”五日的话，只有两天时间了，可一旦做了决定，还是早一点儿好。五一连休结束后，麻烦会接踵而至，失去逃走的机会。虽说是离开日本，但不需要准备什么，也不用跟谁告别，有两天就足够了。

“有新加坡航空公司的 57 航班。成田出发，十二点四十五分的，这个航班的话，不用转机，直飞新加坡。”

“那就预订这个吧，还有，酒店也请预订一下。什么酒店都可以，大概一周左右。”

去那边之后，做什么工作，他毫无目标，只能到了之后再做打算了。

不过，包括机票在内，他需要带上一百万出走。三郎自己的存款，前些天已经被山本敲诈去了，不过，存折里亚希子的父亲给的五百万应该还原封未动，从那笔钱里偷偷取出一些就够了。

三郎跟对方约好明天来取机票，就回了公寓，亚希子还没有回家。

“我就要逃离日本了。”站在露台上俯瞰暮色中的东京街道，三郎自语道，可是并没有要离开日本的真实感觉。仿佛是被什么逼迫着匆忙做出的决定，内心仍然很彷徨。

尽管如此，这次的决定他并不觉得冒失。自从来到东京那天开始，他就抱着早晚要逃离东京的念头了。他已做好了精神准备，这事不可能隐瞒到底，早晚要逃离田坂医院的，只不过这个时刻比他预想中来得早了一些。

想到自己已经竭尽所能了，也就没有什么遗憾了，反而感到心安理得。

当然，一想到今后，他还是会不安，既然已经做出了决定，反倒轻松了。

“在这个家里，也只有一天时间了。”三郎望着外面，考虑起了该带什么东西去外国。

第二天，三郎从抽屉里拿出存折和印章，趁午休悄悄离开医院，取出了两百万。尽管越多越好，但再多取的话，他觉得挺对不住亚希子的。

回到医院后，三郎把患者病历全部拿到医务部，一一填写上以后的治疗步骤。

亚希子母亲的病历上写了："骨折部位恢复良好。现在在床上进行髋关节和膝关节的恢复训练，准备在半个月后开始进行行走训练。"看到这个记录，院长以及继任者就能够顺利进行下一步的治疗了。

三郎在住院患者和主要门诊患者的病历上写完治疗步骤后已经四点了。三郎给亚希子打电话，说要参加大学同学聚会，稍微晚一些回家。

"那我也和朋友去外面吃饭了。"亚希子丝毫没有怀疑。

可能的话，三郎希望最后一个夜晚和亚希子一起在外面进餐，可是，现在已经顾不了这些了。

尽管觉得很抱歉，下班后，三郎还是直接回了小岩的家。

因为昨天他已经打电话告诉母亲今天回去，所以，母亲已经做好了三郎爱吃的烤鲑鱼，等着他了。

"好久没见，妈妈好吗？"平时他跟母亲之间就没有什么话，一想到这是最后一面，就更是不知说什么好了。

"你说回来看看，我昨天晚上就熬好了高汤，我也只会做这种乡下菜。"

这也是最后一次吃母亲做的饭了，三郎不由得停下筷子，眼眶湿润起来。

"你怎么了？再多吃点吧。不好吃吗？"

"很好吃。"

"你瘦多了。"

"没有啊。"

“那就好，不要太辛苦了。”

刚吃完饭，妹妹就回来了。三郎给了母亲十万日元，给了妹妹三万日元零花钱。

“给我这么多合适吗？”母亲很吃惊，妹妹也显得很惊讶，说：“哥哥这是怎么了，感觉怪怪的。”

“最近有些额外收入。”三郎只说了这么一句，就坐在佛龛前面，对着父亲的遗像合掌后，离开了家。

回到公寓一看，亚希子还没有回来。三郎把存折放回抽屉里，走进了书房。

因为托词是明天要回小岩的家，所以带行李箱的话太不正常。他只把洗漱用具和三套内衣、袜子装了一纸袋。此外，还把护照和常看的一本《外科手册》装了进去，在最上面放上夏天的长裤和衬衫，藏在了桌子底下。带走的只有这些，其余的去那边再买好了。

“对不起，你回来这么早。”

亚希子好像有些喝醉了，眼圈红红的：“啊，太好玩了。你要是一起去就好了。”亚希子说完，只说了句“我累了”，就回了起居室。

五日是个晴朗的好天气。就连三郎也沉不住气了，他真想说出，这天气是为我的出行祝福啊。

昨晚亚希子喝醉回来早早睡了觉，三郎半夜弄醒了她，和她最后做了爱，却睡不着了，直到天快亮了，才睡了一会儿，梦见没有赶上飞机。醒来时已经七点了。

三郎起来后看看窗外，是个晴天，便沏了杯咖啡，看起报纸来。

亚希子起来后，三郎只和她一起吃了面包和沙拉，九点走出了家门。

“我现在去小岩取执照。”

“最后一天连休，还把我一个人丢在家里呀。”亚希子嘴里抱怨着，却舒服地伸了个懒腰。三郎从桌子下面拿出那个纸袋，她也没有半点怀疑。

“那就多保重啦。”三郎一边关门一边说。

“什么呀，怎么就跟要出国似的。”亚希子说着笑起来。

因为是星期日，马路很通畅。三郎打车到箱崎，在那儿换乘机场大巴，去成田机场。

没有一个人注意到我，他这么一想，心情很奇妙，仿佛干了坏事没有人知道般放松。

到达成田是十点半，离出发还有两个小时。三郎在免税店买了个旅行包，把纸袋里的东西放进去后，办理了登机手续。

去年秋天，新婚旅行的时候，有亚希子的父亲和朋友等十几个人来送行，可现在一个人也没有。三郎身上穿的是平时穿的毛衣和外套，拿着的是刚买的旅行包。

三郎从纸袋里拿出三封信，一封是给亚希子的，一封是给亚希子父亲的，最后一封是给母亲的。给亚希子的信是这样写的：

> 事到如今，我根本没有资格这么对你说，其实我并不是医生。因为我不是毕业于医学部，当然也没有医生执照，我不过是一个伪医生。
>
> 无论我怎样解释，你也会非常气愤，非常吃惊吧？
>
> 对于这件事我不知道该怎样向你道歉。只想求你原谅我！我知道，欺骗你跟我订婚、结婚的罪过，绝不是这么一句话能够得到原谅的。我也知道我铸下大错，即便被你暴打，被你杀死也是罪有应得的。
>
> 但是，我现在能够做的，只是悔过赎罪，从你身边消失。当你看到这封信时，我已经离开了日本。你可能会认为做了错事，却逃之夭夭，实在是没有担当。的确如此，我就是个没有担当的自私的男人。
>
> 不过，如果允许我说句话，我想说，我也一直非常苦恼。

总想着早点告诉你，早点告诉你，却拖到了今天。虽说很自私，但我真的一直很痛苦。

这么说或许也很自私，但是，我想告诉你，认识你这两年来，我每天过得都像做梦一般幸福无比。对于你给予我的温柔我永生难忘！

这些日子我感到非常幸福快乐，谢谢你！说多少遍也不足以表达我的感谢之情。

而且我还要一遍又一遍地说，请你原谅我。再见！

三郎

致亚希子小姐

给亚希子父亲的信里，三郎同样坦白了自己是个伪医生的事，并表示非常抱歉之后，对于迄今为止多方关照自己表示了感谢。最后写了“虽然我一再顶撞您，但对于从小失去父爱的我来说，您就像是父亲一样。对父亲一般的长辈造成这样大的伤害，我感到悔恨万分”。

尽管前几天刚刚和母亲见过面，但最关键的话都没有对她说。

所以，他给母亲写了这样的信：“我还是失败了。虽然努力奋斗到了现在这样的程度，但还是不行了。我现在逃走，母亲恐怕会因此受到众人的责难，承受痛苦，请原谅我。虽然知道这么做不对，却没有想到给母亲带来如此大的负担。我这个不孝儿这么说或许很可笑，请您健康长寿。有机会我一定会尽孝的。”

他本想就写这么多，可是突然觉得不甘心，又补上了一句：“日本是个没有学历就一事无成的国家。没有学历的穷小子，永远也不会有出头之日的。”

并且，在最后写了“我现在就要消失了，但是，我会在世界的某个地方好好活着的，请妈妈放心”。

他打算等到在那边安顿下来，再和母亲联系，但现在自己也不知道以后会怎么样。

三郎又把这三封信仔细看了一遍，去小卖店买了邮票贴上。

扔进了红色邮筒里后，他发出了一声沉重的叹息。

这么一来，一切都结束了。自己再也回不了家，也回不了医院了。最晚明天之内，信会寄到三个人的手里，他们就会明白所有的真相。

三郎为了镇定一下，从外衣兜里掏出烟，点了一支。

不知怎么，自己现在的心情比原先想象中要平静得多。原以为会很悲伤、很狼狈，却并非如此。

因为现在只是旅途的开始，自己还没有真正感受到寂寞孤独的滋味吧。

喇叭里在广播前往新加坡的航班开始登机了。航班正点起飞，是南侧的 32 号登机口。

三郎确认了机票的登机口之后，背起挎包朝楼下的登机口方向走去。

各种各样的人拿着行李在排队等候，有老年人也有年轻人，有白人也有黑人。大家都愉快地说笑着。

三郎排在一个高个子老外后面，朝洒满明亮的午后阳光的窗户望去。

他看见了那架有着 JAL 标志的喷气式飞机，飞机前方辽阔的天空上，孤零零飘浮着一片仿佛被遗忘了似的白云。

天气虽然晴朗，但风很大，云彩随风一点点改变着形状，移动着。它既像是亚希子的面容，也像母亲的后背。

目送着那片云彩，三郎换了口气，然后轻轻说了声“再见吧”。